Margaret Moore

騎士とレディ

マーガレット・ムーア　江田さだえ 訳

遥かなる愛の伝説

Hers to Command

Hers to Command

by Margaret Moore

Published by Harlequin K.K., Tokyo, 2008

主要登場人物

マティルド……………………レディ。
ジゼル…………………………マティルドの姉。レディ。
ガストン卿……………………マティルドとジゼルの亡父。エクルズフォードの領主。
サーディック…………………エクルズフォードの守備隊長。
サー・ロアルド・ド・セヤズ……マティルドとジゼルの従兄。
チャールズ・ド・マルメゾン……傭兵。
サー・ヘンリー………………騎士。
ニコラス卿……………………サー・ヘンリーの兄。ダンキースの領主。
サー・ラヌルフ………………サー・ヘンリーの友人。トリゲリスの守備隊長。
メリック卿……………………サー・ラヌルフの友人。トリゲリスの領主。
コンスタンス…………………メリック卿の妻。

プロローグ

サー・ロアルド・ド・セヤズは不愉快そうに鼻孔を広げながらごみをまたいだ。彼はいまスミスフィールズの家畜処理場と威容を誇る聖バーソルミュー教会にはさまれた、クローズフェアの路地にいた。左側の腰に下げている剣を意識しつつ、彼はベルトの右に差し込んである短剣の柄《つか》をしっかりと握り、これから会う相手の姿を求めて路地をつぶさに見渡した。

「サー・ロアルド！」ヨークシャー訛《なまり》のある荒っぽいささやき声が呼びかけてきた。大柄で屈強そうな人影が一軒の建物の薄暗い戸口から路地に現れた。その男は膝丈ズボン《ブリーチズ》をはき、チュニックと外套《がいとう》を着ているが、チュニックも外套もつぎが当たり、およそ清潔そうではない。

ロアルドはほの暗いなかで人影に目を凝らし、相手の顔をもっとよく見ようとした。「マーティンか？」

「そうです」男が答え、くしゃくしゃの髪の頭をこっくりと上下させた。

ロアルドは少しほっとしたが、右手は短剣の柄から離さなかった。「ここでわたしに会うことはだれにも話さなかっただろうな」

「はい、話してません」ロアルドの叔父ガストン卿《きょう》の城の前守備隊長は答えた。

「それにエクルズフォードのだれにもロンドンへ行くと言わなかっただろうな」

「わたしだってばかじゃありませんよ」マーティンは粗野な笑い声をあげた。

ばかではないが、利口でもないんだよ。ロアルドはそう思いながら、簡単に人を裏切る愚か者を見つめた。「守備隊はおまえが約束したとおりになったか？」

「これから処分される子羊みたいなもんです。たいしたことは教えてやっていないし、武器はうちのおふくろより古い。いちばんひどいのを買って、ガストン卿には最上品だと言ってあります。ガストン卿にはまともな剣と槍《やり》の区別もつきませんからね」

そして差額は自分の懐に入れたわけか。

「残った兵士は、守備には馬をどう配置するかも知りやしません」マーティンは得意げに言った。この大柄なけだものは以前の戦友たちがどうなろうとこれっぽっちも気にかけてはいないらしい。「こちらが進軍すれば、ひよこみたいに逃げまわりますよ」

「で、ガストン卿の娘たちは？　悲嘆に打ちひしがれているのではないかな？」

マーティンは見るからに愚か者らしく、へらへらと笑いながらうなずいた。「わたしがエクルズフォードを出たときは、泣き叫んでいましたよ。ふたりとも父親を聖人かなんかだと思っていたらしい」マーティンは大きくて醜い口の端を上げて、ふたたびにたにた笑った。「女から命令は受けないと言ってやったんです。とくにあのレディ・マティルドの命令など絶対に聞かないと」

マーティンがエクルズフォード城の守備隊長を辞めたことをどう説明しようと、ロアルドは自分に関係しないかぎりどうでもよかった。「今夜わたしに会うことはだれにも言っていないだろうな」

「はい、言ってません」

この裏切り者のでくのぼうと手を組んでいることがまだだれにも知られていないのにほっとしながら、ロアルドは革袋を取り出した。さしあたり財政難には陥っていない。それというのも自分がエクルズフォードのガストン卿の相続人であり、間もなくケント州で最も豊かな領地のひとつを所有すると知った金貸しが嬉々《きき》として金を貸してくれたおかげだ。

いつもながら、ロアルドをうれしい気分にさせるのは、新しく富と権力が手に入るという思いばかりではない。あのじゃじゃ馬のマティルドをどうやって這《は》いつくばらせてから修道院に追い払ってやろうか。ジゼルのほうは……。この世のものとは思えないほどの美しさを思い返すと、彼は下半身がこわばるのを覚えた。ジゼルのほうはいちばん高く値をつけた相手と結婚させて追い払うことにしよう。しかし、いますぐではない。いますぐなどとんでもない。

マーティンが咳払《せきばら》いをした。早く報酬がほしくてたまらないらしい。

ロアルドは頭のなかでマーティンの強さと弱点を値踏みしつつ、革袋を差し出した。マーティンは鍛えた戦士であるかもしれないが、どんな男にもそれぞれ弱点があるものだ。大男は鈍く、愚鈍な者はだれからもいちばん簡単に打ち負かされる。

前エクルズフォード城守備隊長は革袋をつかむと、たこのできた手のひらにその中身を意気込んで空けた。硬貨が月の光を受けて輝きを放った。ロアルドが歯がみしたくなるほど故意にゆっくりと、このでくのぼうは硬貨をひとつずつ袋に戻して数えはじめた。

「わたしが数をごまかすと思うのか、マーティン？」

マーティンが目を上げて顔をしかめた。それから視線をゆるがせ、半分は正規の重さや価値に満たない硬貨を一度に袋に戻した。「いや、思いません」

ロアルドはベルトに差している宝石をはめ込んだ短剣の柄を撫《な》でた。「いまやおまえはちょっとした金持ちだぞ。これからどうする？」

マーティンがにやりとした。「ちょっと気晴らしをして楽しんで、それから妻をもらいます。宿屋を一軒買おうかな」

「わたしは熟練した戦士ならいつでも雇うぞ」

マーティンはかぶりを振った。「申し訳ありませんが、戦士はもうやりません。もう若くはないし、動きものろくなる一方で……。貯《たくわ》えもできたことだし、これを潮時に身を固めます」

「牧場に放たれた馬のようにか？」

マーティンはそのたとえが気に入らなかったのか、また顔をしかめたが、それでもうなずいた。「ええ、そうも言えますね」

「それは残念だな。しかしおまえがそうしたいのなら、もちろんそうすべきだ」ロアルドは愛想よく言った。「では、これでお別れとしよう、マーティン。わたしにできることがあったら、遠慮なく頼みに来るんだぞ」

お辞儀をしてにやりと笑うと、マーティンはぺこぺこしつつフランス人貴族のそばを通り、路地の入り口に向かおうとした。

しかし路地を出ることはできなかった。毒蛇のような速さでロアルドがうしろから彼の首に腕をかけ、わき腹に優美な銀の短剣を突き刺した。

狂乱したように目をむき、息を切らしながら、マーティンはロアルドの腕を振りほどこうと、陸《おか》に上がった魚のように激しく体をくねらせた。あいにくロアルドは体格では彼に及ばず、筋肉質でもなかったが、力はあった。それに迷いもなかった。ロアルドはマーティンの首に腕をまわしたまま、短剣を抜き、ふたたび突き刺した。

わき腹から血を流しながら、マーティンはずるずると身を沈め、ようやくロアルドが腕をはずすと、悪臭に満ちた地面にどさりと倒れた。

息を切らし、不快そうに顔をしかめて、ロアルドは短剣を抜くと、蚤《のみ》がいるにちがいないマーティンのチュニックで刃《やいば》をぬぐった。「こういうときは鎖帷子《かたびら》を着てくるものだよ、まぬけな雄牛め」そうつぶやき、彼は革袋をつかんだ。二十マーク、いや、その一部でも、まだまだ使い道はある。欲深であばずれな愛人がエクルズフォードの新城主に贈り物をねだってきている。指輪かなにか、安物の装身具を買ってやれば、それ相応にありがたがるだろう。結局のところ、エクルズフォードに急いで行く必要はない。マティルドとジゼルは父親の死に動揺しており、あと何日も悲嘆に暮れる以外なにもできない状態だろうから。

マーティンについては、死体が発見された時点で、またロンドンまでのことやってきて殺されたばかなやつがいるぞとみんな思うだけだろう。

まったく、そのとおりだ。

1

〈フォックス・アンド・ハウンド亭〉はケント州のエクルズフォード城から約十五キロのところ、ロンドンに通じる街道沿いにある。小さいものの快適な宿屋で、塀をめぐらした庭があり、食堂兼居酒屋は地元の農夫がよく利用し、出される料理はこのような宿屋にしては並より少しばかりいい。建物を入るとその食堂兼居酒屋となっており、湿った藺草《いぐさ》、エール、安いイングランド製ワイン、大きな炉から流れる煙、焼かれている牛肉のそれぞれのにおいが入りまじっている。木製の鎧戸《よろいど》から外の光が少々入ってくるが、九月下旬のいまは朝の湿った冷気を防ぐために鎧戸は閉めてある。

ロアルド・ド・セヤズが前エクルズフォード城守備隊長を殺害した日から五日後、ふたりの女性がこの宿屋の古ぼけた階段を上がり、宿泊室のある階へと向かっていた。ひとりは金髪の美女で、一段上がって泊まり客の眠っている部屋が近くなるごとに身を震わせている。もうひとりはきびきびとした足運びでその美女の先を行き、自信にあふれたようすで、階段の軋《きし》む音やあたりに舞っているほこりにも頓《とん》着《じゃく》していないようだ。そう、なにものもレディ・マティルドの遠征を思いとどまらせるものではない。たとえ当の本人の心臓がどきどきと速い鼓動を打ってはいようとも。

「マティルド、こんなこと、正気の沙汰《さた》じゃないわ！」美しいレディ・ジゼルが妹の淡い灰色をした毛織りの外套《がいとう》をつかみ、白い麻のベールを妹の頭から引っ張り落としそうになった。

ベールを押さえながら、マティルドは不安げな姉のほうを向いた。実のところ、自分たちがとんでもないことをしようとしているのはわかっている。でも、この好機をみすみす逃す気はない。姉妹のかかえている問題となにを緊急に必要としているかを知っているこの宿屋の主《あるじ》の息子が、きょうふたりのところを訪れた。そして若い貴族がひとりで〈フォックス・アンド・ハウンド亭〉に現れ、それは持ち金のとても乏しい陽気でハンサムなノルマン人騎士だと教えてくれたのだ。

その騎士の容姿などマティルドにはどうでもいいことだし、いっそ野暮ったいほうがこちらとしてはありがたかったのだが。でもほとんどお金を持っていないとすれば、そのノルマン人騎士は、たとえこちらの問題に関心は持たなくとも、いくらかお金を稼げる好機だと喜んでくれるかもしれない。その騎士は兄と友人がそれぞれどこかの領主だと言っているそうだから、やはり彼こそ自分の祈りへの答えだと期待したい。

「ほかにどうすればいいの？」マティルドはささやき声でジゼルに尋ねた。「エクルズフォードがロアルドに取られてしまうのをじっと待っていようというの？　その騎士が自分で言っているとおりの人なら、まさにわたしたちの求めているような人かもしれないわ」

「もしかしたら、ロアルドはお父さまの遺言に文句をつけないかもしれないわ」ジゼルが言った。ジゼルは、マティルドがロアルドに他人の遺産を横取りするのをやめさせる対策のことを話すたびにこう言う。「まだ彼は現れていないし――」

「ロアルドがどれだけ強欲かは、あなたも知っているでしょう？　彼がエクルズフォードがもらえなくても黙っているなんて、本気でそう思う？　わたしは思わないわ。ロアルドはきょうあすにも現れて、城と領地を自分に渡せと要求するかもしれないのよ。

それに備えて、できるかぎりのことをすべきだわ」

　それでもジゼルは階段のいまいる場所から動こうとしなかった。「その騎士はわたしたちを助けてはくれないかもしれないわ」

「レイフの話では、少ししかお金を持っていないそうよ。だからお金を払うと申し出るのよ。それに、わたしたちはなにも命がけのことを頼むわけではないのだから」

「でもどうして寝室に入らなければならないの？」ジゼルは困惑で両手をもみしぼり、憐《あわ》れを催す声で尋ねた。「食堂で待つべきよ。彼はきっともうすぐ起きて、階下《した》に下りてくるわ」

「もういやというほど待ったでしょう？」マティルドは答えた。「一日じゅう食堂に座っているわけにはいかないわ。そうでなくても早く帰ってしなければならないことがいっぱいあるのに。それに南の丘陵に雲が集まっているのを見なかった？　早く帰らないと、嵐《あらし》に遭うかもしれないわ」

「その騎士のことは、レイフから聞いたこと以外なにも知らないじゃないの。それにレイフはきのうの夜そのノルマン人騎士から聞いたことを話しただけよ。もしかしたら、騎士は吹聴《ふいちょう》しただけなのかも。男の人って、酔っているときはなんでも言いそうでしょう？」

　たしかにそのノルマン人騎士は酔っ払って大げさに話したり、嘘《うそ》をついたりしたのかもしれない。もしもそうなら、協力は頼めない。でも嘘をついたのでない場合は、スコットランド在住の有力なノルマン人貴族の肉親であり、コーンウォールの同じように有力な領主の友人でもある騎士を、話を持ちかけもせずに逃してしまう手はない。「会ってみて嘘つきやごろつきに思えたら、協力を求めなければいいわ」

「その人が誠実かどうか、どうやってわかるの？」

「わたしにはわかるわ」

「あなたに？」ジゼルが声をあげ、ついで頬を染めて横を向いた。

マティルドの顔ははずかしさで真っ赤になった。ジゼルが妹の若い男性を見る目を疑うには、もっともな理由があるのだ。

「ごめんなさい」ジゼルが目に同情を浮かべてそっと言った。マティルドは頭のなかによみがえる記憶を抑えようとした。

「かつてわたしは一度ひどい失敗をしたわ。でもそれで学んだのよ」マティルドは姉に怒っていないところを見せようと微笑《ほほえ》んだ。内心は腹を立てていたが。「わたしが判断を誤る場合を考えると、いっしょに来てもらってよかったわ」

姉の懸念でこちらの決心が鈍っては困る。マティルドはジゼルがそれ以上なにも言わないうちに、頭をかがめて太いオーク材の梁《はり》の下へと進み、二室ある部屋のうちひとつのドアを叩《たた》いた。宿泊室はどちらもロープを張った枠に、わらをつめたマットと粗い亜麻布のシーツと毛布をのせたベッドがあるはずだ。ベッドはそれぞれおとながふたり、ひょっとしたら三人眠れるだけの広さがある。とはいえ、宿屋ではほとんどなにもかもが筒抜けで、レイフの父親からは、まだやすんでいるのはそのノルマン人騎士だけだと聞いている。

「すでに出発してしまったのかもしれないわ」ノックになんの応答もなく、ジゼルが期待をこめてささやいた。

「出発していれば、宿のご亭主がそう教えてくれたはずだし、わたしたちにもその姿が見えたはずだわ」マティルドはもう一度ドアをノックした。今度は前よりやや強く叩き、ドアに耳を押しあてた。

「夜のあいだに出発したのかもしれないわ」ジゼルが言った。

つぶやいた。

「もしかすると、死んでいるのかも」マティルドは

「死んでいる!」ジゼルが叫んだ。

すぐさまマティルドは衝動的にものを言ったことを後悔した。「そうは思わないわ」粗末な木のドアの錠をはずしてマティルドは言った。「死んだように泥酔しているほうがありうるのではないかしら。もしもそうなら、わたしたちの役には立たないわ」

「ああ、マティルド!」革製の蝶番《ちょうつがい》を軋ませながら、妹が部屋にそっと忍び込むのを見て、ジゼルはうめくように言った。「待って!」

ところが遅かった。マティルドはすでに部屋に入っていた。傾いた天井の下に三台のベッドとテーブル、背のない円椅子がひとつずつある小さくてほこりだらけの部屋だった。ドアにいちばん近いベッドのそばの円椅子に衣服が放《ほう》り出してある。そのわきのテーブルには空になったワインの水差しと、もとは蝋燭《ろうそく》だったちびて溶けた蝋のかたまりがのっている。乱れた大きなベッドにはまだ人がいて、毛布の上に男性がひとりうつ伏せに寝ていた。

男性は一糸まとわぬ姿だった。

マティルドははっと息をのみ、部屋から出ようと体の向きを変えた。そこへジゼルの心配そうな顔が目に入った。

ここで逃げ出したら、ジゼルがなんと言うだろう。〝やっぱりわたしのほうが正しくて、あなたのほうがまちがっていたわね、マティルド。あなたの考えた案はばかげていて、実行不可能よ。いまはなにか手を打とうとするより、このまま待ってロアルドがどうするか見てみるべきよ〟

そんなことはしたくない。そこでマティルドは気を引きしめ、自分に言い聞かせた。この男性はベッドに寝ているだけよ。見たところ、ぐっすり眠っているか、泥酔して正体をなくしているかだわ。酔っ

払って前後不覚なら、ベッドの近くに武器はないし、こちらは短刀を持っていて、使うのに迷いはないから、怖がることはなにもない。

ぐっすり眠っているその騎士は危害を加えてきそうにはないように思える。もっとも背中には小さな傷痕《きずあと》がいくつかあるが、これはきっと武芸試合や戦闘で受けた傷の痕だろう。マティルドはこの男性の体にはどこにも贅肉《ぜいにく》がまったくついていないのにも気づかずにいられなかった。とはいえ、ノルマン人というのはスカンジナビアの海賊を先祖に持つ悪名高い戦士で、教養や気品には縁がない。だとすれば、ほかになにを期待できるだろう。

「生きているの？」ジゼルがうしろからささやいた。

「息をしているわ」マティルドはそっとベッドのそばに寄り、においをかいだ。ワインのにおいが強くする。「酔って正気を失ったのではないかしら」

近くに寄ったマティルドは、だらしなく眠っているノルマン人のすばらしくハンサムな顔をよく見た。まるで天使のような顔だわ。美しい輪郭の頬、ふっくらとして形のいい唇、まっすぐな鼻、しっかりしたあごをした、とても男らしい天使ではあるけれど。濃い茶色の髪は驚くほど長く、くしゃくしゃに乱れて幅の広い肩にかかっている。体つきもたくましい肩から筋肉質の背中、引きしまった脚に至るまで、すばらしく均整がとれている。

マティルドは円椅子に放り出してある衣服に目をやった。いまはひとりで眠っていても、きのうの夜はきっとひとりではなかったにちがいない。娼婦《しょうふ》はどこに行ったのかしら。娼婦がいなくなったことをこの人は知っているのかしら。

マティルドは唇にばかにしたような笑みを浮かべた。おそらく気がついてもいないわ。たいがいの男性がそうであるように、この人も自分の欲望を満たすことしか考えていないはずよ。

マティルドは姉のほうを向いた。「わたしたちが求めているような人ではないわ。さあ、ジゼ――」

男の片手がマティルドをつかみ、ベッドへ引き寄せて倒した。マティルドは飾り帯に隠してある短刀の柄《つか》をつかみ、もう片方の手で男を殴った。

「すごい威力だな」若い男は声をあげ、マティルドを放してはだかのまま体を起こした。「宿屋じゅうの者を起こすことはないじゃないか」

マティルドがはじけるように立ち上がり、短刀を片手に大きく息をはずませているのを見ると、男は目を鋭く細め、下半身をシーツで隠した。「ここの宿屋の亭主はきみの夫だか父親だかなんだか知らないが、とにかく亭主に宿代はちゃんと払ってあると言ってくれ。起きる時間は自分で決める、その前に起こされるのはごめんだと」

「お詫《わ》びします」ジゼルがベッドの足元のほうから言った。そのあいだにマティルドは深く息を吸い込み、気を落ち着けようとした。「勝手にお部屋に入るべきではありませんでした」

騎士がジゼルに目をやった。そしてたいがいの男性がマティルドの美しい姉を初めて見るとそうなるように、目を丸く見張り、口をぽかんと開けた。一方、ジゼルは男性からじろじろ見つめられるといつもそうするように、頬を染めて目を伏せた。

マティルドを完全に無視して、ノルマン人騎士は床に立ち、引きしまった上半身にシーツを巻いた。まぬけに見えて当然のはずなのに、まるで廷臣に挨《あい》拶《さつ》をする王子のような物腰をしている。

「どういう事情でここに来られたのか、お話し願えますか」彼は三人が城の大広間にでもいるように穏やかに尋ねた。「というのも、その甘く愛らしい声から、あなたはレディだとわかりますからね」

ジゼルが無言で訴えるようにマティルドを見た。

「わたしたち、騎士の奉仕を求めているの」マティルドはまだ短刀を持ったまま、明確に言った。「でもそれは……それはいまおっしゃったような理由からじゃないわ！」

「本当に？」ノルマン人騎士がマティルドのことばをさえぎった。まるで贈り物を差し出されたかのように、その茶色の目をうれしそうに輝かせている。「それはなんとすてきだ」彼はジゼルに向かって続けて言った。「とはいえ、白状すると、ふつうわたしはベッドでの相手は自分で選ぶことにしている。しかしながら、きみの場合は例外としてかまわないな」

なんという、うぬぼれの強い尊大な思い込み！

「わたしはそういう意味で言ったのではないわ」マティルドは鋭く言い、短刀を握った手に力をこめた。

騎士がマティルドのほうを向いた。「なにをそんなに怒っている？　怒るとすれば、こちらのほうじゃないか。きみたちはわたしが無防備に眠っているときに部屋へ忍び込んできたんだぞ」

「なにも隠さなくていい」騎士は愛想のいい笑みを浮かべ、広い肩をすくめた。マティルドの構えた短刀をまったく気にしていない。「女性からベッドでの相手を求められたのはこれが初めてではないが、ふたりで入ってきたというのはめずらしいな」

「なんと……なんと無礼な！」胸の悪くなるような騎士のことばにマティルドは唖然《あぜん》とし、ドアに向かいかけた。

ノルマン人騎士が道をふさいだ。

「そこをどいて！」マティルドは身をこわばらせ、格闘も辞さない覚悟で言った。一方ジゼルは部屋の隅で体を縮こませている。

「喜んで。ただし、ここへなんの用件で現れたかを話してもらってからだ」騎士はそう答え、もはや愛想よくもなければ陽気でもない表情でマティルドの手首をつかみ、短刀を落とさせた。そして手首を放すと短刀を遠くへ蹴飛《けと》ばし、厳しい顔でマティルドを見つめた。

いまの彼を見ると、マティルドには彼が有力な家門の出であり、なんらかの名声のある騎士であることが容易に信じられた。

「これはいたずらかなにかなのかな？」騎士は威厳のある眉を上げ、たくましい腕を組んだ。「そのうち立腹した父親か兄弟がやってきて、このレディと結婚すべきだと言われるのかな？　もしそうなら、父親も兄弟もひどくがっかりすることになる。このレディを自分のベッドに迎えるのは歓迎するとしても、妻を娶《めと》るのを無理強いされるのはごめんだ」

ジゼルが小さくきゃっと困惑の声をあげ、枢機卿《すうきけい》の法衣《ほうえ》のように真っ赤な顔で訴えた。「マティルド、ここに来た用件を話してあげて」

「お話しすれば、解放していただけるのかしら？」

マティルドは用心深く尋ねた。

騎士がうなずいた。

「では、お話しするわ」

マティルドはできるだけ早くこの件を片づけてしまおうと心を決め、足を踏んばり、騎士の目をまっすぐに見て言った。

「騎士がひとり必要になり、あなたがあまりお金をお持ちでないと伝え聞いて――」

「わたしは傭兵《ようへい》に見えるだろうか？」騎士はマティルドのことばをさえぎり、腕をたらした。その顔は赤くなり、茶色の目はこちらをにらみつけている。

「いまのところは半裸の男の人というふうにしか見えないわ」マティルドは実際の気持ちよりずっと穏やかに聞こえるように答えた。「いくらかでも衣服を身につけてくだされば、もっとよく判断ができるでしょうけれど」

騎士は笑い声をあげた。「ずいぶん落ち着いてい

「わたしたちは自分の権利を守る気でいること、そのためになんの手も打たないでいるつもりはないことを従兄に見せたいの」

「わたしは〝見せる〟ためにいるのか」ノルマン人騎士はほんの少しむっとした口調で言った。

「ロアルドに父の遺産を盗もうとするのをやめさせたいの」

騎士は頭を傾けてマティルドをしげしげと見た。「ロアルドとはめずらしい名前だな。わたしが宮廷で会ったことはあるかな？」

会っているかもしれないとマティルドは思った。もしも会ったことがあるなら、これからは慎重にならなければ。この騎士がロアルドの友だちである可能性だってある。ロアルドのように自分のことしか考えない人間にも友だちはいるかもしれないのだから。「従兄の名はサー・ロアルド・ド・セヤズというの」

「従兄を威嚇するためよ」マティルドは答えた。

「なんだろう？」

騎士が混乱したようすでジゼルを見つめた。「戦うのでなければ、なぜ戦う訓練を受けた騎士が必要なんだろう？」

「戦うのではないわ」部屋の隅からジゼルが口をはさんだ。

「遺産をめぐって従兄と戦ってくれる騎士を探しているというわけか」

「従兄《いとこ》が城に現れて、父の遺《のこ》してくれたものを奪おうとした場合、わたしたちに加勢してもらうために」

マティルドはその返答にうんざりしたが、できるだけ早く片づけたい一心で、果敢にも先を続けた。

るんだな」彼はドアに背中でもたれ、ふたたび腕組みをした。「きみたちは騎士をひとり必要としている、というんだな。快楽のためでないとすれば、なんのために？」

騎士の唇にあざけるような笑みが浮かんだ。「やっぱりそうだったか。そうではないかと思っていたんだ。きみたちはあのごろつきの親戚《しんせき》なのか」

「ロアルドをご存じなの?」

「知っている。わたしの大嫌いなよた者だ」

騎士はレディがガウンの裾《すそ》をそうするように、シーツを引きずりながらテーブルまで足を運んだ。そしてそこにある酒袋を取り、中身の最後の何滴かを口で受けた。

マティルドはジゼルに目をやった。この人が本当にロアルドのことが大嫌いなら……。「なぜ彼が嫌いなの?」

「ここにはレディがひとりいる。その前で言うのは控えたい」騎士は空の酒袋をテーブルに戻した。

レディがひとり? 彼はわたしをなんだと思っているの? 「わたしはエクルズフォードのレディ・マティルドよ」マティルドは言った。「そしてこちらは同じくエクルズフォードのレディ・ジゼルよ」

騎士は信じられないという表情で地味な衣装をまとったマティルドを眺めた。「きみがレディだって? 召使いだと思っていた」

「召使いじゃないわ」

「まちがえてしまったことをお許し願いたい」騎士はさほど悔やんでいるふうもなく答え、片手を自分のシーツを巻きつけたウエストへと移動させた。

「なにをなさるおつもりなの?」マティルドはあわてて尋ね、横を向いた。

「きみたちの問題についてもっと詳しく聞きたい。それには服を着たほうがいいんじゃないかな」

たしかに服を着てもらったほうが話はしやすい。そこでマティルドは反対しなかった。とはいえ、彼が服を着るあいだ姉と自分がここにいる理由はなにもないわけだ。いや、むしろいないほうがいいわけだ。マティルドは短刀を拾い、ドアに向かいかけた。

あいにくジゼルは部屋の片隅から彼を見つめていて着替えに心を奪われたらしい。そしてマティルドがジゼルと視線を合わせられないでいるうちに、騎士が言った。「さて、これで人前に出られる」

そのとおりだった。彼は簡素な毛織りの膝丈ズボン《ブリーチズ》をはき、首元でひもをゆるく結んだ白いシャツと革の袖《そで》なしチュニックを着て幅広のベルトを締め、広刃の剣をベルトから下げている。はいているブーツは新品でないのはたしかだが、よく手入れされ、磨いてある。

これではだかに近い状態に気をとられることもない。マティルドは彼のハンサムな顔と知的な茶色の目を見つめた。この騎士からどんな協力を得られるか、そもそも協力を得られるかどうかを考えるべきときだというのに。

すべきことだけをしようと心を決め、マティルドは言った。「ロアルドとは親戚関係にあるけれど、彼はあなたにとってそうであるように、わたしたちにとっても少しも大切な存在じゃないの。それは彼が遺産を横取りしかねないからだけではないのよ。ロアルドにはこれまでにもさんざんいやな目に遭わされていて、これからもまだ迷惑をかけられるのではないかとたいへん心配しているの。彼には名誉を重んじる心もなければ、親切心も慈悲もないわ」

「わたしの知っているロアルドと同じだな」騎士がうなずいた。

「父は最近亡くなったの」マティルドは先を続けた。父を失った悲しみはまだ生々しく、声がやや割れている。「父は遺言で、エクルズフォードをジゼルとわたしに遺してくれたの。土地はふたりで等分に分け、ロアルドには少額のお金を与えるようにと。けれども、遺産相続はなによりも男系を優先して行われるべきだと信じている人はまだ多くて、ロアルドはきっと自分がエクルズフォードの領主となるべきだと主張し、わたしたちの相続分を横取りしようとするわ」

「そして、きみたちをだれかに嫁がせて自分に有利な姻戚関係を結ばせそうだな」騎士がそうつけ加え、ロアルドの貪欲《どんよく》さと野心についてよく知っているところを示した。「そこできみたちは彼を怖がらせ、そのような要求をさせなくするのに騎士を必要としているということだね？」

「ええ。あなたはスコットランドのダンキース領主のご兄弟であり、コーンウォールのトリゲリス領主の親しいご友人だと聞いているわ。それは本当なの？」

「光栄にもそのとおり」騎士は丁重にお辞儀をして答え、いっそうハンサムに見える笑みを浮かべた。「たまたまいまはたいした用事もないし、ロアルド・ド・セヤズの野望をくじくのはわたしにとっても願ってもないことだ。窮地にあるレディを助けるのはこの国の騎士の務めである以上、喜んで手を貸そう。当然のことながら、名誉を重んじる騎士であるからには、報酬はいらない」

「それでは引き受けて――」

「マティルド」ジゼルが口をはさんだ。「ちょっと話ができない？　あなたとわたしだけで」

ジゼルの頼みを聞いて騎士の目に表れた愉快そうな光がマティルドには気にくわなかった。だが、姉の訴えを無視するわけにはいかない。「もちろんいいわ」マティルドはそう答え、ドアに向かった。

ジゼルがすぐそのあとを追った。階段を下りはじめると、ジゼルはもうこれ以上は待てないというように、食堂までまだ半分しか来ていないのに、足をとめた。「マティルド、なにもいまこの場であの騎士に頼むと決めなくていいのではないかしら。そうよ、きょうじゅうに決めることでもないわ。もう少し考えましょう」

「あすになれば、彼はもうここにいないかもしれないのよ。それに、これ以上なにを考えるというの？」マティルドはもどかしさをどうにかこらえた。「あれだけ縁故のある騎士があと何日かのうちに何人ここを通っていくかしら。ロアルドが大嫌いだという騎士が何人通るかしら」

「わたしたちはまだあの騎士のことをほとんどなにも知らないわ」ジゼルが反論した。「名前すら知らないじゃないの」

まあ、本当だわ。でも彼の縁故関係に比べれば、名前はたいして重要ではない。「名前がなんであれ、助けようという彼の申し出を受け入れるべきよ」

慎重だったジゼルの目が今度は探るような色を帯びた。「彼はとてもハンサムですものね」

不安そうだからといって、ジゼルを責めるわけにはいかない。ジゼルがこと男性に関してマティルドの判断力を疑うのは当然なのだ。しかも、いま宿泊室にいる騎士はきわめてハンサムで愛想がよく、おそらく口もうまいのだから。しかし、たとえそうであっても、ジゼルは妹が自分の過ちから教訓を得たことを信用しなければならない。

「心配いらないわ、ジゼル。わたしは用心するし、あなたはもちろんそうでしょう？　それに彼が高潔な客としてふるまわないなら、出ていってもらえばいいことよ。さあ、これで彼の協力を受け入れられるでしょう？」

まだかなり迷っているようではあったが、ジゼルはため息をついて言った。「わたしにはあなたよりいい案がなにも思いつけないから、賛成することにするわ。ただし、わたしが彼に出ていってもらったほうがいいと考えたら、そのときは、わたしがまともにものを考えられないのでないかぎり、反対しないで」

マティルドは姉を抱きしめた。「約束するわ」

ふたりが階上の部屋に戻ると、騎士はベッドに腰を下ろし、片方の踝《くるぶし》をもう片方の膝にのせて、陽気でかなり複雑な曲を口笛で吹いていた。ふたりが入っていくと、彼は立ち上がり、ふたりに微笑みかけた。「で、どうなったのかな。わたしはエクルズフォードに行くのだろうか、行かないのだろうか」

「来ていただくわ、サー……？」

騎士は笑い声をあげ、腕を振ってお辞儀をした。

「いやはや、失礼してしまった。お許しを！ ずいぶん変わった出会いのしかただったことしか言い訳にはできない。わたしはイングランド王国の騎士、サー・ヘンリー・ダルトンです。女性と子供を守り、信仰心篤《あつ》く、ニコラス・オブ・ダンキースの弟にして、クラン・タラン氏族長の義兄、トリゲリス領主メリック卿《きょう》の盟友です」

サー・ヘンリーの持つ縁故は聞いていた以上に有力で、マティルドは少々たじろいだ。とはいえ、ずらずらとその縁故を述べたときの彼があまりにうれしそうだったので、やり込めたい衝動に駆られた。だが、せっかく協力を申し出てくれたのだから、それはやめておくことにした。「とても感銘を受けました、サー・ヘンリー。出発の支度ができましたら、護衛が中庭でわたしたちを待っています」

「宿の亭主にアポロに鞍《くら》をつけろと伝えてください」彼はふたりのためにドアを開けながら言った。「それからすぐに出発するのであれば、道中で食べられるようパンをひと切れ用意してくれと」

「すぐに出発します」城に帰るのが早ければ早いほど、安心できる。そのような知らせがあったわけではないが、ふたりが留守をしているあいだにロアルドが現れていないともかぎらない。

ヘンリーの唇に笑みが浮かんだ。「ロアルドがきみたちの城に来てわたしがいるのを見たら、どんな顔をするだろう。楽しみだな」

マティルドはなにも答えず、ジゼルとともに彼のそばを通りすぎて部屋を出た。でも実のところは、ロアルドに二度と会わずにすむほうがはるかによかった。そして、これだけの対策をとったことがすべて取り越し苦労に終わりますように、と強く願わずにいられなかった。

また雨の降ってきそうな灰色の空の下、地面をついている鶏やよたよた歩いている鵞鳥《がちよう》や昨夜の雨の残した水たまりのあいだを縫うように足を運び、マティルドとジゼルは護衛の待つところへと向かった。護衛の兵士たちは厩舎《きゆうしや》の外壁にもたれたり干し草の山に座ったりしている。厩《うまや》の軒下の乾いた地面に腰を下ろしている者も二、三名いたが、全員が宿の亭主からふるまわれたらしいエールのカップを手に持っている。

サーディックが、いちばん先にふたりが来るのに気がついた。ふたりの友人でもある筋骨たくましいサーディックは残りの兵士に荒っぽく指示を出し、そばの樽《たる》の上にカップを置いた。ほかの兵士はそれぞれもたもたと立ち上がったり干し草の山から下りたりして、出発の準備を始めた。

ヘンリーと同じように、サーディックもまた優秀な戦士の好例で、広い肩、引きしまった腰、たくましい腕と脚をしている。サクソン族の先祖の多くがそうであったように、彼は戦斧《せんぷ》の使い方に秀でており、ヘンリーほどのハンサムではないとしても、端整な顔だちをしている。力強い顔を取りかこむ髪はふさふさとして、肩より長い。彼はゆるくひもを結んだ革製のチュニックを着て、ブリーチズも革製のものをはいている。濃い色の外套は祖父から父へ、父から子へと受け継がれてきた大きな円いブロンズ製のブローチでとめてある。ブーツをはいた脛《すね》には狼《おおかみ》の毛皮が巻いてあり、細い革ひもで縛ってある。

全体として見ると、彼は堂々たる姿をしている。

「レイフから聞いたとおりだったわ」マティルドはサーディックのところまで行くと、微笑んで言った。「あのノルマン人騎士はスコットランドの有力な領主の弟で、もうひとりべつの領主の義兄に当たって、コーンウォールのトリゲリス領主の友人なんですって。しかも、そのサー・ヘンリーはわたしたちに協力すると了承してくださったの」

サーディックは眉をひそめた。それというのも、ジゼルと同じように、もともと彼はマティルドの案に乗り気ではなかったからだ。「そのサー・ヘンリーとやらがロアルドを尻尾《しっぽ》を巻いた犬みたいに追い返せなかったら、どうする？」サクソン訛《なまり》のフランス語で彼は言った。

彼が積極的に喜んでくれると予想していたわけではないが、それでも不満げにそう言われるとマティルドは苛立《いらだ》った。「あなたの戦士としての技量を問題にしているわけではないのよ、サーディック」やや むっとしてマティルドは言った。「わたしの考えた方策をあまり早くから疑問に思わないでほしいわ。これで守備隊の兵士の命をできるかぎり救いたいと期待してのことなのだから、なおさらよ。でも安心して。わたしの計画が失敗して、戦わなければならなくなったとしても、守備隊がわたしたちを失望させることはないとわかっているわ」

それを聞いてサーディックは微笑んだ。が、鍛えられた軽快な足取りで肩を揺らしながらこちらへやってくるヘンリーの姿が目に入ると、その笑みは消えた。ヘンリーは厚地の黒い外套を着て、大きな革袋を肩にかついでいる。金属のぶつかり合う音がじゃらじゃらとしているところをみると、袋のなかには鎖帷子《かたびら》やそのほかの武具が入っているらしい。

「あの小柄な男がロアルドを威嚇するんだって？」サーディックが驚いて尋ねた。

サー・ヘンリーを〝小柄〟と思うのはサーディックくらいのものだ。たしかにサー・ヘンリーはほっそりとしているが、そのほっそりした体にたっぷりと筋肉がついているのをマティルドは知っている。それにサー・ヘンリーはサーディックほど長身ではないが、兵士の大半、とくに濃い色の髪をしたケルト人よりは背が高い。

「サー・ヘンリー本人に無理な場合は」マティルドはサーディックに向き直った。「彼の兄弟や友人が怖がらせることができるわ」

ヘンリーはサーディックが眉をひそめたり、灰色の目でにらみつけたりしたのに気づいたはずだ。しかし、みんなの待つ中庭に着いたときは、まるで自分の到着をみんなが祝ってくれるとでもいうように、その形のいい唇に愉快そうな笑みを漂わせていた。

いや、それとも彼は兵士を見ておかしく思っているのだろうか。彼は自分のほうが優秀だと考えているのだろうか。ノルマン人のほうが生まれつき優秀な兵士だと。

たしかに兵士たちは中庭で待っているあいだにやや だらしなくなっているし、サーディックは髪を刈ったほうがいいかもしれない。でもサー・ヘンリーはノルマン人にしては驚くほど長い髪をしているし、貴族らしい服装をしているとはとうてい言えない。剣を携えていなければ、裕福な商人に見える。

いいえ、ひょっとしたら、とマティルドは上の部屋で見た彼のふるまいを思い返して考えた。これは彼が貴族の女性、それもジゼルのような美人といっしょにいるときに浮かべるいつもの表情なのかもしれないわ。

「サー・ヘンリー、こちらはわたしたちの護衛団の指揮官であり、エクルズフォード守備隊長のサーディックです」マティルドは紹介するつもりで言った。

「きみのご先祖はサクソン人だな」ヘンリーは愛想

よく言った。「その髪と戦斧から判断すると」

「そのかわいい顔から判断すると、あんたはノルマン人だな」

サー・ヘンリーはまだ笑みを浮かべているが、その茶色の目の断固とした光が強くなるのがマティルドにはわかった。それに彼の手の関節が白くなっている。それはサーディックも同様で、一瞬マティルドは二頭の大きな雄鹿《おじか》が頭を突き合わせようとしているのを眺めているような気分に陥った。

格闘は避けたい。サーディックは友人だし、エクルズフォードにはサー・ヘンリーが必要なのだ。

「サーディック」マティルドはやや注意するような口調で横から言った。「わたしたちはサー・ヘンリーをエクルズフォードのお客さまとして迎えるのよ」

幸いサーディックはサー・ヘンリーを挑発するのをやめて、うしろへ下がった。

ヘンリーが見かけは上機嫌そうな笑い声をあげた。

「筋骨たくましい護衛団長どの、そろそろ出発してはどうだろう。わたしの読みが大きくまちがっていないかぎり、嵐がやってくる。ずぶ濡《ぬ》れになるのはごめんだからね」

2

生け垣を越えて吹いてくるひんやりとした秋風が雨のにおいを運んでくるなか、ヘンリーは同行の人々を眺め、今回のできごとの奇妙な展開について考えた。朝目を覚ましたら、知らないレディにじろじろ見られていたというのは毎日あることではない。だが、レディ・ジゼルとレディ・マティルドに話したように、自分の寝室に女性がいたという経験はこれが初めてではない。自分は十四歳のころから女に追いかけられていた。そのような出会いでちやほやされたりうれしく思ったりすることには新鮮味などとっくの昔になく、いまではおもしろさすらない。ふたりのレディから見つめられているとわかったときは、楽しさよりもわずらわしさのほうがはるかに強かった。ほとんど眠れない夜をまたすごしてしまったあとだっただけに、なおさら迷惑だった。

とはいえ、美しいレディ・ジゼルが相手ならベッドをともにすることを考えると言ったのは本心でもある。実際、こんなに美しい女性はこれまで見たこともない。顔だちは完璧《かんぺき》だし、肌は白くて、頬がほんのりと赤みを帯び、つややかな金髪をしている。上質な大青《たいせい》で染めた濃い青の毛織りの外套《がいとう》を着て、打ち合わせに銀のブローチをとめている。ガウンも濃い青の緞子《どんす》という上質なもので、しなやかな革の飾り帯を締めている。やわらかな白絹のベールが丸い頬にふわふわとたわむれているのは、うなだれているせいだ。レディ・ジゼルは目も物静かに伏せていて、俗世を離れた修道院で暮らす尼僧のように慎み深い。

反対にレディ・マティルドときたら……。レディ・ジゼルとはまったくちがう。美人ではないし、とくに腹を立てたり不満があったりして顔をゆがめているときはお世辞にも美人とは言えない。それに服装も地味だ。さらには、けさ宿屋の部屋で誤って――まさしく誤って、手をつかんで殴られたときのあの一撃から判断すると、若い男並みに力もある。宿屋の使用人と思われても当然じゃないのか？

あのときレディ・マティルドは部屋に乱入してきたのはむこうではなくこちらだと言わんばかりの態度をとっていた。栗《くり》色の目は不機嫌そうに燃えていたし、ふっくらした唇がほとんど見えないほど薄く引き結ばれていた。

レディ・ジゼルを目にしたあとだけに、騎士らしく腹立ちをどうにか隠したが、いらいらしたにもかかわらず、レディ・マティルドからにらみつけられたとき、大胆な女性は恋人としては最高だと思い出した一瞬があった。大胆な女性というのは、自分がどうしてほしいかや相手はどうされるのが好きかをはずかしがらずに言ったり尋ねたりするからだ。

とはいえ、レディ・マティルドも貴族の女性で、美女の姉妹だと知ると、自分の関心はすぐさまレディ・ジゼルに戻った。そしてみじめな状態にある自分の財布の中身のこと、自分には土地がないこと、自分の年齢を意識した。自分はあまり若くはないのに、結婚し家族を持つことはまだ考えていない。兄のニコラスや妹のメアリアン、友人のメリックが家庭を持つ喜びを実例で示してくれているというのに。何年ものあいだある場所からべつの場所へと旅し、いつも客人として暮らしてきたが、そんな生活の輝きも失《う》せてしまった。

兄ならきっと、できるものならレディ・ジゼルに求愛して結婚しろと忠告するだろう。レディ・ジゼルは若くて美しくて富もある。不足な点はあるだろうか。まあ、欠けている点はひとつあるが、いまのところそれはたいした障害ではない。自分は恋に落ちた相手と結婚すると前々から心に決めているのだ。

鞍《くら》の上で揺れているレディ・ジゼルのほっそりした体を見つめながら、ヘンリーは笑みを深めた。これほどの美人に恋をするのはきっとたやすいことだ。それに、こちらも相手に同様の気持ちを起こさせる自信がまったくないわけではない。自分にはこの顔と、何年もかけて積んだ女性の経験がある。持参金として土地と富をもたらしてくれる、これほどの美女の愛を勝ち得るのは、そのためにどれだけの労力をかけなければならないとしても、きっとそれに値するはずだ。

そして美しいジゼルを妻に娶《めと》ったなら、ニコラスもようやく弟であるこのわたしに少しはいいことを言ってくれるにちがいない。いつまでも役立たずな生き方をしていると、わたしをとがめることもできなくなるだろう。

さっそく働きかけを始めてみてはどうだ？　ヘンリーはそう思い、アポロの速度をやや速めてふたりのレディのあいだに割り込んだ。

「城まではあとどれくらいかな？」彼はいちばん魅力的な笑みを浮かべてジゼルに尋ねた。「いまにも雨が降ってきそうだ」

「ここまで来れば、そう遠くないわ」マティルドが答え、ジゼルは馬を進めてサーディックの隣へ行ってしまった。

控えめな性格からそうしたのかどうかはわからないとしても、ヘンリーはこうまであからさまにレディ・マティルドとふたりで取り残されたことにむっとした。

マティルドがすぐさまその物問いたげな茶色の目をヘンリーに向けて尋ねた。「あなたはなぜロアルドがお嫌いなの？」

やれやれ、レディ・ジゼルが内気で慎《つつ》ましいのにらぼうなんだ。

対して、レディ・マティルドはなんと大胆でぶっき

「わたしが感情を害するなどと心配なさる必要はないわ、サー・ヘンリー」ヘンリーがすぐには答えないでいると、マティルドは言った。「ロアルドがなにをしてもわたしは驚かないから」

レディ・マティルドが知りたがっていても、それにどんな理由を聞かされても驚かないと言われても、正直な答えは女性に聞かせられるような話ではない。

「名誉を重んじる心のある人間なら、だれもがロアルドを嫌うのではないかな」

レディ・マティルドは目を丸くもしなければ、横を向くこともしなかった。「彼は愛想がよくてちゃめっけのあるところを見せることもできるし、宮廷でもわたしたちの手が届かないくらい影響力があるわ。わたしが思っているほど彼が嫌いでないなら、彼を怒らせるようなことはしたくないと判断なさってけっこうよ。彼の側につこうと決めてもかまわないわ」

このわたしがそのように不誠実な態度をとれると考えるとは、なんと無礼な。「わたしはきみたちに協力すると言った。だからそうする。たとえそう言わなかったとしても、ロアルドから協力の要請があるはずもないし、あったとしてもわたしには受け入れられない。ロアルドのほうでもわたしが大嫌いなんだ」

「すると、ふたりは諍《いさか》いをしたのね。諍いの種は賭《かけ》？　女？」

くそ、これでは仲間割れをした共謀者の片方みたいだ。「ロアルドやその仲間とはまず賭などしようとは思わない。なぜならば、連中はいかさまをやる」

マティルドはちらりとヘンリーを見た。鋭く値踏みをするような視線だったが、どこか敬意を表して

いた。「それでは女？」

女をめぐる諍いは事実に近いが、それでもふたりのあいだの敵意はレディ・マティルドの想像を超えるような、はるかに異なった原因から生じている。

質問攻めに遭うのを避けるため、それにこのままだとまたどんな当てこすりを言われるかわからないため、ヘンリーは事実をかいつまんで話すことにした。「ふたりとも宮廷にいたとき、わたしは彼が召使いの娘を手ごめにしようとしている場に偶然でくわした」

憐《あわ》れなその娘のおびえきった顔と、どんな年ごろの娘かを思い出し、いつものようにヘンリーは胸の悪くなる心地を覚えた。娘は十歳を超えてはいなかったはずだが、詮索《せんさく》好きで遠慮というものを知らないレディ・マティルドにはそれは黙っておくことにした。「剣の切っ先をロアルドに突きつけて、娘を放させた。だからロアルドはわたしが嫌いなんだ」

最初ヘンリーはレディ・マティルドの顔に話を納得した厳しい表情が浮かんだように思った。しかしその表情はすぐに消え、人の心を鋭く探るような光が目に表れた。そのまなざしは兄のニコラスの視線に負けず劣らず彼を気づまりにさせた。「それはいつのこと？」

「二年前だ」

「娘を強姦《ごうかん》しようとしたことで罰は受けなかったの？」

正確ではあっても生々しいことばに、ヘンリーは内心顔をしかめた。レディの口からこのようなことばが発せられると、とまどってしまう。「受けなかった」

「すると、悪事を行っているその現場で彼をつかまえたのに、そのまま彼を逃がしたの？」

そう非難されて、ヘンリーは一抹のやましさを覚え、赤くなった。とはいえ、事件のあった当夜はロアルドを逃がしてやったことに罪悪感は覚えなくていいと自分に言い聞かせたものだった。「きみは娘を見てもいないし、その泣き声や番兵を呼ばないでと訴えたことばを耳にしてもいないからね。娘には自分がなにを言ったところでロアルドの言い分が通るとわかっていた。ロアルドが娘のほうからことを仕向けたと言うだろうと。そうなれば、娘の評判には取り返しのつかない傷がつく。わたしにはそれに反対はできなかった。それでロアルドを逃がした」

マティルドが頭を傾けた。「おおかたの貴族は、娘の気持ちには関係なしに、召使いの体は当然自分のものだと思い込んでいて、そういうことに干渉しようとはしないわ」

「わたしはちがう」ヘンリーはきっぱりと答えた。「生まれの貴賤《きせん》にかかわらず、相手の気持ちに逆らって関係を持とうとは思わない。わたしは女性を苦痛や不安で泣かせたことは一度もないし、叩《たた》いたことや傷つけたこともない」

レディ・マティルドが前方のサーディックとレディ・ジゼルを見た。ヘンリーは強い口調で話したことを後悔した。見かけや態度がどうあろうと、相手がレディであることを忘れてはいけなかったのだ。

「あなたが助けてくださって、その娘は運がよかったわ」マティルドが静かに言った。その口調には誠実さと共感、そしてかすかなやさしさと同情がこもっていた。それはかなり思いがけないことだったが、不愉快ではなかった。

お返しにこちらも愛想よくしようと、ヘンリーは行列の先頭にいるサーディックのほうへ頭を傾けた。サーディックはわきに剣を携え、かなり大きな戦斧《せんぷ》を背負っている。斧《おの》の柄は一メートルほどの長さがあり、刃《やいば》は髪の毛を真っ二つに割けるほど鋭く研いであるように見える。「あれだけの責任と信頼をともなう地位にイングランド人がいるのを見るのはかなりめずらしいな」

実のところ、イングランド人を責任のある職に就けたり友人とみなしたりするようなノルマン人貴族はヘンリーの知るかぎりいない。ノルマン征服からほぼ二百年たとうとしているいまでも、敵意はなかなか消えてはいないのだ。

「ノルマン人が来る前、サーディックの家系は王族だったのよ」

レディ・マティルドは明らかにサーディックが気に入っている。どれくらい気に入っているのだろう。そうヘンリーは思った。親密な関係と言える程度にまでなのだろうか。かといって、それが気になるというわけではないが。自分はレディ・マティルドのような大胆でずうずうしい女性には興味がない。

「きみたちはプロヴァンスの出身だね?」彼はレディ・マティルドの訛《なまり》から察して言った。

「ええ。プロヴァンスで生まれて、子供時代のほとんどをそこですごしたわ」

ヘンリーの大嫌いな王妃と同じだ。王妃は手前勝手な理由から自分の身内を要職に就け、ノルマン人を謀反へと駆り立てているように思える。

「エレアノール妃と同じだね」レディ・マティルドはどんな反応を示すだろうと思いつつ、ヘンリーは言った。

レディ・マティルドはヘンリーに負けず劣らず王妃が嫌いのようだった。「エレアノール妃の家系について父の言っていたことが本当なら、彼女が王妃となったのはイングランドにとって残念なことだわ」

これはおもしろい。「お父上は王妃の家系についてなんとおっしゃった?」

「あの一族がつくったものは美人だけだ、一族が知性らしきものを見せたのは縁組だけだと」

これは実にきわどい冗談だ。ヘンリーは笑わずにいられなかった。そのあとヘンリーらしく、すらすらと言った。「美女をつくれるのはなにも王妃の家系だけじゃない」

マティルドが顔をしかめた。

これはしくじったぞ。レディ・マティルドはお世辞に心を動かされるような女性でないらしい。いや、ひょっとすると、姉妹のレディ・ジゼルは美女でも、自分はそうでないことを思い返したのかもしれない。

「父はノルマン人も好きではなかったわ。いつも戦争をしたがっていて、音楽や美術を評価しないから」

わたしのお世辞はレディ・マティルドを怒らせてしまったようだ。きょうだいと比べられて自分になにが欠けているかを指摘されるのがどんな気分かは、いやというほど知っている。ヘンリーはレディ・マティルドがむっとしても腹は立たなかった。

レディ・マティルドがいま言ったことばも残念ながら当たっている。少なくとも自分の場合は。気のきいたみだらで短い歌以外、美術や音楽のことはほとんどわからない。とはいえ、これまでそれを自分の欠点だと思ったことはない。「だれかが国を守らなければならない」ヘンリーは言った。

「ウィリアム一世はイングランドに侵攻こそしたけれど、イングランドを守ったかしら。わたしはまちがって覚えていたにちがいないわ」

レディ・マティルドがさも自分たちのほうが優秀だと言わんばかりの態度をとらなければ、いまのことばももっと愉快に思えただろう。「われわれはときとしてわれを忘れることがあるけれど、領土を守るためにはそのような人間が必要なときもある」

マティルドのなめらかな頬が赤く染まり、鼻にいくつかあるそばかすがほとんど見えなくなった。

「悪気はなかったのよ、サー・ヘンリー」しばらくしてマティルドは言った。たしかにあまりうれしがっているようすではない。「それにわたしは必ずしも父のノルマン人に対する見方に賛成しているわけではないの。父はあなた方ノルマン人をさまざまな点で評価していたわ。たとえば、大憲章《マグナカルタ》をつくったこと、それが国王の権力に制限を定めたことを。だからこそ父は、フランスの領土の所有権をすべて放棄して兄であるロアルドの父親に譲り、代わりにエクルズフォードをもらったの。そのあと父はイングランドの宮廷がフランスのそれとたいして変わらないことを知って、ひどくがっかりしていたわ」

それにはヘンリーもうなずくしかない。貴族《ノーブルメン》というのは真っ先に人間《メン》であり、気高く《ノーブル》あることは二の次なのだ。だから自分の野望や欲を宮廷に持ち込む。

「それで父はエクルズフォードに引きこもり、二度と王宮に近づくことはなかったの」

なるほど、これまでヘンリーが宮廷でこの姉妹の姿を見かけたこともうわさを聞いたこともなかったのはそのせいだったのだ。

「だから、わたしたちには頼りにできる貴族の友人がいないのよ。そんな友人がいれば、見知らぬ人に協力を頼むこともなかったわ」

突然ヘンリーにはレディ・マティルドに腹を立てたり、彼女から言われたことにいらいらしたりした自分が無粋に思えた。レディ・マティルドとレディ・ジゼルは自分に助けを求めているのであり、そのことのみを自分は気にかけるべきなのだ。

たぶんこの辺で前々からニコラスに言われつづけていることを守り、口をつぐんでいるべきなのかもしれない。

それを実行し、ヘンリーはレディ・マティルドと並んで黙ったまま馬を進めながら、うしろの兵士たちの笑い声や話し声に耳を傾けた。やれやれ、ここの連中は兵士というより狩猟中の男たちのようだ。

ヘンリーとその友人たちに武術を教えたサー・レオナード・ド・ブリッシーなら、このように規律に欠ける態度は絶対に許さないだろう。サー・レオナードがここにいたら、どんな罵《のの》りのことばと叱責《しっせき》が飛んできたことか。

「エクルズフォードはこの森のむこう側よ」さらに一キロ半ほど進んだころ、マティルドが言った。すでに風が吹きはじめ、マティルドとジゼルの外套の裾《すそ》をはためかせたり、茶色や黄色の木の葉をぬかるんだ轍《わだち》だらけの道に舞い落ちさせたりしている。

ヘンリーは雲が前より暗くなっているのにも気づいた。雨の降らないうちにエクルズフォードに着けるといいのだが。騎士であろうとなかろうと、肌にしみとおるほどぐっしょりと濡《ぬ》れるのはごめんだ。

雨は待っていてくれず、エクルズフォード城に着くまでにヘンリーは肌までぐっしょりと濡れた。どしゃ降りのなかではどこを通っているのかもほとんどわからないくらいだったが、それでも城に空堀がめぐらされているのは目にとまった。ただし、堀は大きな木製の城門へと通じる道路でとぎれている。そして城壁は外側のものしかない。エクルズフォード城はこれまでヘンリーが目にした城塞《じょうさい》のなかでも、第一級の部類には入らないようだ。

丸石を敷いた中庭に入ると、だれもが急いで馬から降りた。厩番《うまやばん》が腕で頭を覆いながら、下馬を手伝いに駆けてきた。中庭はただでさえ騒々しいのに、馬がいなないて足踏みをし、蹄鉄《ていてつ》が丸石に当たってうるささがさらに増す。兵士たちは雨のことでぶつぶつ文句を言いながら、頓着《とんじゃく》なしにしぶきを飛ばしながら水たまりを駆けていく。

騒々しさのなかでも、マティルドの声はよく通った。「大広間はこちらよ、サー・ヘンリー」マティルドは中庭を突っ切ってすぐの建物に向かった。

促される必要などなかった。それどころか、ヘンリーはレディ・マティルドの腕をつかんで急《せ》かしたいのを極力こらえたくらいだった。

服や髪が濡れつつあるせいばかりではない。濡れた石のにおい――長い時間、いまにも引きずり出されて処刑されるのではないかと恐怖にとらわれてすごした、あのじめじめとした冷たい地下牢《ろう》を強烈に思い出させるもの。そのにおいはこっぴどく殴られた記憶をよみがえらせ、さらには肉体的に受けたどんな苦痛よりもひどい痛み、忠誠と友愛を誓い合った男が自分を信頼してくれてはいなかったと気づいたときの吐き気を催す衝撃をよみがえらせる。

降りしきる雨を逃れて建物に入ると、ヘンリーはぐっしょりと濡れた外套をそばに現れた召使いに渡し、犬のように身を震わせた。そうすれば髪や服にしみた雨水ばかりでなく、みじめな記憶も振り払えるとでもいうように。

それはまずまず功を奏し、恐怖と動揺が消えていくと、ヘンリーは体を起こした。そしてレディ・マティルドが部屋や食事のことでなにやら言いながら動きまわっているあいだに、あたりを眺めた。

大広間はさほど大きくはないが、奥の壇の上には腰掛けや背のない円椅子や、さらには背のある椅子もあって、快適そうだった。食事の際に使う架台式テーブルの天板が、よく汚れを落として架台とともに壁に立てかけてある。狩猟の光景と庭にいる貴婦人たちを描いた壁掛けが壇の奥の壁を覆い、石の壁の冷たさを防いでいる。壁にはたいまつを差した金属製の燭台《しょくだい》があり、煙と年月で黒ずんだオーク材の梁《はり》がスレートで葺《ふ》いた屋根を支えている。

とはいえ、いちばんありがたいものは中央の炉で盛大に燃えている火だった。ヘンリーはすぐさま炉のそばへ行き、そのぬくもりに手をかざしてため息をついた。薪《まき》は林檎《りんご》の木で、その芳香が湿った毛織りや亜麻布や足の下の藺草《いぐさ》のにおいに混じっている。

そのあいだ、レディ・マティルドは戦の最中の将軍のように動きまわって指示を出していた。レディ・ジゼルは曲線を描いた階段を上り、寝室や乾いた服があると思われる上の階に消えてしまった。サーディックをはじめびしょ濡れの護衛たちが入ってきて、ヘンリーとは火をはさんだむこう側に陣取った。兵士のだれもがヘンリーに敵意を含んだ視線をちらりと投げながら、足を引きずって歩き、火にいちばん近い場所を得ようとしている。

ヘンリーは兵士たちを無視した。好奇の目にせよ、敵意の目にせよ、じろじろ見られるのには慣れている。

一度か二度、体の線がはっきりわかるガウンを着た、きれいな顔をしている胸の豊満な召使いの女がそばを通った。女はヘンリーに興味があるのを隠さず、こっそりとなまめかしく微笑《ほほえ》みかけた。

これにもヘンリーは慣れている。こちらが望めば、あの召使いはベッドに忍び込んでくるだろう。もっとも、こちらは望んでいないが。第一に、おおかたの人間が思い込んでいるように、目にとまった若い女性をだれかれかまわずベッドに連れ込むのは、ヘンリーのやり方ではまったくない。第二に、地下牢ですごして以来ほんの数回女性とベッドをともにした結果、愛を交わすと眠気を呼ぶどころかよけい目が覚めるとわかったのだ。第三に、美しくて慎ましやかなレディ・ジゼルは自分の城の使用人がベッドに連れ込まれたと知ったら、ヘンリーを考慮するにふさわしい求婚者とは認めてくれそうにない。

レディ・マティルドに関する気まぐれな空想は、きっときょうという奇妙な一日の疲れと変わったできごとのせいで生まれたものにちがいない。たしかにレディ・マティルドは大胆で威勢のいい女性だが、自分の好みのタイプでは全然ない。ずうずうしすぎて趣味に合わない。ここに滞在するあいだは、できるだけ近づかないでおこう。

レディ・ジゼルが階段の下に現れた。目の色によく合ったやわらかな青いビロードのガウンに着替えている。清純そうな白いベールは同じ青い糸の飾り縫いが入り、複雑にねじった細い飾り冠で押さえてある。ガウンの長い袖口《そでぐち》には金糸と、ガウンの裏に使われている絹地と同じエメラルド色の糸で縫いとりが施されている。腰には細い金の飾り帯を締めている。

レディ・ジゼルはまさしく絵に描《か》いたような美女だ。その美女が階段の下で子鹿《こじか》のように頼りなげに足をとめたのを見て、ヘンリーはこの女性に求愛し、結婚を望まない男は大ばか者だと思った。

「着替えをなさりたくはない？」レディ・マティルドが尋ね、ヘンリーははっと物思いからわれに返った。

レディ・マティルドは彼のすぐそばにいて、こちらが不安になるほどなにもかも見抜きそうな表情を浮かべていた。この人には心を読む力があるのだよとだれかに言われたとしても、ヘンリーは信じてしまいそうだった。

「お部屋の用意ができたわ」マティルドが言い添えた。

レディ・ジゼルが静かに炉のほうへやってくるのを見て、ヘンリーは自分の服はもうあまり濡れていないと判断することにした。「ありがとう。しかし、いまのままでけっこうだ」

マティルドは唇をすぼめてその小さな嘘《うそ》に反応を示し、ついで目を洗礼者ヨハネの祝日前夜に焚《た》く大かがり火のように輝かせた。

「トーマス神父！」マティルドは歓声をあげ、ちょうどいま大広間に入ってきたばかりの中年の神父のほうへ駆け出した。

ひょっとしたら、レディ・マティルドは修道女になりたいのかもしれない。

もしもそうなら、どんな女子修道院も尼僧院長も従順な修道女が来るものと思っているだろうから、レディ・マティルドを受け入れる態勢は整っていそうにないぞ。

がっかりしたことに、レディ・ジゼルは炉まで来ずに壇上の椅子に腰を下ろした。ヘンリーは炉を離れて壇上に行こうかと考えたが、そこへレディ・マティルドが一羽だけひよこを連れた誇れる雌鶏《めんどり》みたいに神父を連れてやってきた。頭のてっぺんがはげ、残った髪にも白いものが交じった神父は落ち着き払ってマティルドのあとに従い、感じのいい顔にやさしい笑みを浮かべている。

「サー・ヘンリー、こちらはエクルズフォード城礼拝堂付司祭、トーマス神父よ。もっとも神父はお城に住んではいないけれど」マティルドは気楽なようすでそう言い、うれしそうに目をきらきらさせた。

レディ・マティルドがくすくす笑い出したとしても、ヘンリーは驚かなかったにちがいない。それほど態度が激変し、ついさっきヘンリーと話していたレディ・マティルドとは別人のようだった。

ふいに彼女が給仕係ではないことが——自分のベッドで一夜をすごすのをいそいそと承諾しそうな召使いでないことが、ヘンリーには残念に思えた。

これは困った。わたしは自分で思っている以上に疲れているらしいぞ。

トーマス神父がヘンリーに向かって申し訳なさそうに微笑んだ。「わたしは村人に交じって暮らすほうが好きなんだが、残念ながら、レディ・マティルドはどうしてもそれを許してくださりそうになくてね」訛から察すると、神父はフランス南部の貴族の家庭のおそらく次男か三男あたりで、充分な教育を受けているようだった。神父は品よく肩をすくめた。

「村人たちのほうが、わたしをもっと必要としている」

「兵士よりも？」ヘンリーは愛想よく尋ねた。もともと聖職者に対しては尊敬の念をいだいている。少なくとも聖職者の大半に対しては。「兵士のほうが罪を犯しがちではありませんか？」

神父の忍耐強そうな目はほとんどの俗人にはわからない世界について知識を与えてくれそうだった。

「人間はだれでも罪を犯しやすいものでね。少なくとも兵士は寝場所と食べ物にありつけるとわかっている。村の貧しい人々にはその保障がなにもないんだよ。エクルズフォード城のレディたちはたいていの城主より気前がいいとはいっても」神父はため息をついた。「しかし、それは主の教えのとおりでね。貧しき者はつねにいて、その生活は苦しい」

ヘンリーは貧しい人々の生活について知らないわけではないが、自分が生きていくうえでそのような人々の不幸とかかわったことはめったにない。親切で口調のやわらかな神父を前にすると、ヘンリーはふいに必要以上に気が引けるのを覚えた。

「トーマス神父は、ロアルドからは便りもないし、彼が来そうな気配もないとおっしゃるの」マティルドが言った。「彼の現れない日がすぎればすぎるほど、父の願望を受け入れたのだと思う気持ちが強くなるわ」

そのことばとレディ・マティルドの笑みはヘンリーにまったく異なった意味での願望のことを思わせた。レディ・マティルドのいまは亡き父親とはなんの関係もない願望だ。彼の頭のなかには大胆で活発なレディ・マティルドが彼のベッドにいていまのように微笑み、笑い声をあげ、そのあと歓《よろこ》びのため息をついている光景がありありと浮かんだ。

「さあ、食事の時間よ」マティルドが告げ、ヘンリーを空腹で服もまだ少し濡れた状態の現実に戻した。

「サー・ヘンリー、父の椅子に座ってくださらない? ジゼル、サー・ヘンリーの右、トーマス神父の左に座って」

命令を受けた兵士のように、三人がそれぞれの席についた。レディ・ジゼルは慎ましやかに目を伏せたままで、ヘンリーのほうを一度も見ようとしなかった。

食事が始まると、ヘンリーはトーマス神父のむこう側に座っている威勢のいいレディ・マティルドには取り合わず、美しいレディ・ジゼルを楽しませ、自分を印象づけようとした。まず初めに焼きたてのパン、バター、ポロねぎとサフランのソースで調味した平目が供されると、彼は宮廷で会った人々についてとっておきの愉快な話を披露した。

レディ・ジゼルは微笑みすらしなかった。ただの一度も。

玉ねぎ、パセリ、セージを添えた牛肉の凝った煮込みがつぎに運ばれ、ヘンリーは自分の参加した武芸試合のこと、自分が打ち負かした騎士のことを語った。自分の友人であるトリゲリス領主メリック、現在トリゲリスの守備隊長を務めているサー・ラヌルフの話もした。戦いの描写をすると、レディ・ジゼルはそれ相応にはっと息をのんだり驚きの声をあげたりしたが、それはあくまで形だけのもので、社交辞令にすぎないのは明白だった。卵とクリーム、パン粉、挽《ひ》いた肉でつくり、胡椒《こしょう》のほかにヘンリーにはよくわからない異国の香辛料で風味をつけたプディングが運ばれると、ヘンリーは自分の妹メアリアンがスコットランド人と駆け落ちした話を語って聞かせようとした。

この話はついにジゼルから反応を引き出した。彼女は目を丸くし、頬を上気させて、つぶやくように言った。「ご家族をそこまで心配させ、体面を汚しそうになるとは、あなたもとてもたいへんだったでしょうね」

「ところが、わたしはそのときその場にはいなかったんだ」ようやく返答らしきものを得て、ヘンリーは大喜びしながら白状した。

しかしレディ・ジゼルはまた黙り込み、ヘンリーは不満のため息をつきたいのをこらえた。これほど興味を示さない相手には出会ったことがない。

これでは先行きが思いやられる。

あの豊満な胸をした召使いの女が、見かけどおり好意的かどうかを確かめてみたほうがいいかもしれないぞ。愛を交わしたところで安眠できるとはかぎらないとわかっていてもだ。べつの見方をすれば、レディ・ジゼルに話しかけているときですら頭の隅でしつこく躍っているレディ・マティルドのばかばかしい面影が、それで追い払えるかもしれない。

焼いた果物の食べ残しが片づけられると、ジゼルは椅子を引いて立ち上がった。「失礼ながら」マティルドとトーマス神父を見つめながら、ジゼルは静かに言った。ヘンリーのほうはちらりと見たきりだ。

「今夜は早めに引きとらせていただくわ」

「きょうは疲れる一日だったものね」マティルドがうなずいた。とはいっても、マティルド自身は少しも疲れたようすではない。

「おいしい食事をありがとう」神父も立ち上がった。

「この辺で失礼して、城門で待っている人々に残り物を届けてくるとしよう」

「ええ、トーマス神父」マティルドが言った。「同席してくださって、いつもながら楽しかったわ。ほかにもわたしにできることがあったら、遠慮なくおっしゃって」

「ありがとう。あなたをはじめ城にお住まいのみなさんに、神のご加護がありますように」

トーマス神父はヘンリーのほうを向いた。ヘンリーも同様に立ち上がっていた。「レディたちがちょうど助けを求めているときに現れてくれてありがとう」神父は慈悲深い表情で言った。「その寛容さを神はきっと祝福なさるにちがいない」

この城に来た理由が必ずしも無私のものではないことを考えると、ヘンリーは神父の友好的な視線をまっこうから受けとめることはできなかった。「こちらこそ名誉に思います、トーマス神父」

神父が壇を去ると、ヘンリーは自分も部屋に引きとることにした。「わたしも眠らなければ」いや、眠ろうとしなければ。「きょうは長くてかなり変わった一日だった」

灯心草蝋燭《ろうそく》を片手に、例のきれいな召使いがまるでこのときを待ちかまえていたようにすぐさま現れた。「わたしがご案内します、お嬢さま」

マティルドが蝋燭に手を伸ばした。「あなたは厨《ちゅう》房《ぼう》を手伝いなさい、ファイガ。サー・ヘンリーはわたしが部屋へご案内するわ。こちらへどうぞ、サー・ヘンリー」

マティルドが曲線を描く階段にさっさと向かった。ヘンリーは神父がそうしたように、しかたなくそのあとをついていった。おとなしく従いながらも、彼はレディ・マティルドの城主らしい態度に苛《いら》立《だ》つのではなく、むしろそれをおもしろがっていた。もしかしたらレディ・マティルドはハンサムな若い客人からファイガを守らなければと考えたのかもしれない。もっともファイガがそれを歓迎したかどうかはあやしいが。いや、それともレディ・マティルドはファイガが出しゃばりすぎたと思ったのだろうか。

レディ・マティルドが召使いの態度についてどう思ったにせよ、階段を上っていくころにはヘンリーはファイガのことを忘れていた。それよりもレディ・マティルドのかなり魅力的なうしろ姿を、ひと足ごとに揺れる丸いお尻やほっそりした腰をじろじろ見つめないよう、気をつけるのに忙しかった。彼はレディ・マティルドが神父を紹介したときのうれしそうなようすや、貧しい人々に交じって暮らしたいという神父の希望を通したことを思い返して頬をゆるめた。

二階に着くと、マティルドは最初のドアの前で足をとめた。「滞在中はこちらの部屋をお使いになって。以前は父の部屋だったの。だからいちばん広いわ。気に入っていただけるといいのだけれど」

その口調からは、気に入るはずだと確信しているのがわかる。

「かつてわたしが頭を休めなければならなかった場所のいくつかを考えれば」ヘンリーは正直に答えた。「きっと気に入るんじゃないかな」

マティルドはなにも言わずにドアを開け、先に部屋に入った。隅のほうはまだ暗いものの、蝋燭のゆらめく光が広い室内を照らした。重厚なビロード製と思われる暗色の帳《とばり》をめぐらしたベッドがまんなかに陣取っている。銀の水差し、水盤、清潔な亜麻布をのせたテーブルがドアのそばにあり、椅子と架台式のテーブルが窓辺にある。日中は窓からテーブルに陽光が差し込むことだろう。ラベンダーの香りがするが、これは寝具か水盤の横の石鹸《せっけん》から香ってきているにちがいない。いずれにしても、裏切り者と非難される前の楽しい日々を思い出させてくれて、うれしいかぎりだ。

外では雨が城の外壁を叩き、風が胸壁のあたりでうなり声をあげている。今夜ばかりは監視の兵士がうらやましくない。もっとも監視についている兵士がいるとしての話だが。これまでに目にした兵士のようすから察して、悪天候だからと持ち場を離れていたとしても、驚くには当たらない。

マティルドが燭台の黄色い蜜蝋《みつろう》の蝋燭に火をつけた。部屋の隅にはもっと大きな燭台があり、細い蝋燭が何本か立ててある。

一瞬、ヘンリーはレディ・マティルドの手が震えているように思った。が、確信が持てないうちに、レディ・マティルドは簡素なガウンの袖口に両手を隠してしまった。

なぜ手が震えるのだ？　レディ・マティルドがわたしを怖がっているはずはない。

「お荷物はあちらに」ベッドのそばの片隅にあるヘンリーにはなじみの包みをさして、マティルドが言った。

「ありがとう」ヘンリーは微笑んで答えた。「とても居心地のよさそうな部屋だ」

彼はこれでレディ・マティルドが部屋を出ていくものと思った。ところが彼女は動こうとしない。

なぜだ？　なにを待っているのだろう。わたしがいると気まずいならなおさらだ。それにわたしとふたりきりだというのに、ここでぐずぐずしているのはレディ・マティルドらしくない。

レディ・マティルドのいだいている感情が恐れでないとすれば、恐怖以外で女性が震えてしまうことだ。ひょっとしたら、みだらな想像をしてしまうのは、自分だけではないのかもしれない。「なにかほかにもわたしに言っておきたいことは？」自分の考えがまちがっている場合のために、彼は用心してあたりさわりのない口調で言った。

レディ・マティルドが彼の目を見た。その視線に迷いはなかった。「あらかじめ申し上げておくわ、サー・ヘンリー。ジゼルを誘惑するつもりなら、考え直したほうがいいわ」

驚きのあまり、ヘンリーは思わず一歩うしろへ下がった。誘惑は自分の目的ではないが、レディ・ジゼルと自分がうまくその気になれば、ことによると結婚はありうる。しかしレディ・マティルドの言い方だと、まるでこちらがきわめて不愉快なごろつきのようだ。「わたしは誘惑ごっこをやるときは、誘惑されるのに乗り気な女性しか相手にしないんだ」ヘンリーは答えた。「興味を示さない女性は追いかけない。どんなに美しい女性であっても」

「わたしには目がついているのよ、サー・ヘンリー」マティルドは胸で腕を組んだ。「あなたがジゼルをなびかせようとしているのをこの目で見たの。それに、あなたの頭にあるのは誘惑だけだとは言わないわ。なんといっても、ジゼルは相続人のひとりですもの、妻にすれば、裕福になれるわ」

ヘンリーの自尊心は金目当ての動機ではないと反《はん》駁《ばく》せよと促した。だが反駁すれば嘘をつくことになるので、そうはしなかった。「レディ・ジゼルに話しかけてはいけないということかな？」

レディ・マティルドは憐れむような表情を彼にちらりとしてみせた。まるで彼のことをばかだと思いながらも、礼儀上そう言うのは控えておくと言わんばかりだった。「そんなことは全然ないわ。あなたはロアルドの件でわたしたちに協力を申し出てくださったし、わたしたちのお客さまなんですもの」

「しかし、きみは妹を誘惑しようと企《たくら》んでいるとわたしを責めている」

「正確には、企んでいるのではなくて、持参金目当てにジゼルと結婚することを望んでいると言ったほうが正しいのではないかしら。そこで、わたしはあなたがむだな労力を使うのをとめようとしているの。ジゼルは美しくても、ばかではないわ。甘いことばや中身のない約束になびこうとはしないの。それからジゼルはわたしの妹ではなくて、姉よ」

レディ・マティルドが家政を取り仕切っているのを見て、てっきり姉だと思い込んでいた。たしかに姉のようにふるまっているのだから。

できるだけすばやく立ち直ると、ヘンリーは言った。「もしもわたしがきみの姉上に求婚するとすれば、それは姉上を愛しているからだ。愛する相手としか結婚しないと自分に誓っているのでね」

レディ・マティルドの表情は、それはどうだかあやしいものだわと語っている。

「信じるも信じないも、どうぞご随意に」ヘンリーは肩をすくめた。「しかし、わたしは自分の兄や妹のような結婚がしたい。どちらの夫婦もそれぞれ深く愛し合っていて、幸せに暮らしている。わたしもそれくらいは目指したい」

レディ・マティルドが明敏そうなその目を鋭く細め、ヘンリーを見つめた。「あなたは貴族としてはずいぶんめずらしい人ね」

「きみは貴族としてはずいぶん変わった女性だ」

ヘンリー自身にすら褒めことばとしてそう言ったのかどうかはわからなかったが、しかしそれは事実だった。「きみのレディ・ジゼルを思いやる気持ちには感心した」レディ・マティルドのほうへと足を運びながら、彼は言った。少なくとも、感心したのは事実だった。

レディ・マティルドがおびえたようにうしろへ下がった。わたしを怖がっているのだろうか。そんなばかなことはない。危険な人物だと警戒されるようなことはなにもしていないのだから。

「ジゼルと結婚した人はエクルズフォードの領主になるのよ。わたしは自分が裕福になることだけを求めているハンサムで魅力的な人からジゼルを守らなければならないわ」

ヘンリーは怪訝《けげん》な顔でマティルドを見つめた。「レディ・ジゼルが姉なら、自分で自分を守れるはずではないのかな」

マティルドは頬を真っ赤に染めたものの、顔をそむけたりはしなかった。唇がなかば開き、呼吸の速さとともに胸が大きく上下している。その体が前へやや泳いだ。むこうも肉体的に強く惹《ひ》かれる力と好奇心を感じている。ヘンリーにそう思わせるには充分な反応だった。

それに応《こた》え、彼は肩に両手を置くとマティルドを引き寄せようとした。彼女とともに、ラベンダーの香りが漂ってきた。

マティルドがはっと息をのみ、それと同時に突然恐怖としか思えないものを目にありありと浮かべて身をよじり、ヘンリーの手から逃れた。「わたしにさわらないで！」

その拒絶の激しさに驚き、ヘンリーは両腕を広げた。「怖がらせるつもりはなかったんだ」

「あなたはわたしにキスしようとしたわ！」まるで彼からキスをされるのは殺されるのと同じだとでも言わんばかりに、マティルドは非難した。

なにもヘンリーと出会ったすべての女性が彼に惹かれるわけではない。それにそう思うほど彼はうぬぼれているわけでもない。かといって、自分は魅力のない男だと感じさせられたことはこれまで一度もない。ヘンリーの自尊心は傷つけられた。レディ・マティルドのほうこそキスしたい衝動に駆られたはずだ。そうだと証明してやろう。

「わたしはきみがわたしにキスしたがっていると思ったのだが？」彼は低く声を落とし、多くの女性から情熱的な欲望の告白を引き出してきた口調で言った。

そのときレディ・マティルドの浮かべた表情といったら！　衝撃のあまりヘンリーが死ななかったのはまさに奇跡だ。「とんでもないわ。なんと下品で浅ましくていやらしい人かしら！」

ヘンリーは顔じゅうがかっと熱くなるのを覚えた。長いあいだ感じたことのなかったものだ。困惑し、自尊心はひりひりと痛んだが、彼は騎士らしく胸を張った。「わたしがエクルズフォードに滞在しないほうがいいと考えるなら、遠慮なしにそう言っていただきたい」

一瞬、ヘンリーはレディ・マティルドがうなずくものと思った。が、つぎの瞬間、レディ・マティルドはヘンリーの緋《ひ》色の鎖帷子《かたびら》のように頬を染めて、かぶりを振った。「どうかお許しを、サー・ヘンリー」ほっそりした指でガウンの袖口をひねりながら、マティルドは言った。「わたしはときどきかっとすることがあるの」

ふいにヘンリーはレディ・マティルドの態度が連想させるものに気がついた。こっぴどく打ちすえられた経験から、人が近くに来るたびにびくびくとおびえる馬にそっくりだ。どこかのばかな無骨者が性急になりすぎ、荒っぽいやり方で彼女に接したにちがいない。自分のことしか考えない若者か、夢中になりすぎた求愛者だ。そのばかは、おそらくキスより先へは進めなかったにちがいない。レディ・マティルドのような女性は、歓迎すべからざる接近にはためらいなく抵抗して相手を追い払うだろうから。運の悪いことだが、しかし傷は残ったのだ。

ヘンリーの怒りは消え、代わりに後悔が生まれた。

「いや、許しを請わなければならないのは、勝手に思い込みをしてしまったわたしのほうだ」彼は丁重にお辞儀をした。「二度とあんなことはしない」

「よかったわ」マティルドがつぶやいた。

それから、まるで彼に触れると思っただけでも虫酸が走るとでもいうように、彼からできるかぎりの距離を保ち、ドアに向かった。

「これで失礼するわ、サー・ヘンリー。おやすみなさい」

「おやすみ」彼がつぶやくように言うあいだに、マティルドは部屋を出てドアを閉めた。

ヘンリーはベッドのそばのテーブルに置いてある大きな蝋燭のほうへ足を運んだ。いくらふたりのレディから頼まれたからといっても、ここに来たのは愚かだったかもしれない。ニコラスなら、美しいレディ・ジゼルの存在を考慮しても、おそらくそう言うだろう。

まあ、しかし、兄から思慮がないとけなされたとしても、これが初めてではないからな。ヘンリーはそう思いながら、服を脱ぎはじめた。それにレディ・ジゼルはまったく手の届かない存在というわけではない。

いまのところはまだ。


サー・ヘンリーの部屋を出たあと、マティルドは階段で立ちどまり、曲線を描いた壁面に背中を預けると胸で両手を握りしめた。鼓動がとても速く、体じゅうがどきどきして、呼吸も乱れている。なぜわたしはあの部屋でぐずぐずしてしまったの？　なぜジゼルを追いかけないでと彼に言ったあとすぐに部屋を出ていかなかったの？

彼がハンサムで愛想がよくて魅力的だからよ。彼からキスをされることを恐れながらも望んでいたからよ。わたしは意志が弱くてみだらなうえ、強烈な渇望を彼に引き起こされて、それに抗《あらが》えきれそうになくなってしまったからよ。理性はそうしてはだめだと訴えていたのに。

少なくとも、これでひとつはっきりわかったことがある。あのハンサムなサー・ヘンリーと二度とふたりきりになってはいけないわ。

3

翌朝、またもや地下牢《ろう》で親友から打ちすえられ、苦痛に責めさいなまれる悪夢に眠りを妨げられて夜をすごしたあと、ヘンリーはエクルズフォード領主の寝室で水盤の上に身をかがめ、顔に冷たい水を勢いよくかけた。やれやれ、安眠できる夜というのはもう二度と戻ってこないのだろうか。あの恐ろしい日々から何週間もたつというのに。殴られてできた傷は治っている。それなのに、どうしてぐっすりと眠れないのだろう。なぜいまだにあのときの記憶が生々しくよみがえるのだろう。まるでいまもまだあの地下牢の壁に鎖でつながれ、死ぬまで互いに忠実であろうと誓った友メリックからかくも簡単に裏切り者だと思い込まれてしまった絶望感をいだいているかのように。

ドアをそっとノックする音があった。

お入りと答えながら、ヘンリーはレディ・マティルドがさっさと部屋に入ってくるのをなかば以上期待した。ところが、現れたのは例の豊満な胸をした召使いで、媚《こび》を含んだ笑みを浮かべ、盆を運んできた。

「おはようございます」召使いは明るく言った。「レディ・マティルドから、サー・ヘンリーは早起きをなさる方ではないけれど、ミサもとっくに終わったことだし、食事をお持ちして起こしていらっしゃいと言われまして」

昨夜レディ・マティルドはヘンリーを肉欲の権化と思い込んだようだったので、肉感的な召使いが食事を運んできたことに彼はかなり驚いた。もっとも、これがレディ・マティルドの仕掛けた試験なら、驚くには当たらない。いや、それともこれはヘンリーの好色な性癖をレディ・ジゼルに対して〝証明〟し、結婚できるという望みをすべて打ちくだくための罠《わな》なのかもしれない。

巧妙だが、その手には乗るものか。「いま何時かな?」ヘンリーはそう尋ね、亜麻布で顔をぬぐった。

「そろそろ正午です」召使いの娘が答え、ベッドのそばのテーブルに盆を置くと、大胆にもなまめかしい視線をヘンリーの全身に走らせた。

「ありがとう」

「名前はファイガといいます」

ヘンリーはまるでレディに対するようにお辞儀をした。「ありがとう、ファイガ」

うれしそうににこにこ笑いながら、召使いは盆にかけてあったナプキンをさっと取った。「焼きたてのパンと蜂蜜《はちみつ》とエールです。そこら辺では飲めない上等のエールですよ。エクルズフォードのエール醸造人は優秀なんです」

「それはすばらしい。もう行っていいよ」

ファイガの表情はふくれっ面としか言いようのないものだったし、ドアへ向かう足取りは未練がましいものだった。だがヘンリーはそれには取り合わず、おいしいパンと蜂蜜を味わった。エールもたしかに上等で、これまで味わったエールのなかでも第一級のものだった。

食事を終えると、ヘンリーはなにをすべきか、考えを凝らした。ロアルドというごろつきを待つ以外、ここではなんの仕事もない。窓に目をやったところ、嵐《あらし》は夜のあいだに治まったらしい。空は晴れ、まだ夏のように太陽が輝いている。そこでヘンリーは城のまわりを歩いてみることにした。

大広間を通ったとき、彼はレディたちがふたりともそこにはいないのに気づいた。レディ・マティルドはおそらくどこかで駆けまわりながら指示を出しているのだろう。レディ・ジゼルはガウンの試着をするとか髪をとかすとか、妹が家事の切り盛りをしているあいだに美しい姉がするようなことをたぶんやっているにちがいない。

彼は中庭に下りる階段の途中で足をとめ、エクルズフォードの城塞《じょうさい》を観察した。四角くずんぐりとした醜い古い主塔が敷地の南端にある。それに対し、ほかのさまざまな建物は防御壁の内側に沿って建てられている。厩舎《きゅうしゃ》は彼の右手にあり、開いた窓から男物の衣服が突き出して干してあるところから判断すると、その上にあるのは兵舎らしい。少なくともそのひとつは兵士が鎖帷子《かたびら》の下に着る刺し子の服、鎧下《よろいした》だ。

厩舎とは反対側の隅にある、扉に彫刻を施した小さな建物は礼拝堂にちがいない。尊敬すべきトーマス神父は日に一度そこでミサを執り行い、そのほかの時間を自分の好きなように使って毎日をのんびりとすごすこともできたはずなのだ。トーマス神父は本当に親切で誠実な聖職者らしい。できればもっと会える機会があるといいのだが。

厨房《ちゅうぼう》は大広間と屋根付きの渡り廊下でつながった建物にちがいない。厨房で火事が起きても大広間まで広がらないよう離して建ててある。空気をくんくんかぐと、パンと肉を焼いているにおいがした。

地下牢から解放されたとき、ヘンリーが真っ先に飲みたいと頼んだのはワインだったが、しみじみうまいと思ったのは焼きたてのパンの最初のひとかじりだった。いまでもまさに自由の味だという気がする。

地下牢ですごした日々から思いをそらし、彼は厨房わきの井戸に目をとめた。井戸があるということはつまり、万一この城が包囲されても、水の確保に問題はないということだ。ただし、けものの死骸《しがい》かなにかが城壁の外から投げ込まれ、包囲軍にとっては運のいいことに、それが井戸に落ちれば、そのかぎりではないが。井戸端にはご多分にもれず、女性が数人集まり、水をくんでいる。まずまちがいなく、うわさ話もしているはずだ。ヘンリーがここにいることはどんなふうにうわさされているのだろう。

ヘンリーは城壁の歩廊を見上げ、何人の兵士が胸壁の見張りをしているのか、数えてみようとした。充分な数でないのはたしかなようだ。しかも兵士の何人かは固まって立ち、村内や城に通じる道路を監視するより、中庭のようすを見物するのに気をとられている。

サー・レオナード・ド・ブリッシーなら全員をさらし台行きにするだろう。自分もそうしたいところだが、この城も守備隊も自分のものではない。ここでは自分は客人なのだから、意見は自分の胸に秘めておこう。それにこちらからなにか提案しても、レディ・マティルドがどんな反応を示すかが容易に想像できる。

ヘンリーが中庭を横切りはじめると、中庭内の活気が一瞬動きをとめ、仕事中の人々は手をとめて彼のほうを見た。井戸端に集まっていた女性たちは感心したように彼を見つめた。一方、城門近くで城壁の基礎を修繕していた作業員たちはたいして感心したようすでもない。

これまでと同じく、ヘンリーはじろじろ見られているのには取り合わず、城門の番兵に関心を向けた。もっとも、これで番兵と呼べるならの話だが。番兵たちは槍《やり》に寄りかかり、居酒屋で時間つぶしをしてでもいるように雑談をしている。開いたままの城門をヘンリーが通り抜けても、番兵たちはろくに彼のほうを見ようともしなかった。

なんというざまだ。わたしが守備隊長なら、今後一週間パンと水だけですごさせるぞ。ロアルドがまだ城を明け渡せと言いに現れないのも不思議はない。

おそらくいつでも好きなときに城門をすたすたと通り抜けて、城を返せと要求しても、だれにもじゃまされないと決めてかかっているからだ。

レディ・マティルドは、いったいどうやってこんな守備隊でロアルドを打ち負かせると考えているのだろう。

ヘンリーは突然立ちどまった。空堀と村とのあいだにあるなにもない場所で、サーディックともうひとりの男が棍棒《こんぼう》で戦っている。ほかの連中は半円形にふたりを取りかこみ、激励したり助言を送ったりしているようだ。戦っているふたりはどちらも相手の動きに神経を集中し、明らかに自分のほうが勝つつもりでいるらしいが、決意は伝わってくるものの、敵意は感じられない。

するとこれは敵同士の戦いでももめ事の決着をつける戦いでもないらしい。訓練なのだろうか。そんなことがありうるだろうか。この城の守備隊の兵士を鍛えようとする試みは、やはり少しでもなされているということなのか？　しかしなぜ棍棒なのだ？

半円形に集まっていた男たちのひとりがヘンリーに気づき、隣の男になにか言った。間もなくそれ以外の男たちもヘンリーを見つめ、つぎにはサーディックと相手の男もヘンリーのほうを向いた。

ヘンリーはしかたなく兵士たちのほうへぶらぶらと足を進めた。

「なにか用か、ノルマン人？」サーディックが尋ねた。

「棍棒でなにをやっているんだろうと考えていたんだ」

サーディックとその仲間はおかしそうにうぬぼれ笑いを交わし合った。「練習のときは戦斧《せんぷ》の代わりに棍棒を使うんだよ。でないと指を飛ばしてしまう」サーディックが答えた。「剣はもっとお上品な男が使うものだ」

なるほどそういうわけだったのか。「では見物させてもらって、使い方のこつをいくらか学んでもいいかな」

サーディックが鼻で笑った。「なぜだ？　あんた方ノルマン人は斧《おの》は使わないじゃないか」

「わたしは戦場で使われるあらゆる武器の使い方を教わった。槍は折れることがあるし、剣は叩《たた》き落とされることがある、戦棍は手からもぎとられることがあるとサー・レオナードはよくおっしゃっていた。だから賢明な騎士は手近にあるどんな武器でも戦えるようにしておかなければならないと」

サーディックの暗雲を思わせる灰色の目に挑みかけるような光が表れた。「ノルマン人が斧で戦うところを見たいものだな」

挑みかけられるといつもそうなるように、ヘンリーは自分の体内を駆けめぐる血潮がその速さを増すのを覚えた。「喜んで。いまこの場で試合をしてみようか」

まわりの兵士が興奮した声をあげ、サーディックが満足げな笑みをまわりに送ってからヘンリーに向き直った。「このおもちゃでか？　それとも本物の斧か？」

「手足を失いたくはないから棍棒がいいな」もちろんサーディックを打ち負かすつもりではいるが、愚かなまねはしたくない。練習でも事故は起きるし、サーディックがこちらに反感を持っているのは明らかなのだ。

サーディックの笑みが大きくなった。「わかった、ノルマン人。おもちゃで試合だ」

彼はさっきまで試合の相手だった男にうなずいてみせた。男はお世辞には聞こえないことばを二言、三言せせら笑いながら言いつつ、ヘンリーに棍棒を渡した。

サーディックがこれをおもちゃと呼ぶのはかまわ

ない。ヘンリーは棍棒を握り、その重さを量りながら考えた。だが、こいつは骨を砕きかねないぞ。

棍棒を前後に振ったり、頭上で振りまわしたりしつつ、彼は目の隅でサーディックを観察した。打ち負かすのは簡単ではなさそうだ。戦斧を使うのが得意なサーディックは自信満々でいるうえ、体格もこちらより上まわっている。サーディックがエクルズフォードのレディたちの客人を殺したり、大けがをさせたりすることはないと思うが、かといって脚を折ってまともに歩けなくなったり、折れた腕をかばったりするような目には遭いたくないにちがいない。

「どちらかが降参と言うまででいいか？」ヘンリーは言った。

サーディックがうなずいた。

「どちらが勝つか、賭《か》ける気は？」

それを聞いて、サーディックはまたもやにやりとした。「あんたが勝ったら十銀ペニー」

「よし」ヘンリーは答え、まわりの男たちに目をやった。「みんなはどちらに賭けるんだろう」

「わたしが勝って、あんたが負ける」サーディックが低い声で言った。

そしてサーディックは血も凍るような叫び声をひとつあげ、ヘンリーに向かって突進しつつ棍棒を振り上げてからまわしはじめた。ヘンリーがまだその場にいたままなら、頭に一撃を受けて倒れていただろう。長期にわたって鍛え上げた電光石火の身のこなしで、ヘンリーは横に動いて棍棒をよけ、肩でサーディックを押して横に倒した。

罵《のの》りのことばを発しながら、サーディックが体を起こし、両手で棍棒を握り直してヘンリーのほうを向こうとした。彼が体の向きをなかばまで変えたとき、ヘンリーが彼のふくらはぎをめがけて棍棒を低く振った。

サーディックが怒声をあげてうしろへ飛びのき、

びっくりしたように両腕を広げた。「卑怯《ひきよう》なやつめ！　わたしの足首を折るつもりか？」

「さっきのきみの一撃が当たっていたら、わたしの頭は割れていたかもしれない。これが斧で、しかも命中していれば、きみは足を失っているぞ」

険悪な表情を浮かべて、サーディックは棍棒を構え直し、警戒しつつじりじりとヘンリーに近寄った。もう一度低く攻撃すべきか、それともサーディックの手から武器を叩き落とすべきか、ヘンリーは迷った。

迷ったその隙《すき》を突き、サーディックが突然飛びかかってきてまっすぐに棍棒を振り下ろした。ヘンリーは地面に這《は》いつくばるように左へ体をかわし、すぐさま立ち上がってサーディックの棍棒を叩いた。

サーディックが瞬時にヘンリーの棍棒をねらって打ち返した。ヘンリーはそれを払い、一、二歩うしろへ下がった。が、ふたりを取りかこんでいる男たちがいつの間にか前へ少しずつつめ寄っており、思ったような動きのとれる空間がない。

なにが起きようと、ヘンリーはあきらめるつもりはなかった。必ず勝って、ここにいる兵士たちに剣や戦棍や槍以外の武器でも戦うすべを知っているところを見せてやる。

サー・レオナードの名に恥じない技量を確実に示してやる。

強烈な決意を全身にみなぎらせ、彼は野鼠《のねずみ》をねらう鷹《たか》のようにサーディックを見つめると、まわりの男たちに場所を空けろと怒鳴った。男たちはぶつぶつと不平を言いながらも少し後退した。

「こっちは、これ以上場所がなくともあんたを負かせるぞ」サーディックが歯をかみしめつつ言った。その目はヘンリーから離さず、明らかに彼のほうも攻撃をかける機会をねらっている。「囲いのある場所では戦えないのか、ノルマン人？」

「いや、戦える」かがみ込んだ姿勢でサーディックのまわりをまわりながらヘンリーは答えた。「きわめて狭い場所でも」

それとともに、本来は右利きなのに、彼は左手で棍棒を振った。思ったとおり、この一撃は不意を突いた。サーディックは右からの攻撃を警戒していなかったのだ。サーディックの手から棍棒が飛んでいき、最前列で見物していた不運な男に当たった。

これであの男は近すぎる場所で観戦するのは禁物だと学んだだろう。ヘンリーはそう思いつつ、機会をうかがい、すばやく体の向きを変えると、左の肩でサーディックをうしろに押した。サーディックは両手を広げたまま武器もなく地面に仰向けに倒れた。

つぎの瞬間、ヘンリーは彼の喉を右足で押さえた。「これでわたしのほうが有利だな」まだ棍棒を握ったままでいるが、これはサーディックが足の押さえから逃れたり、左足首をつかんでこちらを引き倒そうとした場合を考えてのことだ。自分ならそうするはずだから。

しかしサーディックはその動きを思いつかなかったらしく、不機嫌そうに顔をしかめた。「お手上げだ」

ヘンリーは右足をどかし、サーディックが立ち上がるのに手を貸そうと片手を差し出した。ところがサーディックはその手をつかまず、ひとりで立ち上がった。「あんたは左手も使えるとは言わなかったぞ」

「生まれつき使えるわけじゃない」友好的であろうと努めつつ、ヘンリーは答えた。勝ったからにはなおさら友好的であったほうがいい。「訓練でそうしたんだ。簡単ではないが、そのやり方を学んで練習をすれば、だれでも身につく」

サーディックは不満そうなうなり声をあげただけで、そばの地面に置いてあった衣服のところまで行き、小さな袋を取り上げた。ほかの男たちは先ほどからヘンリーを見つめている。その視線からは警戒のほかに、いまでは敬意も少々感じられるような気がする。

しかしながら、サーディックの敵意はひょっとしたら試合前より増したかもしれない。とはいえ、生まれや地位や姿かたちといった自分ではどうしようもないことのせいで顔を見るのもいやだというほど嫌われたとすれば、まず手の打ちようはない。こちらにも自尊心というものがある。それでも、冬のあいだじゅうエクルズフォードに滞在するのであったなら、守備隊の面々からほんの少しでも敵意がなくなると確信さえできれば、いまの試合には喜んで負けていただろう。

「ほら」サーディックが十銀ペニーを差し出した。

「ありがたい」ヘンリーは心からうれしく思った。レディ・マティルドも知っているように、彼の財布にはほとんどなにも入っていない。エクルズフォードのレディたちに協力することに関しては報酬を受けとらないが、なにがしかの労力を費やして公正に勝った賭《かけ》の儲《もう》けはしっかりといただく。「ではこれで失礼して、村を見物してくるとするかな」

男たちの顔に浮かんだにやにや笑いから、儲けた金の使い道をどう想像しているかが読めた。その想像は大いにまちがっている。たしかにワインは飲むが、女は買わない。求愛しなければならないレディがいるのだから、それはなしだ。

そこで、試合に勝って誇らしげでいい気分のうえ、前よりちょっぴり金持ちにもなったヘンリーはエクルズフォードの村をぶらぶらと歩き、建物や市場の商品を眺めてすごした。途中で出会った人々が、ひとり残らず立ちどまってこちらをじっと見つめるのには気がつかないふりをすることにした。自分がサーディックを負かしたことを村人が聞きつけたら、居酒屋や井戸端で自分のことをどううわさするかも容易に想像できる。こちらが聞いてうれしくなるようなうわさではないだろう。それは意外なことではないし、エクルズフォードには長く滞在しそうにない以上、人々の反感に悩むつもりはない。

ざっと見物したかぎり、エクルズフォードはかなり豊かな村だった。街道は草地沿いにあり、一階が店で二階が住居の家が数軒ある。店番をしているのも買い物をしているのも女性たちで、売られているものはパンに始まり、小さな木の檻《おり》に入れた鶏や手織りの布までさまざまだ。〈コック・アンド・ブル亭〉という宿屋の看板を見つけ、ヘンリーは思わず頬をゆるめた。また金床に鎚《つち》を打ちつける音が聞こえるのは鍛冶屋《かじや》だ。ここでは男ばかりが入り口の外に集まっている。立っている者もあれば、もっと年配の人々は西に傾いていく太陽に面した腰掛けに座っている。鍛冶屋のそばにはオークの巨木が秋になって葉の黄ばみつつある枝を広げており、きょうのように暖かい日には涼しい日陰をつくっている。

村の反対側の水車池のそばで、ヘンリーは立ちどまって深呼吸をし、自分が汗くさいのに気づいた。体を洗わなければならない。

城の召使いに風呂の用意を頼むことはいつでもできる。そう考えたところへ、彼はとても好意的なファイガのことを思い出した。サーディックと試合をしたあとで疲れており、言い寄ってこられても迷惑だし、断るのも面倒だ。

彼は池に目をやった。深くて気持ちがよさそうだ。この冷たい水にざぶんと入れば、風呂の代わりになる。問題は、ここでそれをやれば、村の半分に丸見えだということだ。

もっと目立たない場所を探して、彼は歩きつづけた。やがて道の曲がったところをすぎると、川岸にしだれ柳の木立がある場所に出た。しなやかな枝が地面に向かってたれ、ゆっくりと海をめざしている川の水面《みなも》に届いている枝もある。そうだ、ここのほうがずっといい。ヘンリーは枝の陰に入ると、服を脱いだ。

はだかになると、おそるおそる川に入り、顔をしかめつつ川底の石をはだしで踏んだ。そして腿の半分くらいの深さまで来たところで、彼は水中に潜った。

水の冷たさは一発殴られたように強烈だったが、すぐには水面に顔を出さず、力強くきれいな動きで水をかいて水中を進んだ。

サー・レオナードは教え子に水泳も学ばせたものだった。全員が優劣の差はあれ、泳げるようになったが、ヘンリーがほかのだれよりも抜きん出ていたのはこの水泳だった。ほかの種目では最優秀の戦士メリックは、水のなかでは驚くほどぶざまだとわかったし、ラヌルフはいつもサー・レオナードの舟をこいでいたように思う。サー・レオナードが岸に上がったあと、自分とメリックとでまだラヌルフが乗ったままの舟を浅瀬でひっくり返したことを思い出し、ヘンリーは微笑《ほほえ》んだ。それから水面に頭を出し、仰向けに浮かんだ。あのときラヌルフはかんかんに怒っていた。しかし、あれくらいのことはやられて当然だ。

遠い昔のあのころ、なんとみんな陽気だったことだろう。ふだん寡黙なメリックですら陽気だった。いまメリックは立派な領主となり、結婚してもうすぐ子供も生まれる。それからラヌルフについて、ヘンリーはいま改めてまた考えた。メリックとわたしがいなかった宮廷で、いったいなにがあったのだろう。なにかあったはずだ。なぜならそれまで以上に冷たくひねくれた男になって戻ってきたのだから。

女性問題であったのはまちがいない。だれが女性を理解できるだろう。女性というものは謎《なぞ》めいていて、計り知れない生き物だ。たったいま大胆で高慢だったかと思うと、つぎの瞬間にはおびえて不安そうで……。

なんだ、これは？　いつの間にレディ・マティルドが女性の見本になったのだ？　むしろレディ・マティルドと正反対の性格のほうが貴婦人として望ましいはずだ。物静かで、控えめで、やさしくて……鈍くて、退屈で、生気がない。

ばかなことを言うんじゃない。この城で追い求めるべき女性がいるとすれば、それはあの美しいレディ・ジゼルだ。幸いレディ・ジゼルにはまだ婚約者がいない。

なぜなのだろう。レディ・マティルドのほうが姉なら、姉妹の父親が姉より先に妹を結婚させるわけにいかないと考えたと推測できるのだが。あのずうずうしくて遠慮のないレディ・マティルドと結婚したがる男を見つけるのは、たしかに骨の折れることにちがいない。レディ・ジゼルが妹ではなく姉である以上、もしかするとどちらのレディにもいままでこれといった候補者がひとりも現れてこなかったのかもしれない。

涼しくなったうえ体もきれいになり、エクルズフォードの若いほうのレディに関する気まぐれな考えはいっさい無視するぞという決意もあらたに、ヘンリーは川から上がった。体の水を手でできるだけ払ってから、彼は膝丈ズボン《ブリーチズ》をはいた。シャツは着たが、チュニックと剣帯はつけないことにした。座って靴下とブーツをはき、それから立ち上がって剣帯をつかむと、彼はチュニックを腕にかけ、守備の弱いエクルズフォード城へと引き返しはじめた。

「サー・ヘンリー」

マティルドの声がして、彼は足をとめ、ゆっくりあたりを見まわした。いったいなんでまたレディ・マティルドがこんなところに現れて、わたしのはだかを見るんだ？　ふだんのヘンリーはきわめて控えめな男とは言えないが、それでも一糸まとわぬ姿をじろじろ見られたと思うと、あまり愉快な気分ではない。

　幸いレディ・マティルドは離れたところにいて、おそらく川で泳いでいたところや岸にいたところは見られていないようだ。

　レディ・マティルドの頭にベールはなく、手にはかごを持っていた。栗《くり》色の髪はうしろで一本の三つ編みに編み、その先はウエストに届きそうだ。すると飾り帯にはさみ込んであるのはベールにちがいない。地味な明るい茶色のガウンを着て、髪を覆わずにいると、まるでただの田舎娘のようだ。

　ヘンリーが初めて関係を持った女性は乳搾りの娘だった。

　やれやれ、エリーズのことを、その腕で抱きしめられたときの、若者特有の情熱的な興奮のことを思い出すのは何年ぶりだろう。いま急に血がたぎり、欲望が兆したのはそのせいにちがいない。

　レディ・マティルドがどう見えようと、なにを刺激しようと、ヘンリーに意気込んで愛の手ほどきをしてくれた乳搾りの娘とは似ても似つかない。

「レディ・マティルド」ヘンリーはお辞儀をしてレディ・マティルドがこちらへ来るのを待った。シャツが太腿のなかばまでたれ下がっているのがありがたかった。

　マティルドが当惑した目で彼の全身を眺めた。

「水浴びをしたの？」

「きょうは暖かいからね。それに召使いに風呂の用意をさせる手間が省けると思ったんだ。サーディックが武芸の技を見せろとけしかけてきて、応じずにはいられなかった。そのあと顔と手以外も洗いたくなったというわけだ」

　マティルドが心配そうに眉を寄せた。「けがかなければいいのだけれど」

ヘンリーはちょっぴり微笑まずにはいられなかった。「地面に伸びたのはサーディックのほうだ」

「サーディックを負かしたの？」信じられないという顔でマティルドが尋ねた。

ヘンリーは騎士らしい慎みをもって肩をすくめた。

「前にも言ったように、わたしは剣以外の武器も操れる」

レディ・マティルドは城に向かって歩きはじめた。その足取りには動揺が表れている。

賭のことは黙っておいたほうがよさそうだ。ヘンリーはそう判断し、レディ・マティルドと並んで歩き出した。「わたしが負けてけがをしたほうがよかったのかな」

「そもそもなぜ試合をしたのか、わたしにはわからないわ」マティルドはそっけなく言い、ふっくらした口をへの字に曲げた。

「ほかにすることがなかったからだ。きみもレディ・ジゼルも大広間にいなくて、わたしがきみたちの客として滞在しているあいだ、暇な時間をどうすごせばいいか、ききようがなかった」

ヘンリーは姉妹が務めに怠慢だと曖昧《あいまい》にほのめかした。

「あなたが目覚めても、大広間にはジゼルがいるからと思っていたわ」レディ・マティルドの声にはかすかに後悔が感じられた。「ふだんジゼルは大広間で縫い物をしているの。きょうはほかの仕事もなかったから」

「ほかの仕事？」ヘンリーはどんな仕事だろうと気になった。それにレディ・マティルドのレディらしからぬ口調は気にしないよう努めた。

「城と村で病人の手当てをするの」

騎士の妻としてはとてもすばらしい技能だ。ヘンリーはそう考えた。そのような看護人に手当てを受けていれば、彼自身が最近受けた傷もいっそう回復が早かっただろうし、治療そのものもその分楽しいものとなっていたにちがいない。「で、きみは？」

彼は丁重に尋ねた。「きみも手当てができるのかな」

「病室のにおいをかいだだけで気持ちが悪くなるし、血を見ると吐き気がするの」

いつもながら遠慮がなくて核心を突いた答え方だ。このレディが花嫁となるにふさわしくない理由がまたひとつ増えた。「すると、きみは村の病人の家を訪ねていたのではないんだね」ヘンリーはレディ・マティルドの持っているかごのほうをあごでしゃくった。

「ええ」マティルドはぞんざいに答えたが、その唇になにか内緒ごとがあるような、意外にも興味をそそる小さな笑みを浮かべた。「赤ん坊が生まれたばかりの小作人の家を訪ねてきたの」

ヘンリーは、レディ・マティルドのうなじに小さなほくろがあるのにそのとき気がついた。キスの的にちょうどいいほくろだ。蝶《ちょう》の羽で撫《な》でたような軽いキスをそこにそっとしるしてから首筋をたどり、ふっくらとした唇に……。

おいおい、わたしはいったいどうしてしまったのだ？

「ひとりで城の外に出るべきじゃない」べつにレディ・マティルドに対して腹を立てているわけではないのに、彼の口調はいくぶん苛立《いらだ》って聞こえた。

「どうしてひとりで出かけてはいけないの？」レディ・マティルドが尋ねた。「ここはなんといってもわたしのうちなのよ」

案の定、レディ・マティルドはヘンリーの心が読めなかった。彼の口調が苛立ったのを彼自身への怒りではなく、自分を非難したものと取ったらしい。あんなぶっきらぼうに話すべきではなかったが、それでもレディ・マティルドがひとりで外出するのは危険だという考えに変わりはない。「ロアルドが平気で悪事を働くやつだというのは、きみもわたしも知っていることだ。彼がほしいものを手に入れるために人をさらったとしても、わたしは驚かない」

これはまったく本当のことだ。

レディ・マティルドが彼のほうを向いたとき、その表情はどんな男性にも負けないほど厳しかった。

「ロアルドがそこまで愚かなことをやったところで、なんにもならないわ」

「そうだろうか？　きみの命を救うためなら、レディ・ジゼルが彼の要求をなんでものんでしまうとは考えられないかな」

一瞬、マティルドのまなざしが揺らいだ。が、つぎの瞬間には果敢に挑むように彼女ははっきりと答えた。「考えられないわ」

自分の姉が気丈で、抵抗してくれると信じたいのだろうが、そううまくいくとは思えない。

「わたしはレディ・ジゼルが要求を聞き入れると思う。それはレディ・ジゼルが女性で、女性とは弱いものということになっているからではない。愛というものが、これほど強いものはないと思われる男をも弱くすることがあるのをこの目で見てきたからだ」メリックは親友のヘンリーが自分の妻を誘拐しようとしたと思い込み、その彼を死にそうになるほど打ちすえたのだ。

「わたしはおびえた子供のように城で縮こまっている気はないわ」マティルドは激しい語気で断言した。「ロアルドを恐れて生きる気はないの」

「縮こまっていることを勧めているんじゃない」ヘンリーにはレディ・マティルドがなにかを恐れている姿など想像もできない。「城から出てはいけないと言っているのでもない。城の外へ出かけるときには、護衛をつけることを勧めているんだ。それはべつにたいしたことではないんじゃないかな」

「たいしたことじゃないわ」マティルドはふいにうんざりしたような口調で答え、ふたたび城に向かって歩きはじめた。

「だれからも怖がっていると思われたくない気持ちはわかるが」ヘンリーはマティルドに追いついて言った。「しかし、わたしの師匠のサー・レオナードは、勇敢と虚勢はちがうとよく言っていたものだった。虚勢を張ると命を落としかねない。わたしはきみに安全でいてもらいたいんだ」

マティルドが頭を下げた。「ごめんなさい」その声はいつものきっぱりと自信に満ちた言い方より、耳に快いレディ・ジゼルの口調にずっと近かった。

「またもや感情的になってしまって。善意から助言をしてくださったのに、かっとなるべきじゃなかったわ」

助言をされるのは、善意からであろうとそうでなかろうと、ヘンリーも嫌いだ。それに自分がかなり偉そうな態度をとったことも認めなければならない。ふだん女性に対してそんな態度をとることはまずないのだが。レディ・マティルドはたんなる女性というより自分と対等の存在に思えるときのほうが多い。とはいえ、いまはそうではない。いまは彼女が男性よりか弱い存在の、それも若い女性であることをいやでも思い出さずにはいられない。「いや、謝らなければならないのはこちらだ。わたしのほうこそかっとすべきじゃなかった。暑さのせいかな。いや、サーディックと戦ったことでちょっとのあいだ気が動転したのかもしれない」

それを聞いてマティルドが微笑んだ。楽しくてたまらないというような笑みではなかったが、それでもヘンリーはうれしかった。

「城に戻ったら」彼は腕を差し出した。「きみの筋骨たくましい友人を打ち負かした感動的な話を聞かせてあげよう。わくわくすることは請け合うよ」

マティルドが彼の腕に軽く手を預けた。ヘンリーはこれもなにがしかの勝利と見なした。「サーディックにも彼の立場から見た話を聞くことにするわ」マティルドは横目でちらりとヘンリーを見た。そのしぐさはふたりのあいだには、まだ確信は持てないとしても、友情が結ばれる可能性があることを暗示していた。「真相はふたりの話の中間あたりにあるのではないかしら」

ヘンリーは笑い声をあげた。レディ・マティルドと和解したのがうれしかった。「きみには傷つけられるな。でも、たぶんそのことばは当たっている」

4

卑猥《ひわい》な歌をとぎれとぎれに歌いながら、サー・ロアルド・ド・セヤズは照明用のたいまつの消えかかった通りをよろめきながら歩いていた。幸い今夜は満月で道がわかる程度に明るい。それにここは国王と宮廷の地元、ウェストミンスターだ。貧民窟《くつ》ではない。自分のように身なりもよく、武器を持ち、どこから見ても貴族らしい男が襲われてものを盗まれるような心配をする必要はない。

「なにが好きか言ってごらん。わたしもそれを好きになろう」彼の歌声は不安定で、音程がはずれていた。

かといって、彼は自分の歌がどう聞こえようとかまいはしなかった。たったいま出てきたばかりの売春宿のことを考えて、彼はしあわせだった。せめてもう少し長くいられればいいのだが。せめてもう少し金を持っていれば。まん丸の胸に長い脚をして、いつでも快楽を与えてくれる気満々のあのすてきな女。それに金さえ払えばなんでもしてくれる黒髪の美女。くそ、金さえあれば、毎晩あそこですごせるのに。

そのあと彼は満足げなため息をついた。そうだ、自分は金持ちなのだった。いや、もう少しで金持ちになる。あとはエクルズフォードをよこせと要求すればいいだけだ。早くエクルズフォードに行かなければ。マーティンを殺してから何日たつだろう。五日……いや、六日だったか？　財布に残っている金で、たぶんあと一晩は楽しめるだろう。出発はそれから……。

突然、長い外套《がいとう》に身を包みフードをかぶった男が物陰から現れてロアルドの前に立ちふさがった。暗がりでその男は人食い鬼か、なにかこの世のものとは思えない大きな怪物に見えた。

「サー・ロアルド・ド・セヤズか？」低くがさつな声が聞こえた。

人食い鬼でも悪魔でもないぞ。ロアルドは剣の柄《つか》を探りながら自分に言い聞かせた。人間だ。とんでもない大男だが、生身の人間だ。人間なら殺すことも夜警に捕まえさせて投獄することもできる。

男が笑い声をあげた。笑い声はさっきの声よりさらに不快に響いた。「夜警を呼ぼうとしてもむだだ。役になど立つもんか。やつらが来るころには、おれは逃げている」

男はしゃべりながら外套からぴかりと光る広刃の剣を取り出し、切っ先をロアルドの胸に当てた。

「わたしの財布は空っぽだ！」

「それではますますあいにくだな」

男は剣の切っ先でそっと押し、ロアルドをそばの建物の外壁まで追いつめると、フードを脱いだ。現れたのは何箇所か傷痕《きずあと》のある残忍そうな恐ろしい顔だった。鼻が少なくとも二度は折れたような形をしているうえ、片方の耳は大部分が欠けている。頬にはぎざぎざの傷痕がひきつれた赤い線となって走っている。「金細工師組合の何人かに多額の借金があるだろう」

「借金の話か」

剣の切っ先がロアルドの心臓のあたりへと移動した。「大金だと組合の者は言っている。あんたに支払いをさせれば、それに見合うだけの礼をおれに払う気でいるから、大金だ」

腐るほど金を持っているくせに、金に細かい金貸しどもめ。「借りた金は返すぞ」この大男に殺されることはないと知り、ロアルドは横柄に言った。

「約束する」

それでも剣の切っ先は彼の胸を離れない。「金細工師たちはあんたの約束をあんまり当てにしてはいないようだぜ。だから、おれを送り込んだわけさ」

「わたしの叔父が死んだことを知らないのか？」ロアルドの声はやや切羽つまって聞こえた。「わたしはいまやケントに領地を持っているんだ。だから当然返せる」

剣の切っ先がさっと上がり、ロアルドのあごに触れた。「その情報は金細工師たちも知っている。しかし地所があんたのものなら、なんでむこうに行かないんだ？」

「その必要がないからだ」ロアルドは剣の刃《やいば》が顔のすぐ近くにあるのを痛いほど意識し、かき集められるだけの威厳をかき集めて答えた。

突然男がたくましい左腕をロアルドの首にまわし、彼をうしろの外壁に押しつけた。「いまから二週間以内に金を持ってこい。そうしなければ、指を切り落としてやる。そのつぎは手だ」剣が下がり、ロアルドの下腹部に押しあてられた。「そのつぎはここにするか？　借金を返すまで、それが続くぞ。わかったか？」

「わかった！」ロアルドは両手で下腹部をかばいたいのを必死でこらえた。

「よし」

大男が腕を離し、ロアルドはあえぎながらへたり込んで地面に手を突いた。冷たい小石が手のひらと膝に痛い。彼はそびえ立っている大男を見上げた。

「いったいあんたは何者なんだ？」

「なんだ、知らなかったのか？」男はせせら笑った。「サー・チャールズ・ド・マルメゾンだ」

ロアルドは顔から血の気が引くのを覚えた。チャールズ・ド・マルメゾンといえば、イングランドで、いや、ひょっとするとヨーロッパで、最も悪名高い残忍な傭兵《ようへい》だ。シュロップシャーのある領主のところに現れて雇われ、アンジュー出身の騎士だと自称した。ド・マルメゾンが本当に貴族かどうかを疑わしく思った男がばらばらに切り刻まれた死体となって道ばたで発見され、それ以来彼の素性を疑問視するようなことはだれもしなくなってしまった。

「二週間以内だぞ」ド・マルメゾンが念を押し、外套を翻して暗がりに消えていった。「全額耳をそろえてだ。さもないとまず指から始める」

ロアルドがもはや酔いもすっかりさめ、恐怖の名残に震えながら、よろめく足で家に戻ったころ、ジゼルは妹とともに使っている寝室の大きなベッドで安らかにまどろんでいた。とはいえ、妹のマティルドのほうはシュミーズの上に部屋着をまとい、足にはやわらかな革の室内ばきをはいて、不安そうに窓辺を行ったり来たりしていた。

ジゼルはひどい夢に眠りを妨げられることもないわ。悔恨で眠れなくなることもない。恥辱感に苛《さいな》まれることもないのよ。肉欲に心の平安を奪われることも。ジゼルは善良で清純で、なんの罪も犯していない。でもわたしは……。

サー・ヘンリーに対して欲望以外になにを感じることができるというの？　あの日、川辺で髪を濡《ぬ》らし、ひもを縛っていないシャツから胸をのぞかせた彼の姿を見ただけで、あの宿屋の部屋で目にした彼の姿――彼の背中、引きしまったお尻、そして筋肉質の長い脚をはっきりと、あざやかに思い出してしまった。彼が川獺《かわうそ》のようになめらかに泳いでいるところを想像して、もう何時間も眠れずにいる。

彼からサーディックとの模擬戦の話を聞いたときは、久しぶりに大笑いをしてしまった。彼は人を楽しませるこつを心得ていながら、謙遜《けんそん》する心もあり、運がよかったからどうにか勝てたのだと強調していた。

わたしは彼が勝てたもうひとつの原因を彼の活発に動く表情から読みとり、そのきらきらと輝く茶色の目に見たわ。サー・ヘンリーは自分の腕に自信を持っていて、しかも勝つ気でいる。この組み合わせは強烈だわ。

自分の弱さを知っているだけに、マティルドはみずからに言い聞かせつづけた。サー・ヘンリーはそばにいるだけでわたしをわくわくさせるけれど、ずっとここにいるわけではないのよ。ジゼルの心を勝ち得ないかぎり、彼はここを去っていくわ。そこで彼と親しくならないようにしようと心を決め、この何日間かは彼が狩りをしたり領地内を見てまわったりして、自分や姉と離れて楽しくすごせるよう手を打っておいた。外出には必ず護衛をひとりつけるよう強く言ってもおいた。彼も攻撃を受けやすいのだから。

サー・ヘンリーは気を悪くすることもなく、あの彼らしい魅力にあふれた笑い声をあげただけだった。そして自分のことをそこまで気づかってくれてありがたいと言っていた。

たしかにわたしは気づかった。過剰なまでに。彼はあまりにハンサムでしかもすばらしい肉体をしている。大広間をぶらぶら歩いていたり、ジゼルやトーマス神父に話しかけたりしていると、見つめずにはいられない。

いまでは毎夜、気持ちが落ち着かずに眠れないいま、彼の体や笑顔を忘れられますようにと神に祈っている。自制できない欲望を無視できる力、過去の過ちのために永久になくなってしまったはずの思いを抑える力をくださいと祈っているのに、サー・ヘンリーといると、いいえ、いっしょにいなくても、その欲望や思いは前以上にふくらみ、自分を圧倒しそうな力でよみがえってくる。欲望に屈したらどうなるかはわかっているのだから、どうしてその誘惑に負けることなどできるだろう。

それなのに、現に負けてしまっている。あの最初の夜にはサー・ヘンリーにあやうくキスをしてしまうところだった。そこへ不安と恐怖が押し寄せ、まるでおびえた子供のようにふるまってしまった。

マティルドはため息をつき、窓辺まで行くと、アーチ形の窓から静かな中庭を眺めた。城壁の歩廊に歩哨《ほしょう》のたいまつが燃えている。暗闇《くらやみ》のなかでまたたく小さなあかり。いまこの瞬間にも、ロアルドはその暗闇にまぎれてエクルズフォードへと進軍しつつあるかもしれない。

彼がついに現れたときへの備えはすべて整えてあるだろうか。

兵士はできるだけ多く集めたし、サーディックはマーティンより優秀な指揮官のはず。マーティンは女の命令は受けないなどと言われなくても、追い払うつもりだった。この一年間、父の健康状態がもう少しよければ、何カ月も前に新しい守備隊長を選んでほしいと父に言ったはずなのに、体の弱った父によけいな心配をかけたくなくて、それができなかった。

せめて父が生きていてくれたら！　せめてわたしがもう少し強かったら。せめてロアルドが昨年現れてあのような災いをもたらさなかったなら。

マティルドは暖かさを求めて腕をこすり、もうロアルドのことやサー・ヘンリーのことは考えないようにしながら、顔を洗う水を水盤につぎに行った。ところが水差しは空だった。いいわ、厨房《ちゅうぼう》に行って水を取ってこよう。

ドアを開けると、マティルドはいまサー・ヘンリーが一時的に使っている父の部屋のほうへと廊下に目をやった。壁の燭台《しょくだい》にたいまつが一本燃えているので、ある程度のあかりはあるが、父の寝室のあたりは暗い。驚いたことに、その部屋のドアの下からあかりがひと筋もれている。

サー・ヘンリーはまだ起きているのかしら。それとも蝋燭《ろうそく》をつけたまま眠ってしまったのかしら。以前ベッドの帳《とばり》に近すぎる場所に蝋燭を置いた客が、寝具を燃やしてしまったことがある。

たとえそうでも、いまあの部屋に入るつもりはないわ。真夜中だし、きっと彼はベッドにいて……一糸まとわぬ姿だろうから。そのことについては考えないよう自分に命じ、マティルドは大広間に通じる階段に向かった。

父の寝室の前を通りすぎたとき、低いうめき声がドアのむこうから聞こえた。まあ、彼は女を連れ込んでいるの？　ロアルドみたいに好色なの？　いっしょにいるのはファイガかしら。

約束どおり力を貸してくれるかぎり、彼が召使いと同衾《どうきん》したところで問題はないのでは？　ファイガは喜んで彼の部屋に行ったはずよ。サー・ヘンリーをどんなふうに見つめていたか、わたしも知っているもの。無理強いしたり、力ずくになったりしたことはないはずだわ。

マティルドはそのまま階段に向かおうとした。ところが今度はサー・ヘンリーが苦しんでいるようなもっと強いうめき声が聞こえた。

もしも体の具合が悪いのだとしたら？　もしも彼がエクルズフォードになにか病気を持ち込んだのだとしたら？

もしも彼が蝋燭を倒して、寝具に火がつき、部屋に煙が充満しているとしたら――。

マティルドは掛け金に手をかけ、ドアを開けた。

煙はまったくなく、一本だけつけた蝋燭もベッドのそばのテーブルにちゃんと立っており、小さな炎を揺らめかせている。サー・ヘンリーはひとりきりだった。シーツが下半身によじれて巻きつき、額にかかった髪は濡れているし、なにも着ていない胸には汗の粒が光っている。

彼がもう一度うめき声をあげ、仰向けに寝相を変えて目を片方の腕で覆った。

もしかしたら、悪寒と発熱が周期的に起きるというマラリア熱かもしれない。もしかしたら、彼は南ヨーロッパに行って、それにかかったのでは？　マラリア熱は何年も治らないことがあると聞いたわ。

いいえ、もしかすると彼はいやな夢にうなされているだけなのかもしれない。わたし自身、何度悪夢にうなされて目が覚め、汗びっしょりになった体にシュミーズが巻きついていたことがあったかしら。

姉や兵士や使用人全体のためにも、彼が発熱をしているかどうかを確かめるべきだわ。確かめなければ、病気の広がる恐れが大きくなる。

マティルドは忍び足でそっとベッドに近づいた。彼はなにも音をたてず、じっとしている。そこでマティルドはそっと慎重に彼の手首を持ち、額から腕をどかしてそこに軽く手のひらを当てた。

よかった、熱はないわ。

サー・ヘンリーがぱっちり目を開けた。彼はマティルドの手首をがっちりとつかみ、いきなり体を起こした。「コンスタンス！」彼はそう叫び、マティルドを見つめた。「彼女は無事だったか？」

マティルドは心臓のとまったような心地がしたが、サー・ヘンリーが本当に目覚めているのではないと気づくと、今度は胸がどきどきしはじめた。彼はまだ夢のなかにいる。

「ええ、無事でいるわ」コンスタンスとはだれなのかしらと思いながら、マティルドはささやき、彼を枕《まくら》へと促しつつ、手首をつかんでいる彼の手をはずそうとした。「おやすみなさい、サー・ヘンリー」

ところが彼は体の力を抜かず、ますますがっしりと手首をつかんで、まばたきをした。彼の目の焦点が合い、マティルドは彼が目を覚ましつつあるのを知った。

彼の手から自分の手を無理やり引き抜くと、マティルドは見つからないうちに部屋を出ようとドアへ急いだ。

「だめだ、行かないで！」サー・ヘンリーが叫び、部屋着をつかんでマティルドを引き戻した。部屋着が脱げそうになり、マティルドはベッドまで引っ張られて彼の上に倒れた。

恐怖にとらわれたマティルドは逃げ出そうと力まかせにもがいた。

彼が自分の脚でマティルドの脚を押さえ、両手をつかんだ。その結果ふたりは向き合って横たわる形になった。「わたしはなにもしない！」彼は小声できっぱりと言った。「なにもしない！」

そのことばが恐怖にとらわれたマティルドの頭にようやくしみ込んだ。息を切らしながら、マティルドは抵抗をやめ、彼の顔を見つめた。

「本当だ。きみを傷つけたりはしない」彼が真剣なようすでマティルドの顔を見つめた。

「それなら、わたしを放して！」

「喜んで」彼はマティルドの両手を放し、押さえていた脚をどけた。

自分の足で床に立ったとたん、マティルドはふたたびドアに向かおうとした。が、またもや彼が部屋着をつかんだ。「まだ話が終わっていない」彼の声は厳しく、威圧的だった。彼が体を起こし、マティルドの前に立った。ほっとしたことに、彼は膝丈ズボン《ブリーチズ》をはいていた。

マティルドの視線をたどり、彼がいたずら小僧のような笑みを浮かべた。「今回は予防措置をとったんだ」

マティルドには今度の件でおかしいところなどなにひとつなかった。「サー・ヘンリー、放してください」恐怖の名残が消えていくにつれ、マティルドは自尊心が傷つき、屈辱を覚えていた。

彼がかぶりを振った。「なぜこの部屋に入ってきたかを話してもらうまではだめだ。わたしを殺すためではないようだな。でなければ、いまごろは死んでいるはずだから。それとも男の寝室に忍び込むのは、かなり変わっているとはいえ、きみの趣味なのかな」

粉みじんになってしまった威厳を取り戻そうと、マティルドは部屋着をかき合わせ、乱れた髪に片手を走らせた。「うめき声が聞こえて、あなたの具合が悪いのではないかと思ったの。それで、マラリア熱かなにかの病気ではないかと見てみることにしたの」

「なるほど」

まだ上半身ははだかの姿で、蝋燭のあかりに肌を輝かせながら、彼はマティルドを見つめたまま、ベッドのそばのテーブルから酒盃《しゅはい》を取って差し出した。

「ワインは?」

「いいえ、けっこうよ」マティルドは喉が渇いていたが、激しい恐怖の名残で体がまだ震えており、手を差し出して彼に震えを見られてしまうつもりはなかった。

「では、失礼してわたしがもらおう。喉がからからだ」彼がワインをひと口飲んだ。

マティルドはドアへにじり寄った。「これで、なぜこの部屋に入ったかを話したわ。あなたの具合が悪いのではない――」

「きみを怖がらせてしまったのなら、すまない」彼がマティルドのことばをさえぎり、視線でマティルドの動きをとめた。「わたしのほうも恐怖で縮み上がったんだ」

彼がそう認めたことに、マティルドは驚いた。

「わたしのせいで?」

「起きているときは、恐怖はほとんど感じないが、夢を見ると……」彼は肩をすくめた。「夢など見なければいいのにと思うよ」

「わたしもなの」

考えるより先にことばが出た。彼の顔に浮かんだ表情を見て、マティルドはもっと慎重になればよかったと後悔した。

「きみも今夜は悪夢で目を覚ましたのかい？」彼はようやくマティルドの父の椅子の背にかけてあったシャツに手を伸ばした。

「いいえ、まだベッドに入ってもいないわ」

「ロアルドの件が気がかりだからかな。守備隊に関して提案したいことがあるのだが、いいだろうか」

彼は鍛えられた騎士で、戦う方法や戦術を身につけている。守備隊のことで提案があるなら、聞かないのは愚かだ。「どうぞ、話して」

「この城の守備隊は規律に欠けている。ここまでひどいのは見たことがない。ロアルドが攻撃をかけてきたら、無秩序状態になって、負けるのではないだろうか」

自分の兵隊が負けると言われて、マティルドは気色ばんだ。「サーディックはイングランドでも有数の優秀で勇敢な兵士よ」

「彼が勇ましいのはまちがいない」サー・ヘンリーはテーブルにもたれ、胸で腕を組んだ。「それどころか、もっとどっしりと構えていてくれればいいのにと思わないでもないくらいだ。わたしの見たかぎりでは、戦術などほとんどおかまいなしに戦いの真っただ中に突進していく類《たぐい》の戦士だな。残念ながら、後方にとどまって自分の隊を効果的に率いる能力に欠けている」

マティルドは鋭く言い返そうとしたが、そのとおりかもしれないと頭の片隅で考え、代わりに言った。

「兵士たちは彼が好きだわ」

「サーディックが兵隊と友だち同士でありたいと思

う場合はそれでいいけれど、兵隊に命令を下す場合はそれではよくない」

「みんな彼を尊敬してもいるのよ」サーディックが自分を失望させるはずがないとマティルドは思い、そう言い添えた。「彼の命令に従うはずだわ」

「敵の心配をするより彼の命令に背いた場合のほうが心配で、口答えをしたり不平を言ったりすることなど考えてもいないなら、ただちに従うだろうね」

マティルドは不服そうに眉をひそめた。「わたしの父は、恐怖で支配をするようなことはしなかったわ」

「わたしの言っているのは支配をすることではないんだ。戦いで兵士を指揮することを言っているんだよ。兵士は命令に対して考えたり言い返したりせずに応《こた》えなければならない。一瞬の迷いですべてを失いかねないからね」

それは本当かもしれない。でも、それでも……。

「兵士は敵と同じように、指揮官も恐れなければならないの？」

「サー・レオナードからは、兵士は自分が負けて死ぬことへの恐ればかりでなく、指揮官の不興を買うことへの恐れからも必死で戦うはずだと教わった」

「それはノルマン人の流儀じゃないかしら」マティルドは考え込みながら言った。「でもロアルドはノルマン人ではないし、これまで戦で軍隊を率いた経験も城を攻撃した経験もないわ」

「経験のある人間を雇える。きみたちがわたしに協力を求めたように。ところで、ここの番兵は毎日が聖人の祝日であるかのように、のらくらすごしているよ。どの兵士も自分の主な仕事は食べて飲んでおしゃべりをすることだと言わんばかりだ」

兵士に秩序や規律が欠けているのはマティルドも気がついていたが、いざそのときが来れば、結束してくれると願っていた。

　サー・ヘンリーの目が真剣みを帯び、その表情がさらに厳しくなった。「規律というのは必要なときに身につけ、不必要なときにはずせるようなものではないんだ」マティルドの心を読んだように彼は言った。「ロアルドがここへ進軍してきて、きみの守備隊が不意を突かれたら、どうなると思う？」

「なにも胸壁から厳重に監視しつづける必要はないわ」マティルドは彼の述べたなかで反駁《はんばく》できる点を見つけて言った。「ここから三十キロ以内の道にはすべて監視を置いているのよ。ロアルドが見つかれば、即座に警告が城へ送られるの。戦闘の準備はできるわ」

「きみのためにも、エクルズフォードにいるすべての人々のためにも、そう願いたい」彼が一歩こちらへ近づいた。彼の表情はこれまでマティルドが見たことがないほど真剣だった。「きみが兵士の戦闘準備はできていると考えているかどうかとは関係なしに、ここに滞在しているあいだ、わたしに守備隊を指揮させて、確実に戦えるよう訓練させてほしい」

　彼の申し出にマティルドはめんくらった。「あなたに？」

「きみの許しが得られるなら。なにしろ、わたしには暇な時間がいっぱいある。狩りばかりしていられるものでもないよ。わたしには自分の知識を提供する気が充分にあるのだから、それを利用してはどうだろう」

　おそらくサー・ヘンリーがエクルズフォードの守備隊に教えられることはあるだろうし、こと規律に関しては、もっと厳しく取りしまったほうがいい。それに守備隊の指揮を頼めば、サー・ヘンリーは忙しくなり、大広間から離れている時間が多くなる。ジゼルから離れている時間も。ジゼルがサー・ヘンリーに惹《ひ》かれているようすは少しもないけれど、それでも彼はなんといっても魅力的な男性だから。

「わかったわ、サー・ヘンリー。ありがとうございます」

サー・ヘンリーがお辞儀をした。「こちらこそ、レディ・マティルド」彼はいたずらっぽく片目をつぶってみせた。「きみをがっかりさせたり今回の判断を後悔させたりしないよう、がんばるよ」

彼は本当にハンサムで、快活で、愛想がよくて、深刻な問題について話しているときでさえ魅力にあふれているわ。彼はなにもかもうまくいくという気持ちにさせてくれる。いまは亡き父がそうだったように。

わたしのうぬぼれと愚かな欲望のせいで、父の死期を早めてしまったのだ。

今度こそ、マティルドはドアに向かった。「これで失礼するわ、サー・ヘンリー。おやすみなさい」

マティルドは掛け金に手をかけて言った。「よく眠れますように」

「きみも安らかな夜がすごせますように」彼が言った。

マティルドが部屋を出るよりも先に、彼がすぐうしろに来てその温かな手でマティルドの手を包み込んだ。彼の体が、体のぬくもりがすぐそばに感じられる。

「よく眠るんだよ」

それは無理だといまからわかっている。マティルドは手を引き、そっと部屋を出るとドアをしっかりと閉めた。

5

「あのノルマン人をわたしの上に？」サーディックがあっけにとられた顔で尋ねた。

サー・ヘンリーに守備隊を指揮してもらうと決めたことに、サーディックがいい顔をしないことはマティルドも予想していた。だが、そう予想していたからといって話が簡単になるわけでもなかった。いまサーディックは、まるでマティルドに短刀で背中を刺されたかのようにこちらを見つめている。そして彼とともに執務室に現れたジゼルは、妹は完全に気がふれてしまったとでもいうようにやはりこちらを見つめている。

気楽そうに壁にもたれ、胸で腕組みをしているヘンリーは、目の前で繰り広げられる光景に自分はあまり関係がないというようすだ。守備隊の指揮をとりたいと言い出した本人とはとても思えない。

「一時的なものにすぎないのよ」マティルドはサー・ヘンリーのほうに気が向かないよう努めながら、サーディックに言った。「サー・ヘンリーがいなくなったら、当然あなたが隊長に戻るわ」

「とうてい本気だとは思えないわ！」ジゼルが椅子から立ち上がり、サーディックの隣まで来た。「隊長に戻るですって？ なぜ隊長でなくならなければならないの？」

「ロアルドは、エクルズフォードは自分のものだから明け渡せと、兵隊を連れて言いに来るかもしれないわ」マティルドは説明した。「それに備えてあらゆる手を打っておかなければ。城を守る力をもっとつけるために守備隊を訓練したいとサー・ヘンリーから申し出があったの。わたしは彼の協力を受け入れれるべきだと考えているわ。あなたを批判してのことではないのよ、サーディック」

サーディックは敵意のこもった目をヘンリーに向け、ついでマティルドに戻した。「わたしを負かしたと彼から聞きましたね？　あれは運がよかっただけだ。わたしが――」

「運がよかったのかもしれないし、技量があったのかもしれないわ」マティルドはサーディックのことばをさえぎった。「サー・ヘンリーはイングランドで最も有名な騎士のひとりに教えを受けているのよ。それを生かさない手はないのではないかしら」

ジゼルがヘンリーをにらんでから妹に言った。

「その追加の協力にはいくら払えと言われたの？」

ジゼルの声には悪意が満ち、ふだん穏やかな青い目が敵意を含んだ不信感に燃えている。

「報酬は求めていない」ヘンリーが怪訝《けげん》に思えるほど穏やかに言った。マティルドは宿屋でうっかり報酬を払うと言って、彼をどれほど怒らせたかをよく覚えている。あのときの腹の立て方が彼にしてはめずらしいのか、あるいはいまの彼が怒りを実にうまく抑えているのか、そのどちらかだ。彼の目には後者だと告げるものがあった。マティルドは彼の自制心に感嘆すると同時に、ほっと胸を撫《な》で下ろした。いまここで彼に言い争いに加わってもらいたくはない。

「わたしは彼を信用していない」サーディックが挑むように言った。

「わたしもよ」ジゼルがまるでマティルドに反論をけしかけるように言った。

マティルドはふたりの返事にがっかりしたものの、驚きはしなかった。なんといっても、マティルド自身最初は同じように思い、いまでさえ彼を全面的に信用するのは気が進まないのだ。

ヘンリーがたくましい肩をすくめて言った。「わたしのロアルドに対する憎しみを信頼してもらうだけでいい」

それには取り合わず、ジゼルがお祈り中の尼僧のように両手を握り合わせ、憐《あわ》れっぽく訴えるような目を妹に向けた。「ああ、マティルド、あのような目に遭いながら、どうしてそんなふうにすぐ人を信用してしまうの？」

恐怖の一瞬、マティルドはジゼルが妹の恥ずべきできごとについてサー・ヘンリーに話してしまうのではないかと思った。

「わたしは欲深じゃない。わたしが報酬はいらないと言ったら、本当にいらない」ヘンリーがかなりむっとしたようすで口をはさみ、ジゼルがそれ以上言うのを妨げた。「レディ・ジゼル、きみは家事を取り仕切る仕事と、さらには城を守る準備もすべてレディ・マティルドにまかせているようだが、それでいながら、レディ・マティルドの判断力を疑い、その決断を非難するのになんのためらいもないとは、実に興味深いことだ」

今度はマティルドがあっけにとられる番だった。それに内心マティルドは彼が自分を弁護してくれたことがうれしかった。

ジゼルは真っ赤になったものの、引き下がらなかった。「マティルドが家の切り盛りを担当しているのは、わたしが怠慢だからではないのよ、サー・ヘンリー。前回ロアルドがここに現れたときに起きたことを考えると、マティルドは忙しくしていたほうがロアルドの……ロアルドの卑劣さについてあれこれ思いわずらわずにすむと判断したの」

罪悪感がマティルドの胸を刺した。ロアルドが去ったあと、ジゼルはたしかに日々の仕事をつぎからつぎへとマティルドにまかせたのだが、ジゼルが縫い物仕事や、城や村の人々のちょっとした病気の手当てをするのを本当に楽しんでやっているのかどうかなど、マティルドはこれまで考えたこともなかった。家の切り盛りを妹にまかせるということは、同時にそういった仕事に伴う敬意を譲り渡すことになるのだ。「ジゼル、わたしは――」

「そのことはいまはいいの」ジゼルがさえぎった。「それよりもサー・ヘンリーに守備隊をまかせるべきではないとあなたが気づくことのほうが大事よ。なんといっても、サーディックに対して無礼だわ」

「サーディックを侮辱したくないから、ロアルド・ド・セヤズにこの城を奪われてもかまわないというのかな？」ヘンリーが尋ねた。「きみの知性を侮辱せざるを得ないのは残念だが、最近ここの守備隊をまともに見たことは？　ひとりひとりの兵士はよく戦えるとしても、規律に欠けているし、甲冑《かっちゅう》や武器の状態は兵士の面汚しだ。ここの兵士が戦闘中、命令に耳を貸すとは思えない。好き勝手に動いて、全員殺されてしまうだろう。なんとしてもそうありたいのなら、わたしの協力を断ればいい。しかしそうではないなら、ロアルドが現れるまでわたしが指揮をとるというレディ・マティルドの考えが理解できるはずだ」

「ロアルドが現れなければ、いつまでこのノルマン人はエクルズフォードに滞在してわたしたちの食べ物をとり、わたしたちのワインを飲むの？」ジゼルはヘンリーがすぐそばにいるのを忘れたかのように尋ねた。

「ロアルドがどんなつもりでいるかがわたしたちにわかるまでは、つまりサー・ヘンリーがここを去ってかまわないと判断するまでは、いてもらわないと困るわ」この点に関してはヘンリー本人と話し合っていないが、マティルドはそう答えた。

ヘンリーは異議を唱えなかった。

「兵士は彼を受け入れませんよ」サーディックがうなるように言った。

不満そうな言い方ではあったが、マティルドはサーディックの怒りが前より静まったのに気づき、彼が結局はヘンリーが指揮をとることを了承してくれるのではと期待した。

「あなたが受け入れれば、みんなも受け入れるわ」マティルドは言った。「この件で率先することで指導者になるのよ、サーディック。あなたならできるわ。サー・ヘンリーを隊長として認めるの」

とはいえ、ジゼルはまだ納得していなかった。

「サー・ヘンリーはエクルズフォードを乗っとろうとするかもしれないわ。なぜそんなことはしないという確信が持てるの？」

「どうして彼がそんなことをするの？」マティルドは姉のほのめかしていることに当惑し、きき返した。サー・ヘンリーがこんなところにはもう一刻もいたくないと宣言したとしても、おかしくない。「万が一彼がそこまで節操のない人だとしても、法に違反するし、彼の味方になってくれる人はひとりもいないわ。それ以外の方法は、彼があなたと結婚するしかないのよ」

ジゼルが顔を真っ赤に染めた。が、それはサー・ヘンリーの妻になりたい気持ちを言いあてられたはずかしさからではない。それよりもむしろ、こんな不愉快な話は聞いたことがないと思ったからのようだ。「わたしにはサー・ヘンリーと結婚する気などないわ」

「それなら、彼がエクルズフォードを乗っとろうとしていると心配する必要はないわ」

それでもジゼルは折れようとしなかった。「恥知らずな男というのは、手に入れたいものをなんとしてでも手に入れようとするものよ。だれよりもあなたにはそれがわかっているはずなのに」

「わたしは恥知らずじゃない」ヘンリーがとうとう口をはさんだ。その断固とした口調と厳しい表情は、彼が快楽のみを求める口のうまい求愛者などではなく、生きていくために戦う気高い戦士であることをほかの三人にすぐさま思い出させた。

今度こそ彼は侮辱されたと受けとったわ。今度こそ彼はもうこんなところにはいられないと言うわ。そしてわたしたちは彼を失うばかりでなく、彼のきょうだいや友人たちとの縁故も、守備隊を訓練してくれるという彼の申し出もすべて失うのよ。

サーディックが前に出て、ジゼルの腕に手を置いた。「このノルマン人がわれわれに教えられることはあるかもしれない。真っ先に考えなければならないのは、あなたとレディ・マティルドとエクルズフォードの安全なんです」

マティルドはほっとしたあまり涙がこぼれそうだった。サーディックがこちらの側についてくれれば……。

「よくわかったわ！」ジゼルが頭をぐいと起こした。「彼を守備隊長になさい。あなた方のほうがわたしよりこういうことには詳しいんでしょうからね」

それだけ言うと、ジゼルは部屋を飛び出していった。

ヘンリーを無視して、サーディックがマティルドに言った。「わたしがなだめてきます」彼は急いでジゼルのあとを追った。

マティルドはゆっくりと息をつき、うしろのテーブルにもたれた。

「思っていたよりうまく話がついたな」ヘンリーが窓辺から声をかけた。

「思っていたよりうまく？」マティルドは信じられない思いで言った。「ひどい話し合いだったわ。ジゼルは決して癇癪《かんしゃく》を起こしたり、わたしに反対したりしないのよ」

「本当に？」ヘンリーはぶらぶらとこちらへやってきた。「兄とわたしなど四六時中けんかをしてばかりだ」

ヘンリーはきょうだい仲が悪いかもしれないが、マティルドとジゼルは昔から仲がいいのだ。ヘンリーは怒りや衝突に慣れていても、マティルドはそうではない。

「きっとレディ・ジゼルは立ち直るよ」彼は慰めるように言った。「そもそもこちらの言っていることは正しいし、彼女の意見はまちがっている。もちろんサーディックの誠実な友人なのだから気持ちはわかるが、それでもまちがっているものはまちがっている。結局サーディックは了承してくれたのだし」

「ええ、それは言えるわ」マティルドはサーディックが黙認してくれたことにいくぶん慰めを覚えた。

「それにわたしが指揮してなんの改善も見られないときは、遠慮なくわたしを追い払ってかまわない」

彼は軽い口調でにこやかに話している。まるで彼の信用や能力が問題視されたことなどなにもなかったとでもいうように。「ふたりがあなたを侮辱したことを申し訳なく思うわ」

「ああ、そのことか」彼はにっこり笑い、そんなことはどうでもいいというように片手をひと振りした。「人から軽んじられたのはこれが初めてじゃない」

軽んじられたということばは、ジゼルとサーディックのとった態度を形容するにはずいぶん穏やかな言い方になる。彼は驚くほど友好的で、寛容な人だわ。騎士であることを考えるとなおさら。それに親切で、物惜しみしなくて……。

彼とのあいだに距離を置かなければならない気がして、マティルドは体を起こし、テーブルをまわると重い椅子のうしろまで足を運んだ。「それでも、お詫《わ》びするわ」

「ありがたく受け入れるよ」

彼の口調と声は……。こんなふうに感じてはいけないわ。

マティルドは椅子の背をつかみ、彼に執務室から出ていってと言いたい衝動に駆られた。ジゼルとサーディックが彼を侮辱さえしていなければ、そう言えたのに。自分が出ていってもかまわないが、そうすれば、彼とともにいると動揺してしまうのがわかってしまうかもしれない。それは困る。彼に――彼ばかりでなく、どんな男性にも、弱い女だ、怖がっていると思われたくない。

「守備隊の指揮官として、まずなにをするの？」代わりにマティルドは尋ねた。

考えをめぐらしながら、ヘンリーはテーブルに片手をついて寄りかかった。

がっしりとしたたくましい手。そして長い指。力を感じさせる手だわ。日に焼け、たこのできた戦士の手。

恋人の手でもあるわ。きっと彼にはおおぜいの女性がいるだろうから。これだけハンサムですばらしい体をした人に恋人がいないはずはないもの。

このような男性に求愛をされたらどんな気持ちがするのか、わたしには永久に知ることはできないわ。

「まず、兵士を集合させてわたしの新しい責務を告知しなければならない」

「当然ね」内心の思いとは裏腹に、マティルドはきびきびと事務的に答えた。

「兵士の甲冑と鎖帷子《かたびら》、それに武器庫にある武器を調べなければならない。武器庫はあるのかな？」

彼がなにかを尋ねるときに片方の眉を上げるその表情すら心を引きつける。「主塔にあるわ」

「それがすんだら、兵士の腕前を見て、なにができてなにができないかを確認する。そのあとは」彼が浮かべたいたずら小僧のような笑みに、マティルドはあやうく警戒を忘れそうになった。「兵士を走らせる。たっぷりと」

「走らせる？」マティルドは鸚鵡《おうむ》返しに言い、間が抜けて聞こえたその響きに内心自分をとがめた。

彼が明るく微笑《ほほえ》んだ。「そうだよ。みんないやがるだろうな。そして走らせるわたしを憎む」

守備隊の指揮官は怖がられなければならないと彼は言っていた。でもこんなに友好的で愛想のいい人が本当に嫌われたいと考えているとはなかなか思えない。「本当に兵士から憎まれたいの？」マティルドはそう尋ね、彼の表情がもっとよく読めるように椅子のむこうへとまわった。

彼は笑い声をあげた。マティルドの質問がおかしかったらしい。「もちろんだよ」彼はそこで声をうんと落として体を前に乗り出し、小さな男の子が大の親友に秘密を打ち明けるときのように、その茶色の目を輝かせた。「兵士は自分たちを訓練する指揮官を憎めば憎むほど、仲間を大切にするようになる。共通して憎む相手に対して結束するんだ」

「それは知らなかったわ……」身を乗り出した彼がすぐそばにいるのをすっかり忘れていた。

もどかしくなるほど近くに。

怖くなるほど近くに。胸がどきどきしはじめ、マティルドはめまいを覚えた。

「どうした？」愉快そうな表情が彼の顔からすべて消えた。「気分でも悪いのかい？」

記憶と狼狽《ろうばい》と恐怖を追い払いたくて、マティルドは片手で頭を押さえた。ここにいるのはヘンリーよ。ロアルドじゃないわ。「いいえ、大丈夫よ」

「いや、大丈夫じゃない。座ったほうがいい。レディ・ジゼルを呼んでこよう」

「いいえ、呼ばないで！」彼が立ちどまり、こちらを振り返った。「なんでもないの。少し疲れただけよ。あまりよく眠っていないから」

「ああ、そうだった。覚えているよ」彼がそっと言った。共感と同情のこもったそのことばは彼の微笑よりさらに訴えるものがあり、心を騒がせた。「ただちに兵士を集めることにして、武器庫を見るのはまたあとにしよう。きみは姉上と口論をしたばかりだし、疲れているからね」

動揺しているとほのめかされて、マティルドは反論したかったが、やめておいた。たったいまは、武器庫という薄暗くてかぎられた空間でサー・ヘンリーとふたりきりになるのはなんとしても避けたい。いや、武器庫にかぎらず、どんな場所でも。

彼が丁重に腕を差し出した。「行こうか」

「ありがとう」マティルドは立ち上がり、彼のがっしりした腕に手を預けた。そして自分の手に伝わってくる彼の腕の感触を懸命に無視しながら、彼とともに執務室をあとにした。

ヘンリーは大広間前の階段にレディ・マティルドと並んで立ち、中庭に集まった兵士たちを眺めた。大半の兵士は、いまレディ・マティルドが告知したことを喜んでいない。警戒するような視線を交わしている者も何人かいるし、あからさまに敵意のある態度をとっている者もいくらかいる。この数名は気をつけて監視しなければならない。命令に従わないようなら、取りのぞくしかない。上官への反発は伝染病のようなもので、守備隊全体に広がってしまうこともありうるのだ。

いま自分の隣にいるレディは、本当のところ、どう考えているのだろう。こちらからの申し出をうれしく思っていることはまちがいない。それに姉やサー・ディックと口論したことで動揺しているのも。それ以外に関しては謎《なぞ》で、これまで出会ったどの女性よりもとらえどころがない。

「というわけで、あなた方にはレディ・ジゼルやわたしに対するときと同じように、サー・ヘンリーの命令に従ってもらうわ」レディ・マティルドが告知を締めくくった。「従わない場合は、きょうまでの賃金を受けとり、ただちにエクルズフォードから出ていってもらいます」

これはヘンリーも予期していなかったことばだ。彼はだれがそれに応じるのだろうと思いながら待った。

「サーディックはどうなるんです？」兵士の集団のうしろのほうからケルト人のひとりが尋ねた。「このことを受け入れたんですか？」

「サーディックはサー・ヘンリーに次ぐ指揮官となるの」

建物の横手の暗がりにいたサーディックが前に進み出た。執務室では黙認してくれたようだったが、ヘンリーは彼がこの指揮官の交代に反対するのではないかとなかば覚悟していた。サーディックが反対すれば、ヘンリーは指揮官としての能力を発揮できそうにない。

「わたしは受け入れるぞ」

サーディックが中庭に響き渡る声ではっきりと言い、ヘンリーは途方もなくほっとした。レディ・マティルドに目をやると、その肩からほんの少し緊張が抜けたように見える。おそらくレディ・マティルドもサーディックがどう答えるか、心配していたのだろう。

「レディ・マティルドの命令だから受け入れた。わたしはレディ・マティルドの忠実な家来だ」サーディックが続けた。「わたしは誓ったとおりエクルズフォードのレディ・ジゼルとレディ・マティルドのためなら命を懸けても戦う。わたしに従うのと同じようにこのノルマン人に従う気のない者は即刻ここを出ていくべきだ。このノルマン人に愚か者や意気地なしと思われてもいい者は出ていけ。ノルマン人の戦う技や戦術を身につけたくない者は去れ。わたしはノルマン人の技法や戦術を学ぶぞ。このノルマン人に、そうだ、それにロアルドが現れた場合はロアルドにも、われわれがどんな軍隊にも負けないところを見せてやろうではないか」

「そうだ！」兵士たちが空にこぶしを突き出し、いっせいに声をあげた。「そうだ、そうだ！」

ヘンリーはうれしくて頬がゆるみそうになるのをこらえた。兵士を確実に服従させ、学ぶ気を起こさせるのに、サーディックの言ったことほどきき目のあるものはなさそうだ。

サーディックがやってきてヘンリーの隣に立った。兵士が声援を送るなか、サーディックは大きな手でノルマン人の肩を叩《たた》き、いまや生涯の友人同士のように微笑みかけた。ところが、彼は唇を動かさずに言った。「ノルマン人は絶対に信用しないぞ」

内心がっかりしながらも、ヘンリーにはここで驚いてはいけないとわかっていた。なんといっても、自分は彼の地位を横取りしたのだ。

そこでヘンリーは失望を隠し、同じように微笑みつつ唇を動かさずに言った。「では信用するな。学んで従えばいい」

遠くで村の教会の鐘が鳴った。鐘の音は三度響いてとまり、ふたたび三度鳴った。そのあとには死のような静けさが続いた。中庭ではだれひとり身じろぎひとつしなかった。息すらしていないように見える。

鐘の音の意味がよくわからずに当惑しつつも、ヘンリーは背筋を寒けが走るのを覚えながら、レディ・マティルドのほうを向いた。レディ・マティルドは鐘の音に凶運を予告されたように蒼白《そうはく》な顔をしていた。「いまのは？　いまの鐘の音の意味は？」

ヘンリーは慎重に尋ねた。

「ロアルドが現れたわ」

6

エクルズフォードの村に入ったロアルドは眉をひそめた。彼のうしろには十名の兵士が護衛として従い、さらにそのうしろには彼の衣服と快適にすごすために必要な品々数点をのせた荷車が軋《きし》みながらついている。

鶏が土ぼこりのなかで地面をつつき、ときおり犬の吠《ほ》える声が聞こえる以外、村全体が無人のように見える。まるで疫病が猛威を振るい、村人全員が死んでしまったみたいだ。

そう思うと彼は一瞬胸の悪くなるような気分に陥った。が、すぐに考え直した。疫病に襲われたのなら、〈フォックス・アンド・ハウンド亭〉の太った主《あるじ》と、主に負けないくらい太った女将《おかみ》とうすのろの息子も荷物をまとめて逃げ出したはずだ。村人は隠れているだけにちがいない。ばかな農夫どもめ。わたしに殺されるとでも思っているのだろうか。殺したら、わたしの農地はだれが耕すんだ？

うしろで兵士が静けさについてぼやきはじめた。

ロアルドはちらりと護衛を振り返った。「しゃべるために雇っているんじゃないぞ」

ふたたび前方を向き、間もなく自分のものとなる城を眺めると、彼の腹立ちはやや治まった。たしかに小ぶりの城ではあるが、住み心地はいい。それにエクルズフォードの大きな価値はその城塞《じょうさい》ではなく、城を取り巻く肥沃《ひよく》な農地、および沿岸地方とロンドンを結ぶ街道に近いという立地にある。それと叔父が貯《た》め込んだはずの金だ。

外側の城門は閉ざされていた。こいつは変だ。いまは亡きエクルズフォードの領主はふだんこの門を開けたままにしていた。たぶん、とロアルドは女のか弱さへの嫌悪をこめて考えた。あの気性の荒いマティルドと美人の姉は静かに父親の喪に服したがっているのかもしれない。

マティルドはどうせ修道院に厄介払いされるのだから、そのあとでいくらでも好きなように父親の喪に服せばいい。ジゼルのほうは……。ジゼルにはほかの手立てが考えてある。

行列が城門に着くと、ロアルドの知っている声が城壁の上から呼びかけた。「敵か味方か？」

まぬけのでくのぼうめ。「いますぐ門を開けろ！」ロアルドは大声を張り上げた。

「ああ、サー・ロアルドでしたか」サーディックが答えた。「あんまりいい身なりなのでわかりませんでしたよ」

ロアルドはまだ代金を払っていない自分の刺繍《ししゅう》入りの外衣に目をやることはしなかった。「ばかめ、門を開けろ！」

「喜んで。ただし入れるのはおひとりだけです。エクルズフォードのレディたちから随行者は通すなと言われていますので」

ロアルドは鞍《くら》からなかば立ち上がった。「いますぐ門を開けてわれわれを通せと言っているんだ！」

「随行者は通すなというのがわたしの受けた命令です」サーディックは穏やかに答えた。「レディたちの命令に背けとは、まさかおっしゃらないでしょう？」

「わたしはエクルズフォードの跡継ぎだぞ！」

「いまは亡き領主さまの遺言ではちがいますよ」

このけだものには金か拳骨《げんこつ》しか通用しないのか？

「レディたちを呼べ」

金髪の戦士はたくましい腕を組んだ。「そうはいきません。レディたちの命令は単純明快です。サー・ロアルドは通していいが、前回いろいろもめ事を起こしたお供の者は入れてはならない」

ロアルドは反論できなかった。それに自分の城だというのに、門前でこれ以上物乞《ものご》いのように無益なやりとりはしたくない。

彼は護衛の頭である長身のやせた男にそばへ来るよう合図した。「解散させろ。村で楽しんでくればいい」

「わかりました」

護衛の一行は解放され、村へと引き返しはじめた。

「さあ、門を開けろ！」ロアルドは命令した。

鋲《びょう》を打った木製の扉がようやく開いた。が、ロアルドが前進する間もないうちに、十名の衛兵が足早に現れ、彼の馬を取りかこんだ。ここで初めてロアルドは、もめ事を避けたいからといって、レディたちがこちらの言いなりになるとはかぎらないかもしれないぞと考えはじめた。

まさかあのふたりが反抗するはずが……。

サーディックが門のむこう側に現れた。盾と斧《おの》を持ち、顔にはうぬぼれ笑いを浮かべている。「さっきも言ったように、レディたちはもめ事がお嫌いなので」

いつかあのけだものの顔から独りよがりな笑いを消してやる。ロアルドは心のなかで誓いつつ、馬の足を速めて中庭に入っていった。

わたしは囚人じゃない。この城の主なんだぞ。ここはわたしの領地、わたしの城だ。叔父の金庫にある金もわたしのものだ。

これはマティルドのしわざに決まっている。いまに見ていろ！

中庭にもだれもいなかった。村と同じで無人だ。ロアルドは馬を降り、手綱を近くの荷車に投げ出すと、ずかずかと大広間に向かった。

こんな無礼な迎え方をしたことを後悔させてやる。マティルドめ！　最高に容赦のない修道院長のいる最高に厳しくて味気ない修道院を探して、そこに閉じ込めてやる。ジゼルはまず許しを請わせて楽しんでからだ――。

だれも大広間の扉を開けてはくれなかった。彼は自分で扉を開けた。そしてなかに入ったとたん、あのじゃじゃ馬マティルドがまるで女王みたいに偉そうに壇上に立ち、こちらをにらんでいる姿が目に入った。

先回会ったときは、これほど威張った態度ではなかったぞ。そのときを思い出すと、怒りがややなごみ、彼は壇に向かって足を運んだ。

美しいジゼルがその均整のとれた体をやわらかな暗紅色のガウンに包み、頬を染めて妹の隣に立っている。ガウンの袖口《そでぐち》と裾《すそ》には凝った刺繍が施してあるが、これはジゼル本人の手によるものにちがいない。なにしろジゼルは針仕事か小さな傷かなにかの手当てばかりやっているのだから。

ロアルドはジゼルの隣に立っている男に目をやり、悪態をつきたいのをこらえた。なんでヘンリー・ダルトンがこんなところに？　領地と財産を相続する立場にある美女がいるのをかぎつけてやってきたにちがいない。前々から尊大なやつだと思っていたが、ここまで尊大だったとは。このロアルドがダルトン家とのあいだに姻戚《いんせき》関係を結ぶのに賛成すると考えているなら、かんかんに腹を立てることになるぞ。

ロアルドは壇まで行き、形だけのお辞儀をした。

「こんにちは、ジゼル、マティルド。お父上が亡くなられたことをお悔やみ申し上げる」

「あなたが？　本心かしら？」マティルドが眉を片方上げてきき返した。

マティルドめ、自分をなにさまだと思っているんだ？　先回わたしがここに来たときのことを忘れてしまったのか？　自分の言ったことを。それにやったことを。「もちろんわたしは叔父上が亡くなったことを残念に思っているよ。叔父上は年老いていたうえ病気だった。人間すべていつかは死ぬものだ」

「ええ、どんな人間もいつかは死ぬものよ」マティルドがうなずいた。「それに早く死んだほうがいい人もいるわ」

ここまでやってきたのは、マティルドと言い合いをするためではない。「マティルド——」

「わたしたちのお客さまはご存じね」ロアルドが言いかけたのをさえぎり、マティルドがそばにいるノルマン人のほうをあごでしゃくった。

「きみの従兄《いとこ》は、わたしに会ってもあまりうれしくはないのではないかな」ノルマン人のごろつきが声と目にあざけりをこめて言った。

「当たり前だ」ロアルドは壇上に上った。「なんで彼がここに？」彼はジゼルに尋ねた。

ジゼルは答えず、頰を染めて妹と土地なしのノルマン人のうしろに下がってしまった。

「サー・ヘンリーはわたしたちの招きで滞在なさっているのよ」マティルドが答えた。

「このならず者がなにを言ってわたしの城に招かれるよう仕向けたのか知らないが——」

「わたしがお招きしたのよ、ロアルド。それにここはあなたの城じゃないわ」

ロアルドの怒りはさらに熱く燃えた。「ばかなことを言うんじゃない、マティルド。エクルズフォードはわたしのものだ。残された男子はわたししかいないんだぞ。わたしは正当な跡継ぎだ。そこでこのノルマン人のならず者に命令する。出ていけ。即刻にだ！」

マティルドがベージュのガウンの長い袖口のなかで両手を握った。「いいえ」

怒りがわき立ち、ロアルドは剣の柄《つか》に手をかけた。

「わたしはここの主だ。わたしが出ていけと——」

「いや、きみはここの主じゃない」無礼にもヘンリーがふたりのあいだに進み出た。

不満そうな声がぼそぼそと耳に届き、ロアルドはちらりとうしろを振り返った。この兵士たちはいったいどこから現れたんだ?

彼は高慢ちきな従妹《いとこ》をにらみつけた。「護衛は抜きでわたしをここへおびき寄せておいて、わたしに襲いかかったり捕まえたりするつもりか?」ロアルドは気色ばんだ。罠《わな》にかかったかと思うと、吐き気がしそうだった。

敵意に目を光らせ、相も変わらず傲慢《ごうまん》な口調でヘンリーが答えた。「兵士がいるのは、きみに剣を抜いたりレディたちに暴力を振るったりさせないためだ」

ロアルドはもう一度蔑《さげす》んだ視線をノルマン人の全身に走らせた。「わたしの従妹たちはおまえの宮廷での評判を知らないようだな」

「わたしは女性に対しては、相手の身分の貴賤《きせん》を問わず、紳士としてふるまってきている。これにはだれも異論を唱えないはずだ」

ロアルドは不愉快そうに鼻で笑った。「奥方を寝取られて異論を唱えそうな男の顔が何人か思い浮かぶぞ」彼は従妹ふたりが困惑しているのを見て、笑みを浮かべた。「どうした、マティルド。何人の人妻を誘惑したか、ヘンリーから聞いていないのか?」

「サー・ヘンリーが豊富な女性経験の持ち主なのはよく知っているわ」マティルドが答えた。「初めて会ったときに、はっきりとそう気づかされたから。でも彼が過去にだれとどんな関係を持とうと、いっさい気にはしていないわ」

「いや、彼の過去は気にしたほうがいい」ロアルドは言った。「国王に対して陰謀を企てて反逆罪の嫌疑をかけられた話は聞いていないようだな」

マティルドの目に驚きの色が表れた。

「わたしがここにいる以上、その嫌疑が根拠のないものであったのは明らかだ」ヘンリーが涼しい顔で答え、厚かましくもロアルドを踏みつぶしたい虫かなにかのように見つめた。

「ところが、おまえの親友からすらそういう裏切りをしそうなやつだと思われたじゃないか」ロアルドはせせら笑った。「マティルド、以前のきみは聡明《そうめい》な女性だということになっていたのに、どうしたんだ？　このノルマン人が財産目当てで結婚しようとする、信用するには値しないさもしいやつだということがわからないのか？　財産目当てでなければ、こいつがこんなところに現れるものか」

「どうしたんだ、ですって？」マティルドが言った。

「あなたと衝突したのよ。あなたからは侮辱と欺きについて教えてもらったわ。この壇上に信用に値しない者がいるとすれば、それはいまわたしの目の前にいるあなたよ」

「いやな言い方だな。心が張り裂けるよ」

「あなたに心はないわ。同様にエクルズフォードを求める資格もあなたにはないわ！　父の遺言にはそれがはっきり記されているの。それに、見ればわかるとおり、わたしたちには有力な友人がいないわけではないのよ」

ロアルドは顔を真っ赤にして鼻孔をふくらませた。こんなじゃじゃ馬やダンキース領主のろくでもない弟を怖がっていると思わせてなるものか。「有力な知り合いだと？　そうノルマン人が言ったのか？　こんなやつなど、たかだか国王の馬丁程度の影響力しかあるものか」

「彼の家族は――」

「彼の兄はある程度の力があるかもしれないが、それはイングランドではなく、スコットランドの宮廷の話だ。それに妹が嫁いだ先は取るに足りないスコットランド人のところだ」

「氏族長よ」

「するとなんらかの地位にはあるということだな。野蛮人のなかでは」

ヘンリーが笑い声をあげた。「きみの無知さ加減には驚くよ、ロアルド。もっともこれまで一度としてきみに知恵や分別があると思ったことはないが」

「こちらはおまえの厚かましさに驚いているよ」ロアルドは切り返した。「こんなところに立っていくらかでも影響力があるふりなどするとはな」

マティルドは従兄の嘲笑《ちょうしょう》、虚言、それに存在そのものに我慢ができなくなりつつあった。姿が目に入るだけでも胸が悪くなりそうなのに、彼の使っている香水のいやなにおいがさらに吐き気を催させる。この場から逃げ出さないでいるには意志の力を総動員しなければならなかった。「あなたはわが一族のなかで唯一の男子ではあるけれど、父はエクルズフォードをジゼルとわたしに遺《のこ》したのよ」

「叔父上が遺言を書き換えたとき、病が重くて書き換えを有効にできなかったことは、きみも知っているじゃないか」ロアルドは言った。「叔父上は錯乱状態にあった。つまりわたしを跡継ぎに指名した古いほうの遺言が有効だ」

マティルドは前に出ると、視線で刺し殺せるとでもいうようにロアルドをにらみつけた。「父が遺言を書き換えたのにはしかるべき理由があったのをあなたも知っているはずよ。それに当時の父は健康状態もさほど悪くなく、自分がなにをしているか、正確に心得ていたわ」

「叔父上の頭が正常であったなら、きみはみだらな行為に走ったことで家を追い出されていたはずだ」

マティルドが絶句し、ロアルドは痛いところを突いたのを知った。さらには彼をうれしがらせたことがもうひとつあった。ヘンリーがマティルドを見た表情から察すると、このノルマン人はこれまでマティルドの本性にまったく気づいていなかったらしい。

ロアルドの顔には勝ち誇った笑みが広がった。

「マティルドはわたしとのささやかな密会のことをおまえに話してはいないようだな。すると、わたしに復讐《ふくしゅう》したい理由もまだ聞いていないだろう？　あれこれ手を尽くしたにもかかわらず、わたしから結婚を断られたからだよ」

やはりロアルドは暴露するつもりだわ、あのときにあったことを。マティルドは話さないで、黙っていてとわめきたい心境だった。それなのに喉がこわばり、口をきくことはおろか、息をするのもむずかしかった。

「それに手の尽くし方もたいへんなものだった。そうだろう、マティルド？」ロアルドは話を続け、マティルドの恥辱と自分の犯した罪を笑いものにしている。「しかし、わたしには彼女と結婚する気などなかった。マティルドがわたしの寝室にやってきて、身を捧《ささ》げたあともだ」

ロアルドがこれまで以上にマティルドの名誉と人生を破壊しているあいだ、マティルドの胸は喉と同じように硬くこわばった。

「わたしの妻になろうと泣いたりわめいたり、それは強引だった。しかし、わたしにはそんな低い道徳観の持ち主と結ばれたい気持ちなどまるでであるものか。こんな女と結婚したら、一カ月とたたないうちに妻を寝取られた夫になってしまう」

「嘘《うそ》つき！」春の雪解け水が堰《せき》を切ってほとばしるように、喉からことばが飛び出した。マティルドは両手をこぶしに握りしめ、引きしぼった弓の弦のように全身を硬直させた。「嘘ばかりつく見下げはてた犬のような人ね！」

「ほら、これがマティルドの本性だ」ロアルドがあざけった。「穏やかでもなくやさしくもない、がみがみとうるさい恋人だ。わたしの部屋に来たことを否定しなかったのにおまえも気がついただろう、ヘンリー？　もちろん否定のしようがないからさ。どうだ、おまえの部屋にも夜そっと忍び込んだんじゃないのか？　昼間は決して見せない、もろくて甘い顔をして」

ヘンリーが衝撃を受けたようすなのを見て、ロアルドがうれしそうに目を輝かせた。

マティルドは苦悶《くもん》と屈辱とはずかしさで大声をあげたい気持ちだった。ヘンリーはわたしのことをどう思うかしら。娼婦《しょうふ》と変わりないと思っているのではないかしら。にせの口実をつくり上げて彼をここにおびき寄せたと。ロアルドの言ったとおり、わたしは嘘つきで彼をだましたと。

せめてロアルドが嘘をついていてくれたら。これまでマティルドは衝動的な行動を数々してきたが、彼の言ったやさしいことばを愚かにも信じ、いま自分の感じているものは愛だと思い込んで部屋に行ったのは、なかでも最悪の行為だった。

そして、そのことで受けた苦しみは並大抵のものではない。

たとえそうではあっても、彼がしゃべってしまった以上、事実を明るみに出さなければならない。たしかに自分は彼の部屋に行った。でも無垢《むく》でなにも知らず、彼に愛されているものと思い込んでいたのだ。彼からキスをされ、もしかしたら結婚を申し込まれる――そう思い、それ以上のことはなにも求めていなかった。

「あの夜に起きたできごとは、わたしの望んだことではなかったわ」ロアルドと愚かだった自分を嫌悪しつつ、マティルドははっきりと言った。

「もちろん、きみはわたしと関係を結びたがっていた。そうでなくてなぜ夜にわたしの寝室まで来る？」ロアルドはあざけったあと、無表情なヘンリーに向かって言った。「そしてそのあとわたしが結婚を断ると、泣きながら父親のところへ行き、わたしに手ごめにされたと訴えたんだ」

「事実そうだったわ！」マティルドは声をあげ、この場に集まっている人々に視線を走らせた。ジゼルは唇まで青ざめているが、目には同情があふれていた。なぜなら事実を知っているから。ロアルドに襲われたあと、マティルドの手当てをしてくれたのはジゼルだ。太腿についた血を洗い流し、傷に布を当ててくれた。そしてマティルドが泣きじゃくりながらきれぎれに話すことばに耳を傾け、実際に起きたことの一部始終を聞いてくれたのだ。

大男のサーディックは衝撃に呆然《ぼうぜん》としたまま立っている。そのうしろでは兵士たちがひそひそとことばを交わしているが、まるでマティルドなどいなくなってしまったというように、こちらを見ない。彼らにとっては、貴族であるレディ・マティルドは死んだも同然なのかもしれない。欲望ゆえに死んだ。恥辱と弱さのせいで命を失ったということなのかもしれない。

「犠牲者ぶるのはやめることだな」ロアルドがせせら笑った。「男の寝室に忍び込むような女は、とうてい貞操が堅いと言えるはずもない。それくらいだれでも知っているじゃないか。そうだろう、ヘンリー？」

「それはなぜそうしたかによるだろう」ノルマン人が答えた。その声と同じく、彼の顔も厳しくて冷たい。

公然と非難することはしなくとも、彼はわたしのことを前より低く評価しているにちがいない。品のない弱い女と思われるだけでも不名誉なことなのに、娼婦同然だと彼に思われでもしたら……。

「わたしと関係を持つ以外にどういう理由があるというんだ？」ロアルドが尋ねた。「まちがいなくそれがマティルドの理由だった。キスしても体を引いたり抗《あらが》ったりはしなかったからな」

「それはわたしが愚かだったからよ。いまより何千倍も愚かだったわ！」マティルドは声をあげた。自分はたいへんな過ちを犯してしまった。それはうぬぼれとロアルドの嘘だらけのお世辞のせいだったとはいえ、ロアルドが卑劣にもいやがる自分を襲って処女を奪ったことは、サー・ヘンリーをはじめ大広間にいる人々全員にわかってもらわなければならない。マティルドはそう心を決めていた。「あなたが愛や結婚のことを話したとき、わたしはそれを本心からだと信じたわ。まずキスを交わし、そのあとであなたから妻になってほしいと言われるものと思っていたのよ」

「なにを根拠にだ？　ありきたりのお世辞か？　マティルドがどんな女かわかっただろう、ヘンリー？」ロアルドはノルマン人のほうを向き、マティルドなどその場にいないかのように言った。「わたしが現れて、マティルドが本当はどんな女かを教えてくれたことを幸運の星に感謝するんだな。とはいえ、ジゼルがたいへんな美女で男心をそそることに異論はないよ」彼の唇には笑みが浮かび、目には輝きが宿った。「わたしが結婚するかな」

ジゼルの手が胸のあたりで震えた。ジゼルは目を閉じている。ヘンリーがすばやく動いて失神しつつあるジゼルを抱きとめなければ、きっとそのまま倒れていたことだろう。ヘンリーは膝をつき、壇の床にそっとジゼルを寝かせた。

「あなたはけだものよ！　不快きわまりない悪党だわ！」マティルドは叫び、姉に駆け寄った。「ジゼルはあなたなどと絶対に結婚しないわ。絶対に！」

ロアルドがなにをしようと、どう脅そうと、ジゼルは彼に渡さない。死んでもわたしはジゼルを守るわ。

ファイガが酒盃《しゅはい》を持ってやってくるあいだに、ノルマン人が冷たいあざけりを目に浮かべてロアルドを見つめた。「どうやら、見通しはきわめて悪そうだな、ロアルド。きみの妻になると思っただけで、レディ・ジゼルは気を失ってしまった。もちろん、それはレディ・ジゼルが悪いんじゃない」

人をも殺しかねない表情でサーディックが兵士を押しのけてやってきた。一瞬マティルドは彼が素手でロアルドに襲いかかるつもりではないかと思った。しかしサーディックはロアルドを手荒く押しのけ、ジゼルのそばにひざまずいた。

「寝室にお連れします」サーディックはそう言うと、まるで羽根枕《まくら》でも扱うように軽々とジゼルを抱き上げた。

全身を怒りと恥辱と絶望に震わせながら、マティルドはロアルドに向き直った。「出ていって、ロアルド。ここにいる兵士に犬のように引きずり出されないうちに」

ヘンリーが剣の柄に手をかけた。「言われたとおりにしろ、ロアルド。出ていけ」

ロアルドは鼻孔をふくらませたが、それ以外に動くようすはなかった。「おまえは黙っていろ、ヘンリー。この件は、おまえには関係のないことだ」

「騎士として、わたしは女性を守る誓いを立てた。しかも、ここのレディたちはきわめて深刻な危険に直面している」ヘンリーは一歩ロアルドに近寄った。「出ていかないと、切るぞ」

ロアルドが背中をまっすぐに伸ばしたまましろへ下がった。「おまえの考えていることがわたしにわからないと思うか？　おまえもジゼルを求めているんだろう？」

「わたしが求めているのは、きみがここを出ていき、二度とここのレディたちを苦しめないことだ」

ロアルドのうしろで兵士たちの怒りを含んだ不満の声が高まった。マティルドは自分が辱しめを受けた身ではあっても、それでもなお兵士たちが自分を、そしてジゼルを守ろうとしてくれているのを知り、こみ上げる涙をまばたきで追い払った。

「いまに後悔するぞ、マティルド」ロアルドが壇から離れながら怒鳴った。「必ず悔やませてやる。きみの姉とそこのノルマン人のごろつきとあの大きなでくのぼうもだ」彼はヘンリーを指さした。「わたしなら国王を敵にまわすようなことはしないぞ。たとえ美しいジゼルのためであってもだ。兄や義弟がスコットランドで力を持っているとはいっても、おまえ自身は土地も持たぬ騎士にすぎないじゃないか。その程度ではつぎにわたしがここに現れたとき、助けてやるわけにはいかないぞ。この姉妹のために命が懸けられるか？　兄や妹をこの件に巻き込んでいいのか？」

「きみのほうこそどんな危険を冒しているか、わかっているのか？」ヘンリーが言い返した。「わたしを威嚇するということは、スコットランド王の親しい友人であるダンキース領主を威嚇することになる。わたしはイングランド国王の弟君ときわめて懇意なトリゲリス領主の親友でもある。国王がこのふたりを敵にまわしてまでもきみの味方につくと本気で思っているのか？」

ヘンリーの存在とその威嚇、そして兵士たちの忠誠心に励まされ、マティルドは前に進み出た。「ジゼルとわたしは法に則してエクルズフォードを所有し、今後も守るわ。あなたがわたしたちに敵対する動きをとろうとするなら、それは誤りよ」

「勇ましいことばだな」ロアルドはばかにしたように言い、あとずさりを続けた。「きみは本当に誓いや固い決意が好きだな。かつて死ぬその日までわたしを愛すると誓っていたのを思い出すよ」

「死ぬその日まであなたを憎みつづけるわ！」

ロアルドが冷たい笑い声をあげた。「相も変わらず情熱的だな、マティルド。醜女《しこめ》なのがなんと残念なことだろう。そうでなければ、わたしもきみと結婚する気になったかもしれないのに。もちろん目当てはたっぷりとつけてもらう持参金にあるわけだが」

マティルドはベールを押さえている銀の飾り輪をつかみ、ロアルドに投げつけた。そのあいだにもヘンリーはそのハンサムな顔を激しい怒りで恐ろしい形相へとゆがめ、壇から飛び下りた。

「わたしに脅しをかけたことを後悔させてやる」ロアルドはやや不安を帯びた声で言い放ち、剣を抜くと、前よりすばやくあとずさった。「国王に訴えてやる。国王はわたしの味方をして、わたしが所有するにふさわしいこの城をわたしのものにしてくださるさ」

「いや、ロアルド」ヘンリーの声は猫が喉を鳴らす音に近かった。大きな猫がおいしい餌食《えじき》を見つけたときのような低くて恐ろしい声だ。「きみにふさわしいものはわたしが与えてやろう」

「やめて！」マティルドは命令した。いかにロアルドを嫌悪し、死んでしまえばいいと思っても、彼は優秀な剣士なのだ。ここでサー・ヘンリーと戦わせるわけにはいかない。これはサー・ヘンリーの戦いでも彼のきょうだいや友人の戦いでもないのだ。いまここで剣を交えさせてはならない。

彼に協力を頼むべきではなかった。彼に出会わなければよかったのに。なによりも、ロアルドがわたしの恥辱を暴露したときにサー・ヘンリーの顔に浮かんだ表情を見ずにすんだら、どれだけよかったことか。「彼を行かせて」

ヘンリーがためらい、その隙《すき》にロアルドは扉から飛び出していった。

「意気地なしめ！」ヘンリーが大声をあげ、あとを追いかけた。だが扉に着くまでに、丸石を蹴飛《けと》ばして去っていく蹄《ひづめ》の音が聞こえた。

　自分の人生が永久に変わってしまったことを寒々とした思いで悟りつつ、マティルドが彫像のようにたたずんでいると、ヘンリーが戻ってきた。

　彼はマティルドの顔をしっかりと見つめながら、近づいた。「少し話し合うべきことがあるのではないかな。できれば、ふたりきりで」

7

サー・ヘンリーが、きみはにせの口実で自分をここにおびき寄せた二枚舌で恥を知らぬ人間だとこちらを責めるつもりなら、マティルドとしてもふたりきりで話し合ったほうがいい。「執務室に行きましょう」

ヘンリーがうなずき、マティルドのあとに従った。マティルドは彼がうしろにいるのを感じ、恥辱と後悔で全身が燃えるように熱かった。

ロアルドに処女を奪われたその瞬間から、幸せな結婚への望みはすべて絶たれてしまったのだ。彼のベッドで血を流し、泣きながら横たわっているときですら、そう悟っていた。それが本当であることは、父の悲痛な顔とジゼルのため息が物語っていた。そしてマティルドはそれを受け入れたと自分では思っていた。自分の恥についてはだれにも話さずにいるつもりだったが、自分を処女と信じて誠実に結婚を申し込んでくれた相手には、正直に打ち明けようと固く心に誓っていた。

それでもなお、あらゆる手を尽くしながらも、自分の過ちと過去は将来を完全には汚していないかもしれないという小さな希望の火は消えずにあったのだ。

いまのいままで。

うぬぼれと願望がここまで強くさえなければ、若くて端整な男性がわたしを愛してくれるかもしれないなどと信じてしまわなかったはずなのに。もっと気丈であったなら！　せめてロアルドの怪訝《けげん》な表情が欲情に満ちたものに変わった瞬間に抗《あらが》ってさえいれば。それなのに、わたしは彼の変化とそのあと突然襲いかかってきた彼の粗暴な行為にただとまどい、動けずにいた。そしてシュミーズをウエストまでめくられ、彼が……。

せめてロアルドのお世辞と心地のいいことばにも感じなければ、わたしの名誉はいまも守られ、父はまだ生きていて、このようなもめ事や苦痛は避けられたかもしれないのに。

執務室に入ると、マティルドは壁掛けや立派な家具を備えたこの居心地のいい部屋を突っ切り、架台式テーブルのむこう側に立った。そして両手を握り合わせ、ヘンリーが入ってきてテーブルの反対側まで来るのを見つめた。死刑を宣告された囚人のように、マティルドは彼から非難されるのを待ち、鞭《むち》のように自分を打つことばに備えて内心身構えた。

ヘンリーがひと言も発せないうちに、サーディックが戸口に現れ、一瞬マティルドは自分の窮状を忘れた。「ジゼルの具合はどう？」

「よくなりました」サーディックが答えた。「あの悪党が言ったことの衝撃で具合が悪くなったんです。少し休めば、すぐに回復するでしょう」

マティルドはサーディックの顔を見つめ、ロアルドがなにをしたかを知ったいま、彼がどう思っているのかを探ろうとした。当時ロアルドがふいにエクルズフォードを去っていった本当の理由を知っているのは、父とジゼルだけだったのだ。「よかった。ほっとしたわ」

サーディックがうなずいた。彼の態度にはこれまでなかった遠慮が感じられ、マティルドの心痛は増した。

「ロアルドは大嘘《おおうそ》つきなんだよ、レディ・マティルド」気まずい沈黙を破ってヘンリーが言った。まるで天気の話でもしているように、くだけた口調だった。「わたしは彼のことばだけなら信用しなかったが、そのあときみのとった態度には、きみたちふたりのあいだで起きたことについて、ロアルドは真実を言ったのかもしれないと思わせるものがあった」

マティルドはサー・ヘンリーが自分に有利に解釈してくれたことに驚いた。とはいえ、それで苦悩がやわらぐものでもなかった。「ロアルドの寝室に行ったのは、彼の言ったとおりよ」マティルドはそう認めた。「それは、わたしは彼に恋している、彼はわたしを愛していて、わたしとの結婚を望んでいると思い込んだからなの。ふたりでキスを交わし、彼が甘いことばをささやいたあと、結婚を申し込んでくるものと思っていたわ。それ以上のことはなにも思わなかったの」

いまではそれが、なんとうぶでばかげて聞こえることだろう。でも当時のマティルドは宮廷や騎士道をわきまえていると思われる人々の社会から引き離されて父親に育てられ、世間知らずでうぶだったのだ。

話すうちにマティルドの喉はこわばったが、実際になにがあったか、なぜ手遅れにならないうちに抵抗しなかったかを知ってもらわなければならない。

「ロアルドは放してくれなかったの。わたしを抱きしめ、わたしが痛いと言うと、彼は笑ったわ。わたしは怖くなりはじめた。すると彼はわたしをベッドに押し倒したの。あまりに不意なできごとで、わたしはただあっけにとられたわ。まさか彼が……」

「それ以上は話さなくていい」泡立つ水のような光を目に浮かべ、ヘンリーが静かに言った。「わたしはきみが恨みから逆らっているという彼のことばを信じない」ヘンリーは床を見つめているサーディックに目をやった。「きみもこのことは知らなかった。そうだな?」

サーディックがぐいと頭を上げ、ノルマン人をにらみつけて悪態をついてから言った。「知っていれば、あの男を生きて帰しはしなかった」

　ノルマン人がうなずいた。「わたしもそう思った」

　彼は冷静な目をマティルドに向けた。「この悪事は当時秘密にされたのか？」

　マティルドはうなずいた。「父が、わたしの名が汚されるのを防ぐことを考え、わたしも同意したの。あの召使いの娘のように、わたしも自分が彼の寝室に入ったのだから、みんなわたしの言い分よりロアルドの言うことを信じるのではないかと不安だったわ」

「お父上の考えはまったく正しい」ヘンリーが言った。「世間の評判は、おそらくきみに冷たいものとなったはずだ。少なくとも貴族のあいだでは。似たような状況のもとでは、夜に寝室へ入ったとなると、たいがいは同じような憶測をして同じような反応を示す。寝室に入った理由に関係なく」

　でも彼はそうではなかったわ。サー・ヘンリーは最初の夜、そのような憶測をしなかった。

「きみが彼の寝室に行ったのは……」ヘンリーが肩をすくめた。「ロアルドはその気になれば、口がうまいんじゃないのかな」

「ええ」マティルドはうなずいた。「わたしは本当にばかだったわ」

「若いときはだれもがばかなんだよ」

　それは意味合いがちがう。たとえそうでも、マティルドは自分を責める気持ちを軽くしてくれようとする彼の骨折りをありがたく思った。

「となると、問題はこれからどうするかだ」ヘンリーが声に出して考えた。

「あんたは去れ。われわれは戦う」サーディックが断固とした決意をこめて言った。

　ヘンリーが眉を吊《つ》り上げた。「去れ？　わたしはここを離れるつもりはないぞ」

　どれほど彼にとどまってほしいことか！　守備隊について彼の言ったことはすべて正しいとマティル

ドは思っている。それに彼がいてくれれば、助けてもらえる。でも……。「ロアルドはあなたとあなたの家族や友人にも脅しをかけたのよ。わたしたちのためにここにとどまってはいけないわ」

ヘンリーがかたくなと言えるほど決然とした表情を浮かべた。「わたしの家族や友人はロアルド・ド・セヤズが攻めてきても自力で防衛できる。しかし残念ながら、この城の守備隊は熟練した騎士がいなければ、ひどい苦境に立たされるだろう。きみたちにはわたしが必要だ」

「反逆罪の件はどうなっているんだ？」サーディックが尋ねた。

サー・ヘンリーと同じく、マティルドもロアルドは大嘘つきだと思っている。彼の難癖など信用するつもりもない。だが、たしかにその件についてはどうなのだろう。

ヘンリーがサーディックの質問を空中から消すように片手をひと振りした。「友人が誤解をしたんだ。ロアルドに言ったとおり、反逆罪に問われてなどいない。さもなければ、いまごろはここにこうしていることもなく、まだ牢獄《ろうごく》にいるか、処刑されているはずだ」

「あんたがいなくても、ロアルドやあいつの送り込んできた敵は負かせる」サーディックがかんこに言った。

「それはどうかな」マティルドが答える間のないうちに、ヘンリーが言った。「手助けをしたいというわたしの申し出をレディ・マティルドが受け入れて以来、どこが変わった？　下の大広間にいる規律の欠けた兵士たちの力量について、きみは前より詳しくなったのか？　ロアルドがいつ、どこで、どのように攻撃をかけてくるか、推測できるのか？　包囲攻撃の戦術について、わたしよりよく知るようになったのか？」

サーディックの頬が赤くなった。

「わたしたちはすでにサー・ヘンリーの協力を受け入れると決めたのよ。少なくとも、わたしはありがたく思っているわ」このノルマン人の助けが必要であり、それがなければすべてが失われてしまうと確信し、マティルドは言った。

とはいえ、サーディックは彼がここにいることは自分に対する侮辱だとでもいうように、ヘンリーをにらみつづけている。

やはり侮辱と取ったのだ。でも、このようなときに、ヘンリーの与えてくれる忠告や助言を拒むのが愚かなことは、きっと彼にもわかるはずだ。

あいにく彼にはわからなかった。「このノルマン人がレディ・ジゼルのスカートのまわりをくんくんかぎまわっては困ると言っているんです」うなるように言うと、彼はヘンリーのところまで行き、胸をぐいと押した。「レディ・ジゼルに近づくな」

ノルマン人はサーディックの手をつかんでひねると自分から離した。「たとえわたしがレディ・ジゼルを求めているとしても」ヘンリーは歯をかみしめて言った。「大事なのはどっちだ？　わたしがレディ・ジゼルに求愛して結婚しようとすることか？　それとも、わたしがロアルドを打ち負かすようきみたちに協力できることか？」

たとえジゼルを求めているとしても？　求めない男性がいるというの？

サーディックの顔が赤くなり、首に青筋が現れた。が、彼も立場を譲ろうとしない。「レディ・ジゼルはあんたなんかと結婚するものか！」

「レディ・ジゼルの結婚相手を決めるとは、きみは父親か兄なのか？」

「やめて！」ふたりが殴り合いを始めないうちに、マティルドは声を張り上げた。「ジゼルのことで言い合っている場合ではないでしょう？」

すぐさまヘンリーが手を放した。「お許しを」彼は丁重にお辞儀をした。「まさしくそのとおりだ」

一方サーディックは自分の腕を撫《な》でた。「申し訳ありません」そう言ったものの、ヘンリーをにらみつづけている。

「サーディック、あなたはサー・ヘンリーが指揮をとるのを受け入れると言ったのよ」マティルドは厳しい口調で言った。「言ったことは守ってもらいたいわ」

またもやサーディックが赤くなり、ぞんざいにうなずいた。「わかりました」

それは積極的な返答ではなかったが、マティルドはほっとした。

「よろしい」マティルドはてきぱきと言った。「サー・ヘンリーが兵舎と甲冑《かっちゅう》を調べると兵士に伝えて」それからノルマン人騎士を見た。「それでいいのね、サー・ヘンリー？」

ヘンリーがうなずくと、サーディックもふたたびうなずき、執務室を出ていった。

マティルドは父の椅子に身を沈めた。ロアルドが現れて去り、サーディックが部屋を出ていったいま、マティルドは心底疲れを覚え、今後への不安と不確かさ、過去の恥辱と屈辱がすべて押し寄せて、どうしていいのかわからなくなりそうだった。

「サーディックはたしかに尊大なやつだな」ヘンリーが窓辺のところに戻って言った。

自分はそうじゃないというの？

目には重々しい表情が残っていたが、彼は苦笑いを浮かべると、両手を広げた。「わたしひとりではロアルドの邪悪な心を存分に怖がらせることができないのが残念だ。わたしがもっと大柄で、ひどい傷《きず》痕《あと》のひとつでもあれば……」

たとえそれがうまくいかなくとも、マティルドは気分を軽くしようとする彼の試みに感謝した。「もっと簡単に彼を説得できると思っていたのはまちがいだったわ。でも、もう少し……」

語尾を濁らせると、マティルドはため息をつき、膝で手を組んだ。

「もう少し分別があると思っていた？」

「ええ」マティルドは目を上げて彼を見つめた。

「お父上の遺言というのはどうなっている？」彼が尋ねた。「遺言状が一通だけではないということなのかな」

マティルドはうなずいた。「わたしがロアルドに襲われる前は、父はエクルズフォードをロアルドに遺《のこ》すつもりでいたの。ジゼルとわたしに持参金をつけるという条件つきで。ロアルドが姉とわたしの後見人になることにもなっていたわ。当時父は彼を信用していたし、わたしたち姉妹もそれは同じだったの。でも……あの夜のあと……父は娘ふたりと土地をあんな男の手に託すことはできないと、新しく遺言を書いたの。父は具合が悪く、病気の原因があの夜以後の心労にあったことはたしかだけれど、ロアルドが言ったように、頭がぼけてなどいなかったわ。新しい遺言はまったく法にかなったもので、古いものに優先するの」

マティルドは向かい側の壁にある戸棚まで行き、扉を開けると、銀の象嵌《ぞうがん》を施した黒檀《こくたん》の箱を取り出した。ウエストにつけている鍵束《かぎたば》のなかの小さな鍵で箱のふたを開け、マティルドは羊皮紙の巻き物を取り出した。

「これが父の遺言状よ。父の印章が捺《お》してあるわ。読んでいただければ、父の願いが明瞭《めいりよう》かつ正当に記されているのがわかるわ。副署はトーマス神父よ」

マティルドはヘンリーに遺言を差し出したが、文書から手を離そうとしてややためらった。

「文字は読めるの？」

「読める。それもサー・レオナードの指導を受けた」

ヘンリーが遺言状を受けとったとき、ふたりの手が触れ合った。それはほんの一瞬のことだったが、それでもマティルドは指先に火がついたような感覚を味わった。ヘンリーに目を向けられず、彼が気づいたかどうか、彼も同じように感じたのかどうかはわからない。そのあいだに彼は遺言状に結んであるリボンを解き、羊皮紙を広げた。

はてしなく思える時間が流れ、彼が遺言を読み終えてマティルドに戻した。「八月に書かれているね」彼が言った。

「ええ」

「お父上が亡くなったのは？」

「九月の五日よ」

「いつから病気だった？」

「昨年から。でも父は死期が近くなったころですら頭ははっきりしていたわ」

「そのことばを信じるよ」彼は簡潔に答えた。「でもロアルドはそうでないと言ってくるだろうね」

マティルドは彼に触れないよう気をつけながら遺言を黒檀の箱に戻し、戸棚から筆記用具——羽根ペン、インク壺《つぼ》、羊皮紙を取り出し、テーブルに置いた。

「なにをするつもりだ？」ヘンリーが尋ねた。

「司教に手紙を書こうと思うの。新しい遺言が有効であることを司教はきっと認めてくださるわ」

ヘンリーは当惑し、眉根を寄せた。「教会にはだれが土地を相続するかを決める権限がない。決めるのは国王の裁判所だ」

「それはよくわかっているわ」マティルドは手紙を書くために椅子に座りながら言った。「でも教会は遺言に関して、ある程度の権限を持っているの。父の二番目の遺言が正式に最初のものを無効にするという司教の承認を得られれば、ロアルドはあまり国王の裁判所に問題を持ち込もうとはしなくなるわ」

マティルドは問いかけるようにヘンリーを横目でちらりと見た。「ロアルドは自分の主張を国王が支持してくださる、だから裁判でも自分が勝つと確信しているようだわ。あなたは国王と王妃に会っているわね。ロアルドは国王夫妻の助力を得られると思う？」

ヘンリーはたくましい肩をすくめた。「国王はだれかに支援を申し出る場合、自分にとって役に立つかどうかで相手を決めると思う。しかしロアルドは、きみもそうだと思うが、王妃の親戚《しんせき》でもある」

「わたしの父はロアルドとちがって、王妃の親族と親しい関係を保とうとは少しもしなかったの」

ヘンリーの表情は変わらなかった。「残念ながら、ロアルドは裁判まで待とうとはしないのではないかな。それよりも、できるだけ戦争に慣れた傭兵《ようへい》を見つけてきて軍を起こし、武力でエクルズフォードを奪おうとするほうが容易に想像できる」

マティルドはふくらんでくる不安を抑えようとした。「ロアルドは多額の借金をかかえていると聞いているわ。兵を雇えるようなお金はないはずよ」

「彼が勝つか王妃が彼の主張を支持するほうに賭《か》ける金貸しを見つければいいんだ。城が手に入れば、借りた金を返せる」

「たしかにそうだわ！」マティルドは立ち上がった。ロアルドがそうしそうなことはマティルドにもうなずける。「エクルズフォードは渡さないわ。奪おうとするなら、彼と戦わなければ。戦って、勝つのよ！」

ヘンリーが同感だというように、にっこり笑った。その笑みはロアルドのどんな脅しよりもマティルドの自制心を脅かした。「きみは勇敢で決断力のある女性だと思っていたが」彼が静かに言った。「たしかに、そのとおりだとわかった」

マティルドはゆるぎのない彼の視線と目を合わせられなかった。「わたしは一生結婚しない、辱しめられた女でもあるのよ」

彼の顔に物問いたげな表情が浮かんだが、それはすぐに消えた。ほかにどんな反応が期待できるというのだろう。彼が否定してくれるとでも？

「あなたが守備隊を指揮してくださることになってよかったわ」マティルドは言った。「あなたが手を貸してくださらなかったら、どうしていたかわからないわ」

「いや、サーディックと兵士たちでおそらくなんとかできたのではないかな」ヘンリーは足元の石の模様をしげしげと見つめながら答えた。「ただし、必要以上に兵士を失ったかもしれない」

「兵士はひとりも失いたくないわ」

「兵士たちはきみの思いやりに感謝しているはずだ。万が一ロアルドが攻撃をかけてきたときに兵士たちの備えが充分に整っているよう、わたしはできるかぎりのことをするつもりだ」彼は頭を上げた。「たとえきょうロンドンに向かったとしても、ロアルドは国王夫妻にすぐ拝謁できるほどの要人じゃない。それに兵隊を集めるとなると、さらに何日かかかる。とはいえ、ぐずぐずしている時間はない。きみが手紙を書いているあいだに、わたしは兵士たちの甲冑と武器の状態を見てくることにしよう」

マティルドはうなずき、手紙を書きにかかった。そしてヘンリーは部屋を出ていった。


中庭を通って兵舎に向かいながら、ヘンリーはいまほど決意と覚悟に満ちたときはないという気がしていた。ロアルドに、レディ・マティルドやあの小さな召使いの娘やそのほかの犠牲者に与えた被害の償いをさせてやる。ロアルドはけだものだ。疫病だ。

このわたしが退治してやる。

あの夜レディ・マティルドがおびえて逃げたのも無理はない。自分とふたりきりになったとき、ひどく緊張して見えるのも不思議はない。

このわたしも地下牢ですごして以来、湿った石のにおいが耐えがたいし、なにかを引っかくほんの小さな物音にも鼠《ねずみ》を思い出して身震いしてしまう。レディ・マティルドにとって男とふたりきりになることは、わたしが小さな暗い部屋に閉じ込められるのと同じにちがいない。極度に耐えがたいものなのだ。

それでもレディ・マティルドはわたしといっしょにいるとき、恐怖心に打ち勝ったばかりか、勇気と度胸をもって、卑劣な行為で自分を辱しめた男にも立ち向かったのだ。もっとも、わたしはこれまで彼女に危害を加えたことはないし、今後加えることも絶対にないが。

あの小さな召使いの娘の話をしたとき、レディ・マティルドがなぜあのような目でこちらを見つめ、ロアルドを逃がしたことを非難したかが、いまになるとよくわかる。

ヘンリーはふいに吐き気を覚え、足をとめた。あの夜ロアルドを投獄しておけば、番兵を呼び、強姦《ごうかん》罪で告発しておけば、マティルドはあのような被害に遭わなかったのだ。苦しまずにすんだのだ。

さらに固い決意、さらに厳しい表情で、彼はふたたび歩き出し、兵舎をめざした。わたしはマティルドに力を貸し、ロアルドを打ち負かすのを助ける義務がある。あのけだものを殺さなければならない。

ヘンリーは厩舎《きゅうしゃ》の上にある広い部屋に通じる階段を駆け上がった。部屋は木の枠にロープを張ったベッドと円椅子、それに兵士の持ち物を入れる木の箱でいっぱいだ。彼は勢いよくドアを開け、腰に両手を当てると、あわてて立ち上がった兵士たちに怒鳴った。「ようし、怠け者の犬どもめ、のらくらすごした日々は終わりだ。これからはわたしが指揮をとる。大いにわたしを恨むことになるぞ」

8

「あと荷車は何台来るの？」七日後、エール醸造人の息子バルウィンがエールの樽《たる》を酒貯蔵室に下ろしているのを見て、マティルドは尋ねた。

ふたりのまわりでは村人や召使いが忙しそうに動きまわり、包囲攻撃に備えて食料を入れたかごや衣服、生活道具をおさめた櫃《ひつ》や包みを運んでいる。

あちこちで相談し合ったり議論し合ったりする声が断続的に聞こえる。こういった人々の頭上にいるのが城壁の歩廊で見張りについている哨兵《しょうへい》だ。新しく鍛造した鋭い武器を持ち、修繕をして磨いた鎖帷子《かたびら》をつけており、任務に神経を集中している。

「二台です」バルウィンが答えた。「これでほぼ全部だと母さんは言ってます。宿屋の親父《おやじ》さんがサー・ロアルドが結局来ない場合に備えて食堂に少しほしいと言うんです。全部ここに運び入れて、エールがひとつもないのではひどいと」

マティルドはうなずいた。「もしもロアルドがまた現れてエクルズフォードを包囲したときに、それをなくしてもかまわないならいいわ」

「ええ」バルウィンはどこか詮索《せんさく》するように横目でマティルドを見て答えた。ロアルドに恥を暴露されて以来、この一週間、マティルドが何度も受けてきた視線だ。

マティルドはバルウィンの視線を無視して言った。「教会の鐘が非常事態を告げたら、家族といっしょにここに来るのよ」

「はい」

「いいわ」マティルドは中庭のまんなかに立ち、こぼれた小麦粉のことでなにか怒鳴っている粉屋を肩越しに見た。

これまでマティルドは運ばれてくる食料やエールやワイン、家畜の飼料を入れる場所をできるだけ確保しようと何時間も費やしてきた。村人が避難してきた場合に備え、女の使用人に厩舎《きゅうしゃ》も含めてものを片づけさせ、人の泊まれる場所をつくれるだけつくってきた。男の使用人には城外から石を採ってくるよう命じ、城壁の歩廊に運ばせてある。これは城壁をよじ登ってくる敵に投下するためのものだ。鍛冶《かじ》屋につくらせた大きな鉄製の鍋《なべ》と三脚はすでに胸壁に据えられており、これで湯やコールタールを熱し、侵入してきた者に浴びせかける。村の鍛冶屋と城の武具師はすでにある武器を修理したり研いだり、新しい剣を鍛造したりと忙しい。

武器庫をいっしょに見に行ったときにサー・ヘンリーの見せた表情を、マティルドは一生忘れないだろう。彼はそこに保管してある武器にうんざりした視線を走らせた。それでも、マティルドが武器のお粗末な状態について嘆くと、彼は肩をすくめてこう言っただけだった。「忠実な兵隊を持つほうが重要だ」

いまでは彼はマティルドに対し、いつもこのようにぶっきらぼうで簡潔な話し方をする。マティルドはまたも自問した。ほかにどんな話し方が期待できるというの？　彼がわたしの過去を――。

「レディ・マティルド！」

マティルドが顔を上げると、トーマス神父がとても心配そうな顔で中庭の人込みをこちらへ急いでやってくるところだった。

「クリストフス司教がおいでになります」神父は言った。「司教と従者の一行がいま村にいます」

マティルドの胸はどきどきしはじめた。サー・ヘンリーがそばにいるといつも胸がどきどきするが、いまはそれとわけがちがう。「司教はもう判断をなさったのかしら」

トーマス神父は、それはどうかなという顔をした。

「おそらくまだでしょう。たぶんお父上の遺言のことできたいことがおありなのではないかな」

マティルドは神父の腕に手を置いた。「すでに判断なさったと思いたいわ。そうすれば、なにもかもが法にかなっているとおわかりになるわ」

「司教に会ったことはないでしょう?」神父が静かに尋ね、マティルドはさらに不安でいっぱいになった。

とはいえ、人のおおぜいいる中庭で内心の恐れを顔に出すわけにはいかない。「大広間で待っていてくださるなら、そのあいだにわたしはジゼルを捜して司教をお迎えする準備をするわ」

マティルドは急いでジゼルを捜すことにした。それに、いま着ているガウンをこのような賓客を迎えるのにふさわしいものに着替えなければならない。

あいにくサー・ヘンリーはサーディックとともに兵士たちを連れて森で訓練している。ジゼルと自分の運命を決定する権限を持ちうる人物と会うのだから、このふたりがその場にいてくれるとありがたいのに。でも司教を待たせるわけにはいかないから、ふたりの援護はなしにジゼルと自分で客を迎えなければならない。

運の悪いことに、大広間と厨房《ちゅうぼう》と寝室を捜したものの、ジゼルはいなかった。出会った使用人すべてにきいてみたが、だれも居場所を知っている者はいなかった。そのうえジゼルを見つけられないでいるうちに中庭がこれまで以上に騒がしくなり、司教が到着したのがわかった。

マティルドは罵《ののし》りのことばをつぶやき、自分の着ている地味な濃い青のガウンを見下ろした。ジゼルはいったいどこに行ったのかしら。貴族や聖職者のお客さまを迎えるのはいつもジゼルの役目なのに。

雅なのに。いつも非の打ちどころのない装いで、慎み深く、優
もう着替える時間はない。マティルドは質素な亜麻布のスカーフからひと房飛び出している髪をスカーフのなかへ押し戻し、スカートからほこりやごみを手で払うと、中庭に急いだ。途中一瞬だけ立ちどまり、大広間にいる客にワインを運ぶようファイガに頼んだ。泊まってもらう部屋はあとで見ることにした。

司教の行列は予想外に大人数で、充分に武装していた。先頭の長身で風格のある聖職者は、その職位に合った極上の紫色の外套《がいとう》をまとい、白髪の頭に紫色の半球形帽子《ズケット》をかぶっている。外套の下には同様に極上質の黒いローブを着て、太ったおなかに紫色の広いベルトを締めているのが見える。胸の金色の十字架にはめ込んださまざまな宝石が秋の陽光にきらきらと輝いている。

この司教に加えて、もっと地味な衣装の聖職者が数人と、そろいのチュニックを着て剣と槍《やり》で武装した兵士の一団がいる。そのあとには荷物と小さな軍隊なら充分にまかなえそうな量の食料とワインをのせた荷車が続く。明らかに司教は旅行中の快適さに気を配り、宿泊先の食料を当てにしていないらしい。

亡き父はおおかたの貴族ばかりでなく、高位の聖職者も嫌って相手にしていなかった。この司教の贅《ぜい》沢《たく》な衣装や十字架の宝石を見つめ、マティルドは父と同じように嫌悪感をいだいた。キリストは金持ちが天国に行くより針の穴に駱駝《らくだ》を通すほうが容易だと言ったのではなかった？　地上にいる神の聖なる召使いとされる人々は、その金持ちに含まれないのかしら。

とはいえ、クリストフス司教のことをどう思っていようと、礼儀作法を守って接し、女性にふさわしいふるまいをしなければならない。そこでマティル

ドは大きく息を吸うと、トーマス神父にいっしょに来るよう合図し、司教を迎えるために中庭へ出た。

「いらっしゃいませ、司教さま」マティルドは低く身をかがめた。「エクルズフォードにようこそ。わたしはレディ・マティルド。こちらはトーマス神父です」

司教が手袋を脱いで指輪をはめた手を差し出したので、マティルドはその指輪にキスをした。司教から値踏みをするように見つめられているのを感じ、はずかしさも怒りも不安もいっさい表情に出ないよう心した。

「神の祝福のあらんことを」司教がアーミンの毛皮のようにやわらかい声で節をつけて唱え、マティルドはうしろへ下がった。

「大広間に飲み物を用意いたしました」マティルドは言った。「こちらへどうぞ」

「それはありがたい」

マティルドは急いで先に立ち、唇をかみつつ、司教を迎える準備になにも落ち度がありませんようにと気をもみながら祈った。中庭が人でごった返していることや、大広間にさえ備蓄用のものが置いてあることから、なにかが起きていると司教が気づくのはまちがいない。

中庭とまわりの建物、狭間《はざま》のある城壁、使用人たちなどをざっと眺めながら、司教はゆったりとした足取りでマティルドのあとについた。そして彼とともに到着した聖職者の集団が聖なる甲虫《かぶとむし》の群れのようにそれに続いた。

大広間の壇に上ると、司教はいかにもまわりから敬われ服従されることに慣れているようすで父の椅子に身を沈めた。随行者たちは城の召使いがあわてて用意した背のない円椅子に座った。トーマス神父は壇の左手に立ったままでいたが、マティルドは司教の要請を受けて彼と向かい合った椅子に腰を下ろした。

トーマス神父が励ますように微笑《ほほえ》んでいるのが視界の隅に見えたが、司教からじろりと見つめられてその微笑は消えた。

ファイガがこれまで見たことがないほど神妙なおももちで現れ、運んできた盆から司教とマティルドに銀の酒盃《しゅはい》を、ほかの聖職者とトーマス神父にもう少し小さな器を配った。マティルドは自分の酒盃を椅子の腕木に置いた。

司教は恵み深い笑みをたたえて酒盃を受けとり、小声で言った。「ありがとう」そしてファイガの頭に片手を置いたが、そのしぐさは祝福を与えるというより愛撫《あいぶ》しているように見えた。

ファイガもそのように思ったらしく、驚いた表情で司教を見上げると、目を伏せ、下がっていった。

ワインを少し飲んだあと、クリストフス司教はそばの小さなテーブルに酒盃を置くと肉づきのいい両手を合わせ、その指先越しにマティルドを見つめた。

「城と土地をめぐって、あなた方と従兄《いとこ》であるサー・ロアルドとのあいだにもめ事があると知り、深く心を痛めています」

「もめ事があるとすれば」マティルドは礼儀を守りつつ、きっぱりと答えた。「ロアルドがそれを起こしているのです。わたしの父は城と領地をどうしたいかを遺言にきわめて明確に記しています。父の遺言を写したものをお送りしましたから、それをお読みになって、いまわたしの申し上げたとおりだとお気づきになったこととは思いますが」

司教は両手を組み、人さし指を唇に当てた。大きな紫色の宝石をはめ込んだ金の指輪がそばの燭台《しょくだい》の光を受けて輝きを放った。「あなたの従兄は遺言が本物であることには異議を唱えていない。しかしながら、遺言をしたためられたときのあなたのお父上は病があまりに重く、遺言は法のもとで有効だとは言えないと確信しているのです」

ロアルドの思っていることがなぜ司教にわかるのだろう。「わたしども争いについて従兄は手紙をお送りしたのですか？」

「大修道院を訪れて、わたしに直接自分の立場について話したのですよ」

マティルドはそれを見越してもっと早くに司教に手紙を書かなかった自分を内心呪《のろ》った。ロアルドは悪人ではあっても、ばかではないのだ。「従兄がそう主張しようとも、遺言を書き直したとき、父の頭が病のせいでおかしくなってなどいなかったことはトーマス神父におききになればわかります」

司教がトーマス神父をちらりと見た。「サー・ロアルドはトーマス神父があなた方一家に対してたいへん献身的だとも言っていた」

それはマティルドも否定できないし、否定する気もない。「トーマス神父はわたしたちにとって情け深い真の友ですが、神に仕える高潔な人であり、嘘《うそ》をつくことは決してありません」

「もちろんです」司教はよどみなく答えた。「トーマス神父は非常によき羊飼いです。それに欠点とも言えるほど心がやさしい」

「神父は心がやさしいからわたしたちを支持しているのではありません」一瞬マティルドはいま話している相手が司教であることも、トーマス神父がすぐそばにいることも忘れて言い返した。「それが正しいから支持しているのです」

司教が白い眉を逆立てた。

「お許しを」マティルドはすぐさま言った。「でも友人を助けるとはとうてい正しいとは言えないといって、トーマス神父を悪く思わないでいただきたいのです」

「そうしたとすれば、神父は情に流されたのでしょう」司教は穏やかな表情に戻って答えた。

たとえそうでもマティルドは自分が判断を誤ったのを悟った。この人はまわりが当然自分に服従するものと思っている。わたしが激しいことばづかいをしたのを絶対に忘れないわ。

トーマス神父がもう一度マティルドに微笑みかけた。が、マティルドに微笑を返す度胸はなかった。司教の表情から穏やかさがやや失《う》せ、その声からは心地のいいやさしさが消えた。「あなたの従兄はほかのことについても話しました。わたしが仰天するようなできごとについてです。高貴なレディがそこまでみだらにふるまったと知り、嘆かわしく思います」

マティルドはスカートを握りしめ、平静でいようと懸命に努めた。ロアルドがふたりのあいだであったことを、すべてこちらがみだらなせいだとすることくらい、予測できたはずなのに。でもたとえそうではあっても、なぜ司教はそのことをおおぜいの随行者のいるこの大広間で話さなければならないのだろう。「従兄は無垢《むく》なアダムではまったくありません。彼は愛のことばをわたしに話し、わたしはそれを信じたのです。彼のところへ行ったとき、わたしが夢見ていたのは結婚の申し込みでした。そしてわたしがこんな行為をするのはやめてほしいと訴えると、彼はそれを拒み、自分の肉欲を満たしたのです」

クリストフス司教は蔑《さげす》みもあらわにマティルドを見つめた。「そのように言い張ってトーマス神父のような人ならだませようが、あなたは女、イヴのように肉欲の生き物なのですよ。マグダラのマリアのように罪人だ。あなたは美しさには欠けるが、サロメのように誘惑する女だ。ロアルドは実に謙虚に自分の罪を告白したが、高慢で身持ちも悪い女であるあなたは厚かましくも自分の罪の責任を他人に押しつけている」

熱く激しい怒りがマティルドのなかにわき上がった。それを抑えようとマティルドはふいに動き、その拍子に腕木に置いてあった酒盃を床に落としてしまった。ファイガがさっと前に出て酒盃を拾ったが、ワインは床の藺草《いぐさ》にしみ込んでいった。それでマティルドは気を静める時間を少し持てた。

「自分に罪がなくはないことはわかっています」マティルドは言った。「わたしは自分に欲望の罪があり、従兄の部屋に行ったのはまちがいだったと隠さずに認めています。トーマス神父に懺悔《ざんげ》し、赦《ゆる》しの秘跡を受けました」

司教は苦しそうに思えるほど顔をしかめた。「悔い改めているようには聞こえませんな」

司教がとても重要だと考えているのはこのことなの？　ロアルドがわたしに対してふるまった行為はどうなるの？　この司教に理解や同情を期待するのはまず無理だと悟り、マティルドはなにがあったかを説明しようとするのは断念した。「わたしは神のお赦しとご慈悲を請いました。そしていま司教さまのお赦しとご慈悲を請うています。どうかご判断を下される際に、この罪を加味なさいませんよう。もしもそうなさり、わたしたちには不利に裁決なされば、ロアルドの手にかかって苦しむのはわたしばかりではないのです」

「あなたは邪悪な予知能力にたたられていると言いたいのかね？」

ますますひどくなっていくわ！　へたな返答をすれば、魔術行為の嫌疑をかけられてしまうかもしれない。「まったくちがいます。そうなることをわたしは恐れていると申し上げたいのです」

「ロアルドはあなた方にとってたったひとりの男子の親族だ。女が男に従属するのは、神のお計らいなのですよ。それにもあなたは反論しますか？」

マティルドはよく考えて慎重に答えるよう自分に

言い聞かせた。「親に従うのは子の務めではありませんか？　父以外の人間の要求よりも父の願ったことが通るよう努力するのがまちがっているのでしょうか。わたしは従兄の言い分を通し、父の願いを無視しなければならないのでしょうか」

クリストフス司教は手を組み合わせ、黙ってマティルドを見つめた。マティルドは司教が話し出すのを辛抱強く待った。間もなく司教が話しはじめた。

「あなたの従兄は正当な相続財産を奪われたと主張しています。さらには、あなたが怒りと恨みから行動を起こしている、自分はみだらな女の復讐《ふくしゅう》の犠牲者なのだと。あなたは彼をとても卑劣な行為におよんだと責めている――たとえ彼の寝室に行ったと認め、国王の裁判所に彼を訴えるようなことはしなかったとしてもですよ。国王の裁判所に訴えなかったのは賢明だったと言わねばなりますまい。あなたが自分から彼の寝室に入ったと厚顔無恥にも率直に認めているのに、従兄を有罪とする裁判所などこの国にあるはずもありませんからね」

厚顔無恥にも？　わたしが恥辱を感じていないと司教は思っているの？　「わたしは自分のしたことを恥じています。来る日も来る日も悔やまないときはありません。一生後悔し、恥じることでしょう。でも彼の寝室に行ったことは否定できなくとも、自分から彼に身をゆだねたことは否定できるし、もちろん否定します。従兄をおおやけに非難しなかったのは、父がわたしの不名誉を内密にしておきたいと望んだからなのです」

「肉欲の罪はつねにおのずと知れるものです」司教は硬い口調で言った。「そのようにして神は罪人を罰し、ほかの者に例を示される」

まるで司教自身にはなんの汚点もないとでもいうような話し方。胴まわりの大きさと法衣《ほうえ》に使われている生地の質から判断すると、彼は暴食と虚飾の罪を犯しているにちがいない。それに傲慢《ごうまん》の罪も。

「あなたの従兄が言ったのは、これで全部ではありません」司教は続けた。「こちらには騎士がいるでしょう。その騎士の評判はあなたの大切な姉上の評判に汚れをもたらしかねない」

わたしの評判ではないのね。マティルドはそう思ったが、この司教の目には自分はイゼベル同様の淫《いん》婦《ぷ》なのだ。「ロアルドはずいぶん早々と騎士道精神にのっとって非難しているようですが、その騎士はわたしたちの頼みに応じて助けに来てくださったのです。父が亡くなったあと守備隊長がわたしたちを見捨ててしまったので、その騎士には現在、守備隊長の役を務めていただいています」

司教は眉をひそめた。「あなたの従兄から聞いた事情とはちがっているな」

「ロアルドとサー・ヘンリーのあいだにはわだかまりがあるのです。古い諍《いさか》いが——女性をめぐってだと思います」詳しいことを話すつもりはない。ヘンリーの名を出したロアルドの真意については、司教が自分で推測すればいい。

「あなた方を見守る男の親族がいないのに若い騎士を滞在させるのは、穏当ではありませんな」

「わたしには、自分の名誉が汚れていることはわかっています」マティルドは身をこわばらせて答えた。「でもどうか、いわれもなく姉やサー・ヘンリーの名誉をそしらないでください」

司教の顔が真っ赤になった。一瞬、司教は悔いたように見えた。ところがなにを悔いたにせよ、それはほんの束《つか》の間のことにすぎなかった。「あなたの従兄がこのような状況とあなた方との不和にたいへん心を痛めているのは、たしかに理解できます。事実、動揺したあまり、彼はわたしたちに自分のために祈ってくれと頼み、教会の忠実な息子にふさわしく、わたしたちの骨折りに対するささやかな感謝の気持ちだと新しい集会場を建てると約束したのです。このような人は赦しを受けるに値します。また神のお導きを求めるうえで教会の支援を受けるにもふさわしい」

司教の口調からマティルドはすぐさま隠れた意味を聞きとった。司教がマティルドの父があとに記した遺言は無効だと言明してくれれば、集会場以外にももっと私的なもの――たとえば金や宝石を渡すとロアルドは約束したにちがいない。

ロアルドは見えすいた賄賂《わいろ》でマティルドを出し抜いたのだ。思うだけで胸が悪くなるとはいえ、ロアルドがこのような方法で司教を動かそうとするなら、こちらも同じようにする以外どんな手段を選択できるだろう。

「集会場とはとても気前がよくて、エクルズフォード領主には充分贈ることのできるものですわね」マティルドは言った。「わたしたちも父の遺徳をしのんで、なにか教会にお贈りすることを考えています。父の二番目の遺言が有効とされるなら。さもなければ、なにもかもがロアルドのものとなります」マティルドはわけがわからなくてまごついてしまうとでもいうように眉をひそめた。「でもなぜロアルドは教会にものを寄贈すると約束できるんでしょう。彼には多額の借金があり、まだそれを返済していないはずなのに」

ロアルドが多額の借金をかかえているという話に司教はたいして驚いてはいないようだった。たぶん司教もロアルドが金に困っていることは聞いており、同じ疑問をいだいたのかもしれない。

そうであってほしい。

司教は足でこつこつと床を叩《たた》きながら、マティルドを見つめつづけた。「悔恨していることを示すために修道女になり、神の前でみずからの名誉を回復しようと考えたことは？」

こんな質問は予期していなかったが、司教の考え方は手に取るようにわかる。マティルドが修道女になれば、その相続財産は教会のものとなる。おそらく司教はマグダラのマリア同然だった裕福な女性を改悛《かいしゅん》させ、神に仕える身とさせたと自慢したときに、自分がどれだけの賞賛を受けるかまですでに考えているのだろう。

運の悪いことに、司教は落胆せざるを得ないだろう。マティルドは隔離された場所で神に仕える生活を送るよりも、村で独身女として生きていき、そして死ぬつもりなのだから。世間から離れるのではなく、世間のなかにいなければならない。神もそのほうがいいとお考えなのだと信じている。そうでなければ、マティルドにとって慎み深く物静かでいることがこれほどむずかしいはずはないのだから。

大広間の扉がばたんと音をたてて開き、ヘンリーがなかに入ってきた。彼は大股でまっすぐに壇に向かってくる。ひと足ごとに鞘《さや》におさめた剣がたくましい腿を叩いている。

司教の随行者たちは、これまで騎士など見たことがないとでもいうように目を見開いた。いや、随行者たちはヘンリーの乱れた身なりにぎょっとしたのかもしれない。マティルドはそうだった。彼はまるで恐ろしい速さで馬を飛ばしてきたように、髪はくしゃくしゃに乱れ、服にもブーツにも泥のはねが飛んでいる。

とはいえ、クリストフス司教が不機嫌になったのはもっと個人的な理由かららしい。「これがあなたの従兄の言っていた騎士ですか?」ヘンリーを見つめながら司教は尋ねた。

司教がサー・ヘンリーを知っているのは明らかだ。そしてサー・ヘンリーを嫌っている。マティルドはひどく気が滅入《めい》るのを覚えた。まるでサー・ヘンリーが扉から現れた瞬間にエクルズフォード城が自分の手からすべり落ちてしまったような、そんな心地がした。事態をなんとかしよう、少なくともこれ以上ひどくなるのは防ごうと、マティルドは司教の反感を無視して言った。「ええ、こちらがサー・ヘンリー・ダルトンです。お兄さまはスコットランドの領主で、妹さんは――」

「これはこれは、だれよりも優秀でよくお太りの司教さま、なんという奇遇だろう！」ヘンリーが割り込んで声をかけ、足をとめるとからかうような笑みを浮かべ、派手にお辞儀をした。「イングランドで再会できるとは夢にも思わなかったな。野心ゆえにローマまで行かれたものと思っていましたからね」

司教の顔が赤くなった。「浮浪児《ろうごく》のような生き方をしているきみのことだから、牢獄にいるか死んでしまったものと思っていたよ」

「ところがふたりとも、そのどちらでもなくここにいる」ヘンリーは愛想よく答え、座の端にあった椅子に腰を下ろした。

愛想のいい口調や物腰とは裏腹に、マティルドは彼の目にまさしく本物の憎悪を見た。そして憎悪の原因はなんなのだろうと考えた。

ヘンリーが一見将来のことでほとんど気をわずらわさず、快活で楽しく人生をすごす世俗的な若者であるのに対し、聖職者は人の手本となるべき生活を送り、永遠の魂について考えなければならないというだけのことかもしれない。

少なくとも、マティルドはそれが不和の原因であり、司教にロアルドの主張を支持させるようなものではないことを願った。「あなたがクリストフス司教とお知り合いだとは知らなかったわ」ふたりのあいだになにかあったとしても、自分はなにも知らないことを司教にわかってもらいたくて、マティルドはヘンリーに言った。

「わたしなら、知り合いとは言わないな」ヘンリーがファイガの差し出した盆から酒盃を取り、穏やかに言った。「司教のご子息のほうをよく知っているんだ」

司教のご子息?

その衝撃的なことばをマティルドがのみ込もうとするあいだにも、司教の頬はさらに赤みを増した。随行者たちはまるで全員がそれは本当のことだと知っているが、声をひそめてしか話さないようなことをだれかが公表してしまったとでもいうように、憤慨しているともわくわくしているともとれる表情で顔を見交わし合っている。

「サー・ロアルドがこの男の目的を問題視したのは正しいことだ」司教が言った。

ヘンリーが冷ややかに値踏みするような視線を立腹している司教の全身に走らせ、酒盃を置いた。

「あなたがここに現れた目的は、無私の心からではないのではないかな」

彼には取り合わず、司教はマティルドに言った。

「この男は追い出したほうがよろしい。きわめて凡俗な男で、男性の保護者のいないレディがつき合うにはふさわしくない」

そのあと司教は高慢な威厳たっぷりに立ち上がり、外套の裾《すそ》をうしろへ払った。「ただちに大修道院に戻ります。ごきげんよう、レディ・マティルド」

これはたいへん! 父が新しい遺言を書いたとき、病が重すぎて自分のしていることがわからない状態だったと司教に判断されれば、エクルズフォードは自分のものだと主張するロアルドの言い分が有利になる。そしてわたしたちの……わたしたちの言い分は完全に無視されかねないわ。

マティルドは司教を引きとめようと急いで立ち上がった。が、口を開く間もないうちに、サー・ヘンリーが落ち着き払って言った。「こちらのレディたちの身の安全と名誉がそこまで心配なら、ここにとどまるべきではないのかな」

司教は蔑むようにふんと鼻を鳴らしただけで、扉に向かった。そのあとには心配そうな随行者が従った。

マティルドは追いかけていこうとした。

「追わなくていい」ヘンリーが椅子に座ったまま言った。「いったん平静に戻ったら、司教もロアルドではなくきみたちの側についたほうが自分の利になると気がつくよ。きみとレディ・ジゼルが財産を相続して結婚すれば、有力な協力者が一家族ではなく二家族得られる。クリストフスはなにもかも自分にとっての価値で判断するんだよ」

マティルドがためらっているあいだに司教の随行者の最後のひとりが出ていき、扉がばたんと閉まった。まるで牢獄の扉がこれを最後に有罪を確定して閉まったかのようだった。

マティルドが扉まで行き、中庭を見てみると、司教は馬にまたがり、ひどく世俗的なことばで馬丁や厩番《うまやばん》を罵っているところだった。そしてどこから見ても、怒り心頭に発して理性に耳など傾けていられないというようすで馬を城門のほうへと向けた。

マティルドがため息をつきながら扉を閉めると、トーマス神父がすぐうしろに来ていた。

「がっかりすることはありませんよ」神父は言った。「神は正しい者に報われる。サー・ヘンリーが言ったように、ひとたび祈りと瞑想《めいそう》で気が静まったら、司教は賢明な結論を下されるでしょう」

マティルドには実際、クリストフス司教が瞑想や祈りや賢明な思考に多くの時間をかけるとは思えなかった。

「少なくともわたしはそうなるよう神に祈りますよ」トーマス神父も内心は同じように思ったらしく、そう言い添えた。

「そうなるよう期待しましょう、トーマス神父」マティルドは熱意をこめて答え、神父に微笑みかけた。神父は精いっぱいわたしを元気づけようとしてくれたのだ。「夕食はごいっしょできるのかしら？」

「尋ねてくださったのはありがたいが、だめなのですよ。老エヴァンズがこの世での時を終えようとしていてね。今夜は付き添う約束なんです」

「そうだったの。わたしも祈っているとエヴァンズに伝えて。とはいっても、あんなに親切で心の広い人ですもの、きっと天国にはもう場所がちゃんと用意されていると思うわ」

トーマス神父が微笑んだ。「伝えます。レディ・マティルドが祈ってくださっていると知ったら、喜びますよ。神とともにあらんことを、レディ・マティルド」

「あなたも、トーマス神父」マティルドは神父のために扉を開けた。

エヴァンズの話は束の間、クリストフス司教と相続問題のことをわきへ追いやってくれた。だが、壇のほうを向いてそこにまだサー・ヘンリーがあたかもこの城の主《あるじ》のように椅子に座っているのを見ると、不安はこれまで以上の強さで戻ってきた。

「司教を知っていて、反目し合っているとなぜ前に教えてくださらなかったの？」マティルドは腹立ちを足取りにこめて壇に引き返した。

ヘンリーが立ち上がり、マティルドに座るようしぐさで示した。相変わらずここは自分の大広間であるかのような態度をとっている。とはいえ、彼の返事が聞きたかったので、そのことについてマティルドはなにも言わないまま、いちばん近い椅子に座り、これ見よがしに片方の眉を上げた。

「クリストフスを知っているときみに話さなかったのは」彼は腹立たしいほど落ち着き払って言った。「きみは司教宛《あて》に手紙を書くと言ったけれど、司教の名前は口にしなかったからだ。それにあの横柄な男にも言ったように、わたしはそもそも彼がイングランドにいるとは夢にも思っていなかった。それがケント州にいて、きみたちとロアルドとのもめ事に関係しているとは」

そんなことがあるのだろうか。「わたしは司教の名前を一度も言わなかった？」

ヘンリーがうなずいた。「言わなかった」

するとこの件に関しては彼を責めるわけにはいかない。マティルドは椅子の腕木に頰杖《ほおづえ》をついた。「名前を言っていればよかったわ」

「わたしもそう思う」ヘンリーは椅子の腕木に長い脚を片方かけ、体を沈めた。「きみの話している司教が彼だとわかっていれば、司教が現れたと聞いても急いでここまで来ることはせずに、森でそのまま訓練を続けていたな。ここへ駆けつけたのはきみを助けるためで、事態をひどくするためじゃない。司教から賄賂を求められなかった？」

「はっきりとではないけれど、求められたのも同じよ。どうやらロアルドはすでに申し出たらしいわ」マティルドは頭を振った。「神に仕える人に賄賂を贈るとは、なんとひどいことかしら」

「聖職者のすべてがトーマス神父のように善良で高徳だとはかぎらない。クリストフスはさまざまな面で欲望が旺盛《おうせい》でね。野心のある聖職者の大半は自分に子供があっても隠している。クリストフスにとっては運の悪いことに、彼の息子は父親そっくりで、自分の父親が偉い人物だということを自慢せずにはいられなかったんだ」

「彼の息子に会ったことがあるの？」

ヘンリーはにっこり笑ったが、それは得意げな笑みにかぎりなく近かった。「クリストフスは息子のジェイムズをサー・レオナードのもとに送り込んだんだ。ジェイムズは穏やかに形容すれば、訓練が好きではなくて、朝も昼も夜も文句ばかり言っていた。

それよりひどいことに、彼は自慢屋で威張り屋だった。ある日彼が無口なメリックをからかうのにとうとううんざりしたわたしは彼を殴った」

ヘンリーの笑顔がしかめっ面に変わった。「鼻血が出ただけなのに、ジェイムズはまるで鼻を切り落とされたみたいな騒ぎようだった。一週間後にクリストフスが到着した。クリストフスはサー・レオナードにわたしを破門して家に戻せと申し入れたのではないかな。わたしには帰る家などないのに」

サー・レオナードのもとで訓練を受けたこと以外に彼が子供時代の話をしたのはこれが初めてだ。それは彼が話してはいない悩みや悲しみをしのばせた。マティルドにもできれば永久に消し去りたい記憶があるように、あるいは彼もその悩みや悲しみを忘れてしまいたいのかもしれない。

「サー・レオナードがどう答えたのかは知らないが」マティルドの共感をこめた思いにも気づかず、ヘンリーは先を続けた。「司教は子羊の毛のように蒼白《そうはく》な顔で去っていった。ジェイムズを連れて帰ったが、だれひとり別れを惜しむ者はいなかった」

「司教からは罪に汚れているととがめられたわ」マティルドは不快感をこめてつぶやいた。

「なにを言われたとしても、忘れることだよ。あの男は貪欲《どんよく》な豚なんだ」

マティルドはヘンリーが自分のために憤ってくれるのをありがたく思ったが、司教のことばやそれが与えた苦痛は忘れられそうにない。ほかの人々なら陰でひそひそと話すことを、司教はマティルドに面と向かって言ったのだ。

ヘンリーが体を起こし、手を伸ばしてマティルドの腕に軽く触れた。「どうか、あんな男の言ったことで動揺しないでほしい。あの男は愚かな弱虫なんだ。自分の部下からも嫌われているんだよ。きみは聡明《そうめい》で強い。それに当然まわりの人々から愛されている」

彼はマティルドに微笑みかけた。すると怒ったときは火打ち石のように硬くなるまなざしが、いまはやさしく、同情に満ちていた。マティルドの視線は彼の精悍《せいかん》で魅力的な頬のあたりをさまよい、ふっくらとして目を引きつける唇でとまった。

マティルドの体は熱くなり、鼓動が速まった。そう、わたしは弱虫よ。さもなければ、彼をエクルズフォードから追い出していたわ。ふたりきりになったいま、ここが大広間でなければ、わたしはなにをしてしまうかわからないから。

椅子から立ち上がる力すらなかったが、マティルドはせめて彼が任務に戻る前か、体を洗いに寝室に行く前に、ほんのしばらくでも彼をこの大広間にとどまらせておく方法を探そうとした。「訓練ははかどっているの？　兵士はあなたが満足できるように進歩しているのかしら」

ヘンリーの手がマティルドの腕から離れた。マティルドはほっとしたわと自分に言い聞かせた。

「兵士たちは覚えるのが早い。それは言える」彼が言った。「なかには少々無謀でいいところを見せたがるのも何人かいるけれど、こぶやあざがひとつふたつできれば、もっと慎重にならなければいけないとすぐに身にしみてわかる」

「で、サーディックは？　あなたの命令に従っているの？」

「ありがたいことに、躊躇《ちゅうちょ》も異議もなくね。彼はできるかぎりなにもかも覚えようと心を決めていて、兵士はみんなサーディックを尊敬している。ただし彼は槍の使い方には手こずっているがね。きょうサーディックは派手に転んだんだ。脚を折ったんじゃないかと心配したけれど、間もなく立ち上がって片足を引きずりながら歩きはじめた。念のためレディ・ジゼルのところへ行かせて、足首をくじいただけでそれよりひどい負傷ではないことを確認したよ」

それでジゼルの居場所がわからなかったのにちがいない。ジゼルは兵舎でサーディックの手当てをしていたのだ。

ヘンリーがやや近くへ身を乗り出した。もう少しでキスをしそうになったときと同じくらい近い。マティルドは彼がそばにいることでうろたえたり動揺した態度をとったりしないよう努めた。「ひとつ頼みごとがあるのだけれど、いいかな」

マティルドは胸がどきどきし、その音が彼に聞こえそうな気がした。ちらりとヘンリーに目をやると、彼はマティルドのうなじを見ていた。動揺しているのが彼にわかったのだろうか。そこでマティルドは骨を折って声を平静に保ち、動揺などしていないところを見せようとした。「もちろんどうぞ」

「ずっと考えていたんだが、新しい技を学ぼうとあれだけ一生懸命がんばっている兵士たちに、二、三日後、褒美としてエールをふるまうべきじゃないかな。それに村人たちにも……。そうだな、近々苦難を乗り越えなければならないかもしれないということで。宿屋の亭主がかなりな量のエールをここに運び込んでいるね？　三カ月を超える包囲攻撃にも耐えられる量だ」彼の笑顔はいたずら好きの小悪魔を思わせた。「さあ、これで頼んだ」

彼はエールのお金を払うつもりでないとマティルドは気がついたものの、このように人なつっこい笑顔で頼まれては、断ることなどまずできない。それに兵士たちは本当に一生懸命訓練に努めてきたし、村人たちは勝つにせよ負けるにせよ、間もなく辛苦に直面するかもしれないのだ。「すばらしい案だと思うわ。わたしが自分で思いつければよかったのに」彼の提案のことでほかにもマティルドの心をやや軽くするものがあった。「すると、あなたはロアルドがいますぐ攻撃してくるとは考えていないのね」

「攻撃してくるかもしれないが、攻撃してこない場合、このような宴会はみんなを大いに元気づけるからね」

「では、話は決まったわ」マティルドは勢いよく立ち上がった。「三日後にジゼルとわたしからエールをふるまうわ」

彼が立ち上がり、マティルドの手を取ると、うやうやしくキスをした。「きみは本当に親切で心の広いレディだ。では失礼して、この知らせを広めてくることにしよう」

マティルドは去っていく彼のうしろ姿を見つめた。長い脚の運びは速くて力強く、迷いがない。

たとえ彼に対して感じていることがまちがっていても――いや、実際、まちがっているのだ――いつか彼は去っていくことを、おそらくいまのように迷いのないしっかりとした足取りで去っていくことを忘れてはいけない。彼がエクルズフォードにとどまるとすれば、それはジゼルに求愛しようと考えた場合だけ。

そのときは彼が去っていくのを見るよりつらいにちがいない。

9

三日後、十月のさわやかな午後、ヘンリーは競技の番を待ちながら、戦争用に訓練された愛馬アポロの長い首を叩《たた》き、興奮気味の馬をなだめようとしていた。この競技は広場の端に立てた二本の柱に細い綱を渡し、それに通した鉄の輪を槍《やり》の先で取るというものだ。

サーディックがいま自分の番の最後の回に挑んでいる。馬に乗って広場を全速力で走っているが、槍がやや揺れすぎだ。サーディックは体を前に倒しすぎている。ヘンリーは彼から教官としての視線を離さず、見物人——とくにマティルドに目をやりたい気持ちを抑えた。

マティルドを無視するのはますますむずかしくなっている。それもきょうばかりではない。エクルズフォードでの滞在が長くなるにつれ、マティルドの快活さと強さと決断力、そして大規模な家政を実質的にひとりで切り盛りできる能力を評価するようになった。自分の保護下にあるだれもかれもに——最も地位の低い焼肉係の少年に至るまで、きめ細かく配慮するマティルドを敬うようになった。それにその善良さと寛大さにも敬服している。また、相手が裕福であろうとなかろうと、気軽に声をかけるその率直さにも。

なかでもいちばん感心し、評価し、尊敬しているのは、その驚くべき勇気と決断力だ。あれほどひどい辱しめを与えた男に、ここまで大胆に、そして果敢に立ち向かい、自分の権利を求めることのできる女性がどれだけいるだろう。人に襲いかかられ屈辱を与えられることがどのようなものかはヘンリー自身知っている。しかしその経験もマティルドのそれに比べれば楽なものだ。自分は殴られ、あざけられこそしたが、マティルドのように辱しめられてはいないのだ。

マティルドは男性から最も高い敬意を受けるに値する女性だと思わずにはいられない。ロアルドに立ち向かったマティルドの行動に匹敵するような行為を、自分はこれまでしたことがあるだろうか。

なにもない。それが答えだ。なにひとつない。マティルドに比べれば、兄からいつも言われてきたように、役立たずのろくでなしだ。マティルドに比べれば、エクルズフォードの守備隊を指揮するにさえ値しない。ましてや……。

そう思うなら、そのことは考えないことだ。ヘンリーは自分に言い聞かせた。マティルドの手が触れただけで激しい渇望に火がつくとわかっているのであれば、距離を保つべきだ。食事時に同席するたびにうなじのあの小さなほくろにキスしたくてたまらなくなる。大広間や中庭を動きまわっている姿を見かけるたびに、圧倒されそうなほどの欲望を感じてしまう。自分たちの大広間にいるマティルドの姿がたえず思い浮かぶ。あるいはふたりの寝室のベッドにいて、ときにはやさしく慎み深く、またときには慎みなど忘れて激しく愛を交わす姿が。これまで女性に対して感じたものとはまったくちがう、なによりも大切な存在としてマティルドを求めている。ベッドで幾夜かすごすだけの相手として求めているのではない。

ゆえに、サーディックから注意をそらすなと心を決めたにもかかわらず、ヘンリーはマティルドがトーマス神父の隣にいること、灰色の外套《がいとう》をまとい、そのほっそりした手には手袋をはめていること、栗《くり》色の波打つ髪がひと房ベールからこぼれていることをちゃんと知っていた。

声援が起き、ヘンリーの視線はサーディックの馬がうしろ足で跳ね上がっている広場の端へと飛んだ。サーディックが鉄の輪を軸に通した槍を掲げた。

「くそ」ヘンリーはつぶやいた。この競技に参加した者はサーディックとヘンリーをのぞいて全員が一度は的をはずしている。ヘンリーがつぎの回にはずせば、サーディックが優勝者となる。

サーディックから目をそらしたヘンリーは、レディ・ジゼルがサーディックを見つめているのに気づいた。レディ・ジゼルの顔を一瞬ちらりと横切った表情——それはヘンリーにはすぐにぴんとくるものだった。

これはこれは、風はそちらの方向に吹いているのか。レディ・ジゼルとあの偉そうな金髪の戦士か。なぜいままでそのことがわからなかったのだろう。その方面の勘が鋭いので有名なこのわたしが、どうしてあのふたりが惹《ひ》かれ合っていることに気づかなかったのだろう。

マティルドは知っているのだろうか。知っているなら、ふたりの仲を認めているにちがいない。気に入らなければ、まず顔や態度に出てしまうはずだから。あるいはもしかしたら、ロアルドとのもめ事に気をとられるあまり、自分の目の前で愛が開花しているのが見えないのかもしれない。

マティルドが知ったら……このようなことはいくら隠そうとしても必ず明るみに出るものだから、ふたりの関係を認めるのだろうか。マティルドには自分の姉と家柄も富も領土も持たない男との結婚を受け入れることができるのだろうか。サーディックをエクルズフォードの領主と見なす結婚を。

「準備はよろしいか、サー・ヘンリー?」

ヘンリーはぎくりとし、そばに立っている兵士のトフトを見た。トフトが槍を差し出した。「いいぞ」ヘンリーは答え、槍に手を伸ばした。

これは友好的な競技会であり、〝敵〟は綱に通した鉄の輪にすぎないので、ヘンリーは甲冑《かっちゅう》はもちろん厚い刺し子の服も着ていない。いちばん怖いのは落馬だが、落馬は危険ではあっても、戦の最中にあるときや武芸試合での乱闘に比べれば、危険ははるかに小さい。とはいえ、槍の先端には念のため覆いをつけてある。

絶対勝つぞという決意で歯をかみしめながら、ヘンリーはアポロのわき腹を軽く蹴《け》った。巨大な馬をゆるい駆け足で走らせるにはそれで充分だった。

アポロの速度を全速力へと上げ、ヘンリーはほかのすべてを忘れ、鉄の輪だけに意識を集中させた。輪は遠くからではとても小さく見えるものの、直径が三十センチ近くある。命中できる兵士が多いよう、比較的楽な的にしておいたのだ。

ぐんぐん的に近くなり、さらに近づいた。彼は両膝を馬に強く押しつけ、拍車のついたブーツの踵《かかと》を外に向けた。アポロはすでに充分な速度で走っている。これ以上速度を上げるのはよけいなばかりか、命中させるのがむずかしくなる。

もうすぐだ。彼は槍を体に押しつけて構え、自分の腕の延長だと考えた。

突然そばの木立から烏《からす》が一羽飛び立った。その耳障りな鳴き声にほんの短い一瞬、ヘンリーは集中力を的からそらし、槍を鳴き声の方向へわずかに傾けた。即座に彼はしまったと思ったが、すでに遅かった。アポロは綱を通りすぎ、彼は的をはずした。

わずかながら歓声があがったが、不満の声のほうが多かった。最初の落胆がすぎると、ヘンリーは見物人の一部は自分に勝ってもらいたかったのだと知り、いくぶんそれが慰めとなった。しかしこの競技は自分が勝つためではなく、兵士に褒美を与えるために催したのだ。

すべてを考え合わせると、この失敗は自分にとってたいしたことではない。それよりもはるかに失いたくないものがある。

マティルドはいまの失敗をどう思っただろう。彼はそう考えたが、ついでその問いをわきへ追いやった。槍を立ててブーツをはいた足にのせると、彼はアポロを全速力で駆り、広場のむこう端へ引き返した。そして槍をトフトに渡して鞍《くら》から下りたあと、手綱を馬丁に預け、レディふたりとまだにやにやしているサーディックのところへ行った。

きょうの競技はこれが最後だったので、見物人たちは草地へと散りはじめている。草地にはベンチを出し、エールがもちろん用意してある。人々のなかにはエールの近くにいて競技は遠くから見物するほうがいいとベンチからまったく動かない者もいた。

兵士のなかにはそういう者はひとりもいない。兵士たちには、エールが無料でしかもたっぷりあるからといって、飲みすぎては隊長の不興を買うと厳しく言い渡してある。幸いこの命令は守られているらしく、兵士たちはあす彼から鋭く叱責《しっせき》されるのを恐れているようだ。

「よくやったな、サーディック」三人のところに来ると、ヘンリーは言った。「ただし、最後の回では姿勢をくずすかと思ったぞ。体を前に乗り出しすぎだ」

サーディックが顔をしかめ、レディ・ジゼルも眉をひそめた。が、マティルドはまれにしか見せないすてきな笑みをにっこりと浮かべた。「一日くらい叱《しか》られない日があってもいいわ」マティルドは笑い声をあげながら、目を輝かせてたしなめた。マティルドが笑い声をあげるのはめずらしく、たしなめられながらもヘンリーはとてもうれしく思った。「このエールは兵士たちが訓練を達成したのを祝うためではなかった？」

「そのとおりだ」ヘンリーは待ちかまえていたよう

にうなずいた。「気をつけないと、サー・レオナードみたいになってしまう。サー・レオナードはあらゆることを教えとされた。食事すらだ」彼は声を下げ、師匠のどら声をまねた。「いいか、ナイフの持ち方に気をつけろ。注意しないと目をくりぬいてしまうぞ」

マティルドがふたたび笑い声をあげ、ヘンリーは報われた。長く苛酷《かこく》な一日の終わりには、その笑い声はラベンダーの香りのするベッドよりもすばらしくて心地がいい。

「昔の先生を高く評価しているものと思っていたわ」みんなで草地へと歩きながら、マティルドが言った。

「しているよ。最高の師匠だ。とはいえ、自分はおとなと対等かそれ以上だと思っている若者の群れを将来自分も監督したいとはまったく思わなかった」

ジゼルがサーディックのほうを向いた。「草地でダンスが始まったわ。わたしと踊らない、サーディック？」

そうきかれたサーディックのどぎまぎぶりを見て、ヘンリーは吹き出しそうになった。

「踊り方を知りません」サーディックはまごついた男の子そっくりの言い方をした。

「知っているはずよ」ジゼルが憤慨して答えた。「以前、マティルドとふたりであなたに教えてあげたじゃないの」

「ジゼルと踊ったときのほうがじょうずだったわ、サーディック」マティルドもサーディックのまごつきぶりに同情しているようには見えない。「踊らないと、夜じゅうせがまれるわよ」

「踊り方を忘れてしまったんです」サーディックはまだ抵抗している。

「踊れば思い出すわ」ジゼルが食い下がった。

「降参したほうがいいぞ」ヘンリーは言った。「このレディたちのがんこさには、われわれ男も形なしだ」

「がんこになっているのはサーディックじゃないの」ジゼルはとてもかわいくて愛嬌《あいきょう》のあるふくれっ面をした。

サーディックは折れたものの、むっつりした顔でまだいくぶん抵抗した。「わかりました。ただしあなたのガウンの裾《すそ》を踏んだり、爪先をつぶしたりしても、文句はなしですよ」

ジゼルはうれしそうに勝利の笑い声をあげただけで、サーディックの腕を取ると草地へと連れていった。

ヘンリーはマティルドのほうを向いた。「踊っていただけるかな？　それともきょうの競技で勝てなかった男と踊っているのを見られるのははずかしい？」

ヘンリーをさらにまた喜ばせたことに、マティルドは微笑《ほほえ》んで彼の腕に手を預け、きょうのこの寒い午後のどのダンスよりも彼の胸を熱くしてくれた。

「わざと負けたのではないかしら、サー・ヘンリー？」マティルドが気取って言った。

「いやいや、全力を尽くし、そして負けたんだ」彼はひどく落胆したふりを装って白状した。「サー・レオナードはきょうのわたしをはずかしく思われるだろうな。あとで川辺に行って、なぜあんなぶざまな失敗をしたのか、くよくよ考えることにしよう」

「あなたが競技会をやろうと言わなかったら、だれもなににも勝たなかったのよ」マティルドが言った。

草地に近づくうちに、ヘンリーは一瞬マティルドの手に自分の手を重ねたが、すぐにその手を離した。マティルドを怖がらせたくはない。そうしないと、いやな記憶をよみがえらせてしまう。自分にとって湿った石のにおいが地下牢《ろう》を思い出させるように。

「幸いわたしは踊り方を知っている。だからきみにひどい恥はかかせずにすむ」

マティルドはそんな些細《ささい》なことで自分を不面目だと見なす男性にはこれまで会ったことがないような気がした。きょうの彼はどの競技でもすばらしい腕を見せていた。それにわざと負けたのではないと言ってはいるが、彼が奮闘したのはだれよりも自分が勝ちたいからではないようにも思う。

それでもなお、マティルドは彼の情けなさそうに自分を卑下した感想を愉快に思った。彼はとても愉快なところが、マティルドの知っているおおかたの男性たちとはちがっている。それに数は少ないけれども泊まり場所を求めてエクルズフォードに現れた尊大な騎士たちとはまるでちがう。騎士たちはジゼルを目にすると滞在を延ばしたがり、やがて父に城から追い出されたものだった。

「サーディックは踊れるのよ。少なくとも昔は踊れたわ」マティルドは言った。「ジゼルとわたしが長い時間をかけて踊り方を教えたの」

「彼はきみたちとすごす時間を楽しんだにちがいない」

マティルドは無邪気でしあわせだったころに思いを馳《は》せ、微笑んだ。「サーディックはジゼルといるときのほうが好きだったわ。わたしは彼をからかいすぎるの」

「いまでもきみよりジゼルといるときのほうが好きなのかな?」

ヘンリーの口調のなにかが引っかかり、マティルドは足をとめて草地に目をやった。ジゼルが愉快そうにサーディックにダンスを教えている。サーディックはもはや不機嫌なようすではない。ジゼルといっしょに笑い声をあげ、お互いの頭をくっつけそうになりながら、踊り方を教えてもらっている。

まあ、いったいこれはどうしたことなの? ふたりのあいだにとても重大なことが起きているのに、わたしはなにも気づいていなかったということなの？

たぶんそうだわ。父が亡くなったとき、ジゼルはサーディックの腕のなかに倒れ込み、サーディックはジゼルの髪を撫《な》でていた。その前のクリスマス、ふたりはクリスマス・イヴのあいだじゅう大薪《おおまき》のそばに座り、なにかをささやき合ったり笑い合ったりしていた。五月祭にはふたりで花を摘みに森へ行き、お昼まで帰らなかった。

ああ、なんということ。わたしは気づいていなかったわ。

「きみもいま気がついた？」ヘンリーが耳元でそっと尋ねた。「きみの姉上に求愛したとしても、承諾の返事はまずもらえそうにないな」

彼の言い方には少しもがっかりしたところがない。マティルドはそう気がついてぞくぞくした。ジゼルが彼のねらいなら、動揺した口調になったはずだ。

でもだからといって、彼がわたしを求めていることにはならない。それどころか、そんなふうに考えるなんて愚かで……。

「あのふたりの関係をきみが不快に思わなければいいのだけれど」

「そんなこと、思うはずがないわ」マティルドは彼の心配そうな口調に驚いて言った。「サーディックを夫にしたいなら、ジゼルは彼と結婚すべきよ。わたしは反対しないわ。サーディックは頼りになる人だし、父も彼が好きだったわ」

「地位や富がなくても？」

「サーディックはノルマン人ではないけれど、王家の子孫なの。それに彼がジゼルを愛していて、ジゼルも彼を愛しているなら、富よりもそちらのほうが重要だわ。それにジゼルには土地も富も充分にあるわ」

「ロアルドとの争いに勝てば、だね」

「勝つわ」

子供たちの一団が笑い声をあげながらお互いの名前を呼びつつ駆けてきた。ヘンリーは子供たちにぶつからないよう手を引いてマティルドをよけさせ、鍛冶屋《かじや》のそばの樫《かし》の木まで連れていった。

鍛冶屋の主《あるじ》は炉の火を消してエールを飲みに行っている。それでも鍛冶屋の建物のそばは暖かく、巨木の木陰は安全だ。それにここは日没とともに灯《とも》される大かがり火からも、お祭り騒ぎからも遠い。夜になれば暗闇《くらやみ》に包まれ、草地で踊って浮かれている人々には見えない。夜にならなくとも、鍛冶屋と樫の木の陰になってここはすでに暗かった。

マティルドはすぐそばにヘンリーがいるのを肌で感じた。それに彼のにおい——頭がくらくらとしそうな男性のにおいと革や馬やエールの素朴なにおいもする。

「サーディックが姉上に好意を寄せていると知っててがっかりしなかった？」低く親しげな声で彼が尋ねた。

彼はそんなふうに思っているの？

「少しも」マティルドは率直に答えた。「サーディックをそのように好きになったことはないわ。わたしにとっては兄のような存在よ」

「それはよかった」ヘンリーはそっと答え、マティルドの手を取った。

力強く手を握ってくれるその感触はマティルドの指から頭のてっぺんと足の爪先へと伝わり、全身にほてりと脈動を広げていった。以前は男性にさわられても平気になることは絶対にないだろうと思っていた。それがいまはヘンリーに手を放さないでほしいと願っている。

自分はもはや処女ではない。失うべきその価値をもはや持ってはいないのだ。その価値は取り戻せない。永久に失ってしまった。

奪われて。盗まれて。

あらたな相手に身をゆだねてもかまわないのでは？

子供を身ごもることができる。

一瞬マティルドはロアルドが逃げ出したあとには、月の障りが来ないのを恐れ、望み、待った日々と同じ恐怖をいだいた。あのような苦しみは二度と味わいたくない。二度と耐えられない。でも抱擁なら？キスなら？

大丈夫よ。

マティルドはヘンリーの手からそっと自分の手を抜いて彼の腕に置くと、彼のほうへ体を寄せた。ヘンリーが両手をマティルドのウエストにまわした。息が速まったが、マティルドは不安も恐怖も感じなかった。

「きみにキスしたい、マティルド」ヘンリーがささやいた。彼の息が頬に温かい。「キスをしてかまわない？」

マティルドの返事はため息そのものだった。「いいわ」

火口が燃えさかるように、ヘンリーのなかでは切迫した欲求が荒れ狂いはじめたが、彼はそれをこらえ、唇を近づけた。急いではいけない。マティルドに合わせるべきだ。どの程度のキスをするかはマティルドが決めなければならない。さもないと、キスをしたい気持ちを起こすどころか、不安と恐怖をよみがえらせてしまう。

しかし、ああ、マティルドがわたしに体を預け、唇を重ねているいま、それはたやすくはない。身のうちでますます駆り立ててくる欲望を無視するのは簡単なことではない。

これほどまでに女性を求めたのは、生まれてこのかた本当に初めてだ。それも肉体の欲求を満たすだけのために求めているのではない。やさしさと思いやりと切望をこめて、マティルドにふさわしいやり方で愛を交わしたいのだ。荒々しく身勝手な肉欲でマティルドの体を奪うのではなく、この肉体をマティルドに捧《ささ》げたい。

マティルドが体を引き、傷ついた声でそっと言った。「あなたもキスしたいのだと思っていたのに」

彼は思わずうなりそうになった。「キスしたい。とても。でも先を急ぎすぎて、きみを怖がらせたくないんだ。わたしといて安全だと感じてほしい」

マティルドがそっと両手で頬をはさむと、ヘンリーははっと息をのんだ。「これほど安全だと感じたことはないわ。これほどしあわせだと感じたことも」マティルドはそうささやいて、唇をヘンリーの唇に軽く触れ合わせ、彼を渇望で狂乱状態にさせた。

興奮と喜びと安堵《あんど》と熱意に駆られ、ヘンリーはマティルドを抱き寄せると、自分の欲求をもう少しはっきり示した。まだやさしく慎重ではあったが、深くキスをして募る情熱をいくぶん解き放った。それに応《こた》えてマティルドが唇を開くと、彼はさらにもう少し欲求をあらわにし、湿ったぬくもりのなかへそっと舌を差し入れた。舌の先がマティルドの歯に触れた。

それでもマティルドは体を引かなかった。ヘンリーは両手を外套のなかへ忍び込ませ、温かく、快く、マティルドを抱きしめた。腰が触れ合い、彼の欲望を高まらせる。そこで彼はキスに意識を集中した。マティルドの唇のやわらかさに。そこに残っているエールの味に。自分の体とぴったり触れ合っているマティルドの体に。

マティルドが背中をそらせると、反射的に彼の手は下へと、マティルドのお尻へと下がった。

彼の頭は慎重になれと自分に命じた。気をつけないとおびえさせてしまうぞ。

ヘンリーの体はその命令に耳を貸そうとせず、触れ合う部分を増やそうと勝手に動いていく。ふたりのあいだが服でさえぎられていても、彼の体はまるではだかでいだき合っているかのように反応している。

マティルドがキスを中断し、両手を彼の胸に当てた。「やめて。わたしには——」まさしく心が粉々になったかのように、その声がつまった。

そしてマティルドは大きくしゃくり上げ、肩を震わせて激しく泣き出した。

「ああ、マティルド！」ヘンリーは途方に暮れて叫んだ。そうなるつもりなどまったくないのに、自分が冷酷になった気がした。マティルドに触れるべきではなかったのだ。もっと気を強く持ち、待つべきだったのだ。「すまない。そんなつもりでは——」

「あなたが悪いのではないの。わたしは怒ってもいないし、不安でもないわ。ごめんなさい。せめて……わたしが……」

マティルドが泣かないでいよう、気を強く持っていようとしているのに気づくと、ヘンリーはうろたえた。どうしていいのか、なにを言っていいのかわからず、完全な無力感に襲われた。マティルドを抱き寄せ、慰めのことばをかけたくてたまらないが、そうすればマティルドをよけい動揺させることにしかならないかもしれない。

かといって、ただなにもせずマティルドが涙を流して苦悩するその泣き声を聞いているのは耐えられない。そこで彼はひたすらそっとマティルドに両腕をまわした。ほんのかすかでも拒む気配があったら、即座にやめるつもりだったが、マティルドは拒まなかった。さらには彼が背中を撫でても、いやがらなかった。彼の胸に頬を押しあて、泣きつづけている。その声を聞くのはまさに拷問だった。

どれくらい泣きつづけるのかはわからなかったが、ヘンリーはこれだけ苦しんでいるマティルドをひとりにするくらいなら、朝までいっしょにいるつもりだった。

ついにマティルドが頬を手でぬぐい、きれぎれの息を吸い込むと、彼から体を離した。彼はそれを引きとめなかった。

「ごめんなさい」もうひと粒頬を伝った涙をぬぐい、マティルドが言った。「こんなふうに泣いたのは久しぶりだわ」

ロアルドに襲われて以来ということだろうとヘンリーは考えた。

「子供はできなかったとわかったとき以来よ」マティルドが打ち明けた。「本当にほっとして、泣きじゃくりながらひざまずいて何度も何度も神に感謝したの」

ヘンリーにはことばもなかった。ロアルド・ド・セヤズめ、いまに見ていろ。そう心のなかで罵《ののし》る以外、なにも考えられなかった。神の裁きが下れば、あんなやつは未来永劫《えいごう》地獄の火に焼かれるはずだ。

「負傷した男の人が、死んではいない、生きていると言われるのと同じような気持ちではないかしら」マティルドはそう言ってヘンリーを見上げたが、そのようすはとても内気そうで、傷つきやすそうだった。「あなたに助けられたときのあの女の子の気持ちもきっとそうだわ。あなたのようなすばらしい人に助けられたのは、とても幸運ね。わたしたちもそうだわ」

これまでヘンリーは多くの賛辞を受けてきた。その一部は受けるに値する。ハンサムだとよく言われるし、美しい体だとよく褒められる。それに武術の腕も認められたことが折につけある。しかしいまのように、誇らしく思いながらも同時にそのことばに値しないという気持ちになるような賛辞はこれまで一度も受けたことがない。

「もっとましな戦士ならよかったのにと思うよ」彼

は静かに、また心から言った。自分の実力はわかっている。いまのような賛辞に自分は値しない。「わたしは騎士の鑑《かがみ》はおろか、優秀な騎士ですらさらさらないんだ、マティルド。戦争で使える技を少々知っているとしても、それはうまく教えられたからだ。それ以外については、初めて会った日にきみが気づいたように、わたしはうぬぼれが強くて、尊大で、自分の顔や体を鼻にかけている。兄の出世をうらやんできているし、友人たちから裏切ったと簡単に思われて腹も立てている。多くの女性と肉欲のみで関係を持ってきた。人妻を寝取り、心のなかではそうではないと知りながら、相手のほうがその気なのだからこちらに罪はないと自分に言い聞かせてきた。わたしにはだれからもすばらしい人と呼ばれる値打ちはないんだよ、マティルド」

そして心のなかで、彼は自分の言っていることが真実であるのを悟った。浅はかな気晴らしをして、なんと多くの時間を浪費してきたことだろう。生まれて初めて彼は情け容赦のない目を自分に向け、ありのままの自分を知った。それは昔から兄に言われているとおりの陽気なろくでなしだった。

「うらやましく思うことはだれにでもあるわ」マティルドがそっと小声で言った。その声は痛みをやわらげる香油を思わせた。「わたしは前々からジゼルの美しさをうらやんできたし、ジゼルのようにわたしを見つめてくれる男性がひとりもいないのをつらく思ってきたわ。あなたの言うとおり、サーディックがジゼルを愛しているとわかったときは、自分はサーディックを愛してもいないのに、嫉妬《しっと》すら覚えたわ。これこそ、自分本位のきわみではないかしら。あなたは自分の肉欲について話したわね。わたしがロアルドに対して感じたものは肉欲としか言いようがないわ。いまではあれは愛ではなかったとわかっているの。それに彼のお世辞をそのまま信じるなんて、わたしもうぬぼれが強くて愚かだったわ」

ヘンリーはマティルドの唇に指を当て、やさしく黙らせた。「きみは愛されたかったんだ。そう望まない者がいるものか」

「ほかの女性たちは、わたしのようにみずからあぶないところに飛び込んだりはしないわ」

「あれは誤りだったんだ、マティルド。そして誤りにすぎないのに、きみは最大限の被害を受けた。わたしはきみよりはるかに重大な罪を犯しながら、罰せられていない女性を知っている。もっとも、その女性たちに良心というものがあったら、罰は受けているだろうけれど」

「ロアルドは――」

彼はマティルドを引き寄せ、抱きしめた。「あいつは意気地なしで浅ましい卑劣漢なんだ。マティルド、わたしにはその夜きみに起きたできごとを消し去ることはできず、忘れさせるよう懸命に努めることしかできない。しかし、わたしにとって、そのようなできごとがあったからといって、きみは劣るものではない。きみは汚れてなどいない。汚れているのはロアルドだ。わたしはこれまでおおぜいの女性と知り合い、何人もの女性と愛を交わしてきたが、それでもきみに対して感じているような気持ちをいだいた相手はただのひとりもいない。その気持ちは欲望を超えるもの、好感を超えるものなんだ。ほかの女性をきみのように尊敬したことはないし、きみほど評価したこともない。マティルド、わたしはほかの女性に愛していると告げたことはないんだ。わたしは――」

マティルドはヘンリーの胸に両手を当て、彼を押した。「それ以上は言わないで、ヘンリー！」マティルドの悲痛な声はまるで彼から愛の告白を受けようとしているというより、殴られでもしたようだった。

そしてマティルドはむこうを向き、走り去っていった。

暗がりから出ないよう気をつけつつ、草地の周辺を走ってマティルドは城に戻った。涙でほとんどなにも見えず、嗚咽《おえつ》がこみ上げ息ができなかった。

暗闇にヘンリーといたのがまちがいだったのだ。彼にキスすべきではなかった。彼の愛のことばに耳を傾けるべきではなかった。

ヘンリーはわたしを愛してはいけない。彼には富と広い領地のある処女の花嫁がふさわしい。イングランドじゅうで最高の花嫁がふさわしい。

ロアルド・ド・セヤズに手ごめにされた女など愛してはいけない。

自分の告白に不意を突かれ、なにを言っていいかわからなくなっただけであるよう願いつつ、ヘンリーはマティルドのあとを追った。しかしマティルドは暗がりのなかに姿を消し、どこにいるのかわからなくなってしまった。大かがり火のあかりを頼りに草地にいる人々をひとりひとり見てみたが、マティルドの姿はない。

彼の胸には一抹の懸念があった。ロアルドは邪《よこしま》な男だ。それにいまはとても暗い。

足取りを速め、彼は城門まで駆けた。「レディ・マティルドはもう戻られたか？」彼が走ってくるのを見て、番兵は即座に気をつけの姿勢をとった。

「はい、お戻りです」年かさのほうの番兵が答えた。「ついさっき」

ヘンリーはうなずき、マティルドを追いかけるつもりで中庭を横切りかけた。追って、それでどうするのだ？　釈明を求めるつもりか？　逃げ出したわけをきくのか？　マティルドは自由な女性だ。親戚《しんせき》関係や婚約でわたしに答える義務を負っているわけではないんだぞ。追いかけてあれこれきくのは、たしかにやめたほうがいい。

そこでヘンリーは途中マティルドとジゼルの部屋のドアが閉まっているのを気にとめつつ、自分の寝室に戻った。膝丈ズボン《ブリーチズ》だけを残して服を脱ぎ、いつものように蝋燭《ろうそく》をつけたままベッドに横たわると、今夜マティルドがこの部屋に来てくれないだろうかと考え、強くそう願った。

しかしマティルドは現れず、翌朝大広間で朝食をとったときは、樫の木の下でキスを交わしたことも彼が愛の告白をしたこともなかったかのようだった。マティルドはいつものようにてきぱきとしており、その目にもふたりのあいだが変化した形跡はなにも表れていない。

もしかしたら、わたしから愛されていることを受け入れるのに時間がかかるのかもしれない。あるいは、わたしが移り気で信用のできない遊び人でないことを確認したいのかもしれない。ヘンリーは自分にそう言い聞かせた。それなら辛抱強く、むこうから話しかけてくるのを待つべきだ。

どれだけ時間がかかろうとも。

10

ヘンリーが鉄の輪めがけて馬を飛ばしているころ、ロアルドはウェストミンスターの大広間で、玉座に着いた国王と王妃の前にひざまずいていた。エレアノール妃と親戚《しんせき》関係にあるというのに、おまけに賄賂《わいろ》まで使ったのに、国王夫妻に拝謁する許可が出るまで何日もかかり、ロアルドはじりじりしながら待った。しかし、ついにこうしてここにいる。人払いはされていなかったが、ほかにいるのは数人の廷臣だけだった。その連中は鏡板張りの大広間の隅に集まって静かに話を交わしている。巨大な暖炉にごうごうと火が燃えて大広間は暖かく、磨き上げられて金色に光る真鍮《しんちゅう》の燭台《しょくだい》がいくつもあって明るかった。

「王妃陛下！」ロアルドは感極まったという表情で、遠縁の王妃に呼びかけた。

「ロアルド」王妃はやさしく答えた。「同郷の人に会うのはいつでもうれしいものよ」

「王妃陛下にお目にかかれたわたしのうれしさほどではありますまい」ロアルドは王妃の優雅なしぐさに応《こた》えて立ち上がった。

しかし、王のほうはこれほど退屈なことはないと言いたげな顔でロアルドを見ている。もっとも王の片方のまぶたがややたれ下がっているせいで、そう見えるだけかもしれない。

「話し合うべき重大な用件があるとのことだが」王が言った。

「はい、陛下。亡くなったわたしの叔父の領地の件です」

ロアルドはその場の廷臣たちを無視し、国王夫妻

「きれいですが、王妃陛下ほど美しくも優雅でもありません」ロアルドは答えた。「しかし、娘の持参金は莫大《ばくだい》なものです。もちろん、わたしは娘ふたりにたっぷり持参金を与えるという叔父の最初の遺言を忠実に守るつもりです」

「娘はもうひとりいるのか？」王が片方の眉を吊《つ》り上げた。

「はい、陛下。ただ、妹のほうはだれも喜んで結婚したいとは思わないでしょう。じゃじゃ馬で、おまけに醜い娘ですから。わたしのものを盗もうという今回の浅ましい企てを思いついたのも、その妹のほうだとわたしは確信しております」

「でもその娘にもかなりの持参金があるのでしょう？」王妃が尋ねた。

「あの娘を娶《めと》ろうという男がいれば、の話ですが」

ロアルドは答えた。「申し添えれば、叔父の遺言では、娘たちのいずれかがキリストの花嫁になる決心に対して押しつけがましくならないように心しながら、叔父の病と、その遺言が不法にも守られていないことを話し、その後の従妹《いとこ》たちのとんでもないふるまいについて語った。

「つまり、陛下、わたしの従妹たちはわたしのものであるはずの領地を渡そうとしないのです」彼はそう話を締めくくった。

うれしいことに、王も王妃も興味深げにこちらを見つめている。「その領地のことは聞いている」王が言った。「豊かで繁栄していると。ただし亡くなった領主はかなり……変人だったようだが」

「たしかに」ロアルドは同意した。

「そして、領主の娘たちは……ひとりはとても美しいとか」王妃がつけ加えた。

ロアルドはこの会話がどこに向かうかを察した。無関心だった廷臣たちがにわかにこちらを見たのにも気がついた。

をした場合、持参金は教会のものになります」

王妃の目がきらりと光った。その持参金の配分を自分が決めた場合、聖職者にどれほどの影響を及ぼせるかを思い描いているにちがいない。王妃は自分のできの悪い叔父を大司教の座につけるために、聖職者たちにできるかぎり力を振るう必要があった。

「妹のほうはその道を選びそうなの？」王妃は尋ねた。

「エクルズフォードがわたしのものになれば、そうするよう強く勧めるつもりです。さもなければ、気に染まない結婚しかないのですから」

ロアルドのほのめかしに王妃は困惑のようすを見せなかったが、王は顔をしかめた。「娘が結婚せよと脅されるなどという話は聞きたくもないな」

ロアルドは懇願するように両手を広げ、目を見開いて悪気のない表情をつくった。「騎士の名誉に懸けて、わたしは従妹に結婚も教会に入るようにも強いたりはいたしません。しかしあの娘はじゃじゃ馬であると同じくらいに強情なのです。ですから、なんらかの……導きが必要だと思われます」

「もうひとりの娘……美しいほうだが」王が情け深くもマティルドの話題を避けて言った。「その娘は宮廷に来たことはないのだな？」

「はい、陛下」ロアルドは答えて、王妃が鋭い目をちらりと王に向けたのに気づいた。「父親の領主は世捨て人のように暮らしておりましたから」

「その従妹たちに会ってみるべきかな」

「そうなさらないほうがいいわ」王妃がやさしく言い、王の膝に片手を置いて、甘く微笑《ほほえ》みかけた。「ほかにすべきことがたくさんありますもの。まずは陛下の弟君の結婚の準備をしなくては。それに、その美しい娘は宮廷の若い男たちの心を乱すかもしれませんもの。陛下も女をめぐる争いが起きるのはおいやでしょう」

「そうだな」王は同意した。

　やすやすと夫を操った王妃の手際に、ロアルドは舌を巻かざるを得なかった。

「イングランドでトロイのヘレンに匹敵する美女は王妃陛下以外にありますまい」ロアルドは丁重なお辞儀をして言った。

　王妃はきっとロアルドを見た。お黙りと言いたげな目で。ロアルドは赤面し、もっと慎重にふるまえと自分に言い聞かせた。危険を冒してまで王妃の不興を買うことはない。

「亡き叔父の遺言について争うだけの充分な理由があることはわかった」王が言った。「このような問題は裁判所が裁く。その裁定を待たなければならない」

　王妃が落ち着かなげに身じろぎした。ロアルドにはなぜかわかった。王妃にしてみれば、土地と財産の配分は国王にひとりで決めてもらいたいところだろう。もちろん、王妃の助言のもとに。

　いまの段階では、ロアルドも同じ気持ちだった。イングランド人も、この国の法律も、裁判所も、信用などしていない。

　とはいえ、この野蛮な国ではそういう流儀になっており、したがって王を怒らせないよう慎重にことを進めるしかない。「権限が裁判所にあることはわかっております、陛下」ロアルドは言った。「しかし、領地に関するわたしの申し立てを陛下が支持なさったとわかれば、裁定を下す人々に大いなる影響を与えます」

「そうあるべきだと陛下もわたしも思うわ」うれしいことに王妃が請け合った。

「しかし、そうではあっても」王がきっぱりと言った。「われわれの支持を公にはできない。諸侯はつねに謀反を引き起こすために利用できるものを探している」

ロアルドにもそれはわかる。とくに最近の王のフランス遠征のあとでは。遠征はみじめな結果に終わり、王は五年の休戦協定に同意せざるを得なかったのだ。

さらに、イングランド人貴族の多くが、王妃はイングランド人を犠牲にしてまで自分の血縁者を重用していると考え、王妃を嫌っているのも事実だ。

聖職者たちも王妃を尊んではいない。王妃がやはり権勢と影響力を用いて自分の身内の聖職者に報いているからだ。もしも教会の裁判所が王妃の罪を償わせるために、エクルズフォードの叔父の二番目の遺言が最初のものを無効にするという裁定を下したら……。

法律や法律を守るやつらなどくそくらえだ！　イングランド人とその裁判所も！　わたしの相続をじゃまするやつはなにもかも消えてしまえ！

若い国王があごをさすり、思いにふける目をロアルドに向けた。「こと法律と財産に関しては、たとえラテン語であれ、羊皮紙に書いたことばより実際に所有しているかどうかのほうが重要だ。したがって、サー・ロアルド、エクルズフォード城を運よく手に入れることになれば、ますますけっこう。われわれはつねに忠実な臣下を支持するつもりでいる」

ロアルドは歓喜の叫びをあげそうになった。王は寛大にも力ずくでエクルズフォードを手に入れる許可をくれたのだ。

これでじゃじゃ馬のマティルドにわたしを拒否したことを悔やませてやれるぞ！　ジゼルにも妹と組んだことと、白癬《はくせん》に感染した者でも見るような目でわたしを見たことの償いをさせてやる。そしてヘンリー・ダルトンは自分には関係のない問題に首を突っ込んだのを後悔することになるぞ。

あの尊大なならず者めと思いながら、ロアルドは悲しげな表情をつくり、王の陰謀への恐れを遠慮なく利用した。「わたしの従妹たちは味方をひとり見つけたのです。ダンキース領主の弟ですが」

この情報に対する王と王妃の反応はいかに、とロアルドは食い入るようにふたりを見つめた。期待どおり、ふたりとも喜びはしなかった。ダンキース領主はその領地をイングランド国王からではなく、スコットランド王から授かっているのだから。しかも、領主のサー・ニコラスはイングランドの統治者を尊んでいないことをべつに隠してはいない。弟のヘンリーも、何度か君主について賢明とは言えない発言をしている。

「自分に利害関係のない問題に介入などして、サー・ヘンリーに……なにか不幸なことが起きなければよいが」王がゆっくりと言った。

王の目のきらめきと王妃の表情から、ロアルドはもしヘンリーが死んでも、国王夫妻は残念には思わないと確信した。とはいえ、ヘンリーとその兄も宮廷に味方がいないわけではないのだから、その連中の憎しみを買うようなまねは慎まなければならない。

王が立ち上がった。「疲れたな」王が王妃を見下ろした。「引き上げるとしよう」

「ええ、疲れたわ」王妃も立ち上がったが、王に向けた顔には疲れたようすはまるでなかった。「では、幸運を祈っていますよ、ロアルド」王妃は取りすました微笑を浮かべた。

ロアルドは深くお辞儀をした。「王妃陛下には忠実にお仕え申し上げます」

「そう願いたいわ」王妃は夫とともにその場を引き上げた。

たとえ国王夫妻が玉座のうしろでみだらな行為を始めようと、ロアルドの知ったことではなかった。それよりも、エクルズフォードを手に入れることについて王の許可を取りつけたいま、彼には兵士を雇う金をどうやって算段するかのほうが大事だった。

あの城を奪うには、十人や二十人の兵士で足りるはずがない。

　まだ深く考え込んだまま、ロアルドはサザークに借りた小さな部屋に戻ってきた。ロンドン橋を渡った先にあるごみごみとして悪臭の漂うこの界隈《かいわい》は歓楽街で、それに伴う悪徳がはびこり、姿を隠すには打ってつけの場所だった。

　借りた窓のない部屋の暗闇《くらやみ》にチャールズ・ド・マルメゾンがひそんでいるとは、ロアルドは思ってもいなかった。しかもド・マルメゾンは剣を抜いている。

　ロアルドもはっと剣に手を伸ばしたが、ド・マルメゾンの刃《やいば》が襲いかかる蛇のようにひらめいた。ロアルドの剣帯は鞘《さや》に剣をおさめたまま音をたてて木の床に落ちた。

　ロアルドは逃げようとした。だが、ド・マルメゾンは彼をつかんで部屋のなかに引き入れ、ドアを蹴《け》って閉めた。そして、ロアルドの逃げ道をふさぐように、ドアの前に立ちはだかった。

「金を払ってもらおうか。金か、金がなければその代わりのものをよこせ」ド・マルメゾンが低い耳障りな声で言った。

　ロアルドは全身の血が凍りついた。借金を返すどころか、エクルズフォードを手に入れるにはさらに借りなくてはならないのだ。

　ド・マルメゾンの剣がロアルドの股間のあたりまで下がった。「どこにするかな？」

　ロアルドはイングランドで最も冷酷な傭兵《ようへい》という評判の男を見つめた。すると取り乱した頭にふとひらめいたものがあった。驚くばかりにすばらしい名案。これならかかえている問題をなにもかもきれいに解決できる。いままで思いつかなかったのが不思議なくらいだ。

「金細工師たちの借金回収を引き受けたとは、あんたも落ちぶれたものだな、ド・マルメゾン」ロアルドは突きつけられた剣をもう恐れてはいなかった。

ド・マルメゾンは陰気に顔をしかめた。「金がないんだろう？」容赦のない口調だった。「あいにくだな」

ロアルドは片手を上げた。「金細工師に雇われるよりもっと稼げる方法があるぞ」ド・マルメゾンがいくらで雇われているのかは知らないが、けっこうな金額にはちがいない。安ければ雇われようとはしないだろう。

ド・マルメゾンの目が強欲そうな光を帯びた。

「金細工師の報酬は悪くない。それにあんたはすでに首まで借金に浸《つ》かっている。金儲《もう》けの方法を知っているなら、なんで自分で稼がない」

「従妹たちがばかなうえにかたくなで、わたしに正当な権利のある城と領地を渡そうとしないからだ。しかしわたしは王に拝謁してきたばかりで、必要とあらば手段を選ばずに城と領地を手に入れる許しをもらってきた」

ロアルドは叔父の遺言のことは省略した。

「そのための兵隊をつくるのに、あんたは最適だ。従妹たちに勝てば、わたしは裕福になり、あんたの協力への礼金も楽に払える」

ド・マルメゾンは感銘を受けたようではなかった。

「おれはただでは働かんぞ」

「ただじゃない。報酬はたっぷりと払う。城さえ――」

「手に入れれば、だろう？」ド・マルメゾンはうなるように言い、またも剣を持ち上げた。「仮の話になど乗るもんか」

「充分な報酬を払うと約束する」

ド・マルメゾンは鼻で笑った。「あんたの約束など当てにすると思うか？」

「わたしはイングランド王国の騎士だぞ」ロアルドは高飛車に答えた。

ド・マルメゾンはロアルドが聞いたこともないほど下品な笑い声をあげた。「ああ、あんたが何者かは知っているよ、サー・ロアルド。おれはばかじゃないからな。仕事の前に約束の金の半分をもらおうか。でなければ、仕事は引き受けない」彼は剣をロアルドの両目のあいだに突きつけた。「おれへの報酬も金細工師に返す金も、一文もなさそうじゃないか」

ロアルドは必死でド・マルメゾンを引き込む口実を探した。この傷痕《きずあと》のある顔を見れば、エクルズフォードの守備隊の半分は戦う前に武器を捨てるだろう。「従妹たち――わたしに逆らっているふたりの従妹のうちひとりはたいへんな美女だ。王妃よりも美しい。ふたりを打ち負かすのに協力してくれるなら、その美女はあんたのものだ」

ジゼルをあきらめたくはないが、やむを得ないならそうするまでだ。

「暗がりならどんな女も同じだ」

ああ、ほかになにか言うことはないか。なにか約束できることが……。

ド・マルメゾンの頬の傷痕……。何年も前にその傷の由来を聞いたことがある。やってみる価値はある。「従妹たちはダンキース領主の弟を味方に引き入れた」

「ダンキース領主なら知っている」傭兵は自分の頬の醜い傷痕を指さした。「あいつにやられたんだ」

「そうなのか。では、その弟にひとつふたつ傷痕をつけてやったらどうだ?」

ド・マルメゾンは剣を鞘におさめた。「弟を殺して、その首をかごに入れてあいつに送ってやろう」

ほっとしたあまり、ロアルドは座り込みそうになった。ダンキースのニコラス卿《きょう》がチャールズ・

ド・マルメゾンの頬を切り裂いて危うく殺すところだった、と何年か前に耳にしたのは本当に幸運だった。

ド・マルメゾンが唇をゆがめ、邪悪な笑みを浮かべた。「兵士は何人必要だ？　いつロンドンを発《た》つ？」

数日後の晴れた秋の朝、ひとりの騎士が不運な恋人たちの物語歌《バラッド》を鼻で歌いながら、全速力の馬でエクルズフォードへの道を進んでいた。引きしまった筋肉質の体に鎖帷子《かたびら》を着込み、フードははずしているので赤い髪と狐《きつね》を思わせる顔があらわになっている。鎖帷子の上には濃い緑色の外衣をまとい、腰に剣をつけていた。そのほかの武器は見当たらないが、鞍《くら》に小さな包みがくくりつけてある。

騎士はのんびりしたようすではあるものの、目つきは警戒した鷹《たか》のように鋭く、顔のせいか獲物を探す狐のようにも見える。連れはいないとはいえ、隙《すき》のない物腰を見れば、よほど大胆か無謀な追いはぎでもないかぎり、この騎士のじゃまをする気にはなれないだろう。

そのほうが賢明だった。トリゲリスの守備隊長は戦うべき相手ではない。負けたいのならべつだが。

サー・ラヌルフの鋭い目は塹壕《ざんごう》を掘るか、さもなくば畑の冬支度をしている人々、作物を収穫したあとの切り株を食《は》んでいる家畜、それになによりも遠くに現れた村と城を見てとった。

エクルズフォード——そこにヘンリーが、陽気で衝動的なヘンリーがいるという。

ラヌルフが通りかかると、大半の農夫が彼を見上げたが、すぐに仕事に戻った。だれも彼を呼びとめようとはしない。農夫は武装していないのだから驚くには当たらなかった。それよりもラヌルフの関心は、城でどう迎えられるかにあった。

道がふたつに分かれるところへさしかかったとき、低い太鼓のような音が聞こえた。ラヌルフにはすぐにその音がなんであるかがわかった。大勢の人間が駆け足で行進する音だ。

自分はひとりだし、ヘンリーがここにいるかどうかも、近づいてくる軍勢が友好的かどうかもわからない。ラヌルフはさっと馬から降りると、馬を引いてまだ葉の残る黒苺《くろいちご》の藪《やぶ》に身を隠し、道に目を向けた。虚勢を張って多勢に挑むような愚かなまねはしない。

数分後、轍《わだち》のついた道を駆けてくる兵士の一団が見えた。兵士たちは詰め物をした刺し子の鎧下《よろいした》を着ているだけだ。ふつうはその上に鎖帷子をつけるのだが。兵士たちは槍《やり》と盾を手にして、円錐《えんすい》形の兜《かぶと》をかぶり、腰には剣帯を締めている。どの男の顔にも汗が流れ、鎧下も汗で色が変わっている。足は地面からほとんど上がっていないうえ、荒い息をついている。行進が長時間に及んでいるのは明らかだった。

「足をもっと上げろ！」聞き覚えのある声が叫び、ラヌルフはかつてないほど驚いた。「うしろに倒れたら、背中にわたしの槍の先が突き刺さるぞ！」

やはりヘンリーはここにいたのだ。そしてどうやら、なんと兵隊を訓練しているらしい。これはスコットランドからトリゲリスに届いた手紙にも書いていなかったことだ。

兵士たちは見るからに疲れきっているにもかかわらず、足を前より高く上げて速度を増した。

ヘンリーが指揮をしているのなら、危険はない。ラヌルフは馬を引いて茂みから出ると、兵士たちの通り道に立った。兵士たちが驚いてよろめきながら足をとめた。

「だれがとまれと言った？」ヘンリーが兵士の列のうしろで怒鳴り、前のほうへ出てきた。彼も刺し子の鎧下と剣帯をつけて槍と盾を持ち、こっけいなほど小さな兜までかぶっている。

自分の目で見ていなければ、ラヌルフには信じられない光景だった。「ヘンリー！」ラヌルフはいつもの世をすねた態度もどこへやら、兵士たちのあえぐ音と不平の声にかき消されないよう大声で呼びかけた。

「ラヌルフか？」ヘンリーも大声で言い、満面の笑みを浮かべて急いでやってきた。「これは驚いた。いったいきみがなんでまたこんなところに？」

「それはこちらのききたいことだ」ラヌルフもヘンリーに歩み寄った。「スコットランドに向かっているものと思っていたぞ」

「向かっていたんだ」ヘンリーはこらえきれずににやにや笑った。「きみこそまだトリゲリスにいたはずじゃないか。どういう風の吹きまわしでケントくんだりまでやってきた？」

「実は、きみを捜しに来た」

ヘンリーは不安げに眉をひそめた。「トリゲリスでなにかあったのか？　メリックにわたしの助けが必要なのか？」

「みんな元気だし、メリックの変わりようといったら。この前の朝、彼が歌を口ずさんでいるのを聞いて、わたしは仰天して気絶しそうになった」

ヘンリーは笑い声をあげ、疲れはてた兵士たちに目を向けた。「いま城に帰るところなんだ。しばらく滞在できるんだろう？」

「喜んで。無理やり行軍をさせられないかぎりは。サー・レオナードに充分やらされたからな」

ヘンリーは彼らしい屈託のない陽気な笑い声をあげてから、大声で言った。「サーディック、兵士を兵舎まで頼む」

列のなかほどから背の高い金髪の男が現れ、出発だと兵士たちに怒鳴った。

「トフト」ヘンリーは小柄な黒髪の男を呼んだ。「サー・ラヌルフの馬の世話を。厩舎《きゅうしゃ》に収まるまでちゃんと見届けるんだぞ」

その兵士は言われたとおりラヌルフの馬の手綱を取って、兵士たちのうしろに続いた。

ヘンリーはラヌルフの背中を叩《たた》いた。「さあ、行こう」彼は城のほうへと歩きはじめた。「わたしはエクルズフォードの守備隊の指揮をとっているんだ。きみがトリゲリスの守備隊を指揮しているように」

ラヌルフもヘンリーと並んで歩き出した。「それは……少々意外だな」

ヘンリーのいつもは楽しげな目にむっとした表情が浮かんだ。「兵隊を指揮するのは、わたしには無理だと思うのか?」

こうも簡単にかっとするのは、まったくヘンリーらしくない。「もちろんきみならできる。ただ驚いただけだ。わたしがメリックから守備隊を指揮してほしいと頼まれたとき、きみはメリックを責めたのではなかったかな。たしかきみは、わたしが侮辱されたと考えたはずだ」

「そう、あれはわたしがまちがっていた」ヘンリーはふいに怪訝《けげん》そうな顔でラヌルフを見た。「いつからあごひげを生やしはじめた? きみだとわからないところだった」

ラヌルフはどう見えるかを気にするように、赤みがかった茶色の短いあごひげを撫《な》でた。「二週間ほどになるかな」

「老けて見えるな」

「そうか? きみのほうはひどく汗くさいぞ」

ヘンリーは穏やかな笑い声をあげた。「たしかに。すぐに体を洗うと約束するよ」彼はラヌルフを横目でちらりと見た。「コーンウォールからはるばるケントまでやってきたのはあごひげを見せるためではないんだろう?」

「いかにも。メリックがニコラスから手紙を受けとった。宮廷の友人からニコラスに、きみがケントにある城をめぐるロアルド・ド・セヤズとその親族との争いに巻き込まれていると知らせてきたそうだ。それでニコラスは、きみがトリゲリスにいるかどうかをメリックに手紙で尋ねてきた」

ヘンリーからは〝ああ〟という曖昧《あいまい》な返事しかなく、ラヌルフは先を続けた。

「メリックは、きみはダンキースに向かってトリゲリスを出発したが、途中でなにか気晴らしを見つけたのかもしれないと返事を書いた。そしてきみを捜し出して、もめ事に巻き込まれていないか確認せよとわたしに命じたわけだ」

ヘンリーはふたたび笑い声をあげたが、今度は笑いの裏に苦いものが感じとれた。「ニコラスは、いまやわたしがどこかの売春宿でのらくらしていると思っているにちがいない。兄にそう思わせてくれたわが友メリックに感謝するよ」

ラヌルフは我慢と寛容の混じったため息をついた。

「メリックは、あのことではいまでも申し訳なく思っているんだ、ヘンリー。それに今回の件もどう対処しろというんだ？　きみの兄上の手紙に返事を出さないわけにはいかないじゃないか」

「たしかに。しかし、きみにわたしを捜させることはなかった。いや、それともメリックはわたしには子守役が必要だと思っているのか？」

「ニコラスの手紙を読んで、メリックは気をもんだんだ。言っておくが、わたしも気をもんだ。いったいなぜロアルド・ド・セヤズの一族とかかわることになった？」

「わたしは騎士としての義務を果たしているんだ」ヘンリーは道に落ちていた小枝を蹴飛ばした。「困っているレディたちを助けようとしている」

「遺産相続の争いだと聞いたが」

「それ以外にもある」

「ロアルドが国王に拝謁したのは知っているのか？」

「予想はしていた。結果はどうだった？」

ラヌルフは両手を背中で組んだ。「ロアルドと国王夫妻は内密に話し合い、ロアルドは喜んだようすだったとのことだ。うわさでは、ロアルドは傭兵を集めているらしい。それも、きのうまで畑を耕していたような戦の素人ではない連中を。ということは、彼は王の支持を得たと思っているようだな」

ヘンリーは兵士らしい粗野な悪態をついた。「メリックがニコラスの手紙を受けとったのはいつだった？」

「三日前だ」

「では、ロアルドが王宮に行ったのは？」

「一週間前だ」

ヘンリーはもう一度悪態をつくと、足を速めた。


「どうしてこの件にかかわることになった？」ラヌルフはヘンリーに追いつきつつ尋ねた。「きみがロアルドを嫌っているのは知っているが、これは少々やりすぎじゃないのか？」

「ロアルドは自分の従妹たちの城を奪おうとしている。相手は女性なんだぞ。ロアルドの支配下に置かれたら、ふたりの女性がどんな苦しみを受けるか、言うまでもないだろう」

「そのレディたちは……結婚も婚約もしていないということだな？」

「そうだ。それから従妹たちのどちらと結婚するつもりでここにいると思われる前に言っておくが、そんなつもりはない」

ラヌルフは答えなかった。ひとつには彼自身、ロアルド・ド・セヤズを知らないわけではないからだ。少なくともうわさは聞いている。だからどんな女性もロアルドを主人とすべきではないという意見には賛成するほかない。

もうひとつには、全身を覆う鎖帷子のせいで息切れしはじめていたからだった。

ラヌルフはヘンリーのあとから、暑いうえにくたびれ、汗をかきながらエクルズフォード城の大広間に入った。そのとき、ラヌルフはかなりの確信を持った。ヘンリーが旧知の間柄でもないレディたちを熱心に助けようとしているもうひとつの理由はこれだ。

大広間の窓辺で刺繍《ししゅう》かなにかの針仕事をしていたのはラヌルフが見たこともないほどの美女だった。いつも冷静沈着な彼がその美しさにあっと声をあげそうになったくらいだ。美女は立ち上がると、ふたりの騎士のほうへやってきた。優雅な女性であるばかりか、頬をピンクに染めているところを見ると、慎《つつ》ましやかでもあるらしい。

うっとりするような組み合わせだ。

男ふたりでお辞儀をしたあと、ヘンリーが言った。

「レディ・ジゼル、こちらはわたしの親友サー・ラヌルフだ。トリゲリスからやってきた」

ジゼルはほっそりとした白い手を差し出した。

「エクルズフォードにようこそ、サー・ラヌルフ」

その声は予想にたがわず穏やかでやさしい。「サー・ヘンリーのお友だちならどなたでも歓迎します。よろしければ、ぜひ滞在なさってください」

ラヌルフは美しいレディ専用のとっておきの笑みを浮かべ、ジゼルの手にキスをした。その手はやわらかかったが、触れると冷たくて、皿の上の魚のように生気がなかった。

ラヌルフの胸にはべつの顔が浮かんだ。生き生きとして快活で、口数の多すぎる若いレディの顔だ。

しかしいまは、ベアトリスのことを考えているときではない。「それはご親切に」

「わたしは失礼して、夕食の前に体を洗って着替えてこなければ」ヘンリーが言った。「ラヌルフの相手をお願いしてかまわないかな」

ジゼルはまたも頬を染めた。「もちろんかまわないわ」そう答え、そばをうろうろしている女の召使いに合図した。急いでやってきた召使いは体つきのいいきれいな娘で、見つめられたラヌルフは思わず頬をゆるめた。そのあいだにヘンリーは階段へと急いだ。

ええい、まったく。階段を一段飛ばしに上りながら、ヘンリーは内心舌打ちをした。なぜいまニコラスからじゃまされなければならないのだ？　そうでなくとも考えなければならないことで頭がいっぱいなのに、なぜいま口うるさい兄に悩まされなければならないのだ？

「もうお帰りなの、サー・ヘンリー？」

顔を上げると、マティルドが階段の上に立っていた。猫のように静かで謎《なぞ》めいている。

「客人が現れてね」ヘンリーはさらに階段を上り、マティルドの一段下で足をとめた。「わたしの友人でトリゲリスの守備隊長、サー・ラヌルフだ。残念ながら、彼は悪い知らせを持ってきた。ロアルドは兵士を雇い集めている。それも国王に拝謁したあとで」

マティルドがよろめいた。倒れるのではないかとヘンリーは前に飛び出し、マティルドのウエストのあたりをつかんだ。マティルドはヘンリーの腕に両手を置いて自分を支えた。だが体を引こうとはしなかった。

マティルドに触れたのはエールがふるまわれたとき以来で、そのやわらかさを感じたとたん、ヘンリーは全身が緊張した。

「ロアルドは王の支持を得たの？」マティルドは静

かながらも動揺した声できいた。ロアルドと王のことしか頭にはないようだ。

「なんらかの支持だ」ヘンリーは答えた。「ラヌルフの話では、王は微妙な態度だったらしい。王はロアルドが期待したり思い込んだりしているほどには肩入れしていないということだ」

マティルドは目を輝かせた。それにまだ体を引こうとはしていない。「ロアルドがいつここへ進軍してくるかはわかっているの？」

「残念だが、もうすぐだろう」不安と覚悟の入りまじるマティルドの表情を見つめ、ヘンリーはさらにいとしさを覚えた。

「こちらの準備はできている」彼は自分でも心からそう信じて言った。「エクルズフォードの守備隊は忠実で勇敢だ。包囲攻撃に備えて食料も備蓄した。万が一敵を打ち負かせなくても、長期間立てこもれる」

ようやくマティルドがあとずさりしたので、ヘンリーはしぶしぶ手を放した。ついでマティルドは彼を見上げた。おずおずと傷つきやすそうに、それでいて勇気と決意に満ちたようすで。

「あなたを信頼しているわ、サー・ヘンリー」マティルドはそっと言った。「あなたが助けてくださらなかったら、わたしたち、どうなっていたか、考えるだけでも耐えられないわ」

ヘンリーはどぎまぎし、まっすぐにこちらを見つめるマティルドと目を合わせられなかった。もはや自分は大胆で誇り高い騎士だという気はせず、愛する者の信頼に応えたいと願い、失敗を恐れる一介の男にすぎない心境だった。

マティルドが片手を伸ばしてヘンリーの顔を撫でた。「せめてロアルドより先にあなたに出会っていれば」

せめて領地を得たあとにマティルドと出会ってい

れば。せめてこのようなレディにふさわしい自分であったなら。

ヘンリーがそれ以上なにも言えないうちに、マティルドは階段を駆け下りていった。そして彼はひとりその場に残った。

彼の身にふさわしく。

11

その夜遅く炉のそばに座ったラヌルフは、ちらちらと揺らめく炎のあかりに浮かぶ友の顔を見つめていた。レディたちはとっくに部屋に引きとっており、女の召使いも姿を消している。まわりには、何人もの兵士や男の召使いがわらの寝床に横になり、おなじみの寝息やいびきが響いていた。犬たちすら床の藺草《いぐさ》をかぎまわるのをやめて眠っている。

エクルズフォード城の兵士と召使いの大半はイングランド人かケルト人だと、夕食のときにヘンリーが言っていた。それはめずらしいことだが、同時に、近くにいる者がもしも起きていて聞き耳を立てても理解できないはずだから、ヘンリーとラヌルフは気兼ねなく会話を交わせることにもなる。もっともヘンリーに会話をする気があれば、だが。

ラヌルフはメリックの沈黙には慣れている。なにしろそれがメリックにはふつうなのだから。しかしヘンリーはふだん話し好きで、愉快な相手だ。美しい女性が同席したおいしい夕食のあとならなおさら。ところが今夜の夕食のあいだ、ヘンリーはせいぜい十語くらいしか口をきかなかった。

ヘンリーがおとなしかったのは、美しいレディ・ジゼルの愛想があまりよくなかったせいかもしれない。もしかすると、ヘンリーはレディ・ジゼルに対してなにかしら希望をいだいており、それが打ち砕かれてしまったにもかかわらず、それでもなおここにとどまらなければならないと考えているのかもしれない。あるいはひょっとすると、それがレディ・ジゼルのいつもの流儀なのかもしれない。いま思えば、レディ・ジゼルは最初に会ったときよりラヌルフに対してもずっとよそよそしくなっていた。いや、それともたんに客と同席したときのレディ・ジゼルは静かで控えめなだけなのかもしれない。

さらにあの謎《なぞ》めいたレディ・マティルドがいる。夕食前に顔や体を洗っているとき、ヘンリーはレディ・マティルドのことを快活な女性だと言っていた。たしかにその平凡な顔だちにはいくらか表情が見てとれたが、活気と呼べるようなものはなかった。ここでなにが起きているにしても、ヘンリーはあの若い女性に男としての関心を持ってはいない。ラヌルフはそう確信していた。

「ここの食事はすばらしいものだな」ラヌルフはようやく口を開いた。あまり率直にきいてもヘンリーからは思ったような答えが返ってこないかもしれない。

ヘンリーはうなずいただけで、彼らしからぬ沈黙に戻ってしまった。

さりげない会話では目的にたどり着けないのは明らかだ。もう少しはっきりきいてみるほうがよさそうだ。「あのふたりのレディを助けると決めたとき、もっと大きな問題をはらんでいることを少しは考えてみたのか?」

そのことばはヘンリーの注意を引いた。「なんだって?」

「ここに滞在することが自分の将来にどう影響するか、少しは考えたのか?」

ヘンリーは眉根を寄せた。「わたしはあのレディふたりをロアルドから守ることしか考えていない」

猟犬が一匹のそのそとラヌルフに近づいてきてにおいをかぎ、その足元に座り込んだ。

「ことはそう単純ではないぞ」ラヌルフは苛立《いらだ》ちを隠そうと、かがんで犬の耳のうしろをかいてやった。「この一件にかかわったことで、きみは反逆罪に問われる危険を背負い込んだんだ」

た。「たとえ王があからさまに敵意を向けてくることはないとしても、この件のせいで自分が王から領地を授かる見込みはおそらくなくなることには気づいているのか?」

ヘンリーはさらに深く椅子に身を沈めた。「騎士たる者は私利を気にかけるべきではない」

「たしかにそうではある。すでに財産があって裕福な騎士はそのように気高い道を選ぶことができる。しかしきみもわたしも裕福ではないし、領地も持ってはいない。ところが、これできみは領地を授かる可能性をさらにせばめてしまったようだ」

ヘンリーは厳しくとがめる表情で友を見た。近くでまどろんでいる兵士たちは見慣れているかもしれないが、ラヌルフには初めて見る表情だった。「きみのほうこそ領地を得る努力をしているようには見えないが」

「いまのところトリゲリスで快適にすごして、とくに「またか?」ヘンリーがひやかし、体を起こした。「頭がおかしくなったんじゃないのか?」

「王がロアルドの味方についたら、この件を反逆と見るかもしれない」

「きみの話では、王は内密にロアルドと話し合ったんじゃないか。それでは固い同盟を結んだとは思えない」

「たしかに。しかし本当は同盟を結んでいるかもしれない。それにロアルドは、ここのレディたちと同様、王妃の親戚《しんせき》だ。きみはこれまでずっとエレアノール妃が嫌いで、信用もしていないと公言してきている」

「いまもそうだ。レディ・ジゼルやレディ・マティルドとエレアノール妃は、親戚といってもあまり親しくない。ロアルドと王妃の関係よりはるかに遠い」

ラヌルフは犬を撫《な》でるのをやめて、ヘンリーを見にその気はないからだ。しかし、きみは――」

「レディ・ベアトリスはどうなんだ？」ヘンリーがさえぎった。「いまもきみに夢中なのか？」

ラヌルフはあごをこわばらせた。「いまはレディ・ベアトリスではなく、きみがここにいることで生じる問題について話しているんだぞ」

「つまり、わたしは王から領地を授からない」ヘンリーは無頓着《むとんじやく》に肩をすくめた。「これまでだって領地など持っていなくても、どうにかやってきた」

ラヌルフの忍耐も限界に近づきつつあった。「わかった。それならけっこう。この件がきみに及ぼす影響の話はやめよう。しかしニコラスはどうなる？きみの妹のメアリアンや、メリックは？」

ヘンリーは眉をひそめた。「それがどうしたというんだ？」

「もしも王がきみを敵と見なした場合、王はきみの家族も同じだと考えるかもしれない」

ヘンリーの顔から不安の表情が消えた。「兄も妹もメリックも事実どおりに主張すればいい。わたしがどこでなにをしているのかまったく知らなかったと」

ヘンリーののんきな返事を聞いて、ラヌルフの忍耐はさらに限界に近づいた。「そう、ニコラスたちはなにも知らなかった。きみは自分と関係のない問題に鼻を突っ込む前に、だれにも相談しなかったからな」

ヘンリーは燃えている薪《まき》を蹴飛《けと》ばした。盛大に火花が舞い飛んだ。「わたしは子供じゃない。どこに行くか、なにをするかをだれとも相談する必要はない」

「たしかに。きみはおとなだ。だからこそ、ことを起こす前に考えるべきだった。明らかに、きみにはそれがわかっていないようだ。もしきみがこの争いにかかわることをきみの家族も承知していたと王が判断したとしたら、どうする？」

ヘンリーは渋い顔になった。なにかがまずいというもうひとつのしるしだ。「王は自分が信じることを信じるだろう。王がどこにでも謀反を見るとしたら、わたしにはとめられない。謀反が本当にあるにせよないにせよ。もし王が本当に反逆を心配しているのなら、王妃の言うことをあれほど聞くはずがない」

「しいっ！」ラヌルフはたしなめ、この公然の非難がまわりのだれにも聞かれなかったのを確かめた。

ヘンリーが立ち上がった。「わたしは黙るつもりはないし、ここに座ってわたしの行動をあれこれ非難するきみの話を聞くつもりもない。なんとすばらしい友人たちだ。メリックからは自分の妻を誘拐しようとした裏切り者と非難され、きみからは自分のことしか考えないばかだと責められる」

大広間はこんな議論を続けられる場所ではない。ラヌルフはヘンリーの腕をつかみ、厨房《ちゅうぼう》に通じる廊下に出た。ここなら大広間よりは人目がない。

「きみが自分の将来のことも、家族のことも、友だちのこともなんら気にかけていないとしたうえで」ラヌルフは怒りをこめてささやいた。「レディたちの話をしよう。きみがロアルドに負けた場合、レディ・ジゼルとレディ・マティルドはどうなると思う？」

ラヌルフはヘンリーの反論に備え、先に片手を上げてそれを制した。

「ロアルドが邪悪で残酷で破廉恥なのは、きみもわたしも知っている。彼はレディふたりを殺しはしないだろう。それ以上の価値があるから。しかしロアルドに反抗した報いで、ふたりがひどい仕打ちを受けるのは、なにも予言者でなくてもわかる」

「ロアルドがすでにふたりにひどい仕打ちをしたから、わたしはここにいるんだ」ヘンリーが言った。

「それにわれわれは負けない」

「ほう、きみは未来が予見できるのか？　戦の勝ち負けがすでにわかるのか？　戦闘ではなにが起きるかわからないのはきみも知っているはずじゃないか。きみは殺されたり、手足を失ったりするかもしれない。エクルズフォードの兵隊は人数に差がありすぎて打ち負かされるかもしれない。だれだって負ける可能性はあるんだ。結果を決めるのは神であって、きみではない。しかもわれわれには神の意思はわからない。そうなったら、レディたちはどうなる？　守備隊は？　おそらくド・セヤズは武器を持って歯向かう者はだれであれ殺すだろう」

「神の意思はわれわれの負けではあり得ない。正義が求めるのは――」

「ヘンリー、自分の言っていることがわかっているのか？　正義を決めるのは勝者じゃないか」

ヘンリーは怒りと敵意をみなぎらせて、ラヌルフをにらみつけた。ラヌルフが少年のころから知っているヘンリーとは別人のようだ。

「口をつぐんでわたしにかまうな」ヘンリーはうなるように言い、大広間に戻ろうとした。

ラヌルフは肩をつかみ、ヘンリーを壁に押しつけた。「なぜだ、ヘンリー？　なぜこんなことをする？　レディ・ジゼルは明らかに関心がない――」

ヘンリーはさっと両腕を上げてラヌルフの手を振りほどき、彼を突き飛ばした。ラヌルフは反対側の壁にぶつかった。

「わたしがここにいるのはレディ・ジゼルのためじゃない」ヘンリーは怒鳴った。「誇り高き騎士だからここにいるんだ。あのレディふたりに助けると約束したからには、なにがあってもそうする！　だからきみはトリゲリスに帰り、わたしにすべきことをさせてくれ」彼は唇をゆがめて嘲笑《ちょうしょう》した。「心配しなくていい。きみやメリックを頼りにするようなことはしないし、兄に助けを求めることもしない。なんといっても、危険すぎるからな」

ラヌルフも怒りをこめてヘンリーをにらんだ。

「今度はわたしを侮辱する気か?」

「当然だろう」ヘンリーは両手をこぶしに握りしめた。「どうせ物欲か肉欲でここにいるんだろうとほのめかして、わたしを侮辱したくせに。これまでだってきみは何度もわたしを侮辱している――わたしを道化師のように扱って。〝ほら、ヘンリーだ、少し笑わせてもらおうか。ああ、ヘンリーがそう言ったのか、では真剣に受けとめるのはやめよう。かまうものか、ヘンリーのことだから〟」

「いい加減にしろよ、ヘンリー。なんでも冗談にしてしまうのはきみのほうじゃないか」ラヌルフは憤慨して叫んだ。「きみがなにかに真剣だったときは、片手の指で数えられるほどしかないぞ」

「では今回も数に入れることだな、ラヌルフ」ヘンリーはラヌルフの胸を人さし指でぐいと突いた。

「わたしは真剣な気持ちでここにいる。きみをはじめだれがなにを言ったところで、それは変わらない」

ラヌルフはヘンリーの手を払いのけた。「あのレディたちをさらに危険な目に遭わせるつもりか?」

「死んでもあのふたりをロアルドから守るつもりだ。だからトリゲリスに戻り、人の生き方によけいな世話を焼くなとメリックに言ってくれ。ニコラスにも同じことを伝えてもらいたい。どうやら兄はわたしの身を案じるあまり、直接わたしに手紙を書く手間を省き、わたしの友人たちにわたしの消息を尋ねたらしい。まるで陰口を叩《たた》く老女のようだ」

「これではきみと分別のある話をしようとしてもむだなようだな」ラヌルフはくるりと背を向けた。

「分別というのがエクルズフォードのレディふたりを見捨てて、ロアルド・ド・セヤズの好きにさせるという意味なら、むだだ」

ラヌルフは廊下の端で立ちどまり、いまは別人としか思えない男を振り返った。「わたしは夜が明けしだい出発する」

「けっこう！」

ラヌルフがそれ以上なにも言わずに去ったあと、ヘンリーはぐったりと壁にもたれ、傷ついた動物のようにあえいだ。

マティルドを自分の助けもなく、ひとりでロアルドに立ち向かわせる？　とんでもない。このわたしが生きているかぎり、そのためにどんな問題がこの身に降りかかろうとも、それは絶対にできない。ニコラスもメアリアンの夫もメリックも、みなそれぞれ自分で自分の身が守れる。わたしはマティルドを守らなければ。

翌日、夜明けの少し前にマティルドはあくびをしながら大広間に入っていった。昨夜は階段でヘンリーにキスをしなかったことへの後悔に悩まされ、またもや眠れない夜をすごしてしまった。驚いたことに、大広間にはサー・ラヌルフがいて、もう起きているばかりか、きょうにもエクルズフォードを発《た》つつもりでいるかのように旅装を整えていた。城の使用人ですらまだ全員が目覚めてはいない。すでに起きて立ち働いているのは、厨房の召使いだけだった。

「おはようございます、サー・ラヌルフ」こちらを見て会釈をした彼にマティルドは言った。「まさかこんなに早くお発ちになるわけではないでしょうね」

期待が声に出ないよう気をつけたが、正直なところマティルドはこの赤毛の男の鋭い凝視に合うと、彼がもたらしたロアルドについての情報と同じくらいに不安をかき立てられてしまう。じっと見つめられただけで、あらゆる秘密を、最もひそやかな希望や不安をなにもかも見透かされてしまいそうな気がする。

「残念ながら、戻らなくてはならなくてね。トリゲリスで任務が待っている」

「では、天気がもってくれるといいのですけれど」マティルドは礼儀正しく会話を続けた。「こんなに早くお発ちになるのでは、サー・ヘンリーも残念がるわ」

ラヌルフは微笑《ほほえ》んだが、目は笑っていなかった。

「わたしが滞在できないのを彼はわかってくれると思う」

マティルドは彼の声に苦々しい響きがあるのを感じとった。昨夜ヘンリーがどこか遠慮がちなのに気づき、なにがあったのだろうと気になっていたのだ。サー・ラヌルフのことはヘンリーから何度も聞いているし、そのたびに友人だと言われているのに、ふたりはそれほど仲がいいようには見えない。「姉もお別れの挨拶《あいさつ》をしないうちにあなたがお発ちになったら、残念がるわ」

淡い金褐色をしたラヌルフの目がきらりとひねくれた光を帯びた。「そうかな？」

「サー・ヘンリーのお友だちなら、わたしたちにとってもお友だちですもの」

ラヌルフは二階の寝室へと続く階段を見上げた。ジゼルの姿を捜しているのだろうか。目を戻したラヌルフは、あの揺るぎのない視線をマティルドに向けた。「出発の前にふたりだけで話ができないだろうか。ヘンリーのことで」

マティルドの胸にはたちまち好奇心と不安がこみ上げた。この人が目で捜していたのはヘンリーだったのかしら？　ヘンリーを避けたいから？「もちろんかまわないわ。執務室でお話ししましょう」

サー・ラヌルフの頼みと謎めいた態度を少なから

ず気にかけながら執務室に入ると、マティルドは風除《よ》けの亜麻布で覆った窓のそばにある背の高い鉄の燭台《しょくだい》の蝋燭《ろうそく》に火をつけた。蝋燭が炎を上げると、マティルドはうなずいて椅子を示した。

「どうぞ、おかけになって」

ラヌルフが腰を下ろした。マティルドも椅子に座ると、ラヌルフはあの見透かすような視線をまたもやマティルドに向けた。「ヘンリーとはどのように知り合った？」

思いがけない質問に、マティルドは返事をためらった。本当のことを話したら、サー・ラヌルフはどう思うだろう。

そこでマティルドは一部だけ話すことにした。

「彼が近くの宿屋に泊まっていて、従兄《いとこ》からこの城を守るために騎士の助けを必要としていたわたしたちは、彼を訪ね、協力してほしいと頼んだの」

「きみたちが彼の助けを求めていた理由とだれから守るのかを、彼はちゃんと理解した？」ラヌルフがさらに尋ねた。

「ええ」

ラヌルフは膝に肘をついて両手を握り合わせ、前に乗り出した。「彼になにを頼んだのか、わかっているのかな？」

マティルドは身じろぎし、威厳のある態度を保とうと努めた。「おっしゃる意味がわからないわ」

「ヘンリーも含めてだれも考えていないようだが、きみたちを助けることはヘンリー自身にも、彼の家族や友人にも、大きく波及する。きみたちがたいへんな状況にあることはわかるが、ヘンリーにそれほど力がない以上、王の反感を買いかねないという危険がある。それにもしヘンリーがロアルドとの戦いに勝って、きみたちが城や領地を確保できても、彼の人生はべつの面で危うくなるかもしれない。王から領地を授かる可能性もぐんと小さくなってしまう。

さらに、彼の兄もこの争いに巻き込まれかねない。兄のニコラス卿《きよう》はかなりの影響力を持っていて、ヘンリーが危険だと思えばその力を使うだろう。彼の妹も同じだ。ヘンリーをとても愛しているから。そのほかにトリゲリス領主がいる。トリゲリス領主は王の弟コーンウォール伯の友人であり、主従関係にもある。王はこの全員が陰謀を企《たくら》んでいると思うかもしれない」

実のところ、マティルドはそうしたすべてを考えていたわけではない。しかし軽率にもヘンリーの身の危険を無視したというラヌルフのほのめかしには怒りを覚えた。無視したのではない……必ずしも。

「だれも強制したわけではないのよ、サー・ラヌルフ。彼はレディを守ると誓った騎士であり、自分の意思でここに来たの。サー・ヘンリーに起こり得るあらゆる問題にわたしが思い至らなかったのは認めるわ。でもあなたはわたしにどうしろというの？ロアルドの慈悲を期待して、彼にエクルズフォードを渡せとでも？」

そう言いながらも、マティルドは悔恨と自責の念という、あまりになじみの深い感情に押し流されそうになるのを覚えた。わたしはヘンリーにはなんの危険もないはずだと自分に言い聞かせ、自分を納得させたわ。でもそうしながらも、心の奥ではわかっていた。わたしたちを助ける騎士は、だれであっても、ロアルドを怒らせ、おそらく王妃の不興をも買うだろうと。

太陽が夜明けから夕暮れへと知らぬ間にその位置を変えるように、ラヌルフの態度は尋問者から思いやりのある助言者へと変わった。「きみは本当に自分のためにヘンリーが命を落としたり、人生を台なしにしたりしても平気なのだろうか？　彼のためにも、彼の家族や友人たちのためにも、ヘンリーにここを去るよう言っていただきたい」

この人は、この見知らぬ人は、自分がなにを頼んでいるかわかっているの？「わたしたちには彼が必要なのよ」

「いや、そんなことはない」サー・ラヌルフはこれが生死にかかわる問題などではなく、悲しみや苦しみも関係がないかのように淡々と言った。「きみたちはこの城を出てどこかに避難し、自分たちの権利を守るために法律を通して戦えばいい」

この人はなにさまのつもりでわたしに指図しているの？　こちらは降伏はせず、戦いを避けるためにできるかぎりの手を尽くしてきたというのに。

マティルドは立ち上がり、ラヌルフに向き合った。「戦いを始めたのはロアルドで、わたしじゃないわ。それにヘンリーがここから去りたいなら、とめようとはしません。でも、あなたは名誉と騎士道精神にあふれた友人を誇りに思うべきよ。彼を利己的な卑《ひ》怯《きよう》者に変身させようとすべきではないわ」

「いったい、ここでなにをしている、ラヌルフ？」ヘンリーの声がした。

ラヌルフとマティルドが振り向くと、執務室の敷居にヘンリーが立ち、戸口を押し広げようとでもするかのように両手を戸枠に押しあてていた。

ヘンリーはかつてないほどの怒りを覚えていた。いや、一度だけ例外がある。ロアルドがマティルドになにをしたかを知ったときがそれだ。いまもあのとき同様の激しい怒りに彼は襲われていた。それというのも、友と思っていたこの男が昨夜はおこがましくも子供を相手にしたように自分を叱《しか》り、今度はずうずうしくも自分には内緒でマティルドを動揺させたからだ。マティルドは勇敢に、またみごとに抵抗したとはいえ、額のしわにも美しい目にも苦悩が見てとれる。

「なぜまだここにいる、ラヌルフ？」ヘンリーは戸枠から手を離し、部屋に入った。「メリックに裏切り者呼ばわりされ、殺されそうになったあと、わたしが残した評判をぶち壊そうというのか？」

「わたしはきみが生涯最大のまちがいを犯すのをとめようとしているんだ」ラヌルフは立ち上がった。

「なんと親切なことだ。しかし、きみは美徳の鑑《かがみ》ではさらさらないからな。親から勘当されたじゃないか。それとも都合よくそれを忘れてしまったのか？」

ラヌルフの顔が真っ赤になり、淡い金褐色の目に怒りが表れた。汚い手だとはわかっていたが、ヘンリーはかまわなかった。ラヌルフもこっそりとマティルドと話すという汚い手を使ったのだ。

「わたしの過去にあったことなどどうでもいい」ラヌルフは歯を食いしばって言った。「きみがいまここでしていることや、それがきみときみの家族や友人にもたらすもののほうがよほど気にかかる。もっともきみは一顧だにしていないようだが。ニコラスはスコットランドにいるとしても、王の勢力範囲は広いし、王妃となるともっと広い。きみの妹はどうなる？　メリックは？　家族や友人よりも、二週間前までは見も知らなかったふたりのレディのほうが大事なのか？」

ヘンリーはちらりとマティルドに目を向けた。顔が青ざめ、目は苦悩に満ちている。それでもマティルドは背中をまっすぐに伸ばして立ち、迷いのないまなざしでふたりを見つめていた。「わたしはエクルズフォードのレディたちを見捨てたりはしない」

そのとき教会の鐘が鳴り響いた。三回鳴り、間をおいてまた三回。

「なんだ？」ラヌルフがきいた。彼は困惑した表情で顔を見交わしているヘンリーとマティルドを交互に見た。「いまのはどういう意味だ？」

「あれは」ヘンリーがばかにしたように重々しく言った。「ロアルドが現れたという意味だ。トリゲリスに逃げ帰るなら、急いだほうがいいぞ」

「きみも発つのか?」

「ロアルドが負けるか死ぬかするまでは発たない」

ラヌルフは決然とした目をヘンリーに向けた。

「では、わたしも残る。きみが親切にも指摘してくれたとおり、わたしは勘当された身なのだから、ここに滞在したところで家族に危険は及ばない。それに、メリックはきみのおかげですでにこの争いに巻き込まれている。さらにわたしは戦友の誓いを忘れてはいない」

「きみの助けはいらない」ヘンリーが言った。

「軍隊は余分の戦力を遠ざけてはならないとサー・レオナードはいつもおっしゃっていたものだ」

「そうはいっても――」

マティルドはふたりのあいだに割って入った。エクルズフォードと姉ジゼル、それに村人たちの安全が脅かされているからには、助けを求めるのを遠慮する気はなかった。「もし助けていただけるなら、サー・ラヌルフ、姉も家来もわたしもありがたく思うわ」

勝ち誇ったように目を輝かせ、ラヌルフはにやりとした。そうするといっそう狐《きつね》に似て見えたが、彼はどの廷臣にも負けないほど優雅なお辞儀をした。

「では喜んでとどまろう。わたしを好きなように使ってもらってかまわない。命令には従う」

12

城の中庭は混沌《こんとん》としていた。城に避難する人々と荷馬車や荷車がつぎつぎと門を通って入ってくる。鶏は鳴きながら羽をばたばたさせ、鵞鳥《がちょう》はがあがあと騒ぎ、犬は吠《ほ》え、牛は鳴いて抵抗しつつ厩舎《きゅうしゃ》へと引かれていく。

マティルドが騎士ふたりとともに城壁の歩廊に行くと、ジゼルとサーディックがすでにそこにいた。ふたりは肩を寄せ、村に通じる道を見下ろしている。マティルドはことばもなく、ふたりの視線を追った。城壁の外では人々と家畜が列をなしてこちらに向かっている。遠くのほうにはロアルドの軍勢が見え、その旗が十月の冷たい風に翻っている。

マティルドは身震いし、両手で胸を抱いた。風が身を切るように冷たかったからだけではない。夜明けの光にきらめく武器の数から判断すると、ロアルドはマティルドが最もひどい悪夢で見たよりはるかに多くの兵士を連れてきている。

「何人と見る?」ヘンリーが同じことを考えたのか、ラヌルフに尋ねた。ついさっきまで激しく言い争っていたのが嘘《うそ》のようだ。

「少なくとも二百人はいるだろう」ラヌルフが厳しい声で答えた。「略奪の機会さえあれば、兵士はいつでも楽に集められる」

その兵士たちがどんな連中かは容易に想像できる。マティルドは吐き気を覚えながら両手を合わせ、村人がひとり残らず間に合って城に入れますようにと祈った。さらに、城に入ったあとも全員無事でありますようにと祈った。

ロアルドの軍が前より近づいて武器や甲冑《かっちゅう》が見

分けられるようになると、ヘンリーが小さく悪態をついた。「羽根飾りのついた兜《かぶと》をかぶってロアルドの隣にいるけだものは」彼はラヌルフに言った。

「やっぱりあいつか？」

ラヌルフはヘンリーが指さした大男に目をやり、同じように罵《のの》りのことばを口にした。

「だれ？　だれのことなの？」マティルドはふたりの反応にはっとした。

ヘンリーがマティルドに微笑《ほほえ》みかけたが、それでも彼の目にはいままでなかった緊張が表れている。

「きみを怖がらせるつもりはなかったんだ。それにチャールズ・ド・マルメゾンがロアルドといっしょにいるからといって、あまり驚くことはなかった」

「チャールズ・ド・マルメゾンとは何者なの？」

「傭兵《ようへい》だよ」ヘンリーはたいしたことではないとでもいうように、肩をすくめ、道に目を戻した。

「悪名高い傭兵なんだ」ラヌルフが言い添えた。

「ロアルドがあいつを雇えるとは思わなかったな。すると、残りのやつらも戦争で雇われていないときは、盗みや人殺しをしている連中だ」

ヘンリーが鋭く険しい目をラヌルフに向けたので、マティルドは全身の血が凍りつくような心地を味わった。ジゼルがサーディックの手を握るのを目の隅でとらえ、マティルドは黙っていればよかったと後悔した。とはいえ、自分たちが相手にしている軍勢がどんな規模かは知っておかなければならない。ジゼルも子供ではないし、サーディックはいつかエクルズフォード領主になるかもしれないのだから。

それにはロアルドのこの軍勢を打ち負かさなければならない。

ああ、こうはならないようにとどれほど望んできたことか！　ロアルドが交戦までは踏み切れずに城を断念してくれることを願ったし、さらには教会を頼りにできるのではと期待もした。でもこちらの言い分を支持してくれるはずの人物は、正直とはほど遠いとわかっただけだ。

あまりにたくさんの失敗。すべてが終わるまでにわたしはあとどれだけのまちがいを犯し、そのまちがいのせいで、どれだけの人を苦しめてしまうのだろう。

ヘンリーがマティルドの落胆に気づいて、前より励ましをこめて微笑みかけてきた。彼の顔には自信が戻っている。「あの連中がどんなやつらで、なにをしてきたかはどうでもいい。エクルズフォードの兵隊は敵を打ち負かせる。泥棒や人殺しは自分たちの利益のためにしか戦わないから、命令にもあまり従わない。ロアルドはそこを考慮に入れていなさそうだ」

「ロアルドはサー・レオナードに訓練を受けていないからな」ラヌルフの口調は、それではとうてい勝てるはずがないと言わんばかりだ。そして彼も微笑んだ。

「もちろん勝つのはわれわれだ」サーディックが近づいてきて、そう言った。「ロアルドが連れてきたごたまぜの集団など打ち負かしてやる」

「当然だ」ラヌルフが冷静にうなずいた。「わたしがここにいてきみたちに協力するのだから、なおさらだ」

マティルドにはサー・ラヌルフがまじめに言っているのかどうかわからなかった。それはジゼルも同じだったらしく、前に出てヘンリーに尋ねた。「でも、サーディックはいまも副隊長なのでしょう?」

サーディックは誇らしげに気をつけの姿勢をとった。「われわれが勝ちさえすれば、わたしが副隊長かどうかはどうでもいい」

ラヌルフがいやな気分を追い払うようにさっと両手を上げた。「わたしはここではどんな指揮もとるつもりはない。ヘンリーはわたしを一兵卒として扱えばいい」

「レディ・ジゼルとレディ・マティルド！」空堀の向こうから、ロアルドが呼びかけた。

嫌悪を催すその声を聞いて、マティルドは胸壁の端に近づき、ロアルドから見えるようふたつの鋸壁《きょへき》のあいだに立った。するとヘンリーがマティルドを鋸壁のうしろへと無遠慮に押した。「気をつけて、マティルド。おそらくあいつは弓兵にきみをねらわせている」

マティルドの考えてもいないことだった。

「なぜ黙っている、マティルド？」ロアルドが叫んだ。「わたしが現れても、意外ではないだろう？　また来ると言っておいたのだからな。そしてまた来た。ただし今回は王の支持を得て、うしろには兵隊を引き連れている。少しは分別を見せて、こんなことは終わりにしろ、マティルド。わたしと兵隊を城に入れるんだ。おとなしく降伏すれば、だれも傷つけない」

そんなことを言っても、エクルズフォードのだれひとり信用するわけがないのに。わたしはなおさら。

「あなたは前にわたしをだましているのよ、ロアルド」マティルドは声を張り上げた。「二度とそうはさせないわ。兵士をかき集めてきても、エクルズフォードが奪えるものですか」

「そっちこそろくに訓練も受けていない歩兵しかいないし、城はおびえた村人でいっぱいじゃないか。どう見ても、こちらの兵隊に勝てるものか」

「わたしの兵士はそのひとりひとりがあなたの雇った寄せ集めの兵隊に匹敵するわ」マティルドは宣言した。「あなたがこの城に入れる方法はただひとつ、死んで板にのせられたときだけよ。あなたの兵隊にもそう伝えることね。なかでもあなたの尻馬に乗った、そのけだものにはとくに」

「マティルド！」ジゼルがあきれ声をあげたが、そばにいた戦士三人は吹き出した。

マティルドは姉に顔を向けた。「ド・マルメゾンはロアルドの尻馬に乗っているのよ」

「考えなしのあばずれ女め！」ロアルドが怒鳴った。「いまに報いを受けるぞ。これまでに働いた無礼全部の報いだ。わたしの権利を認めなかったことを後悔させてやる！　ひざまずいて許しを請わせてやるからな！」

ヘンリーが城壁のゆるんだ石の破片を取り、腕を振りかぶるとそれを投げた。石はロアルドのぴかぴか光る兜に当たり、音をたてた。

「なにをする！」ロアルドがわめいた。「この下劣な――」

「槍《やり》でないのが残念だな」ヘンリーは大声でロアルドのことばをさえぎった。「子供のころ、よく作物をねらう鳥に石を投げたものだ。腕は衰えていないようだな」

「おまえはこの手で殺してやる！」

「喜んで相手になろう」ヘンリーが答えた。「それから、ド・マルメゾン、おまえを待っているぞ」

チャールズ・ド・マルメゾンが面頬《めんぼお》を上げた。マティルドは悪夢に出てくるような顔を見た。

「望むところだ、サー・ヘンリー」ド・マルメゾンは馬上で会釈した。「おまえの兄にはこの顔に傷をつけられた借りがある。おまえの体で返せばちょうどいい。そちらの金髪美人の体はべつのことに使わせてもらうがな」

ジゼルが蒼白《そうはく》になり、目を閉じた。

マティルドは姉に歩み寄った。「ジゼル、大丈夫――」

ジゼルがサーディックにしがみつき、憎悪に燃える目を開けた。「失神したりなどしないわ、マティルド。神にあの男を殺してと祈ったの」

「神が殺さなければ、わたしが殺す」サーディックが誓いをこめて言った。「やつを殺さないでくれよ、ヘンリー。あいつはわたしのものだ」

「残念ながら約束はできないな。機会さえあれば、この手で殺す」

「いや」サーディックが言った。「この手で――」

「わたしを城に入れろ、マティルドド！」ふたりの口論をさえぎり、ロアルドが叫んだ。「入れなければ、おまえを城壁から吊《つ》るしてやる！」

「お断りよ、ロアルド」マティルドは叫び返した。「あなたを入れるくらいなら、その前に死ぬわ」

ジゼルが一歩前に出たかと思うと、胸壁越しに叫んだ。「わたしもそこのけだものにさわられるくらいなら、その前に自害するわ！」

ド・マルメゾンが笑い声をあげた。しかしロアルドは顔を枢機卿《すうききけい》の法衣《ほうえ》のように真っ赤にすると、馬が尻もちをつくほどの勢いで手綱をぐいと引き、馬の向きを変えた。そして兵士の列を押し分けて走り去った。あとにド・マルメゾンがそれより遅い速度で続いた。

ひとつだけたしかなことがあるわ。ロアルドとド・マルメゾンのうしろ姿を見つめ、マティルドは決心した。もしも城壁が破られたら、わたしもジゼルも丸腰ではいない。ロアルドとその兵士の手にかかるくらいなら、戦って死ぬわ。

「さて、ヘンリー、戦略めいたものはあるんだろうな？」ラヌルフが宴会の相談でもするような調子で尋ねた。

ヘンリーがうなずき、友の肩をぽんと叩《たた》いた。「基本は考えてある。もっと練る必要があるときみなら言うだろうから、改善点を教えてくれないか。サーディック、きみも来てくれ。いちばん優秀な兵士何人かにやってもらいたい任務がある。レディふたりにも加わっていただきたい」

ヘンリーはわたしたちのことを忘れてしまったの

かしらと、マティルドは思っていたところだった。

ジゼルはかぶりを振った。「わたしは必要になった場合に備えて、薬と包帯を用意しておかなくては」

「戦略は兵士のみなさんにおまかせするわ」マティルドは言った。「わたしは村人全員の寝場所が決まったかどうか、見てこなければ」

「では、のちほど」ヘンリーが答えた。「さて、始めようか、諸君。われわれには戦略がある。ロアルドは明朝、夜明けとともに攻めてくるはずだ。あの男には忍耐というものがまるでないからね。それに知性も」

その夜マティルドは寝室の窓辺に立ち、まわりの田園や村と敵の陣地で小さく燃える火を見つめていた。村の建物の何軒かが敵に占領されたのは明らかだ。ときどき耳障りな叫び声や歌声が響くのは、敵兵が居酒屋と、そこの主《あるじ》が先を楽観して残していったワインやエールを見つけた証拠だ。

居酒屋の主はあの声を聞いて、仕入れ品を置いてきたことを後悔しているだろうか。とはいえ、おそらくいまではロアルドの兵隊がどんな連中かを聞いているだろうから、自分が安全な城のなかにいることは後悔していないはずだ。村を占拠したのがどんな男たちかについては、城壁の上にいた守備隊員から城のなかにいる村人へと伝わっている。マティルドはサー・ヘンリーもサーディックもサー・ラヌルフもこの城塞《じょうさい》が破られるとは考えていないと村人たちを安心させなければならなかった。

そのときはそう言うのは簡単だったし、マティルドもそう信じていた。しかし暗いなかでひとり起きているいま、姉がそばでまどろみ、城門の外にロアルドの兵隊がいるいま、従兄《いとこ》に逆らったのはまちがいだったのではないかという不安にとらわれる。ロアルドと戦うべきだと主張したのはまちがいだったのでは？　姉や村人たち、ヘンリーとその友人や家族までを危険な目に遭わせるのはまちがいだったのでは？　サー・ラヌルフが言ったように、自分とジゼルはこの相続問題に決着がつくまで修道院に避難することもできたのだ。家である城を手放すことも。

ヘンリーはどうなのだろう。わたしたちを助けることを承諾したのを後悔してはいないだろうか。まだ起きていて、自分の愚かさを呪《のろ》いながら、寝室のなかを行ったり来たりしつつ、名誉を失わずにここから脱出できる方法を探しているのではないだろうか。

城壁の上でも、そのあと人でいっぱいの大広間でトーマス神父の祝福を受けて夕食をとったときも、彼はそんな気配は見せなかった。むしろ早く戦いが始まってほしい、早ければ早いほど勝利を得られると考えているようだった。いいや、それどころか期待に興奮し、戦闘を強く望んでいるようにすら見えた。

彼は興奮して眠れないのでは？　休もうとすらしないのでは？

戦闘で負傷したり殺されたりしないためには、よく休んでおかなければならないはずなのに。

いや、まさか彼が戦闘に加わることはない。彼は兵隊を指揮する立場にある。だから彼に危険が及ぶことはない。

でもロアルドを憎むあまり、ロアルドを捜し出して直接戦いたい衝動に駆られるのでは？　もしもそうなら、眠れなくて疲れていては……。

マティルドはシュミーズの上に部屋着をまとい、飾り帯をその上にゆるく締めると、姉の薬箱の置いてあるテーブルまで行った。ジゼルは眠りを誘うの み薬をつくっており、ロアルドに襲われたあと、マティルドにも何度もそれを薦めたものだった。最初はマティルドものんでみたが、その薬でも悪夢を追い払うことはできなかった。

　薬箱のなかに蝋《ろう》引きした布をかぶせた小さな壺《つぼ》があった。マティルドはその壺を取り出し、中身のにおいをかいでみた。よく知っている芥子《けし》の香りが鼻孔に満ちた。そう、これだわ。

　マティルドは静かに掛け金をはずし、ドアを開けた。思ったとおり、ヘンリーの部屋のドアの下からはあかりがもれている。この薬をヘンリーに渡し、どれくらいのめばいいかを伝えたら、自分の部屋に戻ろう。そして眠れない夜をすごそう。ヘンリーの部屋には入らない。起きていると思ったのがまちがいで、すでに彼が眠っている場合もありうるから、念のためドアはそっと叩こう。

　壺を持つと、マティルドは廊下を忍び足で進んだ。ヘンリーの部屋のドアの前でためらったが、それは一瞬だけで、すぐに行動に移った。

　そっとノックをしたのに、扉はすぐに開き、ヘンリーが現れた。彼は膝丈《ブリーチズ》ズボンに襟元の開いたシャツという姿で、はだしだった。「攻撃をかけてきた？」気がかりそうにマティルドの顔を見つめて彼は尋ねた。

　マティルドは首を振った。「いいえ。あなたが眠れないのではないかと思って、これを渡しに来たの」

　ヘンリーはマティルドの差し出した壺に目をやった。「これはなに？」

「ジゼルが芥子でつくったの。これをのめば眠れるわ」

「きみはまだ起きているんだね」

「わたしは明日、戦闘で兵隊を指揮するわけではないんですもの」

　ヘンリーは頭を振った。「感謝するよ。しかしかなりの量をのまないと眠れそうにないし、のめば夜明けが来ても頭がぼんやりしていそうだ。わたしの助けになりたいと本当に思うなら、しばらくわたしの話相手になってもらえないかな」彼はドアを大きく開けた。

マティルドは迷った。自分はシュミーズと部屋着しか着ていないし、ヘンリーはブリーチズにひもを結んでいないシャツという姿で、ベルトも締めていない。襟開きからは男らしい胸がのぞいている。

ヘンリーが眉を寄せた。「きみと話したいだけだ。それ以上はなにもしないと約束する」

いまマティルドの体じゅうを駆けめぐっている切望を知ってさえいたら、彼もこれが簡単な頼み事などではないとわかるはずなのに。とはいえ、これだけ力になってもらっている彼からこんな小さな頼み事をされたというのに、どうして断れるだろう。

マティルドは無理やり足を運び、敷居を越えた。隅にある丸い燭台《しよくだい》には二十本の蝋燭《ろうそく》が灯《とも》されて、室内を照らしている。テーブルにはパンのかけらと酒盃《しゆはい》、ワインを入れた水差しがのっている。ベッドには鎖帷子《かたびら》が広げてあり、そのそばで兜《かぶと》が鈍い光を放っている。

「鎖帷子にほつれや曲がったところがないか、調べていたんだ」部屋のなかへ進んだマティルドにヘンリーは説明した。「サー・レオナードから、鎖帷子に不備があれば、命の危機につながりかねない、自分で点検するのがいちばんだと強く教えられている」

突然マティルドは、ふだん起きて考え事をしているときに浮かんでそのじゃまをするロアルドのばかにしたような顔ではなく、戦場に倒れ、苦痛に目を見開いているヘンリーのハンサムな顔を心の目で見た。

マティルドは壺をテーブルに置き、ヘンリーのほうは見ずに言った。「あなたの命を危険にさらすべきじゃないわ」両手を握りしめ、マティルドは彼に向き直った。「あなたは戦闘に加わってはいけない。けがをしたり殺されたりしてはいけないわ」

「こう白状すると、なかでも吟遊詩人あたりから罵られそうだが、わたしは負傷するつもりも死ぬつもりもさらさらない。勝利を宣言するときには、生きてぴんぴんしているつもりだ」

陽気に語られた彼の告白はマティルドの心に鎮静剤のような効き目をもたらした。アーチ形の窓のそばにある椅子を彼が示すと、マティルドは部屋着をさらにぴったりとかき合わせて腰を下ろした。彼がベッドの端に座り、羽根布団の下に張ってあるロープが軋《きし》んだ。

「この争いがわたしの家族や友人に波及するというラヌルフの懸念は気にかけないでほしい」ヘンリーが言った。「メリックやニコラスや妹が、わたしがそんな行動をとるとはなにも知らなかったと言えば、たいていの人はそれを信じる」

「でも、わたしたちを助けたせいであなたと家族や友人のあいだに問題が起きると思うと、心苦しいわ」

ヘンリーは片方の足首をもう一方の膝にのせて、両手で膝をかかえた。「それは心配しなくていい。わたしは妹とはめったに会わないし、妹は自分の夫と家族のことで忙しいんだ。それに兄とわたしは意見の一致したためしがない。実際のところ、兄はずっと年上だから、兄というより口やかましい親のようなものだ。メリックは……」

ヘンリーは足を床に下ろし、いま彼がいるのはこの部屋ではないかのように、遠くを見つめる目になった。

「彼は些細《ささい》なことから、わたしが彼を裏切ったと思い込んだ。わたしはティンタジェルの地下牢《ろう》に閉じ込められて彼に打ちすえられたうえ、裏切り者として処刑すると脅された」

ヘンリーは立ち上がって窓に近寄ると、亜麻布の風除《よ》けの端をもてあそんだ。

「先を続けたくないのなら」マティルドは穏やかに声をかけた。「気持ちはわかるわ」

彼が振り向いた。「ほかのだれよりも、きみならどれほどわたしが裏切られたと感じたか、どれほど怒り、取り乱したか、わかってくれると思う。きみならわたしのみじめさや恥辱が理解できる」

マティルドはうなずいた。彼が当時感じ、いまも毎日よみがえっている激しい苦悩がわかるだけに、胸が痛む。ひどく苦しむ日もあればそうでもない日もあるが、つらい記憶と痛みは消えることなく、寝ても覚めても心を苦しめる。

「あの地下牢にいたあいだ、わたしは一瞬一瞬苦痛と絶望に苛《さいな》まれ、物音や足音がするたびにいよいよ死ぬのだとおびえたものだ」ヘンリーは片手を髪に走らせた。「いまでも夜になったり湿った石のにおいをかいだりすると、あの不安と苦悩と恐怖がよみがえる」

ええ、そうよ。それもよくわかるわ。どのように記憶が勝手に、まるで心のなかで待ち伏せをしているように、生々しくよみがえり、ぞっとさせるかをマティルドは知っている。

ヘンリーは揺らめくいくつもの小さな炎で明るい燭台をさして情けなさそうなしぐさをしたあと、悲しげな自嘲《じちょう》の笑みを浮かべた。「暗闇《くらやみ》にひとりでいるのさえ怖いんだ」

毎日昼も夜もすさまじい恐怖とひそかに闘っているにもかかわらず、こんなにも強くて、こんなにも自信に満ちていることのできる人。どうしてこの人を愛さずにいられるだろう。それでもなお、ユーモアを決して忘れず、快活さを失わずにいる彼の能力にどうして感嘆せずにいられるだろう。

マティルドはヘンリーを抱きしめたくて立ち上が

り、彼に近づいたものの、欲望を自制できなくなるのではとまだ不安だった。欲望に圧倒され、それが抑えきれなくなったら、どうなるだろう。自分は？ヘンリーは？

「わたしも暗闇が怖いの」マティルドは言った。「それに昼間でも、ロアルドと彼にされた行為の記憶がいきなり頬を叩かれるようによみがえってくるわ」

「かわいそうに、マティルド」

「わたしもあなたを気の毒に思うわ」マティルドはそうささやいて手を伸ばし、不精ひげの生えた彼の頬を撫《な》でた。「わたしのために死んではいけないわ、ヘンリー。ここから去って」

ヘンリーはマティルドの手に自分の手を重ね、決意を浮かべた目でマティルドを見つめると、かぶりを振った。「もしも死ねば、騎士らしく愛する女性を守り、誇り高く死ぬことになる」

マティルドは両手で彼の顔をそっとはさんだ。彼に理解してもらわなければならない。「あなたが勇敢で立派で誉れ高い人であるのはわかっているわ。わたしたちのために死ぬまで戦う気でいることも。でも、もしもそうなったら、わたしには耐えられない。わたしは自分のせいで多くの問題を、多くの悲しみを引き起こしてしまったの。その結果あなたが死ぬようなことになれば、とうてい耐えられないわ」マティルドは両手をわきにたらし、全霊をこめて訴えた。「お願い、ここから去って、ヘンリー。今夜、いますぐに」

マティルドと同じく断固として、ヘンリーは首を横に振った。「それはできない、マティルド。わたしにはきみたちがチャールズ・ド・マルメゾンのいる人殺し集団と対決するのを放《ほう》っておくことはできない」彼はマティルドの頬を、そしてあごを撫でた。「きみの兵隊は戦闘準備ができている。われわれの勝利はまちがいない。それに、わたしは望んでここにいるんだ。それを忘れないでほしい」彼はマティルドのあごに指をかけ、問いかける彼の濃い色の目がじかにのぞき込めるよう顔を上げさせた。「忘れないと約束してくれるかな?」

「努力するわ」マティルドにはそれだけしか自信を持っては答えられなかった。

「きみを愛しているからなんだ」

マティルドは首を振った。「いいえ、そんなはずはないわ。それはありえないわ」そうささやき、彼がわたしを愛しているはずがないと自分に言い聞かせた。彼が本気で言っているはずがない。わたしの過去を――。

「わたしに自分の心がわからないと思っているんだね?」ヘンリーはやさしく尋ねた。

「あなたは親切で、立派で――」

「そして、自分の気持ちがわからないほど愚かだと?」

「いいえ。ごめんなさい。そんなつもりでは……」

ヘンリーはマティルドの両手を取った。「きみに対する自分の気持ちはよくわかっているよ、マティルド。まちがえるはずもない。どんな姿や顔だちよりも美しい決意と勇気を持つ女性を、わたしが愛さないと思うのかな? どんな騎士にも引けを取らないほど勇敢で、どんな学者にも負けないほど明敏でありながら、そのキスがめまいのするような切望を呼び起こす女性を、わたしが賛美し求めることはありえないと。どうすればそうならないのか、むしろききたいくらいだ」

マティルドは反論するつもりで、エクルズフォードを去るようもう一度言うつもりで口を開いた。ところがそれなのに、心の命令に従い、爪先立ちになって彼にキスしてしまった。ああ、なんというキス! そのキスには、これまで閉じ込めて無視しようとしてきた激しい情熱が余すところなくこもっていた。

これがふたりですごせる最後の時かもしれない。願いどおりに彼とすごせるのは今夜しかないかもしれない。身も心も彼に捧《ささ》げられるのは。それなら今夜捧げよう。なにがあろうとも。

とはいえ、ヘンリーはマティルドを抱きしめ、熱く激しいキスを返したものの、自分を抑えているのが感じとれた。わたしを気づかっているわ。わたしがおびえた子供のように逃げ出してしまった、あのエールをふるまった夜と同じで、わたしを動揺させるのではないかと気づかっている。

あの夜はたしかにおびえていたけれど、彼が怖かったのではない。ヘンリーに感じる気持ちに比べれば、ロアルドへの愛だと思っていたものなど淡い影のようなものにすぎないと悟り、自分の気持ちの強さが怖かったのだ。

ロアルドを思い出すと、その腕に抱かれたときの恐怖心が戻ってきそうだったが、マティルドは強く念じてそれを追い払った。これはヘンリーなのよ。愛するヘンリー。わたしのために死ぬかもしれないヘンリーなのよ。

ほかのどんな影にも気持ちを翳《かげ》らせたりはしない。ほかのどんな男性の顔も心に入り込ませたりはしない。あるのは今夜だけ。この部屋だけ。この人だけ。ほかの男性はだれもいない。ほかの夜はない。ほかのキスもない。

マティルドは熱意をこめてヘンリーに身を寄せ、欲望で色の濃さを増した彼の目を見つめた。「わたしを愛して、ヘンリー、お願い」ささやき声でマティルドは訴えた。「あなたを求めているの」

ヘンリーが体を引いた。「いや、マティルド。それはできない。そんなことはしない」

マティルドが当惑して見つめると、ヘンリーの顔は苦悩と悔恨に曇った。「わたしもきみといっしょにいたい。それ以上に求めていることはひとつしかない。そして、それは不可能なことなんだ。不可能なことなのだから、今夜はきみをここですごさせるわけにはいかない」ヘンリーはうしろへ下がった。

「わたしはきみに求婚できないんだよ、マティルド」

求婚？　わたしは彼との結婚を考えてもいないし、望んでもいないわ。ヘンリーは清らかな娘、ほかの男に汚されていない娘と結婚すべきなのだから。

「わたしは結婚の話などなにもしていないわ」

ヘンリーは混乱したように眉を寄せたが、話をのみ込むにつれ体を起こした。「きみは結婚の約束もせずに愛を交わすつもりなのか？」

「ええ。あなたにふさわしい花嫁はもっと立派な……」

「ああ、マティルド！」ヘンリーは声をあげ、彼女をやさしく抱き寄せた。「きみは誤解している。そういうことではまったくないんだ」

希望を持つ勇気もとうていなく、マティルドは体を引くと、真相を求めて彼の顔を見つめた。

「ふさわしくないのはわたしのほうだ。わたしには領地も財産も家もない。きみになにも差し出せない」

「なにも？」マティルドは信じられない思いで答えた。「あなたは自分にはなにもないというの？」

「多少の武術の腕前と愉快な話しか持ち合わせのない陽気な遊び人が、わたしじゃないのかな？」彼の告白にはまさしく本物の苦悩があった。

マティルドは彼の広くて力強い肩に両手を置いた。「なにもないことはないわ、ヘンリー。ロアルドとのことで一生を台なしにされたと思っていたわたしを、あなたはもとのわたしに戻ったと感じさせてくれたわ。わたしの暗い日々にあなたは笑いと喜びをもたらしてくれた。あなたはわたしを守られている、安全だという気にさせてくれるわ。あなたはわたしに欲望を返してくれた。あなたこそわたしの心から愛する人よ、ヘンリー」

「いまのは本気で言った?」ヘンリーは信じるのが怖いとでもいうようにささやいた。「わたしを愛している?」

「愛しているわ。あなたにはふさわしくない――」

ヘンリーはそのことばをキスでさえぎった。「ロアルドとのことはきみが悪いんじゃない」マティルドの唇と頰とあごに軽いキスを浴びせながら、彼はささやいた。「彼がきみから奪ったのはたったひとつのもの、それだけだ。きみを意のままにできると思ったのだろうが、きみはもっと厳しい性格だった」あのすばらしい、喜びに満ちた笑みが彼の顔に広がった。「それに、わたしも童貞なんかじゃないしね」

ヘンリーのように感じさせてくれる人はほかにいない。表情ひとつ、笑みひとつ、完璧《かんぺき》なことばでわたしの重荷を取りのぞいてくれる人は。彼といっしょにいると、ロアルドがここに現れる以前の自分、かつてと同じマティルドでいられる。

「財産や領地のことは心配しなくていいのよ」彼の腕にいだかれていると、幸福感と興奮がじわじわと全身に広がっていく。「結婚するとき、わたしが両方とも持参金として持っていくわ」楽観的な喜びの片隅にかつての不安が顔をのぞかせた。「もしも結婚できた場合は」

「ああ、〝結婚するとき〟でいいんだよ、マティルド。わたしはなにをするよりもきみと結婚したい。女性など求めたことなどたえてなかったわたしが、きみを求めている。だれかが必要だと思ったことなどなかったわたしが、きみを必要としている」ヘンリーは床に片膝をつき、マティルドの手を取った。

「前々からわたしは結婚したら妻を愛すると誓いを立

てていたが、これまでそのような相手にめぐり合わなかった。マティルド、わたしはきみにふさわしくはないけれど、わたしと結婚してもらえるだろうか?」

心が舞い上がるのを覚えながら、マティルドは手を引っ張って彼を立たせた。「承諾すべきではないわ。あなたにはもっと……でも、ああ、ヘンリー、わたしは弱くて断れないわ!」

輝くばかりの笑みを浮かべ、ヘンリーはマティルドを抱き寄せた。「弱くてだって? きみが弱いはずがない。きみにはいろいろな面があるけれど、弱さはそのなかにないよ」

ヘンリーはマティルドにやさしくキスしたが、すぐにキスは情熱をこめたものに変わった。

「いまわたしを愛して、ヘンリー。お願いよ」彼の唇が頬をたどりはじめると、マティルドは懇願した。

ヘンリーがキスを中断し、体を離した。その目には翳りが表れている。「戦闘ではなにが起きるか、だれにもわからない。われわれの兵隊と戦略に自信はあっても、手ちがいは起きるかもしれない。わたしが命を落とす可能性はある。もしも子供のできたまま、きみを置いていくことになったとしたら――」

「それ以上の喜びはないわ」マティルドは心から言った。「あなたの子供の母親であることを誇りに思うわ。結婚していようといまいと。それ以外のことでは、世間はわたしの不名誉をすでに知っているのよ。一度うわさになった以上は、ほかになにをうわさできるかしら」

マティルドは苦闘しているヘンリーを見つめた。彼女自身、陰鬱《いんうつ》な記憶を追い払おうと何度も何度も苦闘したものだ。

「お願い、ヘンリー」マティルドはささやき、これまで夢見てきたとおりに彼の胸に両手を走らせた。

そして彼の強さと、それを抑えられる彼の能力に感嘆した。初恋に悩む若者のようにやさしくもなれれば、古代スカンジナビア人のように激しくもなれる彼の力に。「お願い、今夜はわたしを追い出さないで」

13

欲望と降伏がないまぜになったうめき声をひとつあげて、ヘンリーはマティルドを腕のなかに引き寄せ、熱いキスをした。

うれしさと期待でわくわくしながら、マティルドは体の力を抜いた。そして快楽と興奮に身をまかせ、不安や心労、罪悪感や悔恨から自分を解放した。ヘンリーにこの身を捧《ささ》げるのは、愛する人とすごせるのは、生涯を通じて今宵《こよい》一夜しかないかもしれない。

ああ、どれだけ彼と愛を交わしたいことか！

マティルドの手は熱意をこめてヘンリーの背中を動きまわり、硬い筋肉が変化するのを感じた。ヘンリーはマティルドをぴったりと抱き寄せ、探検を始めている。そのあいだにマティルドはゆっくりと両手を彼のシャツの下に忍び込ませた。

手のひらが彼の温かな肌のでこぼこした広がりを撫《な》でる。過去の負傷を物語るいくつもの小さな傷痕《きずあと》を。マティルドはシャツを持ち上げて彼の頭から抜きとった。シャツが白い亜麻布の小さなかたまりとなって床に落ち、そのあいだにもマティルドは彼のはだかの胸を見つめた。ここにも傷痕はある。あるものは赤く、あるものは白い。彼の腕を支えながら、マティルドは傷痕のひとつひとつに唇を押しあてた。彼が低いうめき声をあげる。その声に刺激されて、マティルドはほのかに塩からい彼の肌に唇をさまよわせた。

唇は彼の乳首の片方に近づいていく。濃い色の胸毛が鼻にちくちくと当たってくすぐったい。マティルドが鼻をかくと、彼が笑い声をあげ、体をかがめてマティルドの額にキスをした。ついで彼のキスは眉に、そして閉じたまぶた、頰、あごへと移った。そのあとようやく唇に軽くキスをしながら、彼はマティルドの部屋着の合わせ目を開け、ウエストに腕をすべらせると、マティルドをふたたび抱き寄せた。自分のシュミーズと彼の膝丈ズボン《ブリーチズ》を通して、彼の体に欲望が兆しているのが感じられる。マティルドは恐怖にとらわれそうになり、身をこわばらせた。「やめたいのなら」ヘンリーが腕から力を抜いてささやいた。「ここでやめてかまわないんだよ」

恐怖に屈しないという決意も固く、マティルドは小さくかぶりを振ってささやいた。「キスして。わたしと愛を交わして、すべてを忘れさせて」「やってみる」彼はそっと約束した。「きみを愛しているから、やってみる」

きみを愛しているから。彼はわたしを愛してくれている。そして彼の愛撫《あいぶ》は軽くて、やさしくて、わたしをわくわくさせる。彼の唇はまるでビロードのようにやわらかくわたしの唇に触れている。

やわらかすぎる。マティルドは彼が欲望を抑えているのを感じた。無私無欲な彼を愛してはいるものの、いまは抑えている情熱を解き放ってほしい。さもなければ、彼はいつまでもわたしを華奢《きやしや》で繊細な女として扱い、自分の欲望を自由に発散させるのをためらいかねないから。抑制。拘束。自分がそうだったように、彼を不安や恐怖のとりこにはさせたくない。

そこでマティルドはヘンリーを引き寄せ、彼の開いた唇の隙間《すきま》に舌をすべり込ませた。あらたな衝動に駆り立てられ、自分自身の情熱の赴くままに、マティルドは全身を貫いて押し寄せる欲望に完全に身をゆだねた。

マティルドの変化、その性急さ、捨て身の切望を察知し、ついにヘンリーはマティルドが本当に今夜愛を交わすことを望んでいるのを納得した。恐怖を完全には抑えられなくとも、愛を交わしたいと望むほど彼を信頼してくれているのだ。

マティルドが自分よりも彼のために先を求めているのではないかという懸念から解放され、ヘンリーは心配するのをやめると、初めてマティルドと出会った日から思い描いてきた行為に身を預けた。

しかしそうではあっても、また自分の熱情が刻々と増してはいても、荒っぽくしてはいけないこと、無理強いをしてはいけないことがつねに彼の意識にあった。

そこでマティルドを両腕にかかえ上げてベッドに運ぶことはせず、しばらくはキス以外にはなにもしなかった。マティルドが安全だと感じ、十二分に緊張を解いているのを察して初めて、彼は肩からすべらせるようにして部屋着を脱がせ、マティルドを抱き寄せると、薄いシュミーズ越しにその肌のぬくもりを感じた。彼のはだかの胸にマティルドの硬くなった胸の頂が触れた。

彼はキスを中断し、マティルドの手を取るとベッドへ連れていった。蝋燭《ろうそく》を吹き消そうとしたが、マティルドが彼の肩に手を置いてそれをとめた。「あなたを見たいの。あなたの顔を。あなたの体を」

彼は微笑《ほほえ》み、マティルドの大胆な頼みに安堵《あんど》とうれしさを覚えた。「きみさえよければ、わたしもきみが見たい」

シュミーズのひもの結び目へと上がっていくマティルドの手は震えた。にもかかわらず、マティルドは結び目をほどき、ひもをゆるめた。そしてシュミーズを非の打ちどころのない胸の下まで下ろし、ほっそりした腰を振ってシュミーズを床に落とした。それだけの行為を平然とやってのけながら、そのあとは乙女ならだれでもそうであるように、はずかしそうに頬を染めた。

マティルドを愛し、敬い、賛美し、そのしあわせを願わない男がいるだろうか。よくもロアルドは――。

ロアルドのことは朝になってから考えればいい。自分にとっては最後の朝となるだろう。今夜はマティルドのためにある。

ヘンリーはマティルドのなめらかな肩に手を当て、マティルドの体を見つめながら、その手をほっそりとした腕へとすべらせた。「きみは完璧《かんぺき》だ、マティルド。非の打ちどころがない」

マティルドが胸のあたりまで赤くなった。「自分が美しくないのは知っているわ」

ヘンリーは目を上げ、心をこめて言った。「わたしにとってはこの世でいちばん美しい女性だ。これからもずっと。きみの美しさは色あせたり消えたりすることがない。内側から輝き出してくる美しさだから」それからヘンリーは彼だけが浮かべられるあの微笑み――マティルドの鼓動を速め、体じゅうをぞくぞくとさせるあの笑みを浮かべた。「それに白状すると、その美しさに気づかない男たちがおおぜいいると思うとうれしくてね」

マティルドは両手を彼のウエストにまわした。「初めて出会ったとき、あなたもそれに気づいていなかったのではないかしら?」

「それはあんまりだな! きみがいきなり部屋に押しかけてきて、初めて出会ったのだから。わたしは不意打ちをくらわされたんだ」

「あなただって、いきなりわたしをつかまえてベッドに引きずり倒したわ」

ヘンリーはマティルドの鼻のてっぺんにキスをした。「わたしがつかんだのが剣でなくてほっとしたはずだ」

マティルドは彼のあごにキスをした。「あなたのほうこそけがをしてもおかしくなかったわ。はだかだったんですもの」

「けがをしていたら、ふたりはここでこうしてはいなかった……」

声がとぎれ、彼はもう一度身をかがめてマティルドにキスをした。興奮が高まり、今度のキスは情熱的だった。彼はマティルドをベッドに横たわらせた。

「あなたがわたしたちを助けると言ってくれなかったら、わたしたち、ここでこうしてはいなかったわ」マティルドはそうささやき、ヘンリーがこれまで思い描いてきたとおりに微笑みを浮かべて彼の首に両腕をからませた。

彼はマティルドの頭を枕《まくら》に休ませた。この城に来てから、最初はつらい記憶とその記憶が生み出す悪夢のせいで、そしてそのあとにはマティルドのことを思い、毎夜彼が悶々《もんもん》としてすごした枕だ。

マティルドの隣に身を横たえると、彼は片方の腕に体の重みを預け、もう片方の腕をマティルドにまわした。そしてまず唇にキスをした。ついで曲線を描くあごに、そのつぎはなめらかな首筋に。そのあいだにもマティルドの指先は彼の肩を、そして彼の背中をそっと撫でている。彼は下へ体をずらし、やさしさをこめてキスをしながら軽く肌をなめ、マティルドの息づかいに耳を傾けると、それが純粋に歓《よろこ》びのあえぎであるのを確認した。

少しでも不安や苦痛が感じとれれば、愛撫を中断してようすを見るつもりだったが、先を促す息づかいしか聞こえない。自分は幸運なやつだ。

彼はピンク色をしたマティルドの胸の頂に手を伸ばした。硬くなったその頂のまわりを舌で円を描くように何度もめぐると、マティルドが低くうめき声をあげて背中をそらした。胸の片方を、ついでもう片方を慈しみながら、同時に彼はマティルドの太腿を撫で、その手をゆっくり上へと移して、両脚の出合うところに至った。マティルドがため息をもらし、もじもじと体をくねらせる。彼はやさしく、慎重に、ミルクのように白い肌を手のひらで撫でた。最初は上に向かって、つぎは少し下がり、そしてまた少し上がる。彼自身の欲望の源はブリーチズに閉じ込められていながらも、かき集められるかぎりの忍耐を動員して彼は愛撫を続けた。マティルドの準備が整って初めて、ブリーチズを取り去るつもりだった。もはや自分がマティルドとひとつになるのを待ちきれず、そのときになってもマティルドが先を続けたいと望むなら。

愛撫を繰り返すうちに、マティルドが自然に脚を開きはじめた。さらに愛撫を繰り返したとき、彼は手のひらをおなかの上へと移動させた。そしてマティルドが不満そうな小さな声を発するのを聞き、感激でぞくぞくとした。

しかし、それでもまだ彼はマティルドのなかに入るつもりはなかった。マティルドが潤い、緊張を解き、不安や恐怖を感じずに彼を求めているとはっきりわかるまではそうしたくない。

自分が忍耐強くあれば、時間をかけて確かめていけば、マティルドが苦痛を覚えることはないはずだ。苦痛こそあのロアルドのやつがマティルドに与えたもの。自分は歓びしか与えたくない。そして快楽のきわみに達するまで先を続けるかどうかはマティルドが決める。マティルドがやめたいと望めば、その時点でやめる。

ヘンリーは体を起こし、マティルドのひらたいおなかを撫でながら、唇にもう一度キスした。なんと意気込んでマティルドは彼の唇を迎え、彼の舌を受け入れたことだろう！

そしてつぎには彼の胸をそっとからかうように撫で、緊迫した期待をあらたに高まらせた。マティルドの指先が彼のみぞおちを撫でたかと思うと乳首にまで上がり、キスをしていた彼は息をのんだ。

もう待てない……待たなければならない。マティルドの準備は整っているはずだ。その気でいるはずだ。

彼はやさしく乳房を撫でてから、ふたたび唇と舌で愛撫した。マティルドが切迫した甘いうめき声をあげ、乳房を彼の唇に捧げるように背中をそらした。彼はマティルドのおなかにそっと手のひらを押しつけたあと、さらに手を下げ、マティルドの準備が整っているかどうかを確かめた。

ほっとしたことに、そしてとてもうれしいことに、マティルドは潤っていた――ほぼ充分に。彼は情熱をこめてあらためて唇をふさぎ、マティルドの両脚のあいだに割り込むように姿勢を変えた。

マティルドが体をこわばらせ、ぼんやりとしながらもおびえの感じられる目を大きく見開いた。彼は落胆に襲われ、熱情がやや冷めはじめた。そこへマティルドが彼の目を見つめて微笑んだ。

「マティルド」彼はそっとささやいた。「あなたに愛してもらいたいの、ヘンリー」マティルドは彼の髪の乱れたひと房を耳のうしろに戻した。「わたしはそう望んでいるし、怖くはないわ。あなたを信頼しているの。あなたを愛しているのよ」

マティルドの目を見つめると、いま言ったことに嘘《うそ》や偽りなどあるはずもなかった。

マティルドを愛し、慈しみ、求めつつ、ヘンリーはその場にひざまずくとブリーチズのひもをゆるめた。すると驚いたことに、マティルドが体を起こし、彼のウエストに両手をかけた。一瞬ヘンリーは気が変わったのだろうかと思ったが、マティルドは先を続けないでと訴えるのではなく、信じられないほど官能的なささやきにまで声を落として言った。「わたしに手伝わせて。あなたをわたしのようにはだかにするわ」

ヘンリーはベッドを離れ、ブリーチズを脱いだ。

「お願いするかな」

マティルドは目をそらそうとはせず、まず彼の顔を見つめた。蝋燭の光が彼の肌をブロンズ色に輝かせ、頬や額をいっそう際立たせている。長い髪のせいで、彼はガリアがローマ人に支配されていたころの古代の戦士のように見える。筋肉質の彼の体は……。

マティルドはヘンリーの顔を見上げた。彼の愛情深く美しい顔を。それからマティルドはひざまずいたまま体を起こし、彼に手を差し伸べると、ともにベッドに戻った。彼が愛してくれる場所に。力ずくで乱暴に苦痛を与えて体を奪うのではなく、やさしさをこめて愛を交わす場所に。

わたしはヘンリーを迎える準備が、彼の愛を受け入れる準備ができている。なにもかも準備は整っている。彼がキスし、愛撫し、胸を高鳴らせ、興奮でわくわくさせてくれるのだから。

彼が脚のあいだに体を置き、マティルドに深くキスをしながら小さく押し進んだ。

本能がマティルドに脚を閉じよと告げた。両脚を閉じて自分を守るのよ。マティルドの心はその一瞬の恐怖に打ち勝ち、これはロアルドではなくヘンリーなのよと言い聞かせた。わたしの愛する人、わたしを愛してくれる人なのよ。

彼が動きをとめているあいだに恐怖は消えていった。マティルドは彼のために体を開き、彼を促した。わたしは彼を求めている。彼がほしい。

彼がもう一度試みた。今度は前より深く。楽に、痛みもなく。

痛くないわ。ああ、よかった、痛くないわ！

彼が下唇をかんで、さらにもう一度なかに入った。彼はわたしのために抑えているのかしら。

そんなことをしてはいけないわ。そう呼べるとしたら最悪のときはすぎたのだし、苦痛はなにもなかったわ。いまはふたりの体がひとつになっているという、誇らしくてすばらしい充足感があるだけ。これは侵略でも略奪でもない。与え合い、愛し合うこと。わくわくした刺激に満ちてすばらしいもの。なにもかも大丈夫だということを知らせるために、マティルドは彼がかき立ててくれたすべての情熱をこめて彼に激しくキスをした。

彼は即座に応《こた》えてキスを深め、マティルドの体を撫でながら愛の行為の動きを速めた。

痛くない。とても気分がいい。これでいいのだという気が強くする。それにすばらしい。

マティルドは両脚を彼にからませ、さらにぴったりと彼を引き寄せた。彼はヘンリー。わたしの愛する人。いろいろな意味でわたしを救ってくれた人。最愛の人。

緊張が高まった。マティルドの体は矢を引きしぼった弓のように期待で硬く張りつめた。何キロも走ってきたかのように全身がどきどきし、息づかいが短くあえいでいる。

そして緊張がはじけた。マティルドは解放の叫び声をあげ、まるで墜落でもしていくように、ヘンリーにしがみついた。

マティルドの上では、ヘンリーが頭をのけぞらせてうめいた。きわみを迎えた動悸《どうき》が静まるにつれ、彼はマティルドの唇、まぶた、頬、かわいい耳にキスをしたあと、マティルドの隣に横たわった。

彼は肩に腕をまわし、マティルドを引き寄せた。マティルドは彼の腕のなかにおさまり、胸に頭を休めた。マティルドの額に唇を軽く押しあてたあと、彼は毛布をふたりの上に引っ張り上げた。

「この下に入らないと」満足げな笑みをのんびりと浮かべながら、彼は言った。「体が冷えてしまう」

「わたしは充分暖かいわ。それに動きたくない気分よ」

「いずれは動かなければならなくなるよ」

「いずれは」マティルドは指先で彼の胸に円を描いた。

彼がその手をつかんだ。マティルドが見上げると、真顔になった。「使用人たちが働き出す前に。ジゼルが起きてきみがいないのに気がついたら、どう思うかな」

マティルドは彼の気づかいがすっかり気に入り、小さな笑い声をあげた。「ジゼルが起きたときにわたしが部屋にいたことはないわ。いつもジゼルが目を覚ますより先に着替えをすませて部屋を出てしまっているんですもの」マティルドはもう少しまじめに言った。「それにどっちみち、わたしには守るべき評判がないわ」

ヘンリーが片方の肘をついて重々しくマティルドを見つめた。「きみは高潔な女性だよ、マティルド。高潔ということばの真の意味、最良の意味においてて」

「そして、あなたはわたしの愛する高潔な男性だわ」マティルドはそうささやき、キスするために彼を引き寄せた。

「眠れた？」ヘンリーの腕のなかで一夜をすごし、夜明けの最初の光に星々が姿を消しはじめたころ、マティルドは尋ねた。マティルド自身は一度か二度うとうととまどろんだが、それ以上は眠っていない。疲れていてベッドの寝心地はいいものの、眠りでもしたら、朝が来たときどうなるかが痛いほどわかっていた。

「少し。思ったより眠ったな。ふだんのわたしは戦闘や武芸試合の前はまったく眠らないんだ。気持ちがはやりすぎて」彼はマティルドの頭のてっぺんに軽くキスをした。「なぜかゆうべは精根つきはてたらしい」

このような朝にでも彼がここまで陽気な話し方が

できるのに感嘆しつつ、マティルドは彼のほうを向いた。「疲れすぎていなければいいのだけれど」

彼がベッドを出た。燭台《しょくだい》の蝋燭がまだかすかに炎を揺らめかせており、淡い光を彼のみごとな体に投げかけている。「戦闘の前は眠らない」彼は水差しと水盤のところまで足を運びながら、肩越しに振り返った。「戦闘のあとは死人のように眠ったものだった」

マティルドは死人のようにという形容に内心たじろぎながらも、体を起こし、洗顔している彼を観察した。その目はひと切れのパンを前にした飢えた人間さながらに、彼の全身をむさぼるように見つめた。

「眠ったものだった？」

「戦闘や武芸試合には……最近参加していない」

最近とは、地下牢《ろう》に閉じ込められて以来という意味だろう。マティルドはそう思った。

「心配しなくていいんだよ、マティルド」顔の水気をふきながらヘンリーが言った。「戦闘の最中に眠ってしまうようなことはしない。ぱっちりと目を開けているよ。それに戦闘のことも心配無用だ」彼はベッドに戻り、マティルドの隣に腰を下ろした。「兵士たちは準備ができているし、手順もよく練ってある」彼はあごをしゃくって窓の外をさした。「サーディックと五十名の兵士はすでに夜にまぎれて裏門を出ているはずだ。ロアルドが表の城門に攻撃をかけてきたら、サーディックたちはロアルドの軍の背後にまわってうしろから襲う」

「すばらしい戦術に思えるわ」

「ラヌルフは城壁を越えて外に行かせるべきだという考えだったが、わたしはそんな手間をかけても弓兵にねらい撃ちされる危険があると言ったんだ。姿が見えないように動けるケルト人を何人か送って門を見張っているロアルドの兵士を倒し、そちらから出たほうがいいと」

「そのほうが危険が少ないように思えるわ」マティルドはうなずいた。

「そうわたしも考えたんだ。さて、マティルド、昼までベッドにいるのか、それともわたしの従者の代わりを務めて着替えを手伝ってくれるのかな。自分では締めたりとめたりできないひもや留め金があるんだ」

「喜んで手伝うわ」マティルドは嘘をついた。

本当のところは経帷子《きようかたびら》を着るのを手伝ってくれと頼まれたような気がする。

ぞっとするその不吉な感覚を振り払おうとしながら、マティルドはベッドを出てシュミーズを身につけると、彼のように屈託がなくて機嫌のいいふりを装った。「どうして従者がいないの？」

「その余裕がないからだよ」彼は亜麻布製の下着をつけ、ウエストでひもを結んだ。「食べ物ひとつを取っても、わたしには大金だ」

マティルドはヘンリーがシャツを着るのを手伝い、ついでに彼の胸に手を走らせずにはいられなかった。

ヘンリーが苦笑した。「従者は絶対にそういうことはしないだろうね」そう言ってマティルドの頬に音をたててキスをした。「少なくとも、わたしに仕える従者はそうだ」彼は思わせぶりに眉を上下させた。「靴下をはくのは手伝いたい？」

「それはあなたひとりでできるのではないかしら」マティルドは気取って答え、鎧下《よろいした》を探しに行った。

羊毛をつめて刺し子をした鎧下は簡単に見つかるはずだった。

「鎧下はどこにあるの？」マティルドは部屋の隅にある木製の大きな櫃《ひつ》のなかを探しながら尋ねた。

彼がなにかを差し出して見せた。「すでにここにあるよ」

かなり間の抜けた思いをしながら、マティルドは言った。「わたしの手伝いが必要？」

「必要？　いや」彼がいたずら坊主のような笑みを浮かべた。「わたしは手伝ってもらいたいのかな？　これはまちがった質問だな」

「あなたって、もしかすると道化師だったのではないかしら」マティルドはふざけて気分を害したふりをした。不安に苛《さいな》まれてはいても、彼の陽気さにはとうてい抗《あらが》えない。

マティルドがそばへ行ったときには、ヘンリーはすでに鎧下をつけていて、あとはひもを結ぶだけだった。彼は両腕を広げ、あごを上げて威厳たっぷりに言った。「結んでもらおう」

「それよりひもをほどきたいわ」マティルドは彼のブリーチズに手を伸ばした。

「こらこら」彼は叫び声をあげ、うしろへ飛びのいた。「やっぱりきみはわたしの従者ではないな」

「わたしはあなたの恋人よ」マティルドは彼ににじり寄った。

「もうすぐわたしの妻になる」彼がうなずき、手を伸ばしてマティルドを抱き寄せた。

「わたしはこの国一の騎士ではないが」彼は仰向けたマティルドの顔にキスの雨を降らせた。「いちばん愛情深い騎士になるよ。それと、最も愉快な騎士に」

マティルドは小さな笑い声をあげた。「それはまちがいないわ」

彼がもう一度窓の外に目をやった。彼の顔から陽気さが消えた。「悲しいかな、遊んでいる時間がもうない。空耳でないかぎり、ロアルドの兵が動き出した」

マティルドは戦闘になるのではないかと心配し、何日も前からそうなるのを極度に恐れてきた。だが、いま彼女を襲った恐怖は、まるでロアルドの攻撃が完全に不意打ちであるかのように、鋭くて強く、また突然だった。

ヘンリーがマティルドのあごの下を軽く撫でた。

「そんな悲しそうな顔をしないで。わたしが戦闘に出るのはなにもこれが初めてじゃないんだよ」

「わたしにとっては初めてよ」声が震えてしまいそうで、マティルドは小さな声しか出せなかった。

「それはそうだ」彼がうなずいた。「これまでわたしが参加した戦闘は今回よりはるかに些細《ささい》なことが原因で起きたものだった。さあ、鎖帷子と外衣を着るのを手伝ってくれないかな。そしてキスと祝福でわたしを送り出してほしい」

ヘンリーが微笑んだ。マティルドはヘンリーが自分のために陽気でいようとしているのだと知り、彼への愛をいっそう深めずにはいられなかった。

とはいえ、彼がそう努めてくれるにもかかわらず、マティルドは心配で打ち沈んだ心のまま、重い鎖帷子を鎧下の上に着せ、合わせのひもを固く結んだ。

そして胸騒ぎがするのをこらえながら、彼の脛《すね》を脛当てで覆い、同じようにひもを縛った。

つぎは乗馬用に裾《すそ》の割れた緋《ひ》色と金色の外衣を着せる番だった。マティルドは手が震えないよう気をつけつつ外衣を彼に着せかけ、剣帯を彼のウエストにまわして留め金をとめた。ため息をつかないよう唇をかみ、彼が鎖頭巾《ずきん》をかぶるのを手伝った。鎖を連ねた頭巾は首当てがついており、あごの下まで長さがある。マティルドは額の横でひもを結んだ。

鎖頭巾の上に兜《かぶと》をかぶせたあと、マティルドは少しうしろへ下がり、自分の恋人であり、友人であり、恩人であるヘンリーを見つめた。面頬《めんぼお》を下ろすと、威圧感のあるまったくの別人――金属の鎧に身を包んだ金属の心を持つ戦士が目の前に立っているように思えた。

そこへヘンリーが面頬を上げ、にこにこした顔をのぞかせた。「怖がることはないよ、マティルド。わたしはとても熟練した戦士だからね」

マティルドは彼のために不安をできるだけ胸の奥深くに葬り、微笑んだ。「ええ、わかっているわ。あなたが守備隊を指揮するのだから、きょうわたしたちが勝つことも」彼の目に浮かんだ表情に、マティルドの唇から震えがちな微笑が消えた。

ヘンリーが両腕を大きく広げて言った。「幸運を祈って、もう一度きみの戦士にキスしてくれないかな」

マティルドはいそいそとその腕のなかに入り、情熱をこめて彼の唇をキスでふさいだ。幸運を祈って。そして感謝をこめて。戦闘が終わったとき、もう一度彼にキスができますようにと熱く激しい希望をいだいて。

14

しばらくのち――今回のもめ事に決着がついたら、自分の妻になるすてきですばらしいマティルドと別れたあと、ヘンリーはラヌルフを隣に従え、エクルズフォード城の胸壁にいた。

城壁上でヘンリーとともに待機している兵隊同様、空気そのものにも濃厚な期待がみなぎっているように思える。村人たちは下の建物に身を寄せている。ジゼルは使用人たちとともに負傷者を手当てすべく大広間にいるし、マティルドは負傷者のためにお湯をわかしたり、戦闘が終わったときのために食べ物を準備するのを監督したりしている。礼拝堂からは勝利を祈る人々が声をひそめて唱和する声が聞こえてくる。

ヘンリーは心のなかで勝利を祈り、ミサのためにすら城壁から離れないことを神がわかってくださいますようにと願った。あたりが明るくなりしだい、まちがいない。またロアルドが攻撃をかけてくるのはまちがいない。エクルズフォードの守備隊は城壁の内側にだけいて防御しかしないと思っているのもまちがいない。背後から奇襲を受けるまでは。

城壁の歩廊と中庭にいる歩兵はロアルド軍の弩砲《どほう》や投石機が城内に向けて火のついたコールタールの球を発射した場合、それを消す用意を整えている。城壁をよじ登ってくる兵に投げたり浴びせかけたりすべく、鋸壁《きょへき》のそばには石が積み上げてあるし、湯もわかしてある。空堀には敵の侵入を防ぐために柊《ひいらぎ》や茨《いばら》が投げ込んである。

「本当にきょう襲撃してくると思うか？」戦闘に備えて同じように武装したラヌルフが尋ねた。

「思う。さっさとやってもらいたいものだ」ヘンリーはそう答えた。辛抱強くあろうとは努めているが、こんなふうに待つのはとてもいらいらする。エクルズフォードの守備隊が優秀で、激しく応戦してくるとわかったら、ロアルドの雇った傭兵《ようへい》たちは命が惜しくなり、これではたとえ報酬をもらったとしても割に合わないとロアルドを見捨てるのではないか。ヘンリーはそう期待していた。

「ロアルドは攻囲戦用の兵器を持っていると思うか？」

「傭兵を雇うのに財布をはたいたと思いたいね」答えながら、ヘンリーは草地と城に通じる道路とのあいだの空き地に動きがあるのを見つけ、指さした。

「あそこだ」彼はラヌルフに言った。

ラヌルフがゆっくり息を吐いた。「なるほど。大盾を持った弓兵隊のお出ましだ」

ふたりは戦闘で用いる盾より大きな木製の大盾を持った兵隊が駆け出してきて防護の配置をとり、地面に即席の壁を形づくるのを無言で見つめた。そのうしろにはベルトに矢筒をつけ、手にはいちい製の短い弓か石弓を持った兵隊が陣取って弓に矢をつがえている。

「構え！」ヘンリーは気がはやって落ち着かない自分の兵隊に命令した。兵士のなかには胸で十字を切って祈りをつぶやいた者もいた。首にかけたお守りや十字架に触れた兵士も少なくない。

「サーディックにはいつ合図を？」ラヌルフが敵軍から目を離さずに尋ねた。

「ロアルドが歩兵を前進させたときだ」ヘンリーは答えた。「伏せろ！」

身を伏せたところへ最初の矢の雨が城壁に飛んできた。城門のそばにいた兵士がひとり叫び声をあげて倒れた。仲間が彼を引き寄せた。引き寄せられながら悪態をついたところを見ると、兵士は負傷しただけらしい。

再度、矢の一斉攻撃があった。ヘンリーは自分がつくって歩廊に据えた小型の弩砲に配置した兵士に目をやった。「打て！」彼が命じたつぎの瞬間には石が城壁の外に飛び、数個の盾とその背後にいる敵兵に当たった。ほかの石はそこまで届かずに落ち、ヘンリーは兵士に胸壁や銃眼からの距離を調節するよう命じた。

さらに多くのロアルドの弓兵が戦闘につき、間もなくあたりには一方向に飛ぶ矢と反対方向に飛ぶ石が満ちた。兵士たちは身をかがめて矢をよけ、弩砲に石をこめている兵士に大声で方角を教えた。石がばらばらと頭上を飛び、矢が滑空して歩廊にばたりと落ちる。戦いたくてうずうずしている兵士たちは剣を抜き、盾を頭上に構えて胸壁の陰に身をかがめている。

ヘンリーは弩砲の兵士に打つのをやめて弩砲を撤去し、歩兵に場所を譲るよう命じた。それから弓兵を呼び、胸壁で位置につくよう指示した。

「石はまだあるぞ」ラヌルフが言い、飛んできた矢をよけて鋸壁のうしろに身を隠した。

「ロアルドに石がもうないと思わせておきたいんだ」ヘンリーは答えた。「そうすれば、彼は兵を前進させる」

ただし、弓兵は前進させない。弓兵は接近してこない。さもなければ、矢は城壁を越えてはこない。

「サーディックに合図しなくていいのか？」ラヌルフがほんのかすか懸念を感じさせる声で尋ねた。

「まだだ」ヘンリーは待てという自分の命令にサーディックが従っていることにほっとしながら答えた。

いつかマティルドに話したように、サーディックにはがむしゃらに戦闘に突入する癖がありそうに思えたので、攻撃を焦りすぎると、なんの援護もなく敵の兵隊と対決せざるを得なくなることを確実に理解させておいてある。「ロアルドの軍がもっと城壁に近寄ってくるまで待つ」

重い木の車の動く音が村のほうから聞こえた。

「破城槌《はじょうつち》だ」ヘンリーはその音がなんであるかに即座に気づいてつぶやいた。

「車を押す兵士を保護する覆いがないぞ」石臼《いしうす》ほども厚みのある木製の車四つに支えられた巨大な丸太が少なくとも十人はいる兵士に押されて、ごろごろと姿を現すと、ラヌルフが言った。「ロアルドはすぐに城門を破れると思っているにちがいない」

「二週間前ならそうだったが」ヘンリーは言った。「鍛冶屋《かじ》に鉄の帯で門を補強させてある。それにしても大きな槌だな」

ヘンリーはまわりの兵士が不安げにひそひそと話し合い、警戒する表情で顔を見交わしているのに気づいた。「心配はいらない。これは想定ずみだ。ロアルドの軍が門を破ったり城壁をよじ登ったりしようとしているあいだに、サーディックの部隊が襲撃をかける」ヘンリーは自分のお尻を叩《たた》いた。「うしろから」

兵士たちはそれぞれにやりとしたり、くすりと笑ったり、ほっと安堵《あんど》のため息をついたりした。

ラヌルフが鋸壁の上に頭を出し、また矢が飛んできたのですぐさま頭を引っ込めた。「投石機や弩砲は一機も見えないぞ」

「それは助かった」ヘンリーは声をひそめて言った。

エクルズフォード城には城壁が一重しかない以上、大きな岩や石を発射できる大型の破城砲を使われるのではないかと心配していたのだ。城壁に穴を開けられたり一部をくずされたりすれば破滅的で、岩や火のついたコールタールの球を中庭に投げ込まれた場合の被害は言うまでもない。

「先を急ぐあまり破城砲をつくる手間を省いたにちがいない。それとも雇った傭兵に破城砲の知識がなかったかだ」ラヌルフが言った。

ふたりは顔を見合わせ、同時にサー・レオナードの口調をまねた。「辛抱だ」

それからふたりはにやりと笑った。自分たちが生まれるより前から戦闘に加わっていた師匠から戦い方を学ぶ若者にふたたび戻った気分だった。

金属が石に当たる耳障りな音とともに引っかけ鉤《かぎ》が近くの銃眼にかかり、ふたりはたちまち現実に戻った。そこにいた兵士が鉤についたロープを叩き切り、少なくともひとりの敵兵が悲鳴をあげて地面に落ちた。城壁の外では破城槌がしだいに近づきつつあり、引っかけ鉤や長ばしごを持った兵が城壁に突進してくる。

「弓兵！」ヘンリーが怒鳴ると、エクルズフォードの弓兵隊が近づいてくる敵兵を射る準備を整えた。

ヘンリーはしゃがみ込んだまま体の向きを変え、下の中庭をのぞき込んだ。十名の兵士が鳩《はと》を手に待機している。「放て！」ヘンリーは叫んだ。兵士が鳩を放つと、鳩は立ちのぼる煙のように空へ舞い上がった。空は晴れている。サーディックはこの光景を待ちかまえているはずだ。

「くぐり戸の用意はいいか？」ヘンリーは、重厚な城門に切ってあるくぐり戸から出ていってロアルドの軍に地上で突撃する予定の兵士たちに声をかけた。この重要な任務を帯びた兵士は剣と戦斧《せんぷ》に優れた者を選んである。

ヘンリーはみずからこの部隊とともに出ていって剣を振りかざし、ロアルドの兵と戦いたくてたまらなかった。城壁の歩廊という安全な場所で待ったり眺めたりするより、戦闘に加わりたいと血が騒ぐ。

辛抱だ。これが指揮官の宿命なのだ。戦いを見守り、監督し、自分の戦略が成功するよう祈るのが。

「城門から出ていく部隊はわたしに率いさせてくれ」ラヌルフが淡い金褐色の目を興奮に輝かせて言

った。

ヘンリーは頼みをはねつけるしかなかった。これはラヌルフの戦いではない。彼はまったく偶然ここに居合わせたのだ。「すまない、それはだめだ」ラヌルフの顔が険悪な表情を帯びるのを見ると、ヘンリーはにやりと笑った。「きみになにかあったら、わたしはメリックに生皮をはがれ、レディ・ベアトリスに首をはねられる」

はしごがそばの壁に当たった。一瞬ラヌルフのことを忘れ、ヘンリーははしごの端をつかむと、すべての力をこめ、うなりながらそれを押し返した。はしごは城壁から離れて傾き、倒れていった。一本の矢がヘンリーのあごをあやうくかすめそうになりながら飛んでいった。ラヌルフと二名の兵士がまたもや城壁の縁に引っかかった鉤のロープを剣で切りはじめた。

いったい全体、サーディックはどうしたのだ?

ヘンリーはラヌルフたちに手を貸しながら内心頭をかしげた。ロアルドの軍は相変わらず攻撃を推し進めている。合図の鳩は放った。サーディックは鳩を見たはずだ。朝の空をかすませるものは、雲ももやも煙もなにもない。

「破城槌の兵を倒せ!」ヘンリーは弓兵に命じた。「突撃!」彼は下の城門の内側で待機している部隊に叫んだ。

兵士たちが大声をあげてくぐり戸を出ていった。ラヌルフのそばにいた兵士に矢が当たり、その兵士がくずおれた。

またもや引っかけ鉤が飛んできて、ヘンリーのいるところから三番目の鋸壁に引っかかった。ヘンリーは倒れた男をまたいで鉤のロープを切り、そのあと鉤を力いっぱい城壁の外へ投げ落とした。鉤は地上でこちらを見上げている敵兵の顔に当たった。

敵兵が悲鳴をあげて目を覆い、傷から血が流れた。

敵兵はよろめいてあとずさりしながらくずおれた。

ロアルド軍の兵士がさらにロープとはしごを持って村から駆けてくる。

くそ、弩砲や投石機こそないものの、ロアルドはこちらが予想した以上にうまく備えているぞ。

城門を出た部隊が前へ突進した。破城槌を押していた兵隊が倒れたり逃げたりして槌が動きをとめた。ロアルドの弓兵は矢を射つづけ、城壁をよじ登ろうとする傭兵を追い払おうと体を起こした城壁上の兵士にもときとして命中する。

いったいサーディックの部隊はどこに行ったのだ？

さらに引っかけ鉤が城壁上に飛んできて、今度はその鋭い爪がヘンリーを引っかきそうになった。彼は引っかかれるより先に鉤の軸をつかみ、それを投げ返した。鉤はもうひとつ、今度は鋸壁間の狭間《はざま》を抜けてきて、ヘンリーはふたりの兵士の助けを借りてロープを切った。

城門外の部隊はよく戦っているものの、ロアルドの軍に押され気味だ。城壁から矢を連射しているにもかかわらず、破城槌に前より多くの兵士がつき、ふたたびゆっくりと槌を前進させはじめた。

「守備隊の指揮を頼む」ヘンリーは騒音にかき消されないようラヌルフに大声で言い、兜《かぶと》の面頬《めんぼお》を下ろした。

これ以上じっと見ていることはできない。現場で兵を率いて戦いたいと血が騒ぎ、全身がうずうずする。ヘンリーは雄たけびをあげ、籠手《こて》をつけた手に剣を握って胸壁の階段を駆け下り、くぐり戸から城外に出た。

戦闘のすさまじい騒音は厚い石の壁に囲まれた厨房《ちゆうぼう》にまで届いた。兵士たちの叫び声。駆ける兵隊の足音。苦しみと痛みの絶叫。

「作業の手をとめないで!」このような声や音が聞こえてくるたび、手をとめておびえた目を上げる使用人たちに、マティルドは命令した。

いくらすさまじい物音が耳に入っても、不安を外に表してはだめよ。マティルドは自分に言い聞かせた。強く、勇ましくあるべきよ。そうすれば、みんなもそうなってくれるから。

かつてこれとはべつの苦悩を隠しつづけた歳月がいま役に立っている。そのときに覚えたあらゆる苦痛を抑えるすべ、忌まわしい思いをわきへ押しやる能力に助けられている。マティルドはてきぱきとポロねぎを刻むと、炉で沸騰している大鍋《おおなべ》のシチューに加えた。ほかの鍋には傷口を洗うための湯が温められている。

あまりに多くの負傷者。あまりに多くのけが人。

マティルドはヘンリーと彼の率いる兵隊が勝ちますようにとことばに出さずに祈った。ヘンリーとエクルズフォード城の守備隊が負傷したり命を落としたりしませんように。

そしてなによりも、早く戦いが終わりますように。

体じゅうの血が興奮にわき立つのを覚えながら、ヘンリーは剣を交えつつロアルドの兵のなかを進み、これらの傭兵を雇ってここに向かわせた男を捜した。城壁を登ろうとする味方に当たらないよう、ロアルド軍の弓兵は退いている。破城槌はそのまま打ち捨てられている。ヘンリーと彼の率いる兵隊は敵陣に向かって進んでいった。

ロアルド本人をこの手でしとめられると思うと、彼はうれしかった。一撃でだ。彼は自分に言い聞かせた。一撃で息の根をとめてやる。それで裁きは下ったことになる。マティルドのあだは返され、エクルズフォードの城と領地は安泰だ。

神よ、どうかわたしをロアルドのもとにお連れください。

まずヘンリーはこちらに向かってくる男を片づけなければならなかった。大柄の頑丈そうな傭兵で、上等の鎖帷子《かたびら》をつけ、おそらく殺した相手から奪ったと思われる兜をかぶっている。とはいえ、その剣は手ごわく、並みの兵士よりはるかに腕が立った。しかし傭兵にとっては運の悪いことに、ヘンリーは腕が鍛えられているうえ、戦う意欲に満ちていた。

相手から目を離さないまま、ヘンリーは広刃の剣を両手で構え、故意にゆっくりと前へ進みながら、相手の出方を待った。辛抱はサー・レオナードの信条だ。辛抱と技量と狡猾《こうかつ》さ。

相手が剣を振りかざした。その瞬間、ヘンリーは毒蛇を思わせる速さで剣を横に払った。相手があとずさった。鎖帷子がヘンリーの剣の鋭い先端に切られ、口を開けている。

その切り口から下腹へと剣を突き刺し、ヘンリーは相手を倒した。剣を抜くと、彼はつぎの相手へと進んだ。そのあいだもずっとロアルドを目で捜した。とっくに戦闘に加わっていなければならないはずのサーディックとその部下たちもだ。もしかしたらサーディックは自分には見えないところで戦っているのかもしれない。ひょっとしたらロアルドの軍は思った以上に兵の数が多いのかもしれない。

スカートのような服装をして、身を守る防具といえば盾と丸い兜しかつけていないスコットランド人がヘンリーの行く手をさえぎった。まだ少年とも呼べるくらいの若者だが、この若いスコットランド人がたんなる若造でないことはすぐにわかった。若者がヘンリーの剣を一撃すると、ヘンリーの腕の鎖帷子は音をたて、金属のぶつかる音が鳴り響いた。

うしろへ飛びのき、やや体を泳がせながら、ヘンリーはスコットランド人の防具をつけていない右肩をねらって剣を振った。スコットランド人は巧みに体をひねり、それをよけた。ヘンリーが剣を構え直すより先に、スコットランド人は下手から突きを入れてきた。

ヘンリーは後退し、防具をつけていないスコットランド人と自分の鎖帷子の重さを心のなかで罵《ののし》った。身軽なスコットランド人はヘンリーより速く動ける。そしてヘンリーは戦場での動きがだれよりもすばやいと自負しているのだ。甲冑《かっちゅう》をつけていても敏捷《びんしょう》に体の向きを変えたり体をひねったりできる能力のおかげで数々の勝利をものにしてきた。だが、その強みがいまきかないとなると……。

頭上の城壁から石が飛んできてスコットランド人の腕に当たった。スコットランド人がうっと声をあげて反射的に城壁を見上げた隙《すき》に、ヘンリーは前へ出て剣を振り下ろした。ところがスコットランド人も熟練した腕前で、つぎの瞬間にはヘンリーの剣の届かないところにいた。またもや石が落ちてきて、今度はスコットランド人の頭をもう少しでかすめるところだった。

そのときのことだ。ヘンリーは視界の隅にロアルドの姿をとらえた。戦いは自分に有利に展開していると考えたにちがいない。さもなければ、ロアルドが城壁のこんな近くまで来るはずがない。

そのように傲慢《ごうまん》な決めつけをしたことを後悔させてやる。

「先に殺しておきたい相手がほかにいる」ヘンリーはスコットランド人に大声で言い残し、ロアルドのところへ向かいかけた。

チャールズ・ド・マルメゾンが彼の前にぬっと現れ、視界をさえぎられたヘンリーにはロアルドの姿も戦闘の光景も見えなくなった。

「そう急ぐこともないだろう」ド・マルメゾンはうなるように言い、右手に持った血みどろの戦棍《せんこん》を前後に振った。彼の左側は丈のある円錐《えんすい》形の盾で守られ、剣はまだ腰につけた鞘《さや》に収まったままだ。

「こいつがダンキース領主の弟か」ド・マルメゾンが言った。兜の面頬を下げているので声がくぐもっている。「きょう戦場で出会えるのを楽しみにしていたぞ」

ロアルドは後まわしだ。

「信仰する悪魔に祈ることだな」ヘンリーは血のついた広刃の剣の柄《つか》を握り、イングランドじゅうで最も悪名高い傭兵と戦う覚悟を決めた。

ド・マルメゾンが笑い声をあげた。彼の発した少しも愉快そうではない声を笑い声と呼べるなら、ではあるが。「おれを打ち負かせると思っているのか？　おれは十二のころから人を殺してきた男だぞ。血まみれのおまえの死体を送ったら、ダンキースの野郎がどんな顔をするか、見たくてたまらん」

「おまえなど死んだところで、その死を悼む者などひとりもいやしないだろうな」ヘンリーは言い返すと、敵から目を離さないままこまかに観察し、その弱点を探した。

近くで悲鳴が聞こえ、彼はそちらに目をやった。サーディックがついに現れたのだろうか。

一瞬気がそれたのはまちがいだった。ヘンリーが顔の向きを変えたところへ、ド・マルメゾンが戦棍を放った。戦棍はヘンリーの面頬に激突し、面頬を彼の頬と額にめり込ませた。顔の右半分が激痛に襲われ、その痛みのすさまじさにヘンリーは失神しかけた。視界が血にかすみ、彼は酔っ払いのようによろめきながら、面頬を上げて血をぬぐおうとした。

激痛に苦しみながらも、彼は剣を鞘から抜く音を聞きのがさなかった。

わたしの剣はどこへ行った？　なにか武器はないか？　頬からすさまじい痛みが広がるなか、彼は割れた盾を見つけ、それをつかむと頭の上に構えて、ド・マルメゾンの剣による一撃を防いだ。

盾を頭上に構えたまま、彼はもつれる足で前に進み、なかば見えない目で剣を捜した。だれの剣でもいい。戦棍はないか。ただの棒でも。木の枝でも。

自分の剣があった。ありがたい！　彼は柄に手を伸ばした。それが届かないうちに、ド・マルメゾンが左の肩と盾をめがけて剣を振りかざしてきた。強烈なその一撃で盾は完全に砕け、刃《やいば》がヘンリーの肩に切り込んだ。盾が剣の力をやわらげ、鎖帷子が肉を守ってくれていなければ、ヘンリーは腕を失っていただろう。

彼は必死で剣をつかみ、激しく振った。が、敵の姿が見えないためにその振り幅は大きかった。ド・マルメゾンの刃がヘンリーの剣を払い飛ばし、ヘンリーは丸腰となった。

これで終わりなのか？　わたしはこの男の手にかかってここで死ぬのか？

そんなことはない。断じてない。いまここでこんなふうに死ぬものか。

激痛を無視し、ヘンリーは中腰で力をかき集めると、ド・マルメゾンにもう一度剣を振りかざすひまを与えず、体当たりをくらわせた。ふたりはともに地面に倒れ込んだ。

ド・マルメゾンがうなり声をあげ、ヘンリーを突き飛ばした。ヘンリーは地面を転がり、うつぶせになって動きをとめたとき、腕一本分よりもう少し離れたところに歩兵の質素な剣が落ちているのを見つけた。荒く息をつきながら、彼は四つん這《ば》いになり、剣に向かった。

ブーツをはいた足がわき腹を蹴《け》り上げ、ヘンリーを大の字に裏返した。

「そうはさせるもんか」ド・マルメゾンが怒鳴った。ド・マルメゾンはまたもヘンリーを蹴り上げた。今度はさっき痛めた肩だ。

メリックにも犬のように蹴られたものだった。しかし自分は犬ではない。このように蹴られたままで死んでたまるものか。じりじりと前へ体をいざらせ、ヘンリーは頭を上げてさっきの剣を捜した。あれを見つけてやる。見つけて――。

「頼むから」ド・マルメゾンがあざ笑った。ヘンリーはなかば仰向けになり、ド・マルメゾンがとどめを刺すために剣を振りかざすのを見た。「いい加減にしろ」

鋭い叫び声があたりの空気を震わせた。ド・マルメゾンが曖昧《あいまい》に叫び声のほうを向いた。

「サーディック」ヘンリーはつぶやいた。ついで激痛に圧倒され、意識を失って地面に突っ伏した。

マティルドは自分を見つめている数々のおびえた顔を無視することができなかった。使用人たちは戦闘におびえていた。だが、いまは城を包んでいる静けさにおびえ、おじけづいている。

わたしは怖がってなどいないわ。びくびくなどしていられない。「こちらが優勢なのにちがいないわ」マティルドは請け合うように言った。「そうでなければ、すでにロアルドの軍が城内に――」

中庭に面した扉がばたんと音をたてて開いた。その音はまるで爆発音のように響いた。

おびえた使用人たちが絶句しているなか、マティルドははっと扉のほうを向いた。頭になにもかぶっていないラヌルフがまだ鎖帷子と血に染まった外衣を着たまま、入り口に立っている。敵軍の、顔も知らない凶暴な傭兵ではない。

「ああ、よかった！」マティルドは声をあげた。うしろで使用人たちが安堵のため息をもらした。

ついで大きな不安が戻ってきた。なぜラヌルフはうれしそうな顔をしていないの？　彼の緑の外衣についているのはだれの血？

うれしさと安堵が頬の血の気とともに消え、マティルドは息もできそうになかった。ヘンリーはどこにいるの？　なぜ戻ってこないの？

　不安に胸をわしづかみされたような心地を覚えながらも、マティルドは自分に言い聞かせた。きっと彼はしなければならないことがいっぱいあるのよ。それに傭兵の捕虜を調べて罰金や身の代金の額を決めなければならないわ。

「レディ・マティルド、敵の攻撃はなんとかかわした」ラヌルフが焼いている肉やグレービーソースやパンのにおいのする、人でいっぱいの暑い部屋のなかへ入ってきた。「しかしヘンリーが負傷した」

　唇に上りかけた狼狽《ろうばい》の悲鳴をマティルドは押し殺した。恐怖や絶望を外に出してはならない。使用人が見ているのだから。マティルドの内心の苦悩はこぶしに固く握られた両手にしか表れていなかった。できるものなら、ヘンリーを負傷させた相手を殴ってやりたいとでもいうように。

　そのとおりだった。すさまじい勢いで相手に飛びかかっていきたい。

「彼はどこにいるの？」声が震えないよう気をつけながら、マティルドは尋ねた。

「大広間だ」ラヌルフが付き添うために腕を差し出した。が、マティルドは彼が無言で申し出た支えに取り合わなかった。エクルズフォードのレディ・マティルドがいかに強いかを領民に示すのよ。ロアルドが去ったあとのようには泣かないわ。わたしはあのころのわたしではない。いまはちがう。前より成長し、ヘンリーが敬い、褒め、愛してくれる女になったのよ。

　くたびれきった兵士たちが中庭で城壁にもたれたり座ったりしている。汗と血を顔からぬぐっている者もいる。興奮した村人たちが中庭をうろうろし、兵士になにか尋ねたりしている。兵士も村人も、その多くはマティルドとラヌルフを見るとすぐに目をそらした。

マティルドの胸の奥には心臓をめがけて首をもたげた蛇のように、不安と恐怖がとぐろを巻いていた。

「けがはひどいの？」マティルドは尋ねた。今度は声が震えた。

「それが、わからないんだ」ラヌルフが答えた。落ち着いたその声に、それが本音であることをマティルドは感じとった。

「どのようにして傷を負ったの？」マティルドは感情を抑えてつばをのみ込んだ。「矢が当たったの？」

「いや。城門の外に出て戦闘に加わったんだ」

マティルドは立ちどまると、ぞっとしつつラヌルフを見た。「城門の外？」

「戦いがどう展開するかを見て、防御をわたしにまかせ、自分は兵士とともに外へ出ていったんだ」ラヌルフは同情をこめた笑みをうんざりしたように浮かべた。「ヘンリーは勇ましいとも言えるが、むこう見ずなやつだから」彼はマティルドより先に行き、大広間の扉を開いた。

「ヘンリーほど勇敢な人をわたしは知らないわ」マティルドは大広間に足を踏み入れた。そこは血と負傷してうめく人々の地獄のような光景で、悪夢のなかに足を踏み入れたも同然だった。マティルドはラヌルフの腕にしがみつき、目にした光景は言うにおよばず、においのせいでこみ上げる吐き気をこらえた。

強くあらねば。ヘンリーのためにも強くあるのよ。

サーディックがそばにやってきた。少なくとも彼は無傷のようだ。「ヘンリーはどこ？」マティルドはサーディックに尋ねた。「けがはひどいの？」

「ジゼルが寝室に連れていきました。ジゼルみずから彼の手当てをしています」

それは予想できたはずよ。マティルドは自分に言い聞かせた。だからといって、彼の負傷が致命的だということにはならないわ。「あなたのけがは？」

「いえ、ありません」サーディックは話をさらに続けそうだったが、マティルドはこれ以上大広間にいるつもりはなかった。いまはヘンリーのことしかない。

マティルドはスカートをからげ、階上に通じる階段へと急いだ。

マティルドの姿が見えなくなると、サーディックはラヌルフを見た。「話したのか？」

「それだけの度胸がなかった」

15

ヘンリーの寝室の前で、マティルドは息を切らしつつ立ちどまった。もしもラヌルフとサーディックが嘘《うそ》をつき、部屋のなかにいるヘンリーは亡くなっているのであったら？　傷が深く、命を落としたのであったら？　この部屋へ彼を運んだのは、召使いが遺体を見て、サー・ヘンリーが殺されたという意気を阻喪させるうわさが流れるのを防ぐためだったとしたら？

そんなこと、あるはずがないわ。マティルドは自分に言い聞かせた。ラヌルフもサーディックも嘘をつくようなことはしないはず……。

唇を引き結び、マティルドはドアを開けた。ベッドのそばにいたジゼルが立ち上がってこちらを向き、横たわっているヘンリーの姿がそのうしろに隠れた。

マティルドはこれまで味わったことのない恐怖、ロアルドに抱きすくめられたときよりもひどい恐怖にとらわれてしまいそうだった。全身が震え、膝は力が入らず、濡《ぬ》れた藺草《いぐさ》のようだった。

「な……亡くなったの？」マティルドはどうにか尋ねた。不安で喉がからからに渇き、かすれた声しか出ない。

「生きているわ」ジゼルが答えた。

マティルドはこらえていた息を吐いたが、不安はまだ胸を、いや、全身をつかんで放さない。ジゼルが深刻な表情を浮かべたまま、立っている場所からどいてくれないのだ。

「なにがあったの？」マティルドは両手を握り合わせ、震えを抑えようとしながらベッドに近寄った。

「どうして彼を隠すの？」

ジゼルが前へ出てマティルドの肩をしっかりとつかんだ。「彼は重傷を負ったの。でも生きているわ」ジゼルはかぎりないやさしさをこめてそっと言い、わきへどいた。

ヘンリーは仰向けに寝ていた。頭に包帯が巻いてあり、顔も左目と鼻孔、なかば開いた口をのぞいてすべて包帯で覆われている。息づかいとともに胸が上下しているが、それ以外に生きている兆候を示すものはなにもない。

生のままの苦悩が悲鳴となってマティルドの喉にこみ上げた。ここでもマティルドはそれをこらえた。だが、胸のよじれるような長い一瞬のあと、ヘンリーがすさまじくひどいけがを負ったという苦悶《くもん》と、彼は命を落としてはいないという希望のあいだでもがきながら、彼から視線をジゼルに移し、悲嘆に暮れたその目を見つめた。

震える息を深く吸い込むと、マティルドは尋ねた。

「なにもかも話して、ジゼル。彼のけがはどれくらいひどいの？」

「顔に一撃を受けたの。戦棍《せんこん》ではないかしら。それに左の肩もひどく痛めているわ」

戦棍で打たれた。それも顔を……。兜《かぶと》をつけていたのに。「甲冑《かっちゅう》は……？」

「兜をつけていなければ、死んでいたわ。面頬《めんぼお》が命を救ってくれたのだけれど、戦棍が当たったときに頬と額に食い込んでしまったの。右の頬骨が砕けて、前歯が三本欠けて、額が深く切れているわ。左の肩の関節がはずれて、元に戻せないの。筋肉が骨からはずれたのではないかしら。盾はもう二度と持てそうにないわ。右目は損傷を受けているかどうか、いまのところなんとも言えないの。目のまわりが腫《は》れ上がっているから。額の傷は縫ったし、頬骨はできるかぎり固定したわ」ジゼルの目には同情と悲しみがあふれていた。「残念ながら、彼の顔は元どおりにはならないのよ、マティルド」

ハンサムな顔が損なわれ、左腕が使えなくなる。そして目は……？「戦棍で打たれたのは顔の右側だけでしょう？　左側は――」

「マティルド、正直に言うわね」ジゼルは厳しい表情で妹の冷たい手を握った。「片目しか損なわれていないように見えても、もしかしたら両方とも――」

「そんな！」マティルドは姉の手を振りほどき、あとずさった。そんなことがあるはずがない。そんなことが……。彼は暗闇《くらやみ》を恐れているのに、いつも闇のなかにいなければならないなんて……。

ふたたびジゼルがマティルドの肩をつかんだ。

「マティルド、よく聞いて」ジゼルは自分らしくなく、むしろマティルドのような口調で言った。「見えなくなるのは片目だけかもしれないし、両方ともなんともないかもしれないわ。わたしにはどうとも言えないの。希望を捨ててはだめよ、マティルド。少なくとも、彼は生きているのだから」

意識を取り戻して負傷のひどさを知ったら、あるいは目が見えなくなったとしたら、彼は死んだほうがましだと思うかもしれない。

わたしのせいだわ。あの夜ロアルドの部屋へ行ったり、ロアルドを威嚇しようなどとばかなことを思いついたり、ジゼルやサーディックの意見に耳を貸さなかったりしたせいよ。そして、なによりもわたしがかたくなでうぬぼれて思い上がっていたせい。わたしが助けを求めさえしなければ、ヘンリーはけがなどせず、ハンサムで陽気な彼のままでどこかここから遠いところにいられたはずなのに。

しかも被害を受けたのは彼ばかりではない。「負傷者はほかに何人？　死者は？」

「負傷者は二十人、死者は六人よ」ジゼルが答えた。

ああ、なんということ。マティルドはうなだれた。

事態がここまでひどくなったことを思うと、恥じ入るほかない。背筋が寒く、無念でたまらなかった。マティルドは不吉な絶望にとらわれなくてすむ理由をなにか探し出そうとし、姉の恋のことを思った。

「少なくともサーディックは負傷していないわ」そして姉の表情を見て、みぞおちのよじれるような心地を覚えながらつけ加えた。「大広間で彼を見かけたの。負傷したようには見えなかったわ」

「ありがたいことに彼はけがをしていないけれど、裏門へいっしょに行った部隊のうち戻ってきたのは彼だけだったの。ほかの兵士は殺されたり捕まったりしたのよ」

「ああ、どうしよう」マティルドはうめくように言い、恐怖で感覚の麻痺《まひ》したまま、唖然《あぜん》としてジゼルを見つめた。「わたしはなんということをしてしまったのかしら」

両手で顔を覆うと、マティルドは大きな重みに押しつぶされたように体をふたつに折った。そして絶望と悲しみと罪悪感にうめき声をあげた。

「あなたは正しいと思うことをしたのよ」ジゼルがそっと言った。

「でもまちがっていた。ひどくまちがっていたわ！」

「戦わずにエクルズフォードを明け渡したほうがよかったの？　そうすれば、だれも死なず、だれも苦しまなかったと思う？　ロアルドが慈悲深い領主になるとでも？　とんでもないわ、マティルド」ジゼルはやさしく説得しようとし、マティルドをなだめるように抱きしめた。「今度のことであなたを責める者はだれもいないわ。みんなロアルドが悪いと思っているし、それは正しいのよ」

マティルドは姉を抱きしめた。目を閉じても、涙がこぼれ落ちた。ジゼルはこんなにもわたしのことを理解してくれているのに、わたしはジゼルの美しさをねたんで辛辣《しんらつ》なことを言ったり考えたりしていたなんて。

やがてマティルドは震える息を大きく吸い込み、体を離した。「ラヌルフに戦いのことをきいていないの。わたしたちは勝ったの？　ロアルドは退いてくれるの？」

ジゼルは同情と共感をこめて妹を見つめた。ロアルドに手ごめにされた直後でさえ、マティルドはいまほど打ちひしがれたり取り乱したりはしていなかった。「まだよ。でもわたしたちは勝つわ」ジゼルはきっぱりと言った。「兵士の大半が残っているし、サーディックとサー・ラヌルフがついているのよ」

でもヘンリーは戦えないわ。マティルドは声には出さずに嘆いた。

「陛下《した》に行って負傷者の手当てをしてくるわ」ジゼルが言った。「ヘンリーに付き添って、彼が目を覚ましたらわたしを呼んでくれる？」

「ええ」

マティルドが彼のためにできるのは、その程度のことしかなかった。

ジゼルがそっとドアを閉めて出ていったあと、マティルドはベッドまで足を運んだ。そしてベッドのそばにひざまずき、ぐったりとしたヘンリーの手を取って自分の頰に押しあてた。

その責任がだれにあるにせよ、今回の衝突はここでやめなければならない。これほどの苦痛や苦悩に値するような塔や城塞《じょうさい》や領土などありえない。

とはいえ、ジゼルの言ったことは正しい。ロアルドがエクルズフォードを支配すれば、彼は農民から搾りとれるだけ搾りとり、飢えや苦しみ、処罰としての死や暴行が横行するのは目に見えている。この戦いで彼に勝たせるわけにはいかない。

これ以上戦わずに彼を阻止するにはどうすればいいのだろう。エクルズフォードを明け渡さずにこの戦いに決着をつける方法はあるのだろうか。
きっとあるはず。それを見つけてみせるわ。

その夜エクルズフォード城の裏門には十名の番兵が集まっていた。その半数は地面に腰を下ろし、城壁にもたれてうつらうつらと居眠りをしており、残りの五名は起きて緊張している。五名とも職務中であり、眠ったりすれば、いや、うたた寝をしただけでも、サー・ヘンリーにどれだけ叱《しか》られるかわかっていた。

「門を開けてちょうだい」地面に突き刺したたいまつの投げかける光の輪のなかへ、外套《がいとう》をまとった女性が歩み出て言った。フードをかぶっているが、かぶり方が浅く、顔が見えないわけではない。

歩哨《ほしょう》班の班長であるトフトは当然驚き、まじまじとレディ・マティルドを見つめた。レディ・マティルドの顔は蒼白《そうはく》で、まるで亡霊のようだ。もっとも目は決然としてよく動き、生き生きとしているが。

どうしていいのかよくわからず、トフトはまず頭をかき、そのあとごま塩のひげの生えたあごをかいた。門を開けていいとはまったく思えない。レディ・マティルドはどこへお出かけになるというのだろう。城が包囲されているあいだは、レディのすべきことをなさっているはずではないのか？

「どうか、門を開けて」マティルドがふたたび言った。前よりも強い口調だ。

トフトは足を踏みかえ、仲間の番兵に目をやった。いままでは全員がぱっちりと目を開け、全員がとまどっている。

「わたしの言ったことが聞こえなかった？」マティルドはトフトのよく知っている苛立《いらだ》った鋭い口調で尋ねた。「門を開けてと言ったのよ」

「本気でおっしゃったのではないでしょう？」トフトはサーディックかサー・ヘンリーがここにいれば

と思いながら尋ねた。「城の外は危険です」

自分が門を開けたせいでレディ・マティルドがけがをしたり殺されたりでもしたら、サー・ヘンリーかサーディックにこの首をはねられるに決まっている。

マティルドが表情をやわらげてトフトに近寄り、まるでふたりが対等の人間だとでもいうように、ひそひそと話しかけた。「心配しなくていいわ。サー・ヘンリーもこのことは知っているし、許可をもらったの。ダンキースから彼のお兄さまニコラス卿《きょう》が兵士を引き連れ、海と川を経由してこちらに向かっているのよ。それで会いに行くの。ニコラス卿が護衛を送ってくださるから、わたしは安全よ」

それでもどこか変だぞ。トフトはそう思った。われわれのレディの身の安全を、そんな見も知らないニコラス卿とやらにまかせてしまっていいものか。

「エクルズフォード城の護衛もお連れにならなければいけません。この兵士を何人か――」

マティルドの目がきらりと光を放ち、堪忍袋の緒が切れそうだと知らせた。「そんなことをしたら、ニコラス卿やその兵士ではわたしを守れないと思っていることになるわ。わたしにニコラス卿を侮辱させようというの?」

知らない貴族がどう思おうが、トフトにはべつに気にならなかった。それよりも危険な場所へレディを行かせて、サー・ヘンリーやサーディックからなにを言われるか、そちらのほうがはるかに心配だ。

「サーディックにきいてみます」

「つまらないことで呼び出されたら、サーディックはいらいらするのではないかしら。ただでさえいまは非常時で、彼は忙しいんですもの。わたしはまったく安全よ。ニコラス卿の護衛とは裏門を出てすぐのところで会うことになっているの」

じっと見つめられ、トフトは自分が無力であるのを感じた。自分はこのレディに仕えているのだ。命令に背いたうえ、本当にニコラス卿が待っているのだとしたら……。

「門を開けろ」彼はかんぬきのそばにいるごま塩頭の兵士に命じた。

「ありがとう」マティルドが鷹揚《おうよう》にうなずき、エリックが門を開けた。レディ・マティルドは門の外の暗がりへと出ていき、川や桟橋や土手の小道に通じる階段を下りていった。

門を閉めると、エリックが眉をひそめてトフトを見た。

「そうなんだ、おれも気に入らないんだよ」エリックやほかの兵士の無言の問いかけにトフトはぼそぼそと答えた。

彼はいちばん若い番兵にうなずきかけた。「ハーバート、サーディックを捜して、いまあったことを報告してこい。寝ていたら起こしてかまわないぞ」

ハーバートはうなずき、命じられたとおりに行動した。

ハーバートがサーディックを捜しているころ、マティルドは村をめざして、ロアルドのいるところをめざして、懸命に走っていた。トフトがこちらの話した事情を信じていないものの、はっきりとは確信が持てないので否定しなかっただけなのはよくわかっていた。裏門を開けてよかったのかどうか、トフトはおそらく確認しようとするだろう。ひょっとすると、みずからサーディックのところへ話をしに行くかもしれない。そうなれば、時間はあまりない。

幸い今夜は半月で、よく知っているこの道をまずまず明るく照らしてくれている。土手沿いのこの道は昼間にも夜間にも、自分と城にいてというジゼルの穏やかな訴えを意地悪にも無視し、サーディックとともに城をこっそり抜け出してよく歩いたものだ。

当時の自分はなんとジゼルに冷たかったことだろう。なんと無思慮で身勝手だったことだろう。

頭上の星々は闇のなかでまたたき、昔と同じように見える。ロアルドとのことがあったあの忌まわしい夜のあとも、いまと同じように星々はまたたいていた。そしてマティルドは、夜空はあたかもなにごともなかったかのように、なにも変わらずに見えることに感嘆したものだった。

そばの灌木《かんぼく》の茂みでかさかさと音がした。マティルドはそちらに目をやった。そしてつぎの瞬間、何者かの手に口をふさがれ、力いっぱい手足を振りまわして抵抗しながらも、暗がりに引きずり込まれていた。

極度の恐怖が海のうねりのように全身に襲いかかる。不安と絶望も。しかし今回マティルドはやさしいキスや愛撫《あいぶ》を受けるものと期待して不意を突かれたのではなく、攻撃に対して警戒していた。

マティルドは自分の口をふさいでいる手を思いきりかんだ。男がたこのできた手を離すと、マティルドは男を突き飛ばして逃げた。

男はスコットランドの格子柄の布にベルトを締めた服装をしており、飛びかかってマティルドのウエストを捕まえると、草の生えた小道の草の縁に押し倒した。

マティルドは体をよじり、もがき、相手を引っかいた。それでも逃げられない。若いスコットランド人は大柄で、強すぎた。男は外套をつかんで引っ張り、マティルドを立たせた。彼はヘンリーのように長い髪をして、ハンサムでもある。現実を忘れた突拍子もない一瞬、マティルドは自分のついた嘘が嘘ではないことを、この男がスコットランドからやってきたヘンリーの兄であることを願った。「あなたはダンキースから来たの？」あえぎながら、マティルドは尋ねた。

しっかりとマティルドを捕まえたまま、男が眉をひそめた。マティルドは彼がヘンリーの兄にしては若すぎるのに気づいた。「いや、ダンキースから来たんじゃない」男が険しい口調で言った。「どこへ行くつもりだ？　あの野営の火が見えないのか？　あんなところへ行ったら、なにをされるかわかったもんじゃない」男はマティルドの衣装に視線を走らせ、手を離した。「売春婦でないかぎり、このあたりには近寄らないほうがいい」

「わたしは売春婦じゃないわ！」

「やっぱり。いまのうちに城に戻られたほうがいいだろう」

この男はこちらの身を案じてくれているように見えても、ロアルドの傭兵《ようへい》にすぎないかもしれない。マティルドはそう悟り、ひどく意気が萎《な》えるのを覚えた。しかし、なんとしてもロアルドに会わなければならない。マティルドは決意もあらたに、男とまともに向かい合った。「わたしはエクルズフォード城のレディ・マティルドよ」身分と大嫌いな従兄《いとこ》との関係がわかれば、この男は危害を加えようとはしないだろう。そう考え、マティルドは言った。「わたしをロアルド・ド・セヤズのところへ連れていきなさい」

スコットランド人は目を鋭く細めた。「なんのために？」

この男はいったいなにさまのつもりなの。「あなたにそんなことをきいたり引きとめたりする権利はないわ」マティルドはいまにもサーディックをはじめエクルズフォードの兵士が追いかけてきかねないことを考えた。「従兄と交渉するのよ」

スコットランド人が腰に両手を当てて眉をひそめた。「交渉？」

「そう。話し合うことよ」

スコットランド人がむっとした表情を浮かべた。

「交渉の意味くらい知っていますよ」

「それなら、わたしの言ったことを鸚鵡《おうむ》返しに言うのはやめて、従兄のところまで案内しなさい」

「そうおっしゃるなら」スコットランド人は肩をすくめて答え、梟《ふくろう》の鳴き声のような低い声をあげた。

またかさかさと木の葉や枝の触れ合う音がして、べつの男が現れた。スコットランド人より小柄で、膝丈《ブリーチズ》ズボンをはき鎧下《よろいした》を着ている。鎧下は半分しかひもが締めてなく、ぼろぼろのシャツがのぞいている。大きな耳をして革の帽子をかぶり、にたにた笑っている口は前歯が二本しかない。

「こりゃだれだ?」男はふがふがした声でそう言うと、安酒場の娼婦《しょうふ》の品定めでもするようにマティルドをじろじろ眺めた。そのいやらしい目つきに比べれば、スコットランド人の見つめ方はきわめて礼儀正しく思えた。

「こいつを相手には稼げねえよ。こいつには女がいるからな」男は自分のへこんだ胸を指さして、またいやらしい目つきをした。「おれにはいねえ」

マティルドは吐き気を覚えた。

「このレディをサー・ロアルドのところへ案内してくる」スコットランド人が相手の男への蔑《さげす》みもあらわに言った。そのあいだにマティルドは必死で落ち着きを取り戻そうとした。「おれの代わりに見張りを頼む」

「ただで頼まれてもな」いやらしい男がぶつぶつ言った。

スコットランド人は幅広のベルトにぶら下げた袋から硬貨を一枚取り出し、男に向かって放《ほう》り投げた。硬貨が月光のなかで銀色に光るや、相手の男が器用に受けとめた。その動きは巣穴に逃げ帰る鼠《ねずみ》のようにすばやかった。

「手間賃だ」スコットランド人は村に向かって歩き出した。「こちらです」

このスコットランド人は一見親切そうだが、マティルドには自分は決して安全な状況にいるわけではないとわかっていた。それでも彼と並んで歩き、あのいやらしい兵士より先に彼と出会ったことをありがたく思った。

「あなたはロアルド・ド・セヤズやチャールズ・ド・マルメゾンのような悪漢の仲間だとは思えないわ」マティルドは静かに言った。相手もそう思い、あらたな戦闘が始まるまでにここを去ってくれれば、もっといい。「あなたは親切ですもの」

スコットランド人はマティルドのほうを見ずに答えた。「いや、そんなことはありません」

その返事はあまりに冷たくぶっきらぼうだ。マティルドは背筋が寒くなり、外套をさらにぴったりとかき合わせた。

村に着くと、以前は小作人たちがしあわせで豊かに暮らしていた家々もいまはなかば見捨てられ、好き勝手にものを奪ったり壊したりする粗野で無情な男たちに占領されていた。マティルドは思わずスコットランド人のほうへ体を寄せた。この兵士がついていてくれなければ、自分の身にどんな悲運が降りかかるかは想像がつく。さらに今回はそのあとに死が続くはずだということも。

家々を占領している乱暴な傭兵たちは、マティルドが短剣二本で武装していることにおそらく気づいていないにちがいない。一本はベルトに、もう一本はブーツに隠してある。危害を加えられそうになったら、必ず刃向かい、相手を殺すか深手を負わせる覚悟でいる。

スコットランド人が足をとめ、あごをしゃくって木骨造りの大きな家を示した。この家は小作人の監督者のもので、監督者は裕福な毛織商でもある。

「そこにいます」

ロアルドのことだ、当然いちばん立派な家を自分用に選んでいる。

うなずくと、マティルドは前へ進んだ。

「気をつけて」スコットランド人がうしろから小声で言った。「なかにはもうひとりいますから」

立派な家のいちばん広い部屋は、炉の火のあかりと鉄製の燭台《しょくだい》に灯《とも》した二十本の細い蜜蝋燭《みつろうそく》の光に照らされていた。そのなかで、ロアルドから警戒するように見つめられながら、チャールズ・ド・マルメゾンが極上のフランスワインをついで、ひと息で飲み干した。彼はもう一杯つぎ、それも飲み干してから、ようやくその巨体を椅子に落ち着けた。

三本脚のその椅子は頑丈な樫《かし》材でできており、脚の一本がそのまま背もたれになっていて、腕木もついている。とはいえ、ド・マルメゾンの武装した体の重みでその椅子がつぶれたとしても、ロアルドは驚きなどしない。戦闘が終わってしばらくたつというのに、この大男はまだ鎖帷子《かたびら》を脱いではいない。座っている炉のそばから血と汗のにおいが漂ってくる。ロアルドには口をへの字に曲げたり、体を洗ってきたらどうだと言いたいのを我慢したりするくらいのことしかできなかった。

「あんたからはたしか訓練も受けていないごたまぜの集団だと聞いていたぞ」ド・マルメゾンが不満そうに言った。「守備隊はたいして応戦もせずに逃げ出すだろうし、村の連中はおびえた兎《うさぎ》みたいに家で縮こまっているだろうと。それが、村人たちはどこにいる？　女はどこだ？」

「城にいるんだろう」ロアルドは答えた。「村の女は取り引きに入っていないぞ」

実のところ、ロアルドは村の女たちのことなど眼中にない。エクルズフォード城がこの手に入るかぎり、ド・マルメゾンとその仲間が女たちをどうしようとこちらの知ったことではない。しかしド・マルメゾンにはだれがこの場の支配者であるかを思い出させておく必要がある。

ド・マルメゾンがふんと鼻で笑い、体をかいた。

「女はいつだって取り引きに入っている」

「戦いが始まってまだ一日目じゃないか」ロアルドはなだめるように言った。長い指で酒盃《しゅはい》をもてあそびながら、彼はこの凶暴な味方を安心させようとした。「エクルズフォードの守備隊はきょうは勇敢なところを見せたかもしれないが、あのヘンリーのやつが負傷したいまでは……いや、もっと都合のいいことに死んだかもしれないが、戦意を喪失しているさ。あすはこちらが断然有利になって戦いは終わりだ」

ド・マルメゾンが鼻で笑った。「で、そうはならなかったら？　こちらは戦闘に見合うだけの報酬がもらえないじゃないか」

ロアルドは酒盃をそばのテーブルに置いた。「もっと払えというのか？」

「もちろんだ。あの城には二百の兵士がいるんだぞ」

「守備隊の規模の話など一度もしたことがないが？」

「あの黄色い髪の大男のこともあんたは教えてくれなかったな」ド・マルメゾンが言い返した。

「サーディックが得意なのは戦斧《せんぷ》だけだ。斧《おの》を落とせば、簡単に――」

「なにが簡単にだ。生粋のノルマン人みたいに剣を使えるぞ。おれの報酬を増やすか、あんたが自分で襲撃の指揮をとるかだな。しかしおれが抜ければ、ほかの傭兵も大半が抜ける。みんな、おれがいなければあんたは勝てないと見て、もっと確実に儲《もう》けられるところへずらかるというわけだ」

たぶんそのとおりだろうとロアルドは思い、選択の余地がまずないのを悟った。「わかった。あと百マーク増やそう」

「二百マークだ」

「そんな法外な！」

ド・マルメゾンが肩をすくめ、立ち上がりかけた。

「わかった。二百マークだ」ロアルドはしぶしぶ承諾した。亡くなった叔父の金庫にある金で充分まかなえるはず……。

「あの美女もおれがもらうぞ。おれにさわられるくらいなら死ぬと言った美女だ」

「暗がりのなかではどの女も同じだと言っていたじゃないか」

「それはあの美女を見る前の話だよ。あの美女に侮辱される前のな」

ド・マルメゾンは明らかにジゼルを手ごめにするだけでは終わらせないつもりらしい。少なくとも叩《たた》くのはまちがいない。では、そうさせよう。これもエクルズフォード城の強情なレディたちの身から出たさびだ。「いいだろう」

ド・マルメゾンが不気味な笑みを浮かべた。「そのあとであんたに返してやってもいいぞ」

そのときのジゼルの状態を想像して、ロアルドは身震いした。まったく、さわるのもごめんだ。とはいえ、ド・マルメゾンには微笑《ほほえ》んでうなずいた。

厚板のドアを大きくノックする音があった。

ド・マルメゾンがさっと立ち上がり、同時に剣を抜いた。ロアルドも同じように立ち上がり、城の兵が夜襲をかけてきたと知らせに来たのではないかと不安になった。だが、それならば外がもっと騒がしくなるはずだし、大声で急を知らせてくるはずだと気がついた。「剣をしまえよ、チャールズ」かすかにせせら笑うようにロアルドは言った。「蚤《のみ》みたいに飛び上がるんだな」彼は声をあげた。「なんの用だ？」

ドアが開き、鎖と革がごたまぜになった服を着た兵士が現れた。「レディがお会いしたいとのことです」兵士はにやにや笑いながら言った。

ひょっとすると利口で功名心のある村娘が、新領主に自分を売り込みに現れたのかもしれないぞ。

「通せ」

すると、あの強情なマティルドがつかつかと入ってきた。

16

ロアルドとまともに向き合うには、自制心と気力を総動員しなければならなかった。暴力で自分の純潔を奪った男、自分をいたぶりあざけった男のそばに寄ると思うと、マティルドは吐き気を覚えた。ヘンリーが現れる前は、ロアルドの名を耳にしただけでも縮み上がったものだったが、いまは領民のためにも、そしてヘンリーのためにも、たじろぎすらするつもりはない。彼らのために、ロアルドを断固としてエクルズフォードから退かせようと会いに来たのだから。

家に入ったとき、マティルドはロアルドの顔に衝撃の表情が走ったのを見た。まさかわたしが現れるとは思っていなかったのだ。そして彼女は炉のそばにチャールズ・ド・マルメゾンが剣を抜いて立っているのも痛いほど意識した。

近くで見るチャールズ・ド・マルメゾンはさらに醜い巨漢だったが、マティルドは彼を無視するよう努めた。「こんばんは、ロアルド」

衝撃から立ち直ったらしく、ロアルドはなにか問いかけるように片方の眉を上げた。さもこの場の主導権が自分にあると見せかけようとするそのしぐさに、マティルドはあやうく吹き出しそうになった。ヘンリーをまねたようなしぐさだが、彼ならちゃんとその場の主導権を握り、冷静で自信に満ちていたことだろう。

「これは思いがけないお客だな」ロアルドが言った。「ひとりで来たんじゃないだろう?」

「ええ」マティルドは外に自分を待っている武装した護衛がいると勝手に思わせておくことにした。

「あなたと冗談を交わしに来たわけではないの」マティルドは横柄にあざけるような視線をド・マルメゾンに走らせた。「あなたの腰ぎんちゃくとも」

「きみの従者はどうした?」ロアルドは、マティルドが何度もこの家を訪れては座ってきたクッションつきの玉座のような椅子に戻った。「ハンサムなヘンリーはどうしている? かわいそうに重傷を負ったそうだが」彼は勝ち誇ったようにド・マルメゾンをちらりと見た。

「そう聞いているのなら、あなたの得た情報はまちがいね」マティルドは答えた。「負ったのは小さな傷よ。頭の傷は出血がひどいのをあなたも知っているでしょう? 実際に戦っていないなら、知らないかもしれないわね」

ロアルドが顔をしかめたのを見て、マティルドは内心勝ち誇った。

「そう、サー・ヘンリーはまったく元気で、もう一度戦いたくてうずうずしているわ。でもわたしは彼にこう言ったの。なぜ労力を浪費するの? あんな寄せ集めの軍隊ではロアルドが勝てないのは明らかだわと」

マティルドは従兄《いとこ》を見すえたまま続けた。

「そこであなたのなんの価値もない命を救いに来たのよ、ロアルド。もう一度エクルズフォードに攻撃をかけようものなら、あなたは命を落とすに決まっているから。わたしはあなたの降伏を受け入れ、平和裏にここから撤退させるために来たの」

ロアルドはあっけにとられた顔でマティルドを見つめた。

「わたしたちを見くびっていたわね、ロアルド」マティルドは表面的にはどこから見ても自信たっぷりに続けた。「簡単に勝てると思っていたのに、そうはいかないとわかったのではないかしら。それどころか、サー・ヘンリーと彼の率いる軍隊を相手にしては勝てるはずなどないわ。だから、こちらの思っている以上に愚かではないかぎり、あなたはわたしの申し出に応じて、ここで戦いをやめるべきよ。プロヴァンスに戻って、もう二度とわたしたちに迷惑をかけないと約束するなら、姉とわたしはあなたを平和裏にここから撤退させるわ」

困ったことに、ド・マルメゾンが耳障りな恐ろしい笑い声をあげ、剣を鞘《さや》におさめた。「降伏するだと？　この女は頭がどうかしているぞ！」

「わたしはまったく正気よ」マティルドは膝ががくがくしたものの、声はまだしっかりしていた。「城を奪えると思うなら、あなた方のほうこそ妄想に冒されているわ。きょうの戦闘で、あなた方に勝ち目はないとわかったはずよ」

「そうかな？」ロアルドが口早に言った。

「いくらかでも知性のある者なら、そう考えるわ。それがわからないなら、あなたとそこの——」マティルドは軽蔑《けいべつ》に唇をゆがめ、ド・マルメゾンに視線を走らせた。「仲間は知性に問題ありということになるわね」

ド・マルメゾンがまたもや耳障りな笑い声をあげ、椅子に座り直した。「この女は頭がおかしいぞ」彼はばかにした目でマティルドを見つめた。「それに醜女《しこめ》だな。少なくとも、もうひとりのほうは美人だが」そう言って、みだらな手つきで自分の体を撫《な》でた。「あの美女が手に入ったら、おれがどうするかはわかっているだろうな？　それとも頭のおかしいあんたにはわかるはずもないか？」

こんな男に侮辱されたところで傷つきなどしない。自分のせいでヘンリーが負傷したことのほうがよほどつらい。それにしても、この男のしぐさといったら……。

「本気でこの男の汚い手に自分の運命を託そうというの？　あなたが負けた場合、彼はなにを失うというのかしら。人殺しを求めているほかの貴族を探してまた雇われるだけじゃないの。この男は国王の逆《げき》鱗《りん》に触れるわけでもなければ、教会から裁きに背いたかどで破門されるわけでもないわ」

マティルドはド・マルメゾンのほうへもう一度蔑《さげす》みの視線を走らせた。

「彼はおそらくすでに破門されているわね。でも、ロアルド、あなたは」マティルドは従兄に目を戻した。「なにもかもを失うのよ。命をはじめとして」

ロアルドが荒い息をつきつつ、椅子からはじけるように立ち上がった。「国王は、エクルズフォードはわたしのものだと承認している」

ロアルドが腹を立てれば立てるほど、マティルドは冷静になった。彼が焦れば焦るほど、落ち着き払い、彼が不安になればなるほど、穏やかになった。

「それならなぜその旨を告げる国王の文書がわたしたちのところに届かないのかしら。承認を伝える使者も伝令も書状もだれひとり、なにひとつ送ってこないのはなぜ？」

「城はわたしのものだ！」ロアルドは大声をあげ、椅子の背をぴしゃりと叩《たた》いた。「あの城は前々からわたしのものだったのに、おまえが――考えなしのあばずれが父親に遺言を書き換えさせてしまったんじゃないか」

「わたしが？　父が遺言を書き換えたのはわたしのせいじゃないわ。あなたのせいよ。あなたが娘を手ごめにして父の信頼を裏切ったからよ」

「叔父上はわたしに城を継がせたくなかったんだ。いまのは言い訳だ！」ロアルドは激しい怒りに満ちた目でわめいた。「叔父上は昔からわたしを嫌っていた。おまえの高慢ちきな姉もそうだ。いつも、あなたにわたしはもったいないわというようにつんとして、わたしと口をきこうとさえしなかった。でも、マティルド、おまえはそうじゃないもんな。わたしを足の下の土ぼこりみたいに扱うんじゃないと、あのふたりに教えてやったんだ！」

　父とジゼルに腹が立ったから、わたしを手ごめにしたというの？　わたしは仕返しの材料だっただけで、ほとんど人間として見てすらいなかったというの？

　最後にひとかけら残っていたマティルドの屈辱感とロアルドへの恐れが消えうせた。「なんとあきれはてた人かしら」マティルドは静かに言った。

「クリストフス司教がこっちの言い分を支持してくれるさ！」ロアルドはマティルドの言ったことも聞こえないかのようにわめいた。

「賄賂《わいろ》を使ったからでしょう？」マティルドは淡々と言った。「わたしたちもそうよ」

「司教はヘンリーが大嫌いなんだ。あのノルマン人に助けを求めたくせに、司教の支持など得られるものか」

「あなたってもう少し頭がいいはずじゃなかった、ロアルド？」マティルドは言った。「クリストフス司教のような人には、個人の感情より損得勘定のほうが大事なのがわからないの？　甲冑《かっちゅう》ではなく法《ほう》衣《え》をまとっていても、傭兵《ようへい》のようなものよ。それからヘンリーのことだけれど、彼に家族や友人がいるのを忘れてしまったの？　ヘンリーが守備隊を指揮する城をあなたが攻撃したと知ったら、兄のダンキース領主はどうするかしら。それにトリゲリス領主は？　わたしたちが勝ったあとでも、この領主たちがあなたを許したり忘れたりすると思う？」

　ロアルドの顔から血の気が引いた。

「こんな女の言うことにおじけづこうというんじゃないだろうな？」ド・マルメゾンが低いうなり声で尋ね、あとのふたりに彼がいたことを思い出させた。

「有利なのはこっちのほうだぞ。あの城には城壁が一重しかない。城門もひとつだ。あしたにでも奪えた。

る」彼は立ち上がり、マティルドのほうへやってきた。「いまの話は策略だ」

マティルドはもはやロアルドを恐れてはいなかったが、ド・マルメゾンとなると話はべつだった。

「わたしにさわらないで！」

「怖がっているのか？」ド・マルメゾンは愚弄《ぐろう》するような流し目を使って言った。「護衛を呼ぶんだな。こっちを打ち負かせるとかいう兵士を」彼はにたにたと冷たく悪意に満ちた笑みを浮かべ、剣を抜いた。「さあ、どうぞ。待っているからな」

「わかったわ」マティルドはくるりとうしろを向き、ドアに向かいかけた。背筋を冷たい汗が伝い落ちる。マティルドは外に何人の兵士がいたかを思い返し、兵士に捕まらずに逃げる方法を考えようとした。

「まあ、そう急がなくていいじゃないか」ド・マルメゾンが動き、ドアをふさいだ。そしてドアを開け、外を見た。

マティルドはベルトに隠している短剣に手をかけた。

「外にはおれの部下しかいないぞ」ド・マルメゾンが部屋のなかを向いた。

「暗くて見えないのよ」

「そんなに暗くはない」

「嘘《うそ》をついたのか？」ロアルドが叫び、ドアのところまでやってきた。彼は粗野な罵《のの》りのことばを口にすると、マティルドを見た。「よくもわたしをだましたな！」

マティルドは短剣に手をかけたまま、炉のほうへとあとずさった。「よくもエクルズフォードを奪おうとするわね。なんの権利もないくせに！」

「まったく大胆なばかだな」ド・マルメゾンがかすかに感心したように言った。「でも、ばかにちがいはない。さあ、これでわれわれには人質ができたぞ」

マティルドにはひとりでここに来るのが危険な賭《かけ》だということはわかっていた。誘拐されることもありうるから護衛をつけずに城を出てはいけないと、ヘンリーから注意されたのも覚えている。でも護衛を頼んでこれ以上兵士を危険な目に遭わせるよりも、危険を承知のうえでの覚悟だったのだ。

だから返事はすでに用意してある。短剣に手をかけているのと同じように。「ジゼルがわたしのためにエクルズフォードを手放すと思っているのなら、ばかはあなたのほうよ。ジゼルはあなたがどんな人間で、どんな領主になるかを知っているわ。それにわたしがなぜここに来ているかを知っていて、あなたがわたしたちの申し出に応じるものと思っているの。なんといってもエクルズフォードは食糧を充分に備蓄しているし、兵隊はわたしたちのために死ぬ覚悟でいるんですもの。あなたがお金で雇った傭兵たちは、報酬が労力にも自分の命にも値しないことに結局は気づくでしょうよ」

マティルドは大きな椅子までどうにかよろめかずに足を運んだ。そしてスカートの裾《すそ》を翻し、女王のような威厳を持って椅子に身を沈めた。

「わたしを殺してジゼルにまだわたしが生きていると思わせようとしても、彼女は納得しないわ。自分の目でわたしの姿を見ないかぎり、嘘だとわかっているから。だからあなたにはふたつの選択肢があるの、ロアルド。降伏してあなたのそのお粗末な命を失わずにすませてプロヴァンスに帰るか、エクルズフォードを奪うべくお金を浪費して兵隊に攻撃をかけさせて失敗するか、そのどちらかよ。どちらにする？」

ロアルドが口を動かしたが、なんの声も音も出てこなかった。ド・マルメゾンが彼のところまで行き、顔を強く引っぱたいた。

「ばかじゃないのか？」ド・マルメゾンは悪魔その

もののような、彼独特の低く耳障りな声で怒鳴った。「死んでなどいないわ！」

「この女の言っていることは嘘だ。おまえには三百五十の兵がついているんだぞ。四十名を超す相手の兵を捕まえたし、それ以外に何人殺した？　あの城にはへなへなの城壁がひとつと、なんの役にも立たない門がひとつしかない。城は奪える。この女がさっき脅したことだが、スコットランドだかコーンウオールだかの領主とやらがなにを考えたりしたりしようが、それがなんだ？　こっちには国王がついているんだ。そうだろう？」

「そうだ」ロアルドが答えた。どうやらマティルドと同じくド・マルメゾンを怖がっているらしい。

「それに、どこかの司教だかなんだかがなにを言ったってかまうもんか。城を手に入れて放すな。あんたには兵隊がついている」ド・マルメゾンはくるりと振り向き、マティルドをにらみつけた。「それから、ダルトンは死んだぞ」

マティルドは椅子の腕木を握りしめた。「死んでなどいないわ！」

けがをした子羊を追いねらう狼《おおかみ》のように、ド・マルメゾンがマティルドのほうへ来た。「まだ死んでいなくとも、もうすぐ死ぬんだよ。顔を思いきり打ってやったからな。兜《かぶと》がつぶれたのを見たぞ」

マティルドはなかば立ち上がり、短剣を引き出した。が、ド・マルメゾンのがっしりした手がすばやくマティルドの手をつかみ、ぐいとひねった。マティルドが短剣を落とすと、彼はマティルドを無理やり椅子に座らせた。「ダルトンは死に、やつらは負けた。この女もそれを知っているはずだ」

まだ手をひねって激痛を与えたまま、彼はマティルドを引っ張って立たせた。「そうだろう？」

「ちがうわ！」

ド・マルメゾンはマティルドの顔の前で笑い声をあげた。ひどい口臭がしてマティルドが吐き気を覚えたところへ、彼は肩越しにロアルドを振り返った。

「いいか、ド・セヤズ、もうひとりの女はいいからこっちをおれにくれ」その醜い顔に凶暴な意図のうかがえる表情を浮かべて、彼はマティルドを見た。「こっちを手なずけるほうがおもしろそうだ」

「ロアルド！　こんな男の言うことなど聞いてはだめよ！」マティルドはド・マルメゾンの手を振りほどこうともがきながら叫んだ。「この男は自分の報酬のことしか考えていないわ。あなたがどうなろうと関係ないのよ」

「そう言うおまえはどうなんだ？」ロアルドはあざ笑い、目を悪意に輝かせてマティルドのほうへやってきた。「まだわたしをだまそうとしているじゃないか。わたしと愛を交わしたあと、強姦《ごうかん》されたと言って叔父上をだましたように。国王はわたしがエクルズフォードを継ぐよう望んでいる。それに、ド・マルメゾンの言うとおりだ。あの城には城壁も城門もひとつずつしかない。兵の数はこっちのほうが多い」

ロアルドはそばまで来ると、マティルドのベールをうしろへ引いた。そして身をかがめてマティルドの頬をなめ、マティルドを嫌悪感で身震いさせてからささやいた。

「わたしはすでにおまえの味見をしているからな。ド・マルメゾンにかわいがってもらうといい」

「ロアルド、やめて！」

彼はうしろへ下がった。「好きなように楽しむといいぞ、チャールズ。生かそうと殺そうとどっちでもかまわない」

「やめて！」マティルドは叫び、手足を振りまわして抵抗した。

どう抵抗しても、ド・マルメゾンは石でできたかのようにびくともしない。

「ロアルド！」

従兄が敷居で足をとめ、振り向いてマティルドを見た。それは厄介払いをしてせいせいするものを見る目つきでしかなかった。「お別れだな、マティルド。心配しなくていい。おまえの死体はちゃんとジゼルに送りとどける。ジゼルはわたしがもらうんだ」

「ロアルド、ばかな――」

ド・マルメゾンが手の甲でマティルドを叩いた。マティルドは床に突っ伏した。四つん這《ば》いになり、自分の前に立っている悪意に満ちたけだものを乱れた髪の隙間《すきま》から見上げた。ロアルドは助けてくれようともしなかったが、ド・マルメゾンに体を奪われるくらいなら、死んでも抗《あらが》うつもりだった。

「あなたはどんな悪魔の落とし子かしら」マティルドはあざけった。「人を辱しめなければ、自分は強いと思えないの？　人間だという気がしないの？　あなたなど二本の足で歩くけだものでしかないじゃないの。わたしを手ごめにすれば、神は事情を理解し、わたしをお憐《あわ》れみになり、あなたに天罰が下るのよ。わたしは恥辱などなにも感じないわ。なにひとつ恥じるべきことはないから。わたしにはなにひとつ恥じるべきことはないわ」マティルドは繰り返して言った。心からそれは真実だと思った。そして前にもそれは真実だったのだ。「でもあなたは……あなたは恥にまみれて死ぬわ。あなたには母親はいないの？　姉妹はいないの？　女は好きなように関係を持てる奴隷や娼婦《しょうふ》としてではなく、母親や姉妹のように大切に扱わなければならないのよ」

「母親も姉妹もいるもんか」ド・マルメゾンがうなり、頭からベールをはぎとると、髪をつかんでマティルドを立たせた。「おれはどぶに捨てられていたんだ。傷痕《きずあと》のなかにはそのとき鼠《ねずみ》にかじられてできたやつもある」彼はマティルドをもう一度引っぱたき、床に這いつくばらせた。「自分は女だからと慈悲を求めておれをいらいらさせるんじゃない」

マティルドは四つん這いのまま前へ進み、小さいほうの椅子の脚をつかむと、力いっぱいド・マルメゾンに椅子を投げつけた。

ド・マルメゾンが飛びのいて椅子を避けるあいだに、マティルドは床に落ちている短剣に手を伸ばした。

「おっと、そうはさせるもんか!」ド・マルメゾンはうなり、すばやく前へ出てマティルドの手をひねり、短剣を奪いとった。

マティルドにはまだ小さいほうの短剣がブーツに残っている。「あなたなどに体は許さないわ」息を切らしつつそう言うと、マティルドは重い椅子のほうへ少しずつあとずさった。「それくらいなら死んだほうがましよ!」

ド・マルメゾンがマティルドの短剣を部屋の奥へ放《ほう》りなげ、鎖頭巾《ずきん》を脱いだ。短剣がかたんとどこかに当たり、鎖頭巾ががしゃがしゃと床に落ちた。

「大声で泣き叫ばせてやる。城にいる連中にも聞こえるくらいにな」

「あなたなんか地獄で焼かれるといいわ!」マティルドは大きな椅子をひっくり返し、ド・マルメゾンとのあいだをふさいだ。

ド・マルメゾンが悪態をつき、倒れる椅子をよけようとうしろへ飛びのいた。マティルドは椅子をまわり、ドアをめざして駆けた。

ド・マルメゾンが飛びかかり、マティルドを床に倒した。マティルドは前へ這おうとしたが、ド・マルメゾンに片足をつかまれている。ブーツに短剣の隠してあるほうの足だ。

ド・マルメゾンが笑い声をあげた。その癇《かん》に障る笑い声には人の不幸を喜ぶ響きがあった。「じたばたしつづけろ。抵抗しておれに骨を折らせるんだな。しかしおれは、必ず最後には自分のほしいものを手に入れることになっているんだ」

今回はちがうわ。マティルドは心のなかで叫んだ。わたしが手に入るものですか。あんなことは二度とごめんだわ。

マティルドは蹴《け》り、手を振りまわして、ブーツを脱がせられずにド・マルメゾンの手から逃れようとした。ブーツが脱げれば、短剣が見つかってしまう。木の床に爪を立て、必死でつかまろうとした。

ド・マルメゾンは容赦なくマティルドを引き寄せた。「その調子だ。簡単にものにできては、おもしろくないからな」その声はいまや肉欲にかすれている。

マティルドは蹴るのをやめ、ド・マルメゾンにブーツを脱がさせた。彼はまたも悪態をつき、床に落ちた短剣を拾いに行った。そのあいだにマティルドは立ち上がり、燭台《しょくだい》へと突進した。そして燭台の細い柄をつかんだ。重さなどものともせず、蝋燭《ろうそく》の炎と熱さにも気をとめず、マティルドは燭台をド・マルメゾンの頭めがけて振りかざした。蝋燭が燭台から抜け、彼の顔面に向かって飛んだ。

ド・マルメゾンが悲鳴をあげ、両腕で顔をかばった。蝋燭は彼の足元のでこぼこした床を転がった。そのあいだにマティルドは燭台を槍《やり》のように構えて彼に突進し、思いきりおなかに一撃を加えた。ド・マルメゾンがうしろ向きに倒れ、蝋燭も何本かが床に落ちた。

力をこめて攻撃したせいで腕が痛み、マティルドは燭台を落とすとドアに駆け寄ろうとした。が、ドアまで行かないうちにド・マルメゾンが燭台を蹴飛ばした。燭台はマティルドの足に横からぶつかった。あやうく平衡を失って転びそうになりながらも、マティルドは踏みとどまった。なにかの燃えるにおいがしたと思ったところへド・マルメゾンが立ち上がり、なにが燃えているのかをマティルドは知った。

飛びかかろうとしている猫のように身をかがめると、マティルドは息を切らして言った。「ばかね、外衣が燃えているわ」

ド・マルメゾンは外衣の裾に目をやり、炎が肌をなめてでもいるかのように飛び上がった。そして体をよじって火を叩き消そうとしている。マティルドはその隙にドアへ突進すると、掛け金をはずし、そっと外へ出た。

逃げ出そうとしてほんの一瞬、驚いた雌鹿《めじか》のようにマティルドは立ちどまった。近くで小さな焚《た》き火を囲んでいた数人の兵士があっけにとられた顔でマティルドを見つめた。あまりにも思いがけなく現れたので、仰天して動けないらしい。

マティルドが駆け出すと、兵士たちははじけるように立ち上がり、緊急事態の発生を大声で知らせながら、追いかけてきた。村のはずれ近くで、大柄の兵士がまるで抱擁でもするように両手を差し出して近寄ってきたが、マティルドはそれをあやうくかわした。

そのあとは川岸のよく茂った林を通り、城の裏門をめざした。急を知らせる声を聞いたはずの番兵にでくわさないよう、警戒は怠らなかった。

失敗してしまったわ。またもや失敗してしまった。でも今度はなにも失っていない。賭に勝つことを願っていたけれど、無事に城まで帰りさえすれば、なにも失っていないことになる。

そばの木から夜鳥が鳴き声をあげて飛び去り、マティルドはぎくりとした。ちょうどそのとき、だれかがマティルドをつかみ、下生えの茂みに引きずり込んだ。

抵抗するひまもないうちに、よく知っている声が耳元で言った。「マティルド、いったいなにをしようとしているんです?」

マティルドはほっと体の緊張を抜き、サーディックのたくましい胸にもたれた。そのときになって初めて、まわりに兵士がいるのに気づいた。

「城に連れて帰って、サーディック」ひどい疲労感に襲われながら、マティルドは言った。「無事城に戻ったら、なにもかも話すわ」

17

マティルドが裏門を通って城に戻ると、ジゼルが待っていた。ジゼルは安堵《あんど》のあまり歓声をあげてマティルドを抱き寄せた。

興味津々の番兵たち——自分が嘘《うそ》をついた相手である番兵たちが見ているのをマティルドは考慮した。「休みたいわ」それだけ言って、さっさとジゼルの腕を取り、大広間へと促した。ぐずぐずしていてジゼルにニコラス卿《きょう》と兵士が到着することについてなにかきかれたら、嘘であったことがばれてしまう。

サーディックを従え、ふたりは月の光に照らされた荷車や樽《たる》をよけつつ、中庭を急ぎ足で突っ切った。いまは中庭も静かで、ときおり犬のくんくん鼻を鳴らす音と吠《ほ》える声くらいしか聞こえない。城壁の歩廊では兵士たちが神経を張りつめて警備に当たっている。それに城門の近くを行ったり来たりしている人影がある。マティルドがよほどまちがっているのでないかぎり、あれはサー・ラヌルフだ。

どうかサー・ラヌルフも命を落としたり負傷したりしないようにと願わずにいられない。「ヘンリーは目を覚ましたの？」マティルドはジゼルに尋ねた。

「あすのお昼ごろまで起きないと思うわ。わたしが城門であなたを待っているあいだに彼が目覚めたら、ファイガが知らせに来てくれることになっているの。ファイガを付き添いに置いてきたのよ。ああ、マティルド、とても心配したわ！　サー・ヘンリーのお兄さまは本当にいらっしゃるの？　どうしてもっと早く教えてくれなかったの？　ニコラス卿はどこに？」

「ごめんなさい、ジゼル」マティルドは穏やかに言った。

った。「ニコラス卿は来ないわ。そもそも来ることにはなっていないの。番兵に門を開けてもらう口実だったのよ。心配をかけてごめんなさい」

「ジゼルとわたしはもちろん、守備隊の半分もあなたがひとりで外に出かけたのを知っていて心配したんですよ」サーディックがうなるように言った。

「なんで城を離れたんです？」

「それは執務室で話すわ」大広間に通じる階段を上りながら、静かな決意をこめてマティルドは答えた。

大広間には負傷兵が収容されており、乾いた血と濡《ぬ》れた布のにおいに薬草のコンフリー、錫杖草《しゃくじようそう》のつんとする香り、夏白菊のさも苦そうなにおいが混じり合い、マティルドは胸が悪くなった。

マティルドは吐き気をこらえて足を速め、急いで階段を上ると執務室に入った。サーディックがドアを閉めるまで待ってから、彼とジゼルに座るようしぐさで示し、自分自身はテーブルの正面に立ったままでいた。「ロアルドに会って、降伏すべきだと言ってきたの」

ジゼルもサーディックも驚きのあまり絶句し、目を丸くしてマティルドを見つめた。

サーディックが先に立ち直った。「ロアルドに会いに行った？　ひとりで？　そして降伏すべきだと言った？」

「とてもうまくいきかけたのよ」マティルドは答えた。「ところがチャールズ・ド・マルメゾンがロアルドといっしょにいて、降伏してはだめだとロアルドを説得したの。それがなければロアルドは、ヘンリーは深手など負っていない、あなたの言い分は通らないというわたしのことばを信じたはずなのに」

サーディックがどさりと椅子の背に体を預けた。

「おかしなことを思いつくのはいまに始まったことではないにしても……」彼は不満げに言い、あとは押し黙った。

ジゼルは汚れたり破れたりしている妹のガウンをしげしげと見た。「ロアルドとはなにがあったの？」とまどいと気がかりから小さな声でジゼルは尋ねた。「また——」

マティルドは姉の気がかりを察した。「それは大丈夫よ」

「ああ、よかった！」

「こんなひどい格好になったのは、ロアルドがわたしをド・マルメゾンに与えようとしたからよ。でもわたしはド・マルメゾンに火をつけて逃げ出してきたの」

「なんだって？」サーディックが鋭い語気で言った。

「ド・マルメゾンに？」

「火をつけたですって？」ジゼルがあきれ声で言った。

「彼の外衣にね。ひっくり返ったときに、床に落ちた蝋燭《ろうそく》が燃え移ったのよ。燭台《しょくだい》で彼を殴ったら、蝋燭が抜けて飛んだの。それからわたしは逃げ出して、サーディックに見つけてもらったのよ」

サーディックがまるで外衣に火がついたのは彼であるかのように椅子から立ち上がった。「わたしが見つけなかったら、どうなっていたと思います？ロアルドに捕まっていたら」

「そのときは死んでいたわ」マティルドは両手を握りしめ、懇願するようにふたりを見つめた。「これ以上兵士が負傷したり殺されたりしないうちに、なんとかしてロアルドをとめなければならなかったの」マティルドはサーディックのところまで行き、彼のたくましい腕に手を置いた。「あなたの友人たちがこれ以上死んだり捕まったりしないうちに」

マティルドはジゼルを見た。「あなたの愛する人がけがをしたり命を落としたりしないうちに」

ジゼルが真っ赤になった。逆にサーディックの顔からは血の気が引いた。「知っていたのですか？」

「サー・ヘンリーがきっとそうだと言うの。当たっている？」

ジゼルが立ち上がった。ふだん穏やかなその目にはマティルドがこれまで見たことのない決意がこもっていた。「ええ、当たっているわ。わたしはサーディックを愛しているし、彼もわたしを愛しているの。わたしたち、結婚するのよ」

「あなたが反対でなければ」サーディックが言い、期待と恐れの入りまじった表情でマティルドを見た。

あまりに若々しくて純粋なその表情に、マティルドは彼が戦い慣れた戦士であり、姉が血まみれの傷も躊躇《ちゆうちよ》なく手当てする女性であることを、そしていまは戦争の最中で危険が差し迫った状況であることを束《つか》の間忘れた。三人とも若くて無頓着《むとんじやく》だったころに戻っている。果樹園でサーディックにダンスを教えたときのように。「もちろんわたしは反対などしないわ！　ふたりのためにもとてもうれしいわ。サーディックはすばらしいエクルズフォード領主になるわね」

ジゼルが未来の夫に晴れ晴れとした、それでいてどこか得意げな笑みを投げた。「マティルドは賛成するとわたしの言ったとおりでしょう？　あなたの心配はすべて杞憂《きゆう》に終わったわ」

このしあわせなひとときをもっと長く味わえたらと願っても、そういうわけにはいかない。ロアルドが依然として城門の外にいるのだ。

マティルドは姉の手を、傷病者をやさしく介抱できる手を握った。「戦が終わるまでエクルズフォードから離れていたほうがいいのではないかしら、ジゼル。もしも負けた場合――」

「負けるはずがない！」

「負けるはずがないわ！」

サーディックとジゼルが同時に叫んだ。

「戦がどうなるかはだれにもわからないわ」マティ

ルドは愛するヘンリーのことを、激しく痛めつけられ苦しんでいるヘンリーのことを思った。「お願い、ジゼル。わたしのためにもここを離れて」

「わたしがいなくなったら、だれが負傷者の手当てをするの？」

「ファイガがいるし、ほかにも――」

「みんなわたしほど腕がよくないわ」ジゼルはきっぱりと言った。「あなた、逃げることを考えているの？」

「いいえ。わたしの場所はここよ」

「わたしの場所もここなの。わたし、怖がってなどいないのよ、マティルド」ジゼルは手を伸ばし、サーディックの手を握った。「エクルズフォードの兵隊を信頼しているの」

「わたしもよ」マティルドは言った。「でも、むこうの兵がどれだけ多いかをロアルドから聞いたの。数はこちらのほうが少ないわ。それにもしもロアルドがあなたを捕まえるようなことがあったら……」

マティルドはサーディックを見た。「捕まったら、ひどい扱いを受けるわ」

ジゼルが毅然《きぜん》とあごを上げた。「強姦《ごうかん》されたとしても、わたしは乗り越えるわ。殺害はべつとして、男性から最もひどいことをされても、立派に生きていけるとあなたが教えてくれたの。なにがあろうと、わたしはあなたのようにたくましく勇敢であろうとするわ。たとえロアルドの軍隊にエクルズフォードを奪われようとも、わたしは彼と戦うことをやめないわ。あなたのように」

マティルドは嗚咽《おえつ》をこらえようとした。それは悲しみの涙ではなく、自分を汚され辱しめられた妹ではなく、たくましく勇敢な女として見てくれている姉への誇りと感謝の涙だった。

ジゼルが表情をやわらげた。「サーディックもここを離れないのよ。どうしてわたしがこの世で最も愛しているふたりの人間を見捨てることなどできるかしら」

「ジゼル、マティルドの言うことを聞いたほうがいいのではないかな」サーディックが静かに言った。

彼は悔恨をたたえた目で訴えるようにマティルドに告げた。「ジゼルのおなかには子供がいる。わたしたちふたりの子供です。許してください、マティルド」

ヘンリーは明らかにこのことまでは察していない。いや、気づいてはいても、話さなかったのかもしれない。

「許しなど請う必要はないわ」ジゼルがやや誇らしげに言った。「わたしにだって策略を練ることはできるのよ、マティルド。わたしたちは求め合っていたの。でも、彼は自分には肩書きも領土もないから結婚相手としてふさわしくないと思い込んでいたの。そこでわたしはこの障害を乗り越える方法を考えたのよ。彼は本当に律儀な人ですもの。こうなってしまったら、結婚を断ることはないはずだわ」

ジゼルは頭を傾け、隣にいるたくましい戦士の顔を見上げた。

「結婚してくれる、サーディック？」

「結婚を強要するために愛を交わしたということかい？」サーディックが信じられないという顔で尋ねた。

「自分では釣り合わないというあなたのばかげた考えを乗り越えるためよ」ジゼルはそう答えたが、少しも残念そうではない。「でも、そうでしょう、マティルド。サーディックはすばらしい夫、立派な領主になるわね」

マティルドはすぐさまふたりを抱きしめた。「もちろんそうよ」

マティルドがうしろへ下がると、ジゼルがサーディックに微笑《ほほえ》みかけて尋ねた。「わたしは許されたたのかしら？」

ことばで答える代わりに、サーディックはジゼルを引き寄せ、キスをした。

そのあいだにマティルドはそっと執務室を出てヘンリーの部屋に行った。そしてベッドのそばに座ると、愛する人の手を握り、なにもかもがうまくいくよう祈った。

焼けるような痛みに、ヘンリーはうめき声をあげていきなり目を覚ました。頭蓋骨《ずがいこつ》から顔が引きはがされるような心地がする。

戦闘。ド・マルメゾンの戦棍《せんこん》が命中して……。

少なくとも、自分は生きている。少なくとも、生きているらしい。激痛があるからには、自分は生きているのだ。

「ごめんなさい、サー・ヘンリー。包帯を替えなければならないわ」

ジゼル。いまの声はジゼルだ。マティルドはどこにいるのだ？

痛いっ！　だれかがうめいている。

わたしだ。

ようやく最後の布が取りのぞかれた。ジゼルがため息をつくのが聞こえた。「よかった。感染している兆候はどこにもないわ。目は開けられる？」

わたしの目はまだちゃんとあるらしい。ひと安心だ。たとえ荒海で溺《おぼ》れつつある男のように全身が苦痛に浸り、汗がしきりに流れ落ちていても。

「目を開けられる？」ジゼルがふたたび尋ねた。

開けられるだろうか。ヘンリーはやってみた。左の目が開き、心配そうにこちらをのぞき込んでいるジゼルが見えた。そう、これはジゼルだ。とはいえ、どこかへんな見え方をしている。まるで壁掛けに描かれた人物のように、偏平な感じがする。

もう片方の目は開かない。閉じたまぶたが乾いた

血か膿《うみ》で貼《は》りついてしまったか、よほど腫《は》れている
からだろう。
「わたしが見える?」
ヘンリーはうなずこうとした。が、激痛が走って、
それができない。彼は口をきこうと骨を折った。し
かし乾いた唇からはしゃがれ声がひとつ出てきたき
りだった。
「見えるなら、わたしの手を握り返して」
ヘンリーは苦労して手を握り返した。
するとジゼルが肩越しにだれかを振り返って言っ
た。「見えるわ!」
「よかった! ああ、よかったわ! あなたの目が
見えなくなっていたらと思うと……」声がしたとた
ん、いきなりマティルドがベッドのそばに現れてう
つむき、彼の右手を取って熱い唇を押しあてた。
マティルド……マティルドがいる。いや、マティ
ルドがここにいるのは当然だ。なぜならわたしがひ
どい傷を負ったのだから。もしかすると、わたしは
死にかけているのかもしれない。それなら、マティ
ルドかサーディックにこれからどうすべきかを話し
ておかなければ……。
つぎの瞬間、マティルドはベッドの上にいて、彼
の痛む頭を胸に抱き、ヘンリーに水を飲ませた。こ
れほどおいしい水を彼は飲んだことがなかった。
「少しずつよ、少しずつ」彼がむせかけると、マテ
ィルドがささやいた。
マティルドは彼をもとの姿勢に寝かせた。ベッド
が持ち上がる感覚がして、マティルドが立ち上がっ
た。彼はなんとか頭の向きを変えてマティルドを見
ようとした。このまま死んでしまうのなら、最後に
目にするのはマティルドの姿にしたい。
「左腕は動かせる?」ジゼルがベッドの反対側から
尋ねた。
こちらに背を向けてなにかしているマティルドを

見つめながら、ヘンリーはジゼルからきかれたことをやってみようとした。そして突き刺すような鋭い痛みに息をのんだ。

「筋肉が骨からはがれてしまったのではないかと思うの。用心すれば、腕はある程度使えるようになるわ。でも重いものは持てないわ」

ある程度? 重いものは持てない? これは盾を構える腕だ。盾を持てないでどうやって戦うというのだ? どうやって金を稼いだり、領土を得たりしようというのだ?

右腕はどうなのだろう。

ヘンリーは右腕を上げてみた。ほっとしたことに、動かせるとわかった。ついで顔に触れようとすると、ジゼルが彼の腕をつかみ、もとの位置に戻した。

「頬にさわってはだめよ。骨が砕けたの。できるかぎりもとの形に直そうとしたけれど、さわるとそれがくずれる恐れがあるわ」

頬骨が砕けた? 戦棍が命中したのだ。砕けた骨がどのように治るかはおよそ見当がつく。同じような負傷を何度も目にしたことがあるから。運がよければ、自分の顔は少々見栄えが悪くなる程度ですむだろう。運が悪ければ、骨の折れた側は水盤のようにくぼんだままだろう。

「額が切れたの。縫っておいたわ」

どうりで出血がひどかったわけだ。頭部の傷はいつもおびただしく血が流れる。額には傷痕《きずあと》が残るだろう。頬骨がへこみ、額には傷痕が残り、左腕は使えない……。

しかしヘンリーには自分の傷より気がかりなことがあった。「戦闘は?」彼はしわがれた小さな声で尋ねた。

「話すのはこれくらいにして」マティルドが器を手に戻ってきて言った。「これを少しのむといいわ、ヘンリー。痛みをやわらげて眠りやすくしてくれるの」

眠りたくなどない。戦いがどうなったかを知りたいのだ。「ラヌルフは……？」

「サー・ラヌルフは無傷よ」マティルドが彼の唇に器を押しあてながら答えた。「どうか、これをのんで」

そういう意味できいたのではない。ラヌルフから戦の経過を聞きたいのだ。しかし器の中身をのむのを避けることはできなかった。

「ロアルドは……？」

その名前は長いため息となって発せられた。そして彼は目を閉じた。マティルドの返事は聞こえなかった。傷ついた顔にだれかが包帯を巻くのを彼はおぼろげに感じたが、そのあとはもうなにもわからなくなった。

つぎにヘンリーが目を覚ましたときは窓から陽光が差し込み、マティルドがベッドのそばの背のない椅子に座っていた。マティルドは頭を彼のそばに休め、目をつぶってまどろんでいた。

わたしはどれくらいの時間眠っていたのだ？　マティルドはずっとつきっきりでここにいたのかもしれない。ロアルドはどうなったのだろう。戦闘は終わったのだろうか？　われわれは勝ったのか？　城が奪われていないのは明らかだ。それにいまは攻撃を受けていない。さもなければ、マティルドがここにいるはずがないし、これほど静かであるはずもない。

こちらが勝ったのか。どうか、そうであってほしいが。あるいは戦いが停戦状態か、そのいずれかだ。どちらの場合も自分にできることはほとんどない。彼は眠っているマティルドを見つめるのを自分に許した。どれほどマティルドを愛していることか。どれほど求めていることだろう。しかしいまとなってはマティルドに捧《ささ》げられるものがなにもない。土地もなければ富もなく、さらにはハンサムな顔やまともに盾を構えられる腕すら使えなくなってしまった。肉体は損なわれ、領土や富を得る夢は打ち砕かれてしまった。今後は他人の慈悲にすがらなければならないのだ。妻にそんな生き方をしてくれと頼めるわけがない。

思わず声をあげてしまったにちがいない。マティルドが身じろぎし、頭を上げた。マティルドは微笑んだ。その笑顔はなんとわたしの胸を締めつけるのだろう。「目が覚めたのね。痛みはどう?」

ヘンリーは苦悶《くもん》の最中にあった。心の痛みは肉体のけがよりも激しくつらいものだった。「少し痛む」

彼はそう答えたが、腫れた頬のせいではっきりと話すのはむずかしかった。とはいえ、少なくとも喉はさほど渇いていないし、ひりひりもしていない。

マティルドが立ち上がりかけ、彼は痛めていない右の手をマティルドの手に重ねてそれをとめた。

「まだいらない。ラヌルフと話をするまで薬はいらない」

「それなら少しおなかに入れたほうがいいわ。なにか見つくろって――」

「あとでいい」いまはただマティルドを見ていたい。「お願いだ」

マティルドは椅子に戻り、ヘンリーに微笑みかけた。しかし、目には涙があふれている。「あなたは戦闘に参加しないはずだったのに。やみくもに戦いに挑んではいけないとサーディックに注意していたのはあなたなのに。もし殺されでもしたら……」そのあとに続けるべきことばが喉につまったとでもいうように、マティルドは嗚咽をもらした。

ヘンリーは手を伸ばしてマティルドの髪を撫《な》でた。なんと疲労困憊《こんぱい》して見えることだろう。何日も眠っていないかのように、目の下には濃い隈《くま》ができている。責任を負うべきことが多く、苦労も多いせいだ。わたしはマティルドのためなら、喜んで死ねる。本当にそうできればいいのだが。「ロアルドには勝ったのだろうか」

マティルドの目を見れば、答えはわかった。

「わたしが負傷してどれくらいたつ？」ヘンリーはマティルドの返事を待たずに尋ねた。

「三日よ」

「ラヌルフを呼んでくれないか。頼む」

マティルドがうなずいて体を起こしたが、彼はまだ握ったままのマティルドの手にキスをした。

マティルドは悲しげに微笑みかけてから彼をひとり残し、部屋を出ていった。

不自由な体になるとわかっているなら、ひとりでいることに慣れておいたほうがいい。もうこれからはレディたちから笑みをたたえて迎えられたり、感嘆の目でじろじろ見られたりすることもなくなる。女性たちが自分の好意をめぐって競ったり、男たちが自分の話に聞き入ったりすることもない。これからは好奇の目で見つめられるか、自分が視界に入ったとたん、目をそらされるかだろう。

ドアが開いた。兜《かぶと》の重みで髪が頭に貼りつき、汗びっしょりの顔をしたラヌルフが部屋に入ってきた。そのあとには険しい表情のサーディックが続いた。ふたりとも何日間も着替えをしていないようすで、その類《たぐい》のにおいを発している。

なぜマティルドはいっしょに戻ってこないのだろう。ほかに用事が山積しているからにちがいない。

「戦闘から抜けるのもたいへんだな」ラヌルフが彼独特のひねくれた笑みを浮かべ、ベッドの足元までやってきた。

まったくラヌルフらしい。ヘンリーは一瞬なにも変わっていないような気がして、それをありがたく思った。「ロアルドはまだいるのか？」

ラヌルフがうなずき、真顔になった。「あいにく」

「また攻撃をかけてきたのか？」

「いや、まだだ。城壁の下を掘ってみることにしたらしい」

これは城壁が一重で堀が空堀の場合には、想定できない攻撃法ではない。ロアルドは兵士に城壁の基部を掘らせるつもりなのだ。掘りながら石工部分を木材で支え、城壁の厚みの半分をすぎたところまで来たところで、穴に乾いた木の枝や下草をつめて火をつける。そして木材の支柱が燃えつきると、城壁はくずれ落ちるのだ。「阻止できるか？」

ラヌルフはちらりとサーディックを見てから答えた。「残念ながら、それは少々厄介だ。戦い初日に合図のあと、サーディックの部隊は戦闘に加わろうにも加われなかった」

「敵軍の後方までまわれないうちにロアルドの部下の一部とでくわしてしまったんだ」サーディックが説明した。「わたしの部隊はわたし以外、全員殺されたり捕まったりしてしまった。ロアルドはその捕虜に城壁の下を掘らせている」

ヘンリーは捕まった兵士たちとその戦友たち双方の気持ちを感じた。穴掘りをやめさせようとすれば、捕虜になってしまった味方の兵士を殺傷することになってしまう。

「他方、捕虜は一般に責任感に欠ける」ラヌルフが続けた。「必要な深さまで掘るには、ロアルドが自分の傭兵《ようへい》を使って掘るよりずっと時間がかかりそうだ」

ヘンリーも同じ考えだ。「ほかに攻撃は？」

「二、三度、城壁を急撃してきた」ラヌルフが肩をすくめて答えた。「問題にするようなことはなにもない。ド・セヤズは傭兵たちにあっという間に楽々勝てると請け合ったのではないかな。傭兵たちは戦意を失いつつあるはずだ。城壁の下を掘るのは、城に入り込める好機が見つかるまで兵士の損失を避けるための方法だな」

「きみの戦略は？」

「きみと同じだ。こちら側からも穴を掘らせている。ロアルドよりも速く貫通させる。こちらが先に貫通したら、むこうが支柱を燃やすより先に穴に瓦礫《がれき》をつめる」

「よし。こちらの損失は？」

「六名だ。サーディックの部隊も含めて」

状況を考えれば、これは悪くない。

ヘンリーはサーディックを見た。彼が自分を救ってくれたのだが、おかげでこんな体で残りの人生をすごさなければならなくなってしまった。とはいえ、サーディックはよかれと思ってしたことなのだ。

「ありがとう」

サーディックは戦士同士がそうするように、さばさばとうなずいた。

立場が反対なら、サーディックはどう感じただろう。ヘンリーは束の間そう考えたが、ロアルドを退けてエクルズフォードとマティルドを守ることのほうが自分の将来よりも重要だった。「備蓄は？」

「食糧は充分ある。レディ・マティルドが確保してくれたからな」ラヌルフが答えた。「言っておくが、ヘンリー、レディ・マティルドは実に非凡な女性だぞ。サー・レオナードが怠け者に見えるくらいだ」

ヘンリーは頬をゆるめた。いや、そうしようとしたが、顔が激しく痛み、彼は固定した骨をそっとしておくようにというジゼルの忠告を思い出した。

ラヌルフがサーディックを見た。「ヘンリーとふたりきりで少し話をしたいのだが、かまわないかな」

この頼みはなにを意味するのだろう。ロアルドとの戦いの状況が実はこれまで話したよりひどくて、サーディックをはじめ兵士たちに知られては意気の阻喪を招きかねないということなのだろうか？　城の防御がサーディックの考えているほどうまくはいかないのだろうか？

それとも、わたしの負傷はジゼルから聞いているよりも深刻なのだろうか。ジゼルは親友の口から厳しい事実を話してほしいとラヌルフに頼んだのだろうか。

「元気を出せよ、ノルマン人。われわれは勝つんだからな」サーディックはにやりと笑ってヘンリーにそう言うと、ドアに向かった。「あんたの戦いぶりはみごとだ」

サーディックが出ていくと、ラヌルフがヘンリーを見て片方の眉を吊《つ》り上げた。「驚いたな、サーディックがきみを褒めたようだぞ」彼はがっかりしたふりを装って顔をしかめた。「わたしはまだまだだ」

ヘンリーはいま冗談を交わす気分ではなかった。

「話とはなんだ？」

「きみにはおもしろくない話だぞ」ラヌルフはベッドのそばの円椅子に腰を下ろした。

ヘンリーはもどかしさを覚えたが、ラヌルフの表情を見て気を取り直した。これからラヌルフがまじめな話をしようとしているのはまちがいない。しかし、本当に悲惨な話をしようというほど暗い表情はしていない。

「きみの兄上に手紙を書いてきみが負傷したことを伝え、できるなら、加勢を送ってほしいと頼んだ。怒らないうちに言っておくが、いまさらわたしをとめても遅いぞ。伝令はサーディックが負傷したきみをここに運び入れた日にこちらを発《た》った」

ラヌルフはわたしが死にかけていると判断し、兄のニコラスに負傷のことを知らせたにちがいない。

こんななんの役にも立たないぶざまな姿を兄に見られたら……。兄からはいつも、生き方を変えてもっと分別のある行動をしないといずれ悲惨な目に遭うぞと言われていた。結局、兄の言ったことは正しかったのだ。

とはいえ、むずかしそうには思えても、ヘンリーはラヌルフのとった行動に腹を立ててはいなかった。それは胸を戦棍で叩《たた》かれたような衝撃とともに、もう一度兄に会い、妹と自分の面倒を見てくれた礼を言わずに死ぬわけにはいかないと気づいたからだ。さらに、もしも兄が手を貸してくれるなら、それは自分のつまらない誇りを守るよりもはるかに重要なことだ。「わたしの容態はそれほどひどかったのか?」

「ひどかった。白状すると、レディ・ジゼルからきみが回復すると聞かされたときは嘘だろうと思ったくらいだ。ありがたいことに、きみは回復する。レディ・ジゼルもまったく非凡な女性だな。あれほどうまく傷の手当てをする人は見たことがない。手当ての方法や薬について少し教えを請おうと思っている。たとえば、軟膏《なんこう》だが……」ラヌルフは口をつぐみ、心配そうにヘンリーを見つめた。「疲れたか? 話をやめて出ていこうか?」

「まだ大丈夫だ。わたしの兄に援軍を頼んだんだな?」

ラヌルフは赤くなったが、ふだんの自信に満ちた態度は変わらず、ほかに感情は表れてはいなかった。

「きみがおもしろく思わないのはわかっていた。しかし、どのみちニコラスに手紙を書くのである以上、それにいずれニコラスもこの件にかかわらざるを得なくなるのであれば、きみが賛成しようとしまいと、頼んでみることにしたんだ。わたしはきみほど自尊心が強くもないしがんこでもないから、こちらが求めているときに援軍を送ってくれそうな人物がいたら、一も二もなく頼んでみるね。それに、守備隊の半分はすでにきみの兄上がこちらに向かっているとと思い込んでいる。それならほんの少しの援軍を頼んでみたところで害になるものか。どこで資金を見つけたのか知らないが、ロアルドは大金のかかる傭兵を数名かかえ込んでいるんだ」

「兄に要請してくれてよかったよ。援軍を送ってくれるといいんだが。どうしても必要だからな」

一瞬ラヌルフは完全にあっけにとられたようだった。ついでほっとした笑顔に変わったが、それも一瞬で、ふだんのひねくれた表情に戻った。「よかった。きみにもようやく少しは分別がついたか」

ラヌルフの言ったことでヘンリーが当惑したことはほかにもあった。「すでに兄が来ると思い込んでいる者があるんだって？」

ラヌルフがあわてて立ち上がった。「ああ。ほら、兵隊というのはいつも話をでっち上げるものじゃないか。いまにもどこかの友軍が現れて、激しい戦闘をせずにすむという期待のもとに」

ヘンリーはごまかされなかった。ラヌルフがいつになくあわてたようすを見せたのは、いまの話は嘘だということを物語っている。「兄が来ると言ったのはだれだ？　きみか？」

ラヌルフが慰めるために嘘をつくような男ではない以上、それはまずありえない。が、ひょっとしたら、そうなのかもしれない。

「まさか！」ラヌルフは明らかにうろたえて答えた。「わたしは事実だと確信しないかぎり、そんなことはしない。まやかしの希望をいだかせて、結果的に兵士をがっかりさせたり戦意を喪失させたりしたくはないからね」

「ではだれだ？」

ラヌルフは軸足を変えたかと思うと、儲《もう》けのない取り引きから抜けようとする商人のようにドアに向かってじりじりと移動しはじめた。「いまとなってはだれだっていいじゃないか。ニコラスは本当にこちらに向かっているのかもしれないんだからな」

ヘンリーは激痛が走るにもかかわらず、体を起こした。「だれなんだ?」

一瞬ラヌルフは内心激しく葛藤《かっとう》したが、ベッドへと引き返した。「マティルドだ」

ヘンリーは唖然《あぜん》として枕《まくら》に頭を戻し、ついで痛みに顔をしかめた。

「おとなしく話を聞くと約束してくれるなら、なぜマティルドがそうしたかを教えよう。さっきも言ったとおり、マティルドは実に非凡な女性だ」

ヘンリーはごく小さくうなずいた。おとなしくしていること、マティルドが非凡な女性であることを認めるにはそれで充分だった。

ラヌルフが円椅子を引っ張ってきて座った。「きみが負傷した日の夜、マティルドは裏門の番兵にニコラスの一行に会いに行くと告げたんだ。そう言えば、裏門を通してくれると踏んだのだと思う」

ニコラスのことで嘘をつき、城を出た? たったひとりで? 村にはロアルドとその軍隊がいるというのに?

「おとなしくしていると約束したはずだぞ」ラヌルフが言った。「あまり動揺するようなら、ジゼルに言って眠れるよう薬をのませなければならない」

「動揺はしない」ヘンリーはそう答えたが、ラヌルフからいま聞いたことを考えても、動揺せずにいるのはむずかしそうだった。

「降伏を要求しにロアルドのところへ行ったらしい」

ヘンリーにはとにかく信じられなかった。番兵に嘘をついて城を出て、たったひとりでロアルドに降伏を求めに行った?

「驚いただろう? あきれた、とんでもないとさえ言える。しかし本当なんだ。マティルドはたったひとりで村まで行き、ロアルドにこう告げたんだ。城を奪おうとしてもなんにもならない。サー・ヘンリーはまったく無傷だし、城を奪うのは断念すべきだ、と」

少し考える時間のできたいまとなっては、まなざしに決意を秘め、目を覚悟に輝かせ、ガウンの袖《そで》に隠した両手を握りしめて、マティルドがそうしている姿を思い描くことはできる。しかしそれでも……。

「ロアルドは承知しなかったんだな」

さもなければ城壁の下を掘らせようとするはずがない。

「あいにく、そうだ」

ロアルドがどんな人間でなにをやりかねないかを知っているだけに、どこかつじつまの合わないところがある。「そのままマティルドを帰したのか?」

ラヌルフはヘンリーと目を合わせようとしなかった。「正確にはそうじゃない」彼は目を上げて微笑んだ。「マティルドは自力で逃げ出した。まったく並はずれた女性だ」

それだけではないはずだ。「なにがあった?」

「無事に戻ってきたんだよ。だからなにもきみが気に病む――」

ヘンリーは無傷の右腕を突き出し、ラヌルフの腕をがっしりとつかんだ。「なにもかも話してくれ」

「拷問にかけなくてもいいじゃないか」ラヌルフはぶつぶつ言いながらヘンリーの手を振りほどいた。

「無事戻ってきたのだから、話をはしょってかまわないと思ったんだ。ロアルドはマティルドに触れてはいない」

ヘンリーの胸には安堵が押し寄せた。が、彼はラヌルフの話が終わっていないのに気づいた。

「ロアルドはマティルドをド・マルメゾンに与えたんだ」

ド・マルメゾンに? くそ!

「しかし、マティルドは抵抗して逃げ出した」ラヌルフが独特の冷笑を浮かべた。「どうやらド・マルメゾンに火をつけたらしい」

「火を?」ヘンリーはあえぐように言った。

「短剣をはじかれたので、燭台を武器にしたんだ」

ラヌルフはひげを撫でた。「何度も言うように、実に非凡な女性だ」

「短剣だって?」

「マティルドが武器も持たずに行くような愚かなまねをする女性だとは思わないだろう? しかも短剣を失ってからですら、手に入るものを武器として使った。サー・レオナードの教えどおりだ」ラヌルフは落ち着き払って片方の眉を上げた。「そういう女性に好意を持たれているのはありがたいことだな」

たしかに。ありがたくて、自分の卑小さがわかり、心が痛む。「ひとりにしてくれないか、ラヌルフ」

「わかった」ラヌルフはうなずいて立ち上がった。

「あまり長くいるとレディたちが喜ばない。ふたりがここに来たときにきみが疲れていると、なんと言って叱《しか》られるかわからない。レディたちの逆鱗《げきりん》に触れるようなまねは避けておこう」

ラヌルフはドアのところまで行くと、手放しでうれしそうな、心からの笑みを浮かべて振り返った。

ヘンリーがラヌルフのそのような笑みを見たのはこれが初めてだった。「きみが死ななくて本当によかったよ、ヘンリー」

ヘンリーがなにも言わないうちにラヌルフは部屋を出ていった。しかしヘンリーは心のなかで、マティルドと結ばれずに生きるくらいなら、戦闘で死んだほうがよかったと思っていた。

18

その後の数日間、ロアルドが城壁に穴を掘るのに望みのすべてを託しているようすだったので、マティルドはできるかぎりの時間をヘンリーとともにすごした。彼が目覚めているときは、食事をとるのを手伝い、最悪の負傷から彼が徐々に回復していくのを見守った。顔の腫《は》れが引いてきて彼が前より楽に、また明瞭《めいりょう》に話せるようになったので、ふたりはさまざまなことを話し合った。そのなかには子供時代――マティルドにとってはしあわせだったころ、ヘンリーにとってはそうではなかったころの話もした。マティルドは彼の父親が財産と代々受け継いできた領地を賭博《とばく》で失ったのを知った。父の死後はニコラスが父親代わりとなって、かなり厳格かつ冷淡に父親としての役割をはたした。ニコラスは妹のメアリアンを無理やり婚約させ、弟のヘンリーを修行のためサー・レオナードに預けた。とはいえ、メアリアンは兄に逆らい、しあわせに結婚している。

ヘンリーの口ぶりから察すると、サー・レオナードのもとですごした年月は楽しかったようだ。とはいえ、マティルドにはサー・レオナードはきわめて厳格な師匠に思える。ヘンリーがその時代のほうがよかったというなら、兄のニコラスはいったいどんな人物なのだろう。概して冷たい、愛情に恵まれない子供時代だったにちがいない。だとすれば、このようにハンサムな若者が女性の腕のなかにぬくもりと慰めを求めるのは無理もないのでは？　マティルド自身、ぬくもりと慰めを求めたのではなかっただろうか。ヘンリーほど切実な理由があったわけでもないのに。

マティルドはジゼルがヘンリーの傷の手当てをするのを手伝った。傷は恐れていたほどひどくはなかったが、彼がもとのようには二度となれないのを痛感した。それでも、ヘンリーは自分の傷についてはなにも言わなかった。彼は兵士たちの負傷について尋ね、毎日ある程度の時間をラヌルフやサーディックとすごした。ラヌルフとサーディックは現在、守備隊の指揮を共同でとっている。サーディックは防御を担当していた。一方ラヌルフは城壁の下を掘る作業を監督し、ロアルドよりも先に穴を貫通させせようとしていた。マティルドはヘンリーから、ラヌルフの穴が貫通した場合やロアルドがふたたび城門を攻撃してきた場合は即座に知らせてほしい、部屋の窓から戦闘を見たいからと頼まれていた。

マティルドはヘンリーとすごす以外の時間、食糧の分配を監督したり、狭いところにおおぜいの人々がつめ込まれていることから起きるもめ事の仲裁をしてすごした。だれもが緊張状態にあり、牛馬や犬すら気が立っていた。

そんなわけで、ついにラヌルフが城壁の穴が貫通直前だと知らせてきたとき、マティルドは安堵《あんど》に似たものを覚えた。胸壁にはサーディックの部下が集まり、ロアルドが事態に気づいた場合、上から攻撃を加えるよう待機している。敵軍に手の内を読まれないよう、全員が頭を低くし、音をたてずに行動している。

マティルドが急いでヘンリーの寝室に行くと、彼はすでにベッドのそばに立っていた。膝まで届く長い亜麻布のシャツ姿で、顔と肩にはまだ包帯を巻いたままだ。

「穴がほぼ貫通したんじゃないのかな?」彼が言った。「サーディックとその部下が城壁の上に集まっている」

「待っていてくれれば、ベッドから出るのに手を貸したのに」ヘンリーの包帯姿を見るといつもそうなるように、罪悪感を覚えながら、マティルドはたしなめた。

「ここから戦闘を見るのはやめようと思う」

マティルドは動揺を押し隠した。でも彼が立っているのもつらいようなら……。「わたしが支えるわ。ベッドに戻りましょう」

「胸壁で守備隊を率いるつもりだ」彼が決意も固く言った。「兵士たちにわたしを見てほしい。ロアルドにわたしの姿を見せ、命令を出す声を聞かせたい。わたしが死んでなどいないところを彼に見せたいんだ」

そんなむちゃだわ。まだ体力がついていないのに。とはいえ、マティルドはそう言うつもりはなかった。

「まだ長い時間立っていられるほど回復はしていないわ」

「きみにみずからロアルド・ド・セヤズのところまで行き、降伏を求めることができるなら、わたしも鎖帷子《かたびら》を着て胸壁から守備隊を指揮するくらいはできる」

マティルドはベッドの支柱をつかんだ。なぜ彼はあの徒労に終わった試みのことを知っているの？

「だれから聞いたの？」

「否定するつもりなのか？」

彼は強い確信を持っている。否定しようとしてもなんにもならない。それに彼に対して嘘《うそ》をつくつもりはない。「いいえ、否定はしないわ。たしかにわたしはロアルドのところへ行って、降伏すべきだと言ったわ。勝ち目はないと納得してくれるのを期待したのよ」

「ひとりで行ったのか？」

「ええ、ひとりで行ったわ」自分のとった策はうまくいかなかったが、だからといってマティルドは自分のしたことを恥じてもいなければ、申し訳なく思ってもいなかった。「だれも危険な目に遭わせたくなかったから」

「きみは殺されてもおかしくなかった」

「ええ」

「きみはエクルズフォードにいるすべての者やわたしのために自分の命を危険にさらしてもかまわない気でいながら、わたしを子供のようにこの部屋にかくまい、戦いが終わるまで退避させようとしている」

「あなたはけがをしているのよ」マティルドは嘆きがあらわに出てしまわないよう気をつけた。ヘンリーに、自分は子供のように無力だと思わせたくはない。でも彼がこのエクルズフォードに現れたときのようなたくましい戦士にふたたび戻ることはないのだ。

彼が表情をやわらげた。「自分がけがをしているのは知っているよ、マティルド。きみがわたしの身を案じてくれていることも。でもわからないかな。わたしは老人のようにここでじっとしているわけにはいかない。守備隊の指揮をとらなければならないんだ。それができないくらいなら、あのベッドに横たわったまま二度と起き上がれないほうがましだ。わたしは守備隊を率い、ここまできみを苦しめた男を打ち負かしたい。正当にきみたちのものである城と領地を盗もうとし、愚かにもきみときみを愛する人々に打ち勝てると考えている男を」

彼はマティルドの右手を握った。「わたしはあと二十年生きるよりも、自分の愛する女性を守り、エクルズフォードの守備隊の指揮官として死にたい」

彼は以前のように陽気な笑みを浮かべようとした。「兄もわたしが騎士らしく死んだという衝撃を乗り越えれば、ついにはわたしを誇りに思ってくれるかもしれない」

いまですら彼はわたしの悲しみをやわらげようと

してくれているわ。決然として立っている彼を前にすると、マティルドの胸はあらたに痛んだ。包帯を巻いた彼の顔を見つめると、その目の奥深くに訴えるものがあった。

ヘンリーは誇り高き戦士、兵隊の指揮官なのだ。チャールズ・ド・マルメゾンに敗れたことは、顔の傷と同じようにヘンリーの誇りを打ちのめしたにちがいない。マティルドにとってロアルドに襲われたことがそうであったように、ヘンリーにとっては屈辱だったのだ。自尊心を失い、誇りを奪われ、彼もまた自分が弱く無力であると感じずにはいられなかったのだ。その誇りを取り戻す機会があるというのに、どうしてだめだと言えるだろう。ふたたび戦士となり兵を率いる機会があるというのに。いけないとは言えない。彼を愛し、敬い、尊んでいるからには、だめだとは答えられない。彼がわたしの自尊心を取り戻すのに手を貸してくれたように、今度はわたしが彼の力とならなければならない。いくら心配であっても。

彼のためにはその訴えを受け入れなければならないとわかっていたが、それをことばにするのは容易ではなかった。「わかったわ、ヘンリー。わたしに手伝わせて」

ヘンリーの肩から力が抜け、マティルドはどれほど彼が緊張していたかを知った。

使えるほうの腕で、彼はマティルドを引き寄せ、固く抱きしめた。

「隊長の姿が見えれば、守備隊はきっと意気を奮い立たせるわ」マティルドはささやいた。不安を彼に見せるまい。彼のように勇敢でいようと心に決め、彼女は愛するヘンリーがもう一度戦いの場に臨むための支度を手伝った。

衣服をしまってある櫃《ひつ》から膝丈《ブリーチズ》ズボン、シャツ、鎧下《よろいした》を取り出し、彼の腫れた頬に気をつかいながら、マティルドはヘンリーを着替えさせた。いま着ているシャツをたくしあげてそっと頭から抜きとり、新しいシャツの袖《そで》に彼の左腕を慎重に通した。鎧下の上に鎖帷子を重ね、その上に緋《ひ》色の外衣を着せた。ヘンリーは唇をかみ、蒼白《そうはく》な顔をして体を動かしていたが、その唇からうめき声がもれることはなかった。マティルドはひざまずき、彼の脛《すね》に脛当てをつけた。

「左腕を固定してもらえるかな」

マティルドは無言でうなずき、幅広の亜麻布を三角巾《きん》として用いた。それが終わると、彼が言った。

「わたしの兜《かぶと》は？　つぶれて使いものにならなくなったかな」

マティルドは兜を櫃から取り出した。「具足師に修理してもらったの」

ヘンリーは兜を右手で受けとると、よく見た。

「腕のいい具足師だな」

マティルドはなにも言わなかった。兜をなかなかまともに見られなかった。ヘンリーがどう思おうと、兜にはまだ彼の受けた一撃の証《あかし》が残っており、それがマティルドを動揺させる。

「面頬《めんぼお》が包帯をおおかた隠してくれる」彼が満足そうに言った。「守備隊を怖がらせる必要はないのだからね。鎖頭巾をつける隙間《すきま》はなさそうだから、なしですませることにしよう。少なくとも、首のありに汗をかかなくてすみそうだ」

ああ、なんと彼を愛していることかしら！　それに不安でたまらない。それでもなお彼を思いとどまらせるようなことはなにも言えないし、言うつもりもない。彼のためにも勇敢でなければ。彼がわたしのために勇敢であろうとしているように。

ヘンリーがやさしい共感をこめてマティルドを見つめた。それから手を伸ばし、マティルドの頬を撫《な》でた。「きみにとってつらいことだとはわかっているよ、マティルド。でもこうしなければならないんだ」

「ことばで表せないほどあなたを愛しているわ」マティルドはそうささやき、いまにもこぼれ落ちそうな涙をまばたきでこらえた。

「わたしもことばで表せないほどきみを愛している」彼はきっぱりと言い、マティルドを引き寄せてキスをした。


「サー・ヘンリーだ！　サー・ヘンリーだ！」

興奮したささやき声がまず大広間で広がり、ついで兵士たちが中庭で気をもんで待つなか、ヘンリーはマティルドを伴い胸壁へと向かった。城壁の下を掘っていたラヌルフの部隊は知らせを聞き、作業の手をとめた。が、すぐにラヌルフが穴掘りの重要さを思い出させ、気を入れて作業を続けるよう促した。穴は貫通間近で、なんとしてもこちらのほうが先にむこう側へ到達しなければならなかった。

固く心を決め、マティルドに支えてもらっているとはいえ、胸壁まで足を運ぶのは容易なことではなかった。全身が痛む。顔に包帯を巻いて兜をかぶっているのでは息もしにくい。しかし大喜びしている兵士たちの顔が目に入ると、そしてほっとしている彼らのようすを見ると、ヘンリーはつくづくこうしてよかったと思わずにいられなかった。

「ようこそ、サー・ヘンリー」城壁の歩廊に着くと、サーディックがにやりと笑って言った。「ここにあんたを迎えられるとはうれしい。そんなときは来ないだろうと思っていたからね。ついにふたたび戦うことになって、さらにうれしい。城壁の陰に隠れているのは趣味でないのでね」

「同感だ」ヘンリーは答え、マティルドの手を握って体の均衡をとった。ずっと寝ていたせいで脚が弱っているが、鎖頭巾をつけていないのでは、敵の弓兵に姿の見える鋸壁《きよへき》にもたれるわけにいかない。

彼は隣を向き、マティルドが蒼白な顔をしているのを目にとめた。マティルドはこのわたしのために勇敢であろうとしてくれている。彼はマティルドへの愛をいっそう強く感じた。

「もうむこうへ行ったほうがいい、マティルド。ここはきみには危険すぎる」

彼は体を傾けてキスし、マティルドの不安をやわらげたい一心でささやいた。

「胸壁から出ないと約束するよ」

マティルドは体を引くと、震えがちな微笑を浮かべた。「神のご加護がありますように、ヘンリー。あなたにも、わたしたち全員にも」

そしてマティルドは胸壁を去っていった。

ヘンリーはそばにいる兵士たちにはほとんど意識を向けず、城門に向かってふたたび動いている巨大な破城槌《はじようつち》を見つめていた。補強したとはいえ、城門が二度目の猛攻に耐えられるとは思えない。

城門が耐えられないとしても、サーディックは城門への攻撃に対してできるかぎりの備えをし、ラヌルフたちが城壁の下の穴を貫通させるまでは破城槌で攻撃させないようあらゆる手を用いると請け合ってくれている。

槌が当たったときの衝撃をやわらげるために、厩舎《きゆうしや》から干し草の束を運び、城門の前に投げ落としてある。負傷者用のわら布団をのぞき、寝具も緩衝材として落とした。レディたちの羽根布団も例外ではない。

三脚の五徳には大型の鉄鍋《てつなべ》を据えて湯をわかし、破城槌を動かす兵士や城壁に近寄る兵士に浴びせかける準備が整っている。槌自体に浴びせるコールタールも、ひと鍋分用意してある。火矢を放つ弓兵も命令がありしだい、矢に火をつけるべく待機している。

サーディックが破城槌をうかがい見て低く悪態をついた。

「どうした？」ヘンリーは内心目が前ほどよく見えないのにがっかりしつつ、尋ねた。

「槌にもこちらの兵士を使っている」

「くそ、ロアルドめ」ヘンリーも悪態をついた。

「味方にコールタールを浴びせるわけにはいかない」サーディックが言った。

「そうせざるを得ないかもしれない」

サーディックは反対する気配をちらりと見せたが、ついでため息をつき、うなずいた。仲間である兵士に石や煮え湯を浴びせ、さらにひどい場合はコールタールまみれや火だるまにして殺してしまうのは、躊躇《ちゅうちょ》なしにやれることではない。しかし城門を破られるよりはましなのだ。

「サーディック、万一城門が破られた場合に備えて、中庭に行って兵士を指揮してくれ」

サーディックがうなずいて即座に命令に従った。

一方ヘンリーはそのまま胸壁に残った。すぐ近くに待機している敵軍のようすをうかがい、ロアルドとド・マルメゾンの姿を捜しながら、もう一度ヘンリーは自分の負傷を呪《のろ》った。敵は城門が破れるまで待つのだろうか、それとも城壁への攻撃を始めるのだろうか。

「そこのおまえ！」ヘンリーは鼻当てのついた兜をかぶり、体に合わない鎖帷子を着ている小柄な兵士を呼んだ。「ラヌルフのところへ行って、貫通まであとどれくらいかかるか見てこい」

兵士がためらうと、彼は苛立《いらだ》ちを隠そうとしなかった。

「では、おまえが行ってこい」ヘンリーはべつの兵士に命じ、その兵士は即座に階段を下りていった。

「それからおまえは」彼はさっきためらった兵士に

にべもなく言った。「そこをどいていろ。気のきかない兵士は最前線には不要だ」

兵士は恥じ入ったようにうなだれ、うしろへ下がった。

そこへ城門が破城槌の一撃を受け、兵士のことは忘れられた。槌の進行をくいとめられなかったのだ。城壁全体が衝撃に揺れ、ヘンリーは歯をくいしばった。

しかたがない。「投石!」彼はそう命じた。そのあいだにも敵の捕虜となった兵士たちがもう一度攻撃を加えるために槌を後退させはじめた。ロアルドは槌を押す兵士たちに矢を向け、城門を破らなければ殺すと脅しているにちがいない。コールタールの投下を命じるのは、槌の兵士が死に物狂いになってからだ。

ヘンリーは自分の兵士が動揺し、躊躇しているのを知った。「ロアルドが城内に入れば、なにもかも奪われてしまうぞ」

石がひとつ投下された。ついでもうひとつ。そばでは弓兵がもどかしそうに足を踏み替えている。槌の後方には城門か城壁を破ったあと攻撃するために敵兵が待機しており、その敵兵を射たくてうずうずしているのだ。

「まだだぞ」ヘンリーは弓兵隊に注意した。「まだ遠すぎる。我慢だ、我慢」

ふたたび破城槌が一撃を加えた。今度はヘンリーは倒れないよう鋸壁をつかんで体を支えなければならなかった。矢が一本、彼の頭のそばをひゅっと飛んでいった。彼は鋸壁の陰から外をうかがうと、ロアルドが大盾を持った兵士を移動させ、敵の弓兵隊が城壁に近づいたのを知った。

「弓兵と大盾を持った兵をねらえ」ヘンリーはこちらの弓兵隊に命じた。弓兵はそれぞれが意気込んで矢を弓につがえた。「ただし効率よく射るんだぞ」

射手はうまく訓練を積んでおり、命令をきちんと守った。むだに矢を射ない。敵のひとりに命中する好機が来るまで待ってから射る。

破城槌があらたに城門に近づいた。ヘンリーは胸壁の端まで行って中庭を見下ろした。鉄の帯で補強したにもかかわらず、門の木部がぴしりと割れ、鉄の帯が曲がってしまっている。鉄製の大きな蝶番《ちょうつがい》がひとつ城壁から取れそうになっている。もう一度槌が当たれば、城門はおそらく持ちこたえられないだろう。

「コールタール投下！」与えたくない命令ではあったが、ヘンリーは大声をあげた。「破城槌を燃やせ！」

沸騰するまで熱した黒くて重い液体が、強いにおいを放つ流れとなって城壁の側面に投下された。下の兵士の絶叫が耳に届き、ヘンリーは一瞬目を閉じた。火矢が音をたてて放たれ、燃えるコールタールと木と肉のにおいと煙があたりに立ちのぼる。

彼は城壁の外に目をやり、さらにがっかりした。コールタールが槌に命中せず、槌の片側に落ちている。数名の兵士が地面に転がり、もだえ苦しむか、あるいはまったく動かずにいる。勝利を感じとったロアルドの兵士が前へ突進して破城槌を引き戻し、さらに一撃を加える準備をしている。

ヘンリーは悪態をつき、もっと石を落とせと兵に命じた。ひとつだけいいことがある。もっともこのようなことがよいとされればの話ではあるが。ロアルドは破城槌を動かすのに捕虜を使おうとしたばかりに、彼らを援護する手立てをなにひとつ考えていない。いまやロアルドの傭兵《ようへい》は城壁上から投下されるなにに対しても無防備なままだ。

ロアルドの弓兵隊がつるべ打ちを続けつつ城に近寄ったので、ヘンリーも兵士も鋸壁の陰に隠れなければならなかった。弓兵隊の後方にロアルド軍の本隊が待機しているのが見える。ロアルドとド・マルメゾンの姿は見えないが、おそらくそのなかにいるのだろう。

エクルズフォードの守備隊が防御に奮闘したにもかかわらず、破城槌がもう一度城門を攻撃した。またもや城壁が揺れ、今度は木材の砕けるいやな音が聞こえた。中庭にいる兵士がひと声叫び、それと同時にロアルドの軍が城に向かって駆け出した。

城門が破られた。ロアルドの傭兵たちが前方に突進するなか、ヘンリーは自分が負傷していることも、体力が万全でないことも、自分が指揮官であることも忘れた。侵略する者を追い払わなければならない、必要とあらば、この手で――それしか頭になかった。

血潮が体じゅうを駆けめぐり、エクルズフォードを守らなければならないという思いに痛みすらどこかへ行った。彼は右手で剣を抜くと、体の向きを変えて中庭に向かおうとした。

「それはだめよ！」

彼は道をふさいだ兵士をにらみつけた。あのためらいを見せた兵士だ。「意気地なしめ。そこをどくんだ！」

「約束したじゃないの！」

これは男ではない。「マティルド？　いったいきみがなんで――」

ヘンリーが驚いて声をあげたところへマティルドが突然小さな悲鳴をもらし、彼の腕のなかへ倒れ込んだ。マティルドの背には矢が刺さっていた。

「あとどれくらいかかる？」ド・マルメゾンと並んで馬の鞍《くら》に座ったままロアルドは尋ねた。彼は城壁の下を掘る作業をしていたところを呼び出されたスコットランド人をにらんだ。

「捕虜を使っているので遅いんです」スコットランド人が肩をすくめた。

「早くしたほうがいいぞ。城門はあとひと息で破れる。戻って、わたしが着くまでに掘り終えて火をつけないと、おまえらの体もいっしょに燃やしてやると捕虜たちに言え」

スコットランド人がうなずき、持ち場へ引き返していった。

「あいつは信用できないな」ロアルドは不満げにつぶやき、城壁の上から石を落としている守備隊の兵士たちを見つめた。

「兵士などひとりも信用できるもんか」ド・マルメゾンがエクルズフォード城を見すえた。「きょう突破しなければ、おれは抜けるぞ。時間がかかりすぎだ」

「商人から借金を取り立てる以外、ほかになにもすることはないんだろう？　突破はあとひと息だし、城内に入れば、金貨がいっぱいだ」ド・マルメゾンは自分のことしか考えていないと言ったマティルドの警告がまたもロアルドの頭をよぎる。従妹《いとこ》の言ったことが当たっていて、この心底腹黒い傭兵を今回の計画に引っ張り込んだのがひどいまちがいだったとしたら？

いや、マティルドの言ったことが当たっているはずはない。しかもド・マルメゾンはマティルドに逆襲をくらい、ますますマティルドとエクルズフォードにいる敵を倒す気を募らせているはずだ。「マティルドに復讐《ふくしゅう》したくないのか？」

ド・マルメゾンが顔をしかめた。「命を懸けるほどのことはないな」

「命を懸ける？　気でもふれたか？　城壁のなかへさえ入れば、戦いは終わりだ。あの守備隊がこちらと互角に戦えるはずがない」

「前回は互角だったぞ」ド・マルメゾンがぼやいた。「あのときはあのヘンリーのやつが率いていたからだ。あんたの言ったとおり、あいつは死んだはずだ」

ド・マルメゾンの返事は曖昧《あいまい》なうなり声でしかなく、ロアルドの疑念を解消してはくれなかった。

ひょっとしたら、ド・マルメゾンはヘンリーを殺してはいないのかもしれない。あのノルマン人は負傷しただけなのかも。いや、ひょっとしたら、負傷すらしていないかもしれない。ド・マルメゾンからあいつを殺したと聞いて信じてしまったこちらがばかだったのかも。

ひょっとしたら、マティルドの申し出を受け入れ、そうできるうちにプロヴァンスに帰るべきだったのかもしれない。

ド・マルメゾンが笑い声をあげ、ロアルドはいじいじとした物思いからはっとわれに返った。「あいつら、はずしたぞ。コールタールを投下したのにはずしたんだ。ばか者どもめ」ド・マルメゾンは傷痕《きずあと》のある顔をゆがめて笑みを浮かべた。「抜けるのはやめた。あとはあののろまどもが城壁の穴を貫通してくれればいいだけだ」

ロアルドは安堵のため息をつきたいのをなんとかこらえた。

城壁で作業をしていた傭兵のひとりがこちらへ走ってきて叫んだ。「敵がむこう側から穴を貫通させたぞ！」

ド・マルメゾンがひと声 罵《ののし》ると、馬の頭を城壁に向けた。城壁の下にできた穴から兵士が続々と現れたのだ。

ロアルドは青くなり、ド・マルメゾンのあとには続かなかった。

「ああ、なんということだ」

ヘンリーは嘆き、肩の激痛をものともせずにマティルドを抱きとめると、右腕にそっとかかえ直して地面に下ろした。

「そこのおまえ、手を貸してくれ！」彼は近くにいた兵士に呼びかけた。「大広間のジゼルのところに運ばなければ」

マティルドを運ぶのが自分ではできない。その体力がなく、左腕も使いものにならないのだ。彼は兵士をもうひとり呼んだ。

ふたりの兵士が両側からマティルドをかかえ上げるあいだ、ヘンリーはマティルドがそこにいるのに気がつかなかった自分を罵った。あの兵士はだれだろうと疑問に思うべきだったのだ。なぜためらったのかをいぶかしみ、城壁から遠ざけるべきだったのだ。

もしもマティルドが死ぬようなことがあったら……。マティルドがいなくなったら、自分も死んだも同然だ。

しかしその前に、ロアルドに生まれてきたことを後悔させてやる。

マティルドを運ぶ兵士が階段を下りはじめたちょうどそのとき、打ち破られた城門から敵兵が中庭になだれ込んできて戦闘が始まった。これではマティルドを大広間まで連れてはいけない。この場でできるかぎりマティルドの手当てをしなければ。

「戻ってこい」ヘンリーは兵士ふたりに言った。彼は左腕を吊《つ》っている三角巾をむしりとり、兜を脱ごうとした。が、それもできなかった。

「これを脱がせてくれ」ヘンリーは弓兵のひとりに命じ、弓兵が駆け寄った。その弓兵は兜を脱がせると、包帯を巻いたヘンリーの顔を見て絶句した。

「わたしの包帯をはずして、それでレディ・マティルドの止血をしろ。早くかかれ！」

荒い息をつきながら弓兵は命令に従った。そしてヘンリーの顔があらわになると、うろたえてむこうを見た。

自分の顔がどうであろうと、あるいはこの兵士がどう考えようと、包帯をはずして自分の傷がどうなろうと、ヘンリーは気にもとめなかった。マティルドのことしか頭になかった。「矢は抜くんじゃない」兵士が亜麻布をマティルドの鎧下の下にあてがうと、ヘンリーは言った。「ジゼルに手当てをしてもらうまでそのままにしておくんだ」

ヘンリーは剣を抜き、中庭に通じる階段に向かった。

「どこに行かれるんです?」彼の顔から包帯をはずした兵士が尋ねた。

「ロアルド・ド・セヤズを殺しに行くんだ」

ド・マルメゾンは城壁に着いた瞬間、望みなしと悟った。城から出てくるエクルズフォードの兵士は数が多すぎる。穴の支柱をはずしでもしないかぎり、兵士が出てくるのをとめられない。しかし、いま支柱をはずすのはとうてい不可能だ。

こんちくしょう、ド・セヤズめ、城壁の下を掘るのに捕虜なんかを使いやがって。自分の雇った兵士にやらせていれば、とっくに貫通していたものを。

悪態をつきながら、ド・マルメゾンは馬の向きを乱暴に右へと変え、城から遠ざかった。ド・セヤズもあいつの相続財産とやらもくそくらえだ。あいつのために戦って死ぬつもりはないぞ。こっちが聞いていたのは、楽して儲《もう》ける話だ。さっさと相手を負かしてたっぷりと報酬をもらう約束だった。それがなんだ、防御にすぐれた城を包囲し、優秀な守備隊と戦闘をまじえるとは。

女といったって、これの半分も手間をかけてまで手に入れたい女などいるものか。命乞《ご》いをするまでレディ・マティルドを打ちすえたり、その姉を手ごめにしたりするのはいくぶん興味がないでもないが、こっちの命を危険にさらしてまでそんな気にはなれない。あの女は、ヘンリー・ダルトンがぴんぴんしているなどと好き勝手なことを言っていた。が、たしかにこっちはあいつを殺し——。

「ド・マルメゾン!」

ド・マルメゾンはぎくりとして肩越しにうしろを見た。男が剣を振りかざし、こちらにかかってこようとしている。その顔は——。

まさか、そんなはずはない。ほかのだれかがヘンリー・ダルトンの外衣を着ているにちがいない。しかしあの長い茶色の髪といい、がっしりした肩に引きしまった腰をした体型といい……。

ヘンリー・ダルトンが生きていて、こちらに突進してくる。兜もつけずに。

衝撃を受け、ヘンリーの醜くなった顔が目に入ったにもかかわらず、ド・マルメゾンは手慣れた殺人鬼の本能に従って動いた。戦棍《せんこん》をくるくるとまわしはじめ、ダルトンが充分な距離まで来るのを待ったのだ。

柄《つか》を握りしめたまま、彼は戦棍をヘンリーに向かって振り上げた。そのあいだにヘンリーは剣をのろしのように高く掲げた。戦棍の球が剣のまわりを旋回し、鎖が刃《やいば》にからみつく。ヘンリーが足を踏ん張って力いっぱい剣を引っ張った。戦棍がド・マルメゾンの手から離れ、ド・マルメゾンは馬から引き落とされた。

呆然《ぼうぜん》としたあまり、ド・マルメゾンがわれに返って立ち上がるには一瞬の時間を要した。一方ヘンリーは剣先を下に向け、戦棍を剣からはずした。

そのとき、ド・マルメゾンはヘンリーが左腕に盾を構えていないのに気づいた。この勝負はいただきだ。ダルトンの左側は守るものがなにもない。頭と同じように。

剣を抜いて構えると、ド・マルメゾンはヘンリーに突進した。彼が切りつけるより先に、ヘンリーは剣を下げてわきへ飛びのいた。体を立て直しながら、彼はだれかが自分の名を呼ぶのを聞いた。

サーディックだった。サーディックは三人の敵兵に囲まれている。そのうちのひとりはスコットランド人だ。

「わたしの戦斧《せんぷ》を！」サーディックが戦斧を投げ、ヘンリーはそれを無傷の右手で受けとった。

ド・マルメゾンに向き直りながら、ヘンリーはサーディックがベルトから短剣を抜くのを見て神に祈った。友を助けたまえ。

「かわいい顔が台なしだな」ド・マルメゾンがヘンリーのまわりをまわりながら冷やかした。

「まだおまえほど醜くはないぞ」ヘンリーはそう応酬し、戦斧の頭を地面に向けると柄を握る位置を端に替えた。

ド・マルメゾンが両手で柄を握りしめて剣を上げた。つぎの瞬間、ド・マルメゾンが剣を頭上に振りかざしたとき、ヘンリーは戦斧を横に振り、ド・マルメゾンの外衣、鎖帷子、胸に当てている鎧下に切り込んだ。

ド・マルメゾンが喉のつまった声をあげ、切り口から血をしたたらせながらうしろへよろめいた。

深く切り込めなかったのにヘンリーは気づいた。同時に自分の体力が限界に達しつつあるのも彼は感じた。まだここで倒れるわけにはいかない。彼は神に祈った。この相手を倒すまで体力をもたせてください。

前ほど高くではないものの、ふたたび剣をかざしてド・マルメゾンが突進してきた。ヘンリーは飛びのき、体をよじって剣をかわした。その拍子に痛めた肩をひねり、激痛に声をあげながらも、もう一度攻撃するために身構えた。

「かわいそうに、けがをしているんじゃないか」ド・マルメゾンがせせら笑い、じりじりとヘンリーに近寄った。

敵から目を離さず、肩の激痛を無視して両手を使うと、ヘンリーは戦斧の柄を六尺棒のように横に持ち、つぎの一撃をかわす構えをとった。

ド・マルメゾンが剣を打ち下ろし、ヘンリーは戦斧を振り上げた。剣の当たった衝撃で斧《おの》の柄がまっぷたつに折れた。斧の頭のあるほうの柄を右手でつかんだまま、ヘンリーはほとんど使いものにならない左手から残りの柄を落とした。

ド・マルメゾンが体勢を立て直し、あらたに剣を構えて打ちかかってきた。ヘンリーは柄を握っている右手をうしろに引いて大きくまわし、ド・マルメゾンめがけて力いっぱい戦斧を投げつけた。

戦斧はド・マルメゾンの右手を切り落とした。右手と剣が地面に落ち、ド・マルメゾンは腕から血を流しながら絶叫した。

自分の身を守る労力と切り落とされた手が地面に落ちている光景に息を切らし、吐き気を覚えながらも、ヘンリーはよろめきつつ前に出てド・マルメゾンの剣を拾った。その剣を構え、彼はド・マルメゾンと向かい合った。ド・マルメゾンは切られた腕の断面を押さえ、指のあいだから血をしたたらせている。

ド・マルメゾンが目を上げた。冷たくうつろな視線がヘンリーのまなざしとぶつかる。

息を切らし、疲労困憊《こんぱい》し、吐き気を催したヘンリーは剣を下げた。

ド・マルメゾンが血の気のない顔で膝を落とし、怒りに口をゆがめて吠《ほ》えた。「早くおれを殺せ！」

ヘンリーは一歩うしろへよろめいた。

「殺せ！」破れかぶれの声でド・マルメゾンがわめいた。「早く殺してくれ！」

もはや戦えないとなると、ド・マルメゾンにはなにがあるだろう。自分と同じくなにもない。

ヘンリーは自分を駆り立てる怒りや憤りをもうな

にも感じなかった。ド・マルメゾンの剣を力なく右手に握ったまま、疲労のあまりまわりで戦っている兵士たちも目に入らなかった。

ド・マルメゾンが顔をゆがめたかと思うと、右腕の切り口を押さえていた手を離し、命を保つ血が地面に流れ落ちるにまかせた。

「神の赦《ゆる》されんことを」ヘンリーはつぶやき、ド・マルメゾンから目をそらした。そして馬に乗ったロアルド・ド・セヤズがエクルズフォードから逃げ出していくのを見た。

腫れた頬は動悸《どうき》を打ち、肩は激しく痛んだが、ヘンリーは血にまみれたド・マルメゾンの剣の柄を固く握りしめ、このような事態に至らしめたそもそもの張本人を殺すことしか頭になかった。彼は戦っている兵士のあいだを縫い、全速力で馬を駆るロアルドのほうへと、よろめきながら向かいはじめた。なんとしてもロアルドに追いつく覚悟だった。左の肩は腕を切り落とされたように痛み、右腕は鉛のように重い。右目はもはや見えない。

それでもかまわない。マティルドを辱しめ苦しめたロアルドを打ち負かし、懲らしめるだけの体力さえあるかぎりは。

疲れが激しい。ロアルドに追いつけるだけの力がもう残っていない。するとそのとき、サーディックと戦っていたスコットランド人がどこからともなく現れ、ロアルドの馬の手綱をつかんだ。

「あんたの言い分は通らなくなった」ヘンリーがはあはあと息を切らしながらそばに行くうちに、スコットランド人がロアルドに言った。「ダンキースのニコラス卿《きょう》が現れた。彼の軍と会わないうちに、おれはここを引き上げるよ」

兄が現れた。ありがたい、ニコラスが来てくれた。これでわれわれの勝ちだ。これでわたしはどうあれ、マティルドは無事だ。

ロアルドがブーツをはいた足を上げ、スコットランド人を蹴飛《けと》ばした。「嘘をつけ！」

ブーツが胸にぶつかっても、スコットランド人は微動だにしなかった。「いやいや、本当に現れたんだ。おれはニコラス卿の旗をよく知っているからな。それにコーンウォールからも軍隊が来た。トリゲリスのメリック卿が旗を掲げている」

メリックが？　メリックも来てくれたのか。ヘンリーは口を開き、神に心からの礼を述べた。

「嘘つきめ！」ロアルドがわめき、もう一度スコットランド人を蹴飛ばすと手綱を引き、馬の向きを変えようとした。その乱暴なやり方に馬が口から血を流しはじめた。

スコットランド人が突進し、ロアルドを馬から引きずり下ろして地面に突き飛ばした。

「こんなことをするとは、殺してやる！」ロアルドがもがくように立ち上がってわめいた。

スコットランド人があとずさりをした。「そうはいくもんか。こんな騒ぎからはずらかるよ。ほかの傭兵もそうするんじゃないのかな」彼はふたりのほうへやってくるヘンリーに目をやった。「この手であんたを殺したくてうずうずするが、おれよりずっとそれにふさわしいのが来るぞ」

それだけ言うと、スコットランド人はむこうへ歩き出した。それを見ていたほかの傭兵もわれがちに逃げ出しはじめた。

「意気地なしめ！　戻ってこい！」激しい怒りと不安に全身を震わせながらロアルドがわめき、罠《わな》にかかった鼠《ねずみ》のように視線をあちこちへ走らせた。

「忠誠心は金では買えないぞ」ヘンリーはそう言って剣を構えた。「わたしの兄と友人が来たからには、残っているおまえの兵もあっという間に片づけられるだろう。降伏しろ、ロアルド。戦いは終わった。おまえは負けたんだ」

「嘘だ！」ロアルドが金切り声をあげ、もたついたすえにようやく剣を抜いた。「おまえを殺してやる！」

彼は前へ突進し、剣を振りかざした。

ヘンリーは地面をしっかり踏みしめてしゃがんだ。よくサー・レオナードから言われたように、戦いに意識を集中し、痛みや疲れを無視しようとした。

しかし狼狽《ろうばい》はしていても、ロアルドは優秀な戦士だった。彼はヘンリーの痛めた肩をねらった。ヘンリーは体の向きをなかば変えて右半身を前に向け、ロアルドの攻撃をかわそうと剣を上げた。

ロアルドのほうが力は強く、ヘンリーは体力を消耗しすぎていた。ロアルドがヘンリーの手から剣をはじき飛ばし、ヘンリーは地面に膝をついた。起き上がろうとしたが、起き上がれない。

ロアルドの勝ち誇った笑い声があたりに満ちた。

「こんなことにかかわったのが大まちがいだったな、ヘンリー。どれほど後悔していることだろう」

「後悔など少しもしていない」ヘンリーは思うままを息を切らして言った。

サー・レオナードの声が耳元でとどろくような気がして、彼は右手の近くにあった手のひら大の石をしっかりとつかんだ。〝手に入るものはなんでも使うんだ〟

手に入るものはなんでも。

残った体力のすべてを費やして彼は右腕を振り上げ、その石をロアルドめがけて力いっぱい投げた。石はロアルドの顔のちょうど眉間《みけん》に命中した。叫び声をひとつあげ、ロアルドはうしろへよろめいて倒れた。

息を切らしつつ、ヘンリーは地面を這《は》い、ロアルドのそばに落ちている彼の剣に手を伸ばした。

ロアルドは仰向けに倒れたまま動かない。剣をつかむと、ヘンリーは右手に体重をかけ、左腕を引きずりながら、用心して少しずつロアルドに近寄った。
そしてロアルドの眉間にできた黒い打撲傷を見た。
驚いたことに、ロアルドの目には命の気配がなく、
はるか上空を見るともなく見つめていた。
なんとしたことだ、ロアルドは死んでいるぞ。
痛みと疲れが全身を襲い、彼は地面に突っ伏した。
そして意識を失った。

19

「ヘンリー、目が覚めたの？」愛情をこめたやさしい声が尋ねた。

マティルドの声に似ている。でもマティルドは負傷したはずだ。矢が当たって……背中に。胸壁にいたときに。

だれかが右手を握っている。

「まだ眠っているわ」

やはりマティルドなのか？　ヘンリーはマティルドの名を呼ぼうとしたが、低いうめき声しか出てこなかった。

「よく休ませなければいけないわ。いちばん危険な時期はすぎたけれど、傷が重くて治るまで少し時間がかかりそうなの。しばらく眠らせておいたほうがいいわ」

これはジゼルだ。

「わたしが付き添うわ」美しくて、勇ましくて、すてきなマティルド。わたしの天使。背中に矢の刺さったマティルド。

いや、待てよ。マティルドが死んではいないとしたら……。ひょっとして、重傷すら負っていないとしたら……。ああ、そんなことがあるのだろうか。

ヘンリーはもう一度口をきこうとし、重いまぶたを開けようとした。

「では、階下《した》に行っていようか。しばらくして目が覚めたら――」

ニコラス？　いまの声はニコラスにちがいない。あのスコットランド人は嘘《うそ》をついてなどいなかったのだ。

「マティルド」ようやく彼はあえぎながら言った。

どうにか目を開け、最初に見たのは心配そうなマティルドのすてきな顔だった。

マティルドはベッドのそばに座っていた。彼の右手を握っていたのはマティルドだったのだ。彼ができるかぎりの力をこめて握り返すと、マティルドは微笑《ほほえ》みかけた。けがをしているようにも具合が悪そうにも見えない。ひどく喜んでいるように、大喜びしているように見える。にこにことうれしそうだ。これまでどおり大胆でいきいきしている。

「きみが……」

ヘンリーは咳《せ》き込んだ。すぐさまマティルドが彼の頭を支えて持ち上げ、なにか液体を入れた器を唇に押しあてた。その液体はひどい味がしたが、喉の痛みをぐっとやわらげてくれた。

彼は愛する人の手を握ったまま、荒い息をつきつつ枕《まくら》に頭を戻した。ああ、マティルドを放したくない。

マティルドのうしろにいるふたりの人物が視界に入った。兄とメリックだ。これほど心配そうな顔をした兄はいままでに一度しか見たことがない。あれは兄の愛してやまない妻のことで問題が起きたときだった。メリックの顔は相変わらず感情をほとんどなにも表していない。彼のことをよく知らない者が見れば、まったく冷静だと思うだろう。しかしヘンリーはメリックをよく知っている。口をややへの字に曲げているのは、メリックが心配をしているしるしだ。

兄とメリックがベッドの反対側に目をやり、ヘンリーはジゼルがそちら側にいるのに気づいた。「気分はいかが、ヘンリー？」ジゼルがそっと尋ねた。

「よくなった」ヘンリーはどうにか答え、マティルドの手を握り返して、頬が痛むのにもかかわらずマティルドに微笑みかけようとした。「きみは……矢が当たったのでは……？」

「鎖帷子《かたびら》と鎧下《よろいした》を着ていなければ、わたしはいま生きていなかったかもしれないわ。どちらもとても重いのね。あなたから武装したまま走れと命令された兵士たちがぶつぶつと不平を言った理由がいまならよくわかるわ。鎖帷子と鎧下のおかげで、矢が深くは刺さらなかったの」マティルドが頬を染め、ますます美しさを増した。「どうやらわたしは気絶したらしいの。この王国でいちばんか弱い女みたいに」

「いちばん勇敢な女性だよ」ヘンリーは心のなかで愛する人の命が奪われなかったことを神に感謝した。「きみは胸壁に来るべきでは——」

「あなたがむちゃをするのではないかと心配だったの」マティルドは顔をしかめた。もっとも、その躍るような目にはなんの怒りも表れていない。「戦闘には加わらないと約束したあとなのに」

「ヘンリーは昔から無思慮で無鉄砲なばか者なんだ」ニコラスが言った。

ヘンリーは兄に目をやり、兄が微笑んでいるのを見てびっくり仰天した。これほどの驚きは人生にそう何回もあるものではない。

「命を落とすか、大成功するか、そのどちらかだと昔から思っていた。幸い大いに自慢すべき弟だというところを示してくれたようで、誇りに思っている」

突然こみ上げた涙が弱さを露呈しそうで、ヘンリーは目を閉じた。自分で考えている以上に傷が重いか、あるいはのまされた薬のせいか……。

くそ、せめて自分自身には事実を認めてしまったらどうだ。兄のことばを聞いてうれしくてたまらないと。兄から褒めてもらえるのを、小さなころからずっと待っていたのだから。

「それにヘンリーは自分が正しいと思ったことをせずにはいられない。そのせいで大きな犠牲を払うことになっても」メリックが言った。「ほかの者なら他人の問題に干渉するのは考え直すだろうに。自分の問題で彼に口出しをされたわたしから打ちすえられたあとなのだからなおさらだ」

「彼がわたしたちを助けるのを考え直さなくてよかったわ」マティルドが相も変わらず勇敢かつ横柄に言った。「あなた方は彼に対してとった態度を恥じるべきよ」

「マティルド！」ヘンリーはしゃがれた声をあげた。

「あら、本当のことよ。それに彼の言い方を借りれば、あなたが口出しをしなかったら、ジゼルもわたしも、エクルズフォードのだれもがロアルドに好きなように蹂躙《じゅうりん》されていたわ」

「このレディはわたしの弟をとても買ってくれているようだな」ニコラスが涼しい顔でメリックに言った。「このレディから激しく非難されたときは、それをよく覚えておこう」

ヘンリーはさっとマティルドに視線を戻した。マティルドはニコラスを激しく非難したのだろうか。マ兄は批判というものにまったく耳を貸さないのに。

マティルドは彼の警戒するような表情に気づいたようすだったが、少しもとまどったところはなかった。「あなたにふさわしい報酬を与えてくれる領主のもとで仕えられるようにすべきだったと、お兄さまに言ったの。あなたを吟遊詩人みたいに放浪させるのではなく、ね」

いやはや、やっぱり。これほど驚嘆すべき女性がほかにいるだろうか。

それでもマティルドをあきらめなければならない。ついに心から愛せる女性を見つけたというのに、顔を損ない、不自由な体の役立たずになるとは。これは自分のうぬぼれや過去の罪に対する天罰にちがいない。

「レディ・マティルドによると、わたしは兄としての務めにきわめて怠慢で、自分を徹底的に恥じるべきなんだ」

ヘンリーがさらにびっくりしたことには、ニコラスは立腹しているのではなくおもしろがっている。ニコラ

「おまえが回復したら、わたしは状況を改善しなければならないようだな、ヘンリー。さもなければ、このレディの逆鱗《げきりん》に触れる」

これまでのヘンリーなら、兄からこのようなことを言われても憤慨していただろう。しかしいまとなっては、兄が手を貸してくれてもなんにもならないのだ。左腕が使えないのでは、領主に仕えることができない。「ラヌルフは? サーディックは?」

「ふたりとも元気よ」マティルドが答えた。「どちらも城壁と城門の修理で忙しいの。それにこの近くにひそんでいるロアルドの傭兵《ようへい》を捕まえなければならないし」

ラヌルフとサーディックが負傷せずにすんだと知り、ヘンリーはうれしかった。が、同時にそれは自分は必要とされていないことをあらためて思い出させた。

「エクルズフォード城を守った話はここからロンドンまでの吟遊詩人には格好の材料になるのではないかな」ニコラスが言った。そしてヘンリーは兄の目が誇らしげに輝いているのを見た。「勇敢なサー・ヘンリーは死の床から起き上がり、凶暴なチャールズ・ド・マルメゾンと邪悪なロアルド・ド・セヤズをやっつけた」

そしてロアルドが死に、エクルズフォード城をめぐる争いは終わった。この先続く孤独な日々に、それが少しは慰めとなるだろう。

「おふたりともそろそろ部屋を出てください」ジゼルがやさしい口調ながらも熱意をこめて言った。「ヘンリーは本当に休まなくてはならないわ。あす、また話ができますから」

ニコラスもメリックも命令するのにこそ慣れてはいるが、命令されるのには慣れていない。それにもかかわらず、このように誇り高い騎士にしては精いっぱいおとなしくうなずき、下級の歩兵のように従順にジゼルの命令に従った。

ヘンリーはマティルドにはもう少しここにいてほしい。いつか、それも遠くない日に、自分はマティルドのもとを去らなければならないのだ。それまではこの目でマティルドの姿を見つめていたい。すでにマティルドの顔を決して忘れない自信はあっても。

ジゼルがあなたも出ていきなさいというようにマティルドを見た。が、それはむだだと気づき、自分がドアに向かった。「なにかあったら、わたしは階下にいるわ」ジゼルはそう言うと、優美な足取りで部屋を出ていった。

ジゼルが出ていくと、マティルドはヘンリーの額から髪を払った。「眠るのよ、ヘンリー。ジゼルに言われたとおりにね。あなたが目覚めたときもわたしはここにいるわ」

たしかに自分はまだくたくたに疲れている。しかし、それよりも先にききたいことがある。「どれくらいになる？」

マティルドが眉根を寄せた。「どれくらい？」

「ロアルドが……」

「五日になるわ。あなたが兵士の手でここに運ばれたあと、ジゼルが眠って安静を保てるよう薬をのませたの。こんな体で戦って、命があったのは本当に運がよかったとジゼルは言っていたわ。なぜ戦闘に加わったの、ヘンリー？　戦わないとわたしに約束をしておきながら」

「きみが殺されると思ったからだ」

「でも殺されなかったわ。もしもあなたが死んでいたら……」声がつまり、マティルドは横を向いた。

マティルドを悲しませるつもりはないのに。マティルドにつらい思いをさせたくはない。マティルドが苦しむのを見たくはない。だからこそ、マティルドは自分に拘束されてはいけないのだ。夫としてふさわしい男、こんな自分より将来性のある立派な相手を見つけるために。

「あなたが殺されていたら、わたしも死にたいと思ったわ！」ささやき声でマティルドが言った。

ヘンリーはマティルドの手を離し、頬を撫《な》でた。

「では、殺されなくてよかった」

マティルドが目を輝かせて微笑んだ。そして体をかがめて頭を彼の肩に預けた。ヘンリーはうれしくもあり、苦しくもあった。

「エクルズフォードに来てくれてありがとう、ヘンリー」彼の耳たぶにキスをしてマティルドはささやいた。顔に温かな吐息がかかる。「わたしたちを助けてくれてありがとう」

心のこもったそのことばに、あやうくヘンリーは涙ぐみそうになった。「水を」彼はしゃがれた声で言った。喉はまだ痛んでいたが、水を頼んだのはそのせいではなかった。マティルドがこんなにもそばでこのようなことを言うのに耐えられなかったのだ。

「いま持ってくるわ」マティルドがそばのテーブルにある水差しから急いで器に水をついだ。

そのあいだに、ヘンリーは負傷した頬におそるおそる触れてみた。包帯で覆われているのでよくわからないが、前ほど腫《は》れてはいないようだ。彼は指先を額に移動し、縦に縫い目が走っているのを感じとった。

「はい、お水よ。どうぞ」マティルドが彼の体を起こし、器を唇に当てた。彼は水を飲み、また枕に頭を戻した。「もう休むといいわ」

彼は目を閉じ、眠ったふりをしようとした。が、疲れはあまりに激しく、すぐに本当に眠ってしまった。

つぎに彼が目覚めたときは、マティルドの代わりにラヌルフがいた。赤毛のラヌルフは、めずらしく世をすねた冷笑の少しも混じらない笑みを浮かべた。

「きみの世話係には食事をとりに行かせたぞ」彼はヘンリーがなにも話さないうちに言った。「さもないと、きみに付き添っているうちに餓死しそうだと思ったのでね。それに少しは休ませないと。矢は肌をちくりとつつくよりもう少し深く刺さったんだ」

やっぱり！　ひどく痛んだはずなのに、わたしのためになんともないふりをして――。

「とはいっても、命をおびやかすような負傷ではない」ラヌルフが急いで言い足した。「サー・レオナードの言う、骨に達していない傷ではあるけれど、いま体力を使いすぎると、傷の治りが遅くなったり、傷痕《きずあと》が残ったりするんだ」

ヘンリーは深く息を吸い込むと、ゆっくりそれを吐いた。

そのあいだにラヌルフがもとの姿勢に戻り、組んだ脚の膝に両手を当てた。「わたしには男の寝顔に見とれる喜びというのはわからないな」

ヘンリーは苦労してもう少し体を起こした。「こんな顔をした男ではとくにそうだろう？」枕を直して円椅子に戻ったラヌルフに彼は尋ねた。

ラヌルフが顔をしかめた。「たしかにひどいけがだが、へたをすれば死んでいたわけだから、命拾いしたことを神に感謝すべきではないかな」

今後、自分はどんな人生を歩むことになるのだろう。「顔を見てみたい」

ラヌルフが顔を赤くして腰を浮かせた。なんとしても逃げ出そうとしているようだ。

ラヌルフが手を貸してくれようとくれまいと、ヘンリーは醜い現実を知ってしまうつもりだった。右手だけを使って、彼は顔に巻いてある亜麻布の結び目をほどこうとした。

あきらめのため息をつき、困った表情を浮かべて、ラヌルフが円椅子に戻った。「わたしがやろう。その手つきではけががひどくなってしまう」

手を貸してくれるのでありさえすれば、その理由などどうでもいい。ヘンリーは布をはずしていくラヌルフがどんな反応を示すかを見ることにしたが、その背中には汗が流れはじめた。

もしかしたら、ラヌルフはすでにこのけがを見ているのかもしれない。ヘンリーが自分の頬に空気の当たるのを感じても、ラヌルフの表情はなにも変わらなかった。

包帯をベッドのそばのテーブルに置くと、ラヌルフは冷たい水の入っている、磨き込まれた銀の水差しを取り上げた。「これにはゆがんで映ることを念頭に置くように」

ヘンリーはうなずき、水差しが差し出されるのを息をひそめて待った。

顔の右半分はまるで粘土でできているようで、戦《せん》棍《こん》の球が当たった痕がへこんだままになっていた。あざはまだ濃く残り、紫色と赤と黄色のごたまぜになっている。ジゼルが縫ってくれた額の裂傷はかさぶたになり、醜い傷痕から黒い糸が突き出している。

ヘンリーは水差しを押しやった。ハンサムなサー・ヘンリーはもはやどこにもいないのだ。この顔を見てひるまない女性がいたら、奇跡にちがいない。

「マティルドは気にしてなどいないぞ」ラヌルフが水差しをテーブルに戻して言った。

気にしていないはずがない。この顔ではチャールズ・ド・マルメゾンに負けないほど醜い。

しかし、ラヌルフに話したいのは顔のことではない。「わたしの腕だが……もう盾は持てない」

「そうだな」ラヌルフがうなずき、円椅子に腰を下ろした。「残念ながら、きみの戦いの日々は終わってしまった」

ラヌルフはヘンリーの今後について軽く話そうとすらしていない。では、恐れていたとおり、これが厳粛な事実なのだ。

ヘンリーは観念してラヌルフを見つめた。「むずかしいか？」

「なにが？」ラヌルフが困惑してきき返した。「戦士を辞めるのが？　白状すると、もう戦闘に加わらなくていいと言われたら、わたしなら神に感謝するな。死、流血、叫喚――戦闘がどれほど悲惨なものかを忘れていた。仲間を失う。仲間が負傷するのを目にする。まったく、ある意味ではきみがうらやましいよ、ヘンリー」

ある意味では。そう言われても、悲運に耐えるのが楽になるわけではない。戦闘こそ自分が訓練を受けてきたものであり、自分はそれ以外のなにも知らないのだ。「きこうとしたのはそのことじゃない。愛する女性を忘れるのは、むずかしいことだろうか？」

ラヌルフは完全にあっけにとられ、びっくり仰天した表情でヘンリーを見つめた。まるでヘンリーがとんでもなくばかなことを言ったかのようだった。

「マティルドからもう好かれなくなると思っているのか？　これはまいった。もう少し彼女のことがわかっているだろうと思っていたのに」

「わたしになにが与えられる？」ヘンリーはみじめな思いで答えた。「こんな顔と体の夫を求めるレディがどこにいるだろう。腕の不自由な家来を求める領主がどこにいるだろう」

「きみは負傷した。それもマティルドに仕えているときにだ。マティルドはますますきみを愛する一方だ」

ああ、こんなことは聞くに堪えない。信じたくない。「憐憫《れんびん》や感謝から結婚してもらいたくはない」

「するとマティルドがほかのもっといい相手を見つけるよう、きみは求婚しないつもりなのか？」

これほどあからさまに言われると聞くのがつらいとはいえ、まさしくそのつもりだ。「そうだ」

ラヌルフの表情が硬くなり、いつもの冷笑するような顔つきに変わった。「思うに、きみはうぬぼれが強くてがんこで傲慢《ごうまん》だから、それに反対する者の意見には耳を貸さないんだろうな」

こんなひどい顔になったというのに、どうしてうぬぼれられるだろう。もはや戦えないというのに、どうして傲慢になれるだろう。

ラヌルフが立ち上がった。「わたしは女性に関しては達人とはほど遠いから助言はできない。だからきみはまちがっているということ以外、ああしろこうしろとは言わないでおく」

「わたしはまちがっていない」ヘンリーは答えた。

「しかし、わたしに反論しないでくれるのはありがたいと思っているよ」

それでもまだ、たとえラヌルフには触れたくない方面に話が進むとしても、ヘンリーにはききたいこと、知りたいことがある。「愛していた女性を忘れるのに、どれくらいかかった？」

ラヌルフは暗く険しい顔でヘンリーを見下ろした。

「そんな女がいたとだれが言った？」

ドアが開き、マティルドが盆を持って戸口に現れた。

「ああ、レディ・マティルド」ラヌルフは冷静で愛想のいい貴族に戻って言った。「おかげでほっとした。ごらんのように、きみの患者がまた目を覚ましてね。なにか食べるものを運んできてくれたんだね？」

「ええ」マティルドはそう答えたが、その視線はヘンリーに、血の気のない彼の顔や固く引き結んだ唇に向けられていた。マティルドは急いで盆をテーブルに置くと、ベッドまで行った。「痛むの？　なにか手当てをしたほうがいい？　ジゼルの薬を――」

ヘンリーは首を振り、マティルドがほっとしたことに、微笑んだ。口元の片側は以前と同じように持ち上がっているが、もう一方はさほど上がっていない。

「では、わたしはむこうへ行くとしよう」ラヌルフがドアに向かった。

戸口で彼はかつて宮廷でもいちばんのハンサムだったヘンリーを振り返った。そのヘンリーを、マティルドはいまも彼が天使の顔をしているかのように見つめていた。

その日しばらくしてから、マティルドは剣で切られて重傷を負った兵士の寝床のそばで亜麻布を拾い集めていた。ヘンリーの傷の手当てをして以来、血や傷を見たりジゼルの調合した軟膏《なんこう》のにおいをかいだりしても気持ちが悪くならなくなり、ほかの負傷者の手当てをするジゼルを手伝うようになっていた。

ヘンリーの兄はさらに二、三日滞在することを承諾した。もっとも妻のもとに帰りたい気持ちも強く、彼が妻リオナを愛しているのは明らかだった。リオナの名を口にするたびに彼の目はヘンリーの目のように輝き、低く響くその声がやさしさを帯びる。

メリック卿《きょう》はあすの朝、帰途に就く予定だった。なんでも妻が初めての子供を宿しており、あまり長く妻から離れていたくないというのだ。厳しいニコラス卿と同じく、メリック卿も妻のことを話すときはその目が輝きを放っている。やはり妻を愛しているのは明らかだ。もしかしたら、マティルドがヘンリーを愛しているのに負けないくらい、その愛は深いのかもしれない。

ラヌルフは現在作業を監督している城壁の修理を

終えたあと、いまから二週間後にトリゲリスに帰ることになっている。もっと長くいてほしいとマティルドは彼に言った。が、そうすると、トリゲリスの守備隊の規律がゆるんでだらしなくなってしまうというのが彼の返事だった。メリック卿は、トリゲリスの守備隊はラヌルフからあざけられるのが怖くて規律がゆるむようなことはないと言った。いずれにしても、ラヌルフは早くトリゲリスに帰りたいらしく、マティルドも無理強いはできなかった。

ジゼルはサーディックと結婚することと子供ができたことをとても静かに喜んでおり、マティルドは自分がいかにほかのことに気をとられていたかに驚くばかりだった。そうでなければ、姉とサーディックの関係にもっと早く気づいていたはずなのに。もうすぐエクルズフォードの新領主になるサーディックは、いまや笑みのとぎれるときがないようだ。それに彼がジゼルに話しかけるときのやさしさを見ると、マティルドは自分ほど喜びに満ち足りている者はいるはずがないと思いながらも、うれし涙がこみ上げてしまう。

とはいえ、うまくいっていないことがないわけではない。マティルドはいまもときどき悪夢にうなされる。ロアルドとチャールズ・ド・マルメゾンの両方から襲われる恐ろしい夢だ。それでもいまは恐怖にとらわれ汗びっしょりで目を覚ましても、ヘンリーのことを思えばいい。すると恐怖が薄らいでいく。襲われたときの記憶が日中によみがえることもときおりあるが、いまではヘンリーのこと、ふたりで分かち合うしあわせな将来のことを考えると、記憶はどこかへ追いやられてしまう。笑い、愛、欲望。幸運なら、彼の陽気な笑顔とハンサムな顔だちをした子供たちに恵まれるかもしれない。

「レディ・マティルド、ちょっと話をしていいかな」

「傷のことじゃないんだよ」ラヌルフが言った。「少なくとも顔や肩のけがのことではない。どうやらヘンリーはきみが憐《あわ》れみや感謝や悔恨から彼と結婚しようとしていると、ばかげたことを考えているらしい。わたしには、きみがそんなことをするはずがないとわかっているが――」

「もちろんよ！」マティルドは、よりによってヘンリーがそんなふうに考えているのに驚いて声をあげた。「彼が助けてくれたことはほかのみんなと同じように当然ありがたく思っているけれど、彼を愛する気持ちはそれよりはるかに大きいのよ！」

ラヌルフがあごひげを撫でて苦笑いを浮かべた。

「わたしもそう思ったんだが、残念ながら、わたしがなにを言っても彼は納得してくれない」

「では、わたしから話すわ」マティルドは戦場に赴く将軍のように勇ましい足取りで、ヘンリーの寝室に通じる階段に向かった。

マティルドが顔を上げると、ラヌルフが真顔でこちらを見つめていた。

「ええ」マティルドは亜麻布を置くと、負傷者のもとを離れ、ラヌルフとともに大広間のもっと静かな隅へと移動した。

ラヌルフの表情は厳しく、マティルドは不安で背筋が寒くなるのを覚えた。

「悪い話でなければいいのだけれど」マティルドは気をもんで言った。「城壁が結局はくずれそうだとか？」

「いや、穴をしっかり埋めたから、あの場所は城壁でもいちばん丈夫になりそうだ。話はヘンリーのことなんだ」

「ヘンリーのこと？」不安で胸を締めつけられるような心地を覚えながら、マティルドはきき返した。すぐにヘンリーのところへ行こうと体の向きを変えたが、ラヌルフが腕に手をかけてそれをとめた。

「そう、それがいい」ラヌルフはつぶやくように答え、自分のやったことに満足してくすりと笑った。

しかし彼はすぐにベアトリスのことを思い、ため息をついた。こうなったのだろう。ラヌルフなら秘密をもらすようなことはしないはずだが。いや、わたしはラヌルフにこの話は秘密にしておいてくれと頼んだだろうか。ばかめ、頼まなかったぞ！

求めてもいない助言をすることについてはどうだ？　いや、ラヌルフは助言をしていない。少なくともわたしに対して直接には。

ドアを叩《たた》く鋭い音がひとつして、ヘンリーは陰鬱《いんうつ》な物思いからわれに返った。マティルドが現れ、彼はどうにか微笑んだ。口角の持ち上がり方が左右でちがう。これからはずっとこうなのだろうか。いちばん上等の笑みを奮発しようとしても、せいぜいいびつな笑い方しかできないのだろうか。

マティルドはきびきびと部屋に入っていくと、これまで見たこともないほど勇ましく挑みかけるように、ベッドの足元側で立ちどまった。「ヘンリー、もうわたしのことを愛してはいないの？」

その態度と怒ったようにぶっきらぼうな言い方に不意を突かれ、ヘンリーはたじたじとなった。

「わたし、あなたは過去にわたしがロアルドから体を奪われたことを気にしていないと思っていたわ」

なぜそれがいま問題になるのだ？　「いまももちろん気にしていない！」ヘンリーは右手をベッドにつき、もっと体を起こそうとした。「あれはきみが悪いんじゃない」

「ラヌルフの話では、あなたはもうわたしとは結婚したくないそうね。それが気にかかっているのでなければ、どうしてなの？」

ラヌルフめ、干渉したな！　「ラヌルフは理由を話さなかったのか?」

「腕と肩のことでたわ言を言っていたというのは聞いたわ。でも、ヘンリー、あなたにはもう少しわたしのことがわかっているはずでしょう? わたしはそう思っていたわ。これではまるで、あなたが戦えなくなったことをわたしが不満に思っているみたいじゃないの! 本当はあなたが戦えなくなって、わたしは大いにほっとしているの。戦闘に加わらないという約束をあなたは破ったんですもの」

ヘンリーは唖然《あぜん》としてマティルドを見つめた。

「しかし、わたしは騎士なんだ! 戦えないのでは、なんの役にも立たない」

マティルドはなんの共感も浮かべずに彼を見た。

「あなたがあがめているサー・レオナードという人は戦闘に加わっては地方を渡り歩いているの?」

「それはめったにない。でも、いま話しているのはサー・レオナードのことじゃない」

「めったに戦闘に加わることのないサー・レオナードをあなたは役立たずと呼ぶの?」

「いや、呼ばない。しかし――」

「このエクルズフォード城を守る戦略を考えたのはだれだったかしら。あなたではなかった? 戦略を考えるとき、あなたは盾を構えていた?」

「マティルド、それは――」

「胸壁に姿を現すだけで、守備隊がわたしには予想もつかなかったほど戦意をかき立てられたのはだれのおかげだったかしら。だれが指揮をとったおかげでわたしたちは勝てたというの?」

「ラヌルフとサーディックと――」

「そのふたりはあなたから命令を受けたのよ。それに守備隊の兵士はあなたの命令には疑問も躊躇《ちゅうちょ》もなく従ったわ。あなたが戦術に長《た》けているとわかっているからなのよ。あなたはいまも長けているわ、ヘンリー。自分の価値は顔にしかないと思っているの？　あるいは盾を構える腕にしかないと。それは大きなまちがいよ！　あなたの価値は賢明なその頭脳にあるの。そして頭脳は少しも損なわれていないわ。顔や肩にけがを負おうとも、領地を運営したり守備隊を指揮したりする能力が必要となったとき、その妨げにはならないわ。わたしにとって、傷痕があったり腕が使えなかったりするからといって、あなたの価値が変わるものではないの。それであなたの価値が下がるなら、あなたがなんと言おうと、ロアルドに手ごめにされたわたしは、あなたの愛を受けるにふさわしくないということになってしまうわ」

ロアルドのせいでマティルドの価値が下がったなどとヘンリーは考えていなかった。考えるつもりもない。それでもなお……。「マティルド、それは同じじゃない」

マティルドが両手を腰に当てた。「どうして？　あなたが男だから？」すばらしい目を挑戦的にきらきらと輝かせてマティルドは尋ねた。「結局あなたはわたしのことを頭の空っぽな女だと思っているの、サー・ヘンリー？　ばかだから、男性を見ても自分の愛や尊敬を受けるにふさわしい相手かどうかが判断できないというの？　それともわたしはうぬぼれが強くて高慢だから、家や姉やそのほかの自分にとってとても大切なものすべてを救ってくれた人を、その人が負傷したからという理由で軽んじると思っているの？　そう思っているなら、あなたはわたしを愛してなどいないわ！」

「マティルド」ヘンリーは懇願するように言った。

マティルドはそれに取り合わなかった。「お金や領地がないから、わたしとは結婚できないと思っているの？　それなら、サーディックはジゼルに結婚を申し込む資格がないということにならない？」

ヘンリーはつむじ風にとらわれたような気分に襲

われた。望みは持てるぞとたちまち思わせてくれる、とても情熱的でとても好ましい旋風だ。これまではなんの希望もないと思っていたのに。「サーディックがジゼルと結婚する？」

「ええ。それももうすぐ。ジゼルは彼の子供を宿しているの」

驚きのあまり絶句したヘンリーの目の前で、マティルドは片方の眉を吊《つ》り上げてみせた。「その兆候に気がついていないのなら、あなたは結局あまり頭がよくないのかもしれないわね」

「こうなると」ヘンリーは白状した。「きみからあなたはブリトン人の王アーサーだと言われても、そのとおりだと思ってしまいそうだ」

マティルドが独特の美しい笑みを浮かべた。「わたしも気がつくのが遅かったのは認めるけれど。ジゼルは本当にうまく隠していたんですもの」

それからマティルドは眉を下げ、決意に目を輝かせた。

「サーディックにもあなたと同じようにばかばかしい自尊心かなにかがあるらしくて、自分は夫としてふさわしくないとジゼルに告げたの。でもジゼルはさすがわたしの姉だわ。自分の手で事を運んで、いまではサーディックもふたりが愛し合っているとわかった時点でそうすべきだったとおり、結婚を承諾したの。だから、彼は領地もお金もないし、結婚していないのに姉を妊娠させてしまったけれど、わたしは喜んで彼を義理の兄として認めるわ。あなたはわたしの捧《ささ》げる愛を拒んだほうがずっといいの？」

ヘンリーがなにも言えないうちに、マティルドは表情をやわらげ、ベッドのわきにひざまずいた。

「ヘンリー、全霊をこめてあなたを愛しているから、あなたが去っていったら、わたしの心はこなごなに砕けてしまうわ」マティルドの目は涙できらきらと輝いた。「司教の助言を聞き入れて修道女になるという道もあるけれど、この世で最も不幸な修道女になるでしょうね。ロアルドを成敗しようと戦ったとき、あなたはわたしにそうなってもらいたかったの?」

「ああ、マティルド」ヘンリーは声をあげ、無傷の右手を差し伸べると、マティルドを引き寄せた。「わたしはきみのことを考えているだけだ。きみはわたしのような男との結婚に束縛されてはいけない」

マティルドは体を引き、燃えるような目で彼を見つめた。「いいえ、ヘンリー。あなたはわたしのことなど考えていないわ、ヘンリー。そうでなければ、わたしから去ってわたしの心を砕くことを考えるはずがないでしょう? わたしはあなたと結婚したいのよ、ヘンリー。それはあなたを憐れんでいるからじゃないわ。あなたがしてくれたことすべてに、あなたがいまのような気持ちを目覚めさせてくれたことに感謝はしているけれど、あなたの妻になりたいのは、感謝の念からでもないの。わたしは自分の知っているどの男性よりもあなたはすばらしいと思っているわ。それに尊敬もしているの。あなたは賢明で、頭がよくて、勇敢ですもの。ときには勇敢すぎるほど。あなたはわたしを笑わせてくれるわ。わたしの毎日に喜びと希望をもたらしてくれたのよ」マティルドは彼の唇をそっと指先でなぞった。「あなたはわたしに欲望を戻してくれたわ。ヘンリー、わたしはいまのままのあなたを愛しているの。この先なにがあろうとも、いつまでもあなたを愛しつづけるわ」

マティルドは震えがちな笑みを浮かべた。ヘンリーがこれまで見たこともない、内気ではじらいを含んだ微笑だった。

「なんといっても、わたしは美女ではないのよ。それに大胆すぎて、たいがいの男性の好みからはずれるわ。それにもかかわらず、あなたはわたしを求めてくれる。わたしがそんな望みを持つのはまちがっているのかしら」

どうしてマティルドに逆らえるだろう。マティルドがその美しい目を愛に輝かせ、これだけ率直に心のうちを語っているときに、どうしてそのことばを信じずにいられるだろう。

絶望の代わりに、これまで一度も味わったことのない幸福感が押し寄せた。ヘンリーは低く笑い声をあげると、たくましいその右手でマティルドを抱き寄せた。「わたしがどう考えようと、きみはわたしと結婚するすべを見つけそうだな。だからきみの妙案を思いつく手間をこのへんで省くのがいちばんいいと思う。レディ・マティルド、きみを妻にするというきわめて大きな名誉をわたしに与えていただけますか?」

マティルドはしあわせに満ちあふれた微笑をうれしそうに浮かべた。「ええ、サー・ヘンリー、そうするわ」

「とはいえ」ヘンリーはマティルドの頬に軽くキスをして首をかしげた。「いま結婚を申し込まなかったら、どんな妙案をきみは思いついたのかな」

マティルドは小さな笑い声をあげ、彼の損なわれた頬をそっと両手ではさんだ。「あなたを自分のものにするまでは絶対にあきらめなかったわ」

「よかった。わたしはすでにきみのものだ。永遠に」彼はそうささやき、いびつな笑みを浮かべてマティルドの目をのぞき込んだ。

「そしてわたしの心はあなたのものよ。永遠に」マティルドは答え、身をかがめて彼にキスをした。

エピローグ

エクルズフォード城のレディふたりの結婚式は、いずれも厳格で断固としたダンキース領主とトリゲリス領主の特別な要請により、クリストフス司教が執り行い、同じ年のクリスマスに挙行された。国王と王妃は、これまで土地を持ったことのない兵士に領地を治めさせるのは不本意ながらも、結婚に承諾を与えた。サー・ヘンリーの兄とトリゲリス領主が救援に馳《は》せ参じ、ふた組の結婚を熱心に支持したことは若い恋人たちにとって有利に働き、王妃は国王にこう言った。〝このような有力な人々は、敵にまわすよりしあわせにして感謝されるに越したことはないわ〟

月日が流れたのちも、初めてサー・ヘンリーを見て、妻のレディ・マティルドをとても憐《あわ》れがる女性は多くいた。たしかにレディ・マティルド自身も美人ではないが、これだけひどい顔の男性と結婚しなければならないのはつらい運命に思える。一方、昔のサー・ヘンリーを知っている女性たちは彼をここまで変貌《へんぼう》させた悲運を嘆き、彼がいまでも、まるで自分の外見などなにも変わっていないかのように、冗談を飛ばしたり軽口を叩《たた》いたりするのに驚いた。自分自身このようなけがを負う危険と隣り合わせにいる男性たちは、サー・ヘンリーの損なわれた顔や動かない左腕を見ても不快感を表すことはあまりなかった。むしろチャールズ・ド・マルメゾン率いる熟練した傭兵《ようへい》の軍隊からエクルズフォード城を守り抜いた話にたいへんな感銘を受けた。自分の息子を鍛えてはもらえないかと頼んできた貴族も少なくない。その結果にきわめて大きな満足を覚え、ついにはサー・ヘンリーの名声はかの誉れ高いサー・レオナード・ド・ブリッシーのそれをすら超えることになった。

とはいえ、サー・ヘンリーおよびレディ・マティルドと深い親交のある人々は、このカップルにはほかの夫婦にあまり見られないものがあることを知っていた。外見を超越した愛情と、死のみが分かつことのできる絆《きずな》だ。事実、歳月がたって家族が増えていくと、最も懐疑的だった人々もふたりを憐れむのをやめ、うらやましがる始末だった。

騎士とレディ
2008年2月20日発行

著　　者　マーガレット・ムーア
訳　　者　江田さだえ（えだ　さだえ）

発 行 人　ベリンダ・ホブス
発 行 所　株式会社ハーレクイン
東京都千代田区内神田 1-14-6
電話 03-3292-8091（営業）
03-3292-8457（読者サービス係）

印刷・製本　凸版印刷株式会社
東京都板橋区志村 1-11-1

装　　丁　林　修一郎

定価はカバーに表示してあります。

造本には十分注意しておりますが、乱丁（ページ順序の間違い）・落丁（本文の一部抜け落ち）がありました場合は、お取り替えいたします。ご面倒ですが、購入された書店名を明記の上、小社読者サービス係宛ご送付ください。送料小社負担にてお取り替えいたします。ただし、古書店で購入されたものについてはお取り替えできません。

®とTMがついているものはハーレクイン社の登録商標です。


ISBN978-4-596-80051-0 C0297

憧れのロイヤルウエディングを作家競作ミニシリーズ5部作で!

亡き妹が遺した息子と指輪。指輪はある国王のもので……。

〈王宮への招待〉

第3話　レベッカ・ウインターズ作『運命の訪れ』

●ハーレクイン・イマージュ　I-1930　**3月5日発売**

各種受賞歴を誇るロマンス作家 ジョアン・ロス

アメリカ西部の町ウィスキー・リバーを舞台にした物語の最新作。

『無垢な情熱』

「きっとまた会える」(T-284)、「残り香の告白」(MIRA文庫)、「悪い噂の男」(HA-30)の関連作。

●ハーレクイン・アフロディーテ　HA-48　**3月5日発売**

イマージュはもちろんハーレクイン・ロマンスでも活躍の人気作家

自由な関係を保つ大人の男女。でもそれぞれに孤独や悲しみを抱えていて……。

スーザン・ネーピア作『一度だけでも』

●ハーレクイン・アフロディーテ　HA-47　**3月5日発売**

心にしみいるヒストリカルを描く ルース・ランガン

遺された領土の争奪による偽装結婚。その果てに訪れたのは……?

『誇り高き花嫁』

●ハーレクイン・ヒストリカル　HS-318　**3月5日発売**

バーバラ・マコーリィの
人気ミニシリーズ〈秘められた思い〉最新作!

複雑な事情を抱えたブラックホーク家の人々が幸せを見つけていく物語。

『変わらぬ口づけ』

●ハーレクイン・ディザイア　D-1218　**3月5日発売**

ハーレクイン・ロマンス特集

注目作家による豊富なラインナップ、セクシーなラテンヒーロー、
そしてリッチでゴージャスなシーク……。
愛の激しさを知るロマンスが今年も目白押しです。

絶対に読みたい人気作家たちの作品

不動の人気を誇る人気作家 リン・グレアム

『ひれ伏した億万長者』R-2263 **好評発売中**

母親の悲惨な死の真相を知ったアンジェロは復讐を誓う。そこで母を苦しめた相手の娘、グエンナを傷つけることを思いつくが……。

♥6月には同作家による2300号記念作品『The Petrakos Bride(原題)』が刊行されます。

リッチでおしゃれな男女を情熱的に描く ヘレン・ビアンチン

『The Marriage Possession(原題)』R-2271 **3月20日発売**

元恋人から逃れるためにシドニーへやってきたLisane。仕事初日に出会ったZacと関係を持つが、愛人でいようと心に決め……。

情熱的かつ刺激的な作風で人気の エマ・ダーシー

『The Billionaire's Scandalous Marriage(原題)』R-2278 **4月20日発売**

婚約者の目的が愛ではなく財産目当てと知った令嬢シャーロット。そんな折、父親が病に倒れ……。

セクシーな展開で人気の ルーシー・モンロー

『Bought: The Greek's Bride(原題)』R-2291 **5月20日発売**

母のために努力を重ねビジネスで成功したSandorは、孫の顔を見たがる母のために結婚を考える。そこで彼女が選んだのは……。

ゴージャスでドラマティックな作風の ミランダ・リー

『The Ruthless Marriage Proposal(原題)』R-2287 **5月20日発売**

雇い主に恋をする家政婦のEmily。しかし平凡な自分に振り向いてくれるはずがないと思い込み退職を決意するが……。

3月5日の新刊発売日2月29日

※地域および流通の都合により変更になる場合があります。

ピュアな思いに満たされる　ハーレクイン・イマージュ

眠るダイヤモンド	アビゲイル・ゴードン／和香ちか子 訳	I-1925
レディ・ガブリエラの秘密	リズ・フィールディング／井上きこ 訳	I-1926
復讐はニューヨークで	ジュディス・マクウィリアムズ／すなみ　翔 訳	I-1927
再会は甘くせつなく	ジョアンナ・ニール／加納三由季 訳	I-1928
だまされた花嫁（砂漠の誘惑 I）	テレサ・サウスウィック／沢田由美子 訳	I-1929
運命の訪れ（王宮への招待）	♥ レベッカ・ウインターズ／三浦万里 訳	I-1930

大人の恋はドラマティックに　ハーレクイン・アフロディーテ

完璧な恋人	ジュリー・コーエン／高木晶子 訳	HA-45
恋するシンデレラ	ケイト・ハーディ／八坂よしみ 訳	HA-46
一度だけでも	♥ スーザン・ネーピア／北園えりか 訳	HA-47
無垢な情熱	ジョアン・ロス／土屋　恵 訳	HA-48

別の時代、別の世界へ　ハーレクイン・ヒストリカル

華麗なるデビュー	シルヴィア・アンドルー／古沢絵里 訳	HS-317
誇り高き花嫁	♥ ルース・ランガン／長沢由美 訳	HS-318
求婚の掟	ステファニー・ローレンス／杉浦よしこ 訳	HS-319

ホットでワイルド　ハーレクイン・ディザイア

シンデレラのため息（愛と陰謀の王宮 II）	デイ・ラクレア／森　香夏子 訳	D-1217
変わらぬ口づけ（秘められた思い）	♥ バーバラ・マコーリィ／瀧川紫乃 訳	D-1218
フィアンセはあなた？（男たちの約束）	クリスティ・リッジウェイ／緒川さら 訳	D-1219
スキャンダラスな令嬢（富豪一族の絆 III）	シャーリーン・サンズ／氏家真智子 訳	D-1220

永遠のラブストーリー　ハーレクイン・クラシックス

愛と誤解と	ロビン・ドナルド／小林町子 訳	C-730
嵐の中の二人	ダイアナ・ハミルトン／田村明子 訳	C-731
眠り姫は目覚めた	ペニー・ジョーダン／織田みどり 訳	C-732
愛人と呼ばれて	ジェシカ・スティール／松村和紀子 訳	C-733